मीडियाय नमः

मीडियाय नमः

गिरीश पंकज

विद्या विहार, नई दिल्ली

प्रकाशक : **विद्या विहार**
19, संत विहार (पहली मंजिल) गली नं. 2, अंसारी रोड, नई दिल्ली–110002
सर्वाधिकार : सुरक्षित / संस्करण : 2025 / मूल्य : चार सौ रुपए
मुद्रक : सीता फाईन आर्ट, प्रा॰ लि॰, दिल्ली ISBN 978-93-80186-95-5

MEDIYAYA NAMAH *novel* by Shri Girish Pankaj ₹ 400.00
Published by **VIDYA VIHAR**
19, Sant Vihar (First Floor), Street No.2, Ansari Road, New Delhi-110002

वरिष्ठ पत्रकार

श्री रमेश नैयर

को

पुरोवाक्

गुस्ताखी माफ

एक दशक पूर्व मेरा प्रथम व्यंग्य-उपन्यास प्रकाशित हुआ था—'मिठलबरा की आत्मकथा'। उस विशुद्ध काल्पनिक उपन्यास के कारण कुछ लोग आज तक मुझे तिरछी और संदिग्ध नजरों से देखते हैं। बेईमानी और छलपूर्ण व्यवहार ही जिनके जीवन का केंद्र है, उन्हें व्यंग्य बड़ा खतरनाक हथियार लगता है। वे व्यंग्यकारों से डरते हैं और उन्हें अपने हथकंडों के सहारे साहित्य और सामाजिक जीवन से भी बहिष्कृत करने की कोशिशें करते रहते हैं। सबसे दुःख की बात यह है कि किसी-किसी व्यंग्य कृति को लोग अपने ऊपर ले लेते हैं। भले ही वह उनपर न किया गया हो। अगर आप पाक-साफ हैं तो डर किस बात का? अगर कोई चोर नहीं तो उसके बगल में लोग खड़े होकर 'चोर-चोर' चिल्लाते रहें, उसे क्या फर्क पड़ेगा? लेकिन अगर सचमुच कोई चोर है तो वह घबराएगा। समझ जाएगा कि इशारा मेरी तरफ है। व्यंग्य लिखते हुए हमेशा मैं डरता हूँ। दुष्यंत का कहा याद आता है—'मत कहो आकाश में कुहरा घना है, यह किसी की व्यक्तिगत आलोचना है।'

ईमानदारी से कहूँ तो कई बार सोचता हूँ कि व्यंग्य लिखना ही बंद कर दूँ। सुविधा-सम्मान पाने के लिए चुटकुले लिखने लगूँ। लोगों को गुदगुदाने या फिर भरमानेवाला लेखन करूँ; लेकिन फिर कबीर याद आते हैं। परसाई और शरद जोशी का चेहरा सामने आ जाता है। इन लोगों ने भी तो अपना घर जलाकर, अपनी टाँग तुड़वाकर और बहिष्कृत सा जीवन जीते हुए हमेशा सत्य ही कहा। मुझे भी इनके पीछे-पीछे चलना है। बस व्यंग्य लिखने लगता हूँ। चाहता तो कलावादी लेखन करते हुए कुछ अलग भी लिख सकता था। इसी किस्म के लेखन का अभी बूम सा है। फूल-काँटों को प्रतीक बनाकर कुछ लिखो। आदमी पर लिखते-लिखते गधे पर उतर आओ; घोड़े पर लिखते-

लिखते बादल की बात करने लगो। हाथी को चूहा बना दो। सब चलेगा, मगर व्यंग्य? ना बाबा, ना!

व्यंग्य की राह में खतरे तो हैं मगर एक परमसुख है—सत्य कहने का सुख। यह जानते हुए भी कि व्यंग्यकार जो कटु सत्य कहता है, वो कुछ-कुछ कड़वा भी होता है और जिसका खामियाजा भी अनेक रूपों में भुगतना पड़ता है, लेकिन लेखक अपनी बात कह देता है। विसंगतियों पर प्रहार के लिए कलम उठा लेता है। जब लेखक ही रहेंगे मौन, तो सच्चाइयाँ लिखेगा कौन? मीडियावाले सबको आईना दिखाते रहते हैं। उनको भी तो कोई आईना दिखाए। मीडिया के बड़े-बड़े स्वामी-संपादक क्या कर रहे हैं, यह भी समाज को पता चले। मीडिया की आड़ लेकर कैसे-कैसे व्यभिचार हो रहे हैं, इसे जानने का भी हक है लोगों को। नेता, अफसर और अपराधी क्या करते हैं, यह तो पता चल जाता है, मगर इनके समाचार छापनेवाले कुछ लोग इनके भी दादाश्री हैं, यह भी तो पता चले। इसीलिए मैंने 'मिठलबरा की आत्मकथा' नामक लघु उपन्यास की रचना की थी। मेरा यह नया उपन्यास एक तरह से मिठलबरा भाग-2 भी कहा जा सकता है।

मुक्तिबोधजी ने जब उपन्यास 'विपात्र' लिखा था, तो लोगों ने कहा था, 'यह एक बड़े नेता को केंद्र में रखकर लिखा गया है।' जब इतने बड़े लेखक को लोग नहीं छोड़ते तो मैं क्या चीज हूँ। खैर, सवाल यह उठाया जा सकता है कि 'मिठलबरा की आत्मकथा' के बाद ऐसा क्या हो गया कि मीडिया को केंद्र में रखकर दूसरी रचना करनी पड़ी? यह बताना जरूरी है। हमारे अनेक मित्र बार-बार कहते रहे कि मिठलबरा का पार्ट-2 भी लिखा जाना चाहिए या उससे आगे की बात होनी चाहिए। 'मिठलबरा' जब लिखा गया था, तब मीडिया का वैसा विकराल रूप नहीं बन पाया था, जैसा आज नजर आता है। विकृतियाँ तो उस दौर में भी थीं, मगर एक दशक बाद वे तमाम विकृतियाँ स्वीकृतियाँ सी बनती गईं।

'मीडिया' शब्द में अखबार और दृश्य माध्यम भी शामिल हैं। दोनों जगह जो कुछ चल रहा है, वह किसी से छिपा नहीं है। मेरा अनुभव प्रिंट मीडिया को लेकर ज्यादा सघन है, इसलिए इस उपन्यास में मैंने उसी को केंद्र में रखकर कथा का ताना-बाना बुना है। बीच-बीच में इलेक्ट्रॉनिक मीडिया पर भी आंशिक चर्चा हुई है, लेकिन यह उपन्यास उसपर केंद्रित नहीं है। उसके लिए उन लेखकों को सामने आना चाहिए, जिन्होंने वहाँ रहकर बहुत सी विद्रूपताओं को देखा या भोगा है। मेरा अपना क्षेत्र प्रिंट मीडिया का ही रहा। उस दौर में जब पत्रकारिता होती थी, तो कस्बों में महानगरों या अन्य नगरों से आनेवाले अखबारों के समाचार, लेख या चित्र की कटिंग काटकर अपने-अपने अखबारों में लोग छाप लेते थे। तब प्रिंटिंग की तकनीक भी उतनी आगे नहीं बढ़ पाई थी। मगर अब तकनालॉजी काफी एडवांस हो गई है। पहले छोटे-छोटे अखबार बड़े अखबारों से

सामग्री चुरा लिया करते थे, मगर अब 'अंतरजाल' यानी 'इंटरनेट' आ गया है। बहुत से ब्लॉग हैं, फेसबुक है, पत्र-पत्रिकाएँ हैं। इन सबसे मनचाहे मैटर या चित्र डॉउनलोड कर लिये जाते हैं और 'आभार' भी नहीं माना जाता।

पतन पहले भी था, मगर अब पतन का महाविस्फोट है। पत्रकारिता में यानी कि मीडिया में पहले भी मिस जूली थी, आज भी है और शायद कल भी रहेगी। उनके नाम कुछ भी हो सकते हैं, मगर चरित्र वही रहेगा। पहले जूली, लिली या लवली किसी एक-दो की हो जाया करती थीं, मगर अब वे सबकी हैं। भयंकर समाजवादी। उनका पहरावा आधुनिकता के नाम पर बेढंगा हो गया है। पत्रकारिता करनेवाले मालिक पहले से ज्यादा घिनौने हो गए हैं, वे किसी माफिया से कम नहीं हैं। अखबार की आड़ में वे सौ ठो काले काम कर रहे हैं। संपादक उनकी पालकी ढोनेवाले कहार की तरह नजर आते हैं। मैंने अपनी इस कृति के माध्यम से उन तमाम चेहरों की पड़ताल करने की कोशिश की है। दावा तो नहीं कर सकता कि सफल हुआ हूँ, फिर भी प्रयास करने में क्या बुराई है।

चलते-चलते यह घोषणा भी करना चाहता हूँ कि इस उपन्यास की समस्त घटनाएँ और पात्र पूर्णतः काल्पनिक हैं। इसमें किसी अखबार मालिक, संपादक या अखबार का अक्स खोजने की कोशिश न की जाए, ऐसा विनम्र आग्रह है। केवल चरित्र पर विमर्श हो, व्यक्ति पर नहीं। एक वाक्य में कहूँ तो पत्रकारिता और उसके पतनशील कुछ चरित्रों को दिखाने के लिए कल्पना के सहारे कथा का ताना-बाना बुनकर तैयार किया गया यह उपन्यास एक तरह से समकालीन पत्रकारिता की पड़ताल है।

निर्मल हृदयवाले सुधी पाठकों की प्रतिक्रियाओं की प्रतीक्षा रहेगी।

—गिरीश पंकज

जी-31, नया पंचशील नगर,
रायपुर-492001
मोबाइल : 9425212720
इ-मेल : girishpankaj1@gmail.com

: एक :

यह उस दौर की कथा है, जब साम्यवादी देश रूस में कभी पानी बरसता था तो भारत के कुछ प्रगतिशील किस्म के लेखक-पत्रकार और संपादक फौरन छतरी खोल लिया करते थे। उधर बर्फ पड़ती थी तो इधर के प्रगतिशील किस्म के बुद्धिजीवी काँपने लगते थे। विचारधारा का ऐसा मियादी बुखार चढ़ा था कि मत पूछिए। बाद में बुखार उतरा और ये लोग पूँजीवादी प्रेतबाधा के शिकार हो गए। उस दौर में जो जितना बड़ा बुद्धिजीवी था, उसके पास उतना बड़ा मुखौटा था। किसी के पास साम्यवादी मुखौटा तो किसी के पास गांधीवादी। सबके पास हिट होने के अपने-अपने फॉर्मूले थे। ये लोग आत्मा से पूँजीवादी थे, हिंसक थे, मगर खुद को साम्यवादी, गांधीवादी वगैरह-वगैरह कहते थे। यह और बात है कि कुछ लोगों के पास ऐसे महानुभावों का असली 'रिपोर्टकार्ड' रहता था, इसलिए लोग इनपर हँसते थे, मगर इन्हें कोई फर्क नहीं पड़ता था। वैसे कुछ लोग ईमानदार और समर्पित भी थे, मगर नकली सिक्के बाजार में खूब चल रहे थे। सच्ची बात तो यह है कि कंबल ओढ़कर घी पीनेवाले कब नहीं रहे? किस काल में नहीं रहे?

तो कथा उस गोलपुर की है, जहाँ कभी 'मिठलबरा' नामक 'उन्नत नस्ल' का एक संपादक रहा करता था। वर्षों बाद इसी शहर में एक और संपादक चर्चित हुआ, जिसे लोगों ने 'केडी' के नाम से जाना-पहचाना। (मुसकराते हुए पूरी चालाकी के साथ धूर्तता करनेवाले को छत्तीसगढ़ी भाषा में 'मिठलबरा' और उत्तर प्रदेश या अन्य प्रांतों में 'मिठबोलवा' कहते हैं। 'उन्नत नस्ल' का भावार्थ यह कि ऐसा शख्स, जिसे नए जमाने की हवा लग चुकी हो)। अब दौर अत्याधुनिक होने का है। अत्याधुनिकता का 'ओवरडोज' ले चुके कुछ मीडियाकर्मियों का कहना है कि गुजरे जमाने के संपादक 'बेचारे' किस्म के हुआ करते थे। या फिर यूँ कहें कि कुछ ज्यादा ही पिछड़े हुए। नए दौर के संपादक चालाक हैं। (इन्हें कहीं-कहीं लोग 'डेढ़ होशियार' या 'ओवरस्मार्ट' भी कहते हैं।) ये लोग भीषण गरमी में भी सूट-बूट और कंठलँगोट उर्फ टाई पहने नजर आ जाएँगे। ये नए संपादक खुद को भयंकर 'हाई-फाई' दिखाने की कोशिश में भी लगे रहते हैं। इन्हें

देखकर कुछ का मनोरंजन होता है, तो कुछ बुड़बक गुस्से में भर जाते हैं। आम भारतीय मानसिकता का क्या करें। लोग तो यही चाहते हैं कि संपादक संपादक-सा नजर आए। लगे कि वह पढ़ने-लिखने या विचार करनेवाली दुनिया का जीव है। संपादक 'सादा जीवन, उच्च विचार' वाली परंपरा का कायल हो। लेकिन आजकल 'सादा जीवन, तुच्छ विचार' कहने का फैशन हो गया है। जो लोग सादगी से रहते हैं, उन्हें उपहास की नजरों से भी देखा जाता है। कुछ दुर्जन ऐसे सज्जनों को देखते ही नाक-भौं सिकोड़ने लगते हैं और भुनभुनाते हैं, 'स्साला, अपने आपको कुछ ज्यादा ही महान् समझता है।'

कुल मिलाकर 'फंडा' यही बन गया है कि जितना नकली वैभव दिखा सको, दिखाओ।

पुरानी छवियों को तोड़ने का अपना तालिबानी सुख होता है, इसलिए आजकल के अधिकतर संपादक किसी कंपनी के 'सीईओ' (चीफ एक्जीक्यूटिव ऑफिसर, यानी मुख्य कार्यपालन अधिकारी) अधिक नजर आते हैं। ये उत्तर-आधुनिक संपादक शराब तो ऐसे पीते हैं, जैसे पहले के संपादक किसी नुक्कड़ पर बैठकर हाफ या कट-चाय पीया करते थे। आजकल का संपादक नुक्कड़ पर बैठकर चाय नहीं पीता, क्योंकि ऐसा करने से उसके 'पोस्ट' की 'वो' (यानी गरिमा) कम हो जाएगी।

नए संपादक सेठ किस्म के मालिक को भी ऐसी पट्टी पढ़ा देते हैं कि सेठजी भी धोती उतारकर आधुनिक बनने की कोशिश करने लगते हैं। इसी चक्कर में कुछ अखबारी सेठ आए दिन कॉकटेल पार्टियाँ करते पाए जाते हैं। वक्त-जरूरत पर किसी युवती के साथ संदिग्ध गतिविधियों में भी लिप्त हो जाते हैं। यकीन नहीं आता तो 1 अप्रैल, 2011 के दैनिक 'समय टाइम्स' के पृष्ठ 'सिटी हलचल' को देख लें। इस अखबार में अपने प्रतिद्वंद्वी अखबार के मालिक के रँगे हाथों पकड़े जाने की खबर विस्तार से छापी थी। अखबारवाले एक-दूसरे की पोल खोजते ही रहते हैं। जैसे ही कोई पोल मिलती है, उसे पट्ट से छाप देते हैं। अखबार मालिकों में साँप-नेवलेवाला खेल चलता रहता है। कुछ संपादक अपनी नौकरी बचाने या अतिरिक्त लाभ पाने के लिए बिलकुल 'भड़वेवाली' (यानी 'सप्लायर' उर्फ दलाल) भूमिका का निर्वाह भी सिर उठाकर कर लेते हैं।

इतिहास बताता है कि गोलपुर के कुछ संपादक सेठों को अपनी 'प्रतिभा' के अनुसार तेल या मक्खन आदि लगा-लगाकर सड़क से संसद् तक पहुँच गए। कुछ संपादक तो इतने बड़े कलाकार निकले कि एक ठो पद्मश्री अपने लिए हथिया ली, तो एक अपने सेठजी को भी दिलवा दी। सेठ गद्गद। जीवन भर 'छद्मश्री' बने रहनेवाले किसी शख्स को बैठे-बिठाए 'पद्मश्री' मिल जाए , तो उससे बड़ा भाग्यशाली और कौन हो सकता है। ऐसे पद्मश्री दिलाऊ संपादक को अगर अखबार का एक-दो प्रतिशत का हिस्सेदार भी बना दिया जाए, तो यह घाटे का सौदा नहीं कहलाता। लाभांश के लालच

में संपादक उस घोड़े की तरह तेज भागता है, जिसकी आँखों के सामने हरी-हरी घास लगा दी जाती है। संपादक जब दलाली पर उतरते हैं, तो वे मुन्नीबाई जैसी वेश्या को भी कई किलोमीटर पीछे छोड़ देते हैं। सत्ता और प्रशासन में जिन संपादकों की तगड़ी सेटिंग हो जाती है, वे देखते-ही-देखते 'महानता' को उपलब्ध हो जाते हैं। ऐसे संपादकों को आत्मग्लानि-फ्लानि बिलकुल ही नहीं व्यापती। ऐसे लोगों को दुनिया के सबसे सुखी जीव के खिताब से नवाजा जा सकता है। इस हिसाब से अपने यहाँ नब्बे फीसदी संपादक सुखी आत्मा की श्रेणी में रखे जा सकते हैं। आत्मग्लानि के चक्कर में ससुरा जीवन बड़ा कष्टप्रद हो जाता है, इसलिए आजकल की दुनिया का हर समझदार और व्यावहारिक मानुष आत्मग्लानि जैसी बातों को पिछड़ापन मानकर इसे पास फटकने ही नहीं देता।

कुछ लोग यह भी बताते हैं कि पुराने संपादक नैतिकता की सुंदरी को ब्याह लाते थे और जीवन भर एक पत्नीव्रती बनकर जीवन बिता देते थे, मगर अबके संपादक (उर्फ 'एडीटर') अनैतिकता के 'डीजे' पर बेईमानी की कॉलगर्लों के साथ थिरकते हैं। ये लोग आचरण से श्रीमान लंपट होते हैं, बिलकुल माफियाई सोचवाले, मगर कभी-कभार अपने-आपको बुद्धिजीवी साबित करने के लिए खादी का कुरता और जींस की फुलपैंट पहनकर साहित्य या पत्रकारिता की बौद्धिक गोष्ठियों में भी नजर आ जाते हैं। दो-चार किताबें पढ़ीं, कुछ महापुरुषों के उद्धरण याद किए, कुछ दोहे, कुछ चौपाइयाँ, कुछ शेर एकत्र किए, और इन सबका घोल मिलाकर भाषण का 'पैकेज' तैयार कर लिया। वक्तृत्व कला में माहिर संपादक भाषण करते हुए ऐसा माहौल बना देते हैं कि सीधे-सादे कस्बाई लोग पगला जाते हैं। दो-चार धुर (मूर्ख) किस्म के युवक इन संपादकों से ऑटोग्राफ भी ले लेते हैं, ऐसा करके नादान लोग महानगरीय संपादक के गुरूर में और अधिक इजाफा कर बैठते हैं। एडीटर इन लोगों के भोलेपन पर मन-ही-मन हँसता है, और सोचता है कि 'अरे वाह! अपनी दुकानदारी तो जम गई!'

कोई भी व्यक्ति जीवन-कला में माहिर भले ही न हो, मगर वह भाषण-कला में पारंगत हो जाए, तो उसकी रोजी-रोटी का बंदोबस्त आसानी से हो सकता है। वह भगवा चोला पहनकर प्रवचन का धंधा भी जमा सकता है। अगर कहीं कोई मामला न जमे, तो किसी अखबार का संपादक बनने से उसे कोई ताकत नहीं रोक सकती। भ्रष्ट-से-भ्रष्ट या मिठलबरे किस्म के संपादक कबीर या तुलसी पर बोलते और तालियाँ पिटवाकर घर लौटते थे। मजे की बात, तालियाँ उनके अपने विचारों पर कभी नहीं पिटीं, क्योंकि उनके ज्यादातर विचार पहले से ही पिटे हुए होते थे। हाँ, जब वे किसी मशहूर शेर या दोहे का उल्लेख करते, तब लोग तालियाँ बजाते थे। यह देखकर संपादकजी सोचते कि भाषण हिट हो गया। संपादक महोदय कबीर की फकीरी पर बोलते थे, मगर उनका जीवन अमीरी और अय्याशी में बीतता। इस विरोधाभास पर संपादकों को कभी अपराध-बोध

भी नहीं हुआ। ठीक बात है, किसी महापुरुष पर बोलने के लिए उसके जैसा अपना जीवन भी बना लिया जाए, ऐसा किसी भी शास्त्र में नहीं लिखा। कितने ही चोर-गिरहकट, घटिया लेखक-पत्रकार नायक बने घूमते हैं। यहाँ-वहाँ सम्मानित भी होते हैं। सुप्रीम कोर्ट भी कहता है कि किसी के पास अगर गांधीवादी साहित्य मिल जाए तो वह गांधीवादी नहीं हो जाता। उसी तरह कोई संपादक किसी महापुरुष पर भाषण दे तो यह जरूरी नहीं कि वह भी महापुरुष ही बन जाए। भाषण उसके धंधे का हिस्सा है। किसी आयोजन का समाचार अखबार में छप जाए, इसलिए चालाक आयोजक संपादकों को वक्ता के रूप में बुला लेते हैं। नादान संपादक समझता है कि उसकी विद्वत्ता से आक्रांत होकर लोग उसे बुला रहे हैं।

अब लगे हाथ गोलपुर के बारे में भी बता दिया जाए। यह महानगर कभी एक कस्बा हुआ करता था। बाद में आबादी का ऐसा 'गैरकंडोमी' 'ओवरफ्लो' हुआ कि मजबूरी में इसे महानगर कहना पड़ गया। आबादी कुछ तेजी के साथ बढ़ी,

…जैसे जवान होती लड़की के पिता की चिंताएँ बढ़ती हैं।

…जैसे किसी गरीब देश में महँगाई बढ़ती है।

…जैसे किसी भूखे की भूख बढ़ती है।

…जैसे किसी प्रतिभाशून्य की महत्त्वाकांक्षा बढ़ती है।

…जैसे किसी निकृष्ट आदमी के हृदय में नफरत बढ़ती है।

इतिहासकार बताते हैं कि इस महानगर में रहनेवाले एक मिठलबरा-संपादक ने दो दशक पूर्व अपनी एक आत्मकथा लिखी थी—'मिठलबरा की आत्मकथा', जिसे किसी चालू किस्म के फुटपाथी पत्रकार-लेखक ने अपने नाम से प्रकाशित करवाकर भयंकर लोकप्रियता हासिल कर ली थी। उस नासपीटे लेखक के बारे में पंडितों का दावा था कि वह जब कभी मृत्यु को प्राप्त होगा, तो उसकी नरक-बुकिंग तयशुदा है, क्योंकि बच्चा-बच्चा जानता है कि 'चोरी करना पाप है।'

'मिठलबरा की आत्मकथा' जैसे ही छपकर आई तो उसे पढ़कर हर कोई अचरज से भर गया, खासकर मीडिया से जुड़े नए लोग। सामान्य पाठक भी हैरत में था कि क्या कोई ऐसा 'महान्' संपादक भी हो सकता है, जो अपने श्वेत-श्याम कारनामों का पूरी हिम्मत के साथ लोकार्पण ही कर दे? 'मिठलबरा' जैसी महान् उपाधि से विभूषित वह संपादक गर्व से कहता था, 'गांधीजी पहले संपादक थे, जिन्होंने जो कुछ कहा, सच कहा। दूसरा संपादक मैं हूँ, जिसने 'सत्य के प्रयोग' किए।'

सचमुच, चौंकानेवाली बात थी कि कोई संपादक भी सच का सामना कर सकता है।

संपादकों के बारे में इक्कीसवीं सदी की शुरुआत में ही यह जुमला बड़ा लोकप्रिय हो चुका था कि संपादक नामक जीव झूठ की बुनियाद पर ही पत्रकारिता की इमारत खड़ी

करता है। पिछली शताब्दी के अंत में छपी 'मिठलबरा की आत्मकथा' को गोलपुर आनेवाला हर संपादक एक बार जरूर पढ़ लेता था, ताकि बतौर संपादक वह सावधान हो सके कि क्या करना है और क्या नहीं करना। मगर अनुभवी लोग बताते हैं कि हर संपादक अंततः मिठलबरे संपादक में ही तब्दील हो जाता था। इस कृति को पढ़-पढ़कर बहुत से नए-नए संपादक समझ जाते थे कि संपादक होना फायदे का सौदा है। सबसे बड़ा फायदा यह कि अच्छे पैकेज के साथ अकसर जूली टाइप की कोई निजी प्रेयसी भी बोनस में मिल जाती है। गोलपुर से लेकर दिल्ली-नोएडा तक, जहाँ कहीं भी संपादक हैं, जिस किसी भाषा के हैं, जिस किसी टी.वी. चैनल के हैं, उनके हिस्से में अदद जूली किस्म की बालाएँ टपक ही जाती हैं। ये अप्सराएँ संपादक के बंद अक्ल का ताला खोलने में बड़ी सहायक सिद्ध होती हैं।

गोलपुर के जिस संपादक के इर्द-गिर्द यह पूरी कहानी घूमती है, वह संपादक अपने इलाके में दबंग देशप्रेमी संपादक के रूप में लोकप्रिय था। 'इलाका' शब्द वैसे तो डकैतों, गुंडे-बदमाशों आदि के लिए ही आरक्षित सा हो गया है, फिर भी इसमें कुछ संपादकों को भी जोड़ दिया जाए तो कोई हर्ज नहीं। वह संपादक अपने आपको डंके की चोट पर देशप्रेमी कहता था। लोग मान भी लेते थे कि होगा भाई। कुछ लोग चोर होते हैं, तस्कर होते हैं, गिरहकट होते हैं, कुछ योगी होते हैं, कुछ भोगी होते हैं। दुनिया में गलत-सलत लोग भरे पड़े हैं, तो कुछेक अच्छे भी हो सकते हैं। लोगों को पता चलता गया कि जिसे वे प्रगतिशील देशप्रेमी संपादक समझ रहे थे, वह बॉलीवुड का बड़ा 'ग्रेट' कलाकार है। उस संपादक के लिए 'देश' का केवल एक ही मतलब था 'धन-दौलत, रुपया-पैसा, मनी-मनी'। केवल और केवल धन ही उसका देश था, धन ही उसका भगवान् था, धन ही उसका ईमान था। वह प्रगतिशील संपादक अपने धनरूपी देश के लिए ठीक उसी तरह बेचैन रहता था, जैसे—

...फिल्म निर्माता अच्छी सी हिट कहानी के लिए,

...रेत पर तड़पती मछली पानी के लिए,

...गरीब लोग दानी के लिए,

...चमचे और चमचियाँ नेताओं की मेहरबानी के लिए,

...भूखी भारतीय गैया चारा-सानी के लिए,

...और खाँटी बनिया पड़ोसी व्यापारी की हानि के लिए बेचैन रहता है।

यहाँ तक आते-आते किसी भी संस्कारित सुधी पाठक का धैर्य जवाब दे जाएगा और वह झल्लाकर पूछ सकता है कि भाई मेरे, 'संपादक-संपादक' चिल्लाए जा रहे हो, मगर उस संपादक का नाम-वाम भी तो होगा? यह कैसी मॉडर्न टाइप की कलावादी कथा है कि इतनी दूर आ गए, न खिड़की का पता है, न दरोदीवार का? संपादक का नाम

ही नहीं लिया? क्या कहानी ऐसे ही आगे बढ़ती जाएगी? कहानी सुनाने का भी एक तरीका होता है। अब कोई प्रयोग-व्रयोग कर रहे हो तो कोई बात नहीं। पाठकजी, आपका गुस्सा जायज है। कथाकार सचमुच थोड़ा सा प्रयोग करना चाहता था, लेकिन यह प्रयोग ठीक नहीं कहा जा सकता, इसलिए अब संपादक का नाम फौरन से पेश्तर बता देना चाहिए।

उस देशप्रेमी और प्रगतिशील किस्म के संपादक का नाम था : कपटेंद्रदेव 'भारतीय', संक्षेप में 'केडी'।

अब शॉर्टकट का दौर है न। 'बॉलीवुड' की कुछ आधुनिकाओं के वस्त्र देख लीजिए, कितने छोटे होते जा रहे हैं। इतने छोटे कि 'छोटे' शब्द को भी अपने बड़े होने का अहसास होने लगे। जब किसी को 'केडी' का पूरा नाम मालूम पड़ता था, तो लोग समझ ही नहीं पाते थे कि आखिर माता-पिता ने कपट का बोध करानेवाला ऐसा नाम क्यों रख दिया? मगर मीडिया के असली चरित्र को जाननेवाले लोग आपस में परिहास करते थे कि 'संपादक है, तो स्वाभाविक रूप से कपटेंद्र-झपटेंद्रकुमार किस्म का ही होगा'। संपादक का नाम जैसा भी हो, काम तो उसका कपटेंद्र जैसा ही होगा।

एक दिन अपनी दसवीं या शायद ग्यारहवीं प्रेयसी मिस लिली के सामने 'केडी' ने अपने नाम के रहस्य को उद्घाटित किया। उसने बताया था, 'डार्लिंग, हुआ यह कि हमारे पिता की दो-तीन संतानें जन्म लेने के कुछ दिनों के भीतर ही परलोक सिधार गई थीं। पिता परेशान कि ऐसा क्यों हो रहा है। उनके बूड़ते वंश को आगे बढ़ानेवाला कोई अंश तो बचे। इस बात को लेकर पिता मंदिर से लेकर मजारों तक टेंशनाए घूमते रहते थे। खानदानी पंडित बलभद्रप्रसाद शास्त्री ने एडवांस में ही दक्षिणा झटकने के बाद सुझाव दिया था कि यजमान, अब जो भी संतान पैदा हो, उसका नाम कुछ बिगाड़ देना, वह जी जाएगी।

'बिलकुल ठीक कहा पंडितजी ने। पहले लोग ऐसे ही टोटके कर दिया करते थे।' लिली अपनी आदत के अनुसार बीच में टोकते हुए बोल पड़ी, 'इसलिए तो आज भी गाँवों में 'कनछेदी', 'लोटा', 'थाली' और 'झाड़ू' जैसे नाम मिल जाते हैं। छत्तीसगढ़ के गाँवों में तो 'लेड़गा', 'भोंदू' और 'भोकवा' (तीनों का अर्थ मूर्ख) भी मिल जाते हैं।'

लिली के ज्ञान पर 'केडी' मुसकराया और बोला, 'इसीलिए जब मैं पैदा हुआ तो पिता ने जान-बूझकर मेरा नाम बिगाड़ दिया। रख दिया—'कपटेंद्र', कपट का इंद्र। बचपन में सब मुझे 'कपटू' बुलाते थे। शुरू-शुरू में यह नाम बड़ा अच्छा लगता था, मगर जब कुछ समझदार हुआ तो बड़ा अटपटा लगने लगा। लेकिन क्या करता? घरवाले मुझे जिंदा रखने की जिद पर अड़े थे, सो यह 'कपट-इंद्र' ही स्वीकारना पड़ा। अब लगता है कि पिता ने उस वक्त शायद यही सोचा होगा कि इस दुनिया में सत्य जल्दी मर जाता है,

मगर कपट बहुत दिनों तक जिंदा रहता है, इसलिए लड़के का नाम कपटेंद्र ही ठीक रहेगा।'''और सचमुच चमत्कार हो गया। मेरी जान बच गई और इस राष्ट्र की सेवा के लिए मैं अब तक सलामत हूँ। बचपन में बुद्धि नहीं थी कि नाम बदल दिया जाए, सो स्कूल में लिखा नाम ही चलता रहा, लेकिन अब मैं अपने को 'केडी भारतीय' कहता हूँ। इक्का-दुक्का लोग ही जानते हैं कि 'कपटेंद्र' हूँ। मगर अधिकतर लोगों को 'कैप्टनदेव' कहकर चकमा देता रहता हूँ। अब इत्ते बड़े संपादक से भला कौन पूछेगा कि साहब, अपने स्कूल का सर्टिफिकेट तो दिखाओ।'

इतना बोलकर केडी खुद ही हँस पड़ा। वह हँसता भी अजीबोगरीब ढंग से था— 'खी-खी-खी' करके, जैसे बंदर हँसते हैं। केडी हँसता था तो कुछ 'थूकांश' भी वायुमंडल में बिखर जाते थे। इसलिए लोग केडी से पर्याप्त दूरी बनाकर बात करते थे। केडी खुद चुटकुले सुनाता और खुद हँस पड़ता था। कभी-कभार वह संपादकीय भी लिखता और खुद स्टाफ के सामने अपने लेखन की तारीफ करने से बाज नहीं आता था— 'देखा, क्या लिखा है आज? निपटा दिया न सबको।'

अखबारों के संपादकीय स्टाफ में अधिकतर लोग चापलूसी प्रदर्शन में माहिर होते हैं। इसकी कोई खास जरूरत नहीं होती, फिर भी लोग मालिक, संपादक और 'सीईओ' आदि-आदि की खुशामद में लगे रहते हैं। मूर्ख लोग कहेंगे, खुशामद करना कमजोरी की निशानी है, मगर अवसरवादी और चालाक लोग कहेंगे कि यह समय की माँग है। चापलूसी डरपोक और कमजोर लोगों का रक्षा कवच है, श्रीयंत्र सरीखा। जो लोग खुशामद कला में पारंगत हो जाते हैं, वे एक तरह से कुछ-कुछ निश्चिंत भी हो जाते हैं कि उनके सिर पर किसी भी किस्म की विभागीय बला नहीं मँडराएगी। खुशामदखोर चाहते हैं कि दूसरे भी इस परंपरा को आगे बढ़ाएँ।

'देशवार्त्ता' में लगभग रोज यह प्रतिस्पर्धा चलती थी कि केडी को कौन कितना ज्यादा मक्खन लगाएगा या मखमली शब्दों के गुलदस्ते पेश करेगा। प्रतिदिन 'एडिटोरियल स्टाफ' की बैठक में लोग फौरन मक्खन लेपन कर्म शुरू कर देते थे। एक ने कुछ कहा तो दूसरा भी बोलने के लिए बेकरार हो जाता। वातानुकूलित कक्ष में चापलूसी से भरे शब्द मँडराने लगते और वातावरण में अजीब सा ठंडापन भर देते थे—

'कमाल कर दिया सर, आपने तो आज।'

'इस एंगल से कोई सोच ही नहीं सकता था।'

'ट्रिमेंडस राइटिंग, मैं तो सात जन्मों में भी ऐसा नहीं लिख सकता।'

'ये है जर्नलिस्टिक राइटिंग।'

'आपके लेखों की एक किताब निकलनी चाहिए। दो कोड़ी के छुटभैए लोग किताब निकाल रहे हैं।'

रीढ़विहीन उपसंपादक भोलेभंडारी तो लपककर पैर ही छू लेता था, 'हें···हें···सर, थोड़ी सी चरण-रज मुझ गरीब को भी दे दें।'

केडी भोलेभंडारी को बहुत चाहता था। भोले ने तो अपने हाथ में 'देशवार्त्ता' ही गुदवा लिया था। ऐसा निष्ठावान चमचा किसे नहीं अच्छा लगेगा! केडी चकरा जाता कि लोग उसे कितना मानते हैं। लिली के अलावा भी उसको चाहनेवाले हैं, यह सोचकर वह अकेले में हँस पड़ता था। कभी-कभी मजे की बात भी होती थी। जो सरोजकुमार अकसर केडी के लिए अग्रलेख लिखा करता था, वह भी सबके सामने केडी की तारीफ करने से नहीं चूकता था।

'आज का अग्रलेख सचमुच अच्छा था, सर।'

'सब आपकी ही शुभकामना का फल है भाई।' सरोजकुमार की बात सुनकर केडी मन-ही-मन लज्जित होता, मगर बाहर से मुसकान सज्जित होकर बोलता, 'सब आपकी ही प्रेम परसादी है।'

एक दिन अपने लिखे की प्रशंसा करते हुए केडी को हँसी आ गई। स्वाभाविक था कि लिली भी हँसती। प्रेमी हँसे और चालाक प्रेमिका गंभीर बनी रहे, तो ऐसा प्यार कमजोर शेयर की तरह दन्न से लुढ़क जाता है। लिली तो सोच-समझकर ही प्रेमिका बनी थी। मालदार आसामी हो, तो उसके साथ प्रेम करने में भी दोहरा-तिहरा मजा आता है। लिली ने केडी को ऐसा अहसास भी कराया था कि प्यार किया नहीं जाता, हो जाता है। ऐसा नहीं था कि लिली को केडी की पूर्व प्रेयसियों की जानकारी नहीं थी। वह अच्छे से जानती थी कि रँगीले केडी का करेक्टर कितना ढीला है, लेकिन खुद भी 'खेली-खाई' वाले मुहावरे को चरितार्थ करती थी, इसलिए उसके लिए यह 'हिसाब-किताब बरोबर' वाली बात थी।

लिली 'देशवार्त्ता' के पहले 'गोलपुर टाइम्स' में काम करती थी। वहाँ क्या करती थी, यह तो संपादक मातादीन ही बता सकता था या फिर वहाँ के 'छिद्रान्वेषी कर्मचारी'। छिद्रान्वेषी इसलिए कि प्रेस के कर्मचारियों ने मातादीन के चतुर्दिक् बंद चैंबर के ठीक पीछे बिलकुल छोटा सा छेद कर दिया था और उसी छेद के सहारे सब लोग बारी-बारी से मातादीन-लिली की प्रेम-लीलाओं को निहारा करते थे। बहुत पहले 'बाइस्कोपवाला' गली-मुहल्ले में घूमता था और बच्चे-बड़े सभी छोटे से काँच के पीछे बहुरंगे स्थिर चित्रों को देखकर आनंद लिया करते थे, कभी ताजमहल तो कभी कुतुबमीनार देखते और खुश होते थे। लगभग उसी तरह का आनंद मातादीन के चैंबर के बाहर 'गोलपुर टाइम्स' के कर्मचारी लेते थे। वह भी बिलकुल मुफ्त। एक हटता, तो दूसरा लाइन में लग जाता था। छेद एक था मगर दर्शक अनेक थे, सबके मनोरंजन का सवाल था।

सारे लोग मातादीन और लिली की प्रेमलीलाएँ देखते और आपस में बतियाते—

'यहाँ काम के एवज में यह मुफ्त मनोरंजक 'लाइव शो' बिलकुल दैनिक भत्ते सा आस्वाद देता है।'

'कामदेव मातादीन और लिली की जवानी सलामत रखे।'

केडी के कार्यालय की तरह मातादीन के कार्यालय में भी लिली का एकसूत्री हसीन कार्य था—संपादक की बीन बजाना, यानी उसके दिन या रात को रंगीन बनाना। अखबार के काम-वाम से तो लिली का कोई वास्ता नहीं था। हाँ, फोकट का चाय-नाश्ता करने में जरूर आगे रहती और मातादीन के साथ चोंच लड़ाकर अपनी नौकरी को खतरे के निशान से नीचे बनाए रखती थी। कौन क्या कर रहा है, इसकी रिपोर्ट भी लिली मातादीन को दिया करती थी, इसलिए लोग लिली से घबराते भी थे। उससे अदब से बातें किया करते थे। मालिक की मुँह लगी जो थी। इसकी शान में गुस्ताखी का मतलब था, मालिक तक शिकायत पहुँच जाना। लिली किसी भी मामले को तिल का ताड़ बनाकर पेश करने में माहिर थी। इसी चक्कर में अनेक कर्मचारी मातादीन की गालियों का शिकार हो चुके थे।

एक दिन लिली जब मातादीन को 'रोता-बिलखता' छोड़कर 'देशवार्त्ता' चली गई, तो 'गोलपुर टाइम्स' के लोगों ने आपस में मिठाइयाँ बाँटी थीं, लेकिन वे बेचारे फोकटिया मनोरंजन से वंचित हो गए। इसका सबको बड़ा ही मलाल रहा, लेकिन ये लोग भी आखिर मातादीन के ही कर्मचारी थे, यानी पक्के आशावादी। सबको भरोसा था कि बहुत जल्दी कोई-न-कोई लिली फिर आएगी और उनका मुफ्त मनोरंजन फिर शुरू हो जाएगा।

अचानक लिली ने मातादीन को दीन क्यों बना दिया, इसके पीछे वह समारोह कारण बना, जहाँ लिली केडी से अनायास ही टकरा गई थी। हिंदी भवन में पत्रकारिता पर सेमिनार था। केडी और लिली दोनों पहुँचे थे, केडी वक्ता था तो लिली श्रोता। लिली ऐसे कार्यक्रमों में 'चाँदमारी' के लिए चली जाया करती थी। कोई-न-कोई बड़ा आसामी उसके हुस्न के बटुए में समाएगा-ही-समाएगा। लिली ने केडी को देखा तो वह बिना किसी काम के उसके सामने मँडराने लगी। साड़ी का पल्लू बार-बार नीचे गिरा देती फिर सँभालती, ताकि केडी का ध्यान नदी-नाले और पर्वतों की ओर आकर्षित हो सके। आखिर लिली की कड़ी मेहनत सफल हुई और केडी की गिद्ध-नजर उसपर पड़ ही गई।

लिली को देखते ही केडी ने अपने होंठों को 'शूकराकार' किया और मन-ही-मन बड़बड़ाया, 'वॉव, ये आइटम तो झकास है। ये मछली भी फँसनी चाहिए जाल में, और हर हाल में।'

केडी ने लिली पर नजरें गड़ा दीं। दोनों की नजरें चार हुईं और दोनों का काम बन गया। दोनों की यही एकसूत्री अदा रही कि परायी औरत या मरद से आँखें चार करो। लिली ने केडी को देखा, केडी ने लिली को। यानी दोनों ने एक-दूसरे को देखा। केडी ने तन देखा, तो लोमड़ी की तरह चालाक लिली ने केडी का दो-नंबरी धन देखा। अपने-

अपने हिसाब से दोनों ही काम की चीजें हैं। किसी शायर ने कहा है—

‘किसी को तन की चाहत है, किसी को धन की ख्वाहिश है
बुढ़ाते जा रहे हैं पर नए जोबन की ख्वाहिश है
ये दुनिया है विचित्तर सी किसे हम दोष दें आखिर
है फितरत साँप की लेकिन उन्हें चंदन की ख्वाहिश है’

केडी ने लिली को अपना विजिटिंग कार्ड थमाते हुए कहा, ‘कल आइए न, समय निकालकर।’

लिली शरमाने का अभिनय करते हुए बोली, ‘व्हाइ नॉट, आपका नाम सुना था। आपके संपादकीय पढ़ती रहती हूँ, आपकी बड़ी पंखी यानी फैन हूँ। बड़ी इच्छा थी मिलने की। किस्मत देखिए कि आज मुलाकात हो गई, कभी आऊँगी।’

‘अरे, कभी क्यों? कल क्यों नहीं?’ केडी ने मनचले अंदाज में कहा, ‘अच्छे काम जितनी जल्दी कर लिये जाएँ, अच्छा होता है। कल आओ न।’

‘ठीक है, कल आ रही हूँ।’ लिली ने जबरन शरमाने का नाटक करते हुए कहा।

‘हम इंतजार करेंगे तेरा कयामत तक।’ बड़े ही रोमांटिक लहजे में बोलकर केडी हँस पड़ा और लिली का हाथ दबाते हुए बोला, ‘जरूर आना।’

लिली ने दूसरे दिन ही केडी से मुलाकात की और फौरन ‘देशवार्त्ता’ को ‘ज्वॉइन’ कर लिया।

केडी ने भावी संभावनाओं के मद्देनजर लिली को दिल खोलकर ठीक-ठाक पैकेज भी दे दिया था। केडी ने दिल खोला तो लिली भी पीछे नहीं हटी। उधर संपादक मातादीन परेशान, बार-बार अपनी गंजी चाँद पर हाथ फिराते हुए सोचता रहा कि दैनिक मनोरंजन का सामान लिलीजान जैसा ‘मल्टीपरपज टेलेंट’ अब कहाँ से खोजकर लाएगा। मातादीन लिली का बहुआयामी इस्तेमाल करता था। मातादीन जिस किसी बड़े अफसर के पास जाता, वहाँ लिली को आगे कर देता। लिली ही सबसे बातें करती। लिली की सेक्स अपीलवाली कंचन-काया में गजब का जादू था। मंत्री, विधायक, अफसर और बड़े-बड़े उद्योगपति दूसरी-तीसरी बार मिलने की ललक में ‘देशवार्त्ता’ को विज्ञापन दे देते थे।

ऐसी ‘प्रतिभाशाली’ लिली को उसके व्यावसायिक शत्रु केडी ने झटक लिया था, अब दूसरी लिली हासिल करने के लिए मशक्कत करनी होगी। मातादीन से रहा नहीं गया। उसने फौरन अपने अखबार में विज्ञापन दे दिया—‘लगातार प्रगति करनेवाले राष्ट्रीय समाचार-पत्र ‘गोलपुर टाइम्स’ को आवश्यकता है प्रचार-प्रसार के लिए पढ़ी-लिखी, सुंदर-सुशील युवतियों की। कंप्यूटर, इंटरनेट और अँगरेजी का ज्ञान अनिवार्य। फौरन संपर्क करें’।

मातादीन का प्रिय गीत था, ‘नर हो न निराश करो मन को’। उसका एक ध्येय वाक्य

भी था—'तू नहीं और सही, और नहीं और सही'। वह जानता था कि एक-न-एक दिन लिली जैसी कोई-न-कोई मनचली फिर 'दिलनशीं' होगी। उसे चाहिए थी निर्भीक, बिंदास और 'स्लट' (फूहड़) किस्म की युवती। 'हुस्न के लाखों रंग' दिखानेवाली बालाएँ मातादीन को पसंद आती थीं। जिसके जिगर में बड़ी आग हो। दरअसल ऐसी सार्वकालिक प्रतिभाएँ 'चोली के पीछे क्या है' जैसे गंभीर 'सांस्कृतिक सवाल' भी चुटकियों में हल कर देती हैं और वक्त आने पर अपने जिगर से बीड़ी भी जला लेती हैं।

आखिरकार एक दिन मातादीन चाँद पर पहुँच गया। यानी उसे लिली का विकल्प मिल गया।

'गोलपुर टाइम्स' में विज्ञापन देखकर अनेक युवतियों ने मातादीन से संपर्क किया, लेकिन अधिकतर लड़कियाँ नैतिकता की चुन्नी लपेटकर आनेवाली थीं। केवल एक ही लड़की ऐसी मिली, जिसका चुन्नी-फुन्नी से कोई नाता नहीं था। उसका नाम था—'लवली'। वह पत्रकारिता महाविद्यालय से पढ़ाई कर नई-नई निकली थी और जॉब तलाश कर रही थी। गोलपुर और आसपास के शहरों में कुकुरमुत्तों की तरह पत्रकारिता महाविद्यालय खुल चुके थे। यह और बात थी कि यहाँ से पढ़कर निकलनेवाले लड़कों को काम पर रखना सिरदर्द साबित होता था; क्योंकि उनके द्वारा बनाए गए समाचार-लेखों को ठीक-ठाक करने में अखबारों के उप संपादकों को भारी मशक्कत करनी पड़ती थी। कहीं वाक्य-विन्यास का सत्यानाश तो कहीं लिंग का अता-पता नहीं। शुद्ध हिंदी तो कोई लिख ही नहीं पाता था। अधिकतर युवक 'हिंग्लिश' का सहारा लेते थे। अखबार के मालिक पत्रकारिता के इन नए-नए 'रंगरूटों' को इसलिए भी रख लेते थे कि इन्हें ज्यादा पगार नहीं देनी पड़ती थी। प्रशिक्षु (ट्रेनीज) के नाम पर रख लो और डटकर काम लो। जैसे ही ये नए पत्रकार पैसे माँगने लगें तो उन्हें बाहर का रास्ता दिखाकर फिर नए 'रंगरूट' रख लिये जाते थे।

गोलपुर में जब से पत्रकारिता की पढ़ाई होने लगी थी, तब से वहाँ चलनेवाली फैक्टरियों (उर्फ महाविद्यालयों) से पत्रकार बनकर निकलने लगे। पहले पत्रकार पैदा होते थे, फिर बनाए जाने लगे। यह अलग बात है कि पत्रकारिता पढ़कर निकलनेवाले अधिकतर पत्रकार 'डिफेक्टिव' उत्पाद ही साबित होते थे; क्योंकि 'फैक्टरी' में काम करनेवाले 'कारीगर' (उर्फ अध्यापक) ही अकुशल होते थे। बेचारे 'एम.जे.' (पत्रकारिता में स्नातकोत्तर की उपाधि) करके सीधे पढ़ाने चले आते थे। दो-चार-छह महीने किसी अखबार में काम कर लिया तो बहुत। नौकरी पाने के लिए दो-चार साल का अनुभव प्रमाणपत्र किसी-न-किसी अखबार से जरूर भिड़ा लेते थे। ऐसे पत्रकारों के पास व्यावहारिक ज्ञान नहीं के बराबर हुआ करता था। ये बेचारे पत्रकारिता के छात्रों को कितना ज्ञान बाँट सकते थे? लब्बोलुआब यह कि पत्रकारिता महाविद्यालयों से पढ़कर निकलनेवाले

छात्र बहुत काम के नहीं, केवल कामचलाऊ होते थे।

उधर कुछ लड़कियों में भी पत्रकारिता का क्रेज बढ़ रहा था। पत्रकारिता के ग्लैमर के कारण अच्छे घरों की लड़कियाँ भी पत्रकारिता में आने लगी थीं, लेकिन इनमें कम ही ऐसी थीं, जिनमें बड़ी संभावना रहती। अधिकांश टाइट जींस और 'टॉपधारी' लड़कियाँ पत्रकारिता में फ्लॉप साबित होती थीं। इतना जरूर था कि वे अपने रूप और अन्य संभावनाओं के सहारे सहकर्मियों से बेगारी करवाने में सफल हो जाया करती थीं। लवली भी इसी गोत्र की पत्रकार थी। वह लेखन प्रतिभा से शून्य थी, मगर उसमें 'गिमिक' या छलावा भरपूर था। वह पत्रकारिता के बिजनेस को अपना कॅरियर बनाना चाहती थी, ताकि इत्मीनान के साथ यहाँ-वहाँ घूम सके। एक-दो बार दिल्ली-मुंबई का भ्रमण करके आने के बाद उसने अपनी जीवन-शैली ही बदल ली। फिल्मों और टी.वी. सीरियलों ने भी उसके दिमाग पर गहरा असर डाला और वह बिलकुल टिप-टॉप रहने लगी थी। सोते-जागते हर वक्त वह टॉप पहने रहती। और टॉप भी ऐसा छोटा, जिससे पीठ के नीचे के 'कट' नजर आने लगते थे। लेकिन सदियों के भारतीय संस्कारों के कारण लड़कियाँ टॉप को बार-बार नीचे खींचती रहती थीं। पूरब और पश्चिम की आधुनिक लड़कियों में यही अंतर होता है।

मातादीन से मिलने लवली टॉप और जींस पहनकर आई थी। उसकी दैहिक चमकार के आगे बाकी सलवार-कुरतेवाली पढ़ी-लिखी गंभीर किस्म की लड़कियाँ फ्लॉप हो गईं। लवली खाँटी बिंदास निकली। वह पुरानी पत्रकार लिली से भी एक कदम आगे थी। कयामत की नजर रखनेवाले घाघ मातादीन ने बातचीत करते ही ताड़ लिया था कि लड़की नहीं बम है, और इसमें लिली से भी ज्यादा दम है। लवली 'मॉडर्न लाइफ' जीने के लिए बेताब थी। उसके सुंदर से मुखड़े और आमंत्रणवादी काया की माया देखकर मातादीन का छुहारे सा चेहरा खिल गया और वह गा उठा—'चलो दिलदार चलो, चाँद के पार चलो'।

लवली भी फौरन बोल पड़ी—'हम भी तैयार चलो'। फिर फिल्म 'रेस' का गीत दुहराने लगी, 'किस मी, किस मी, किस मी।' मातादीन ने लवली को बारह हजार रुपए और अन्य भत्तों के साथ कुल पंद्रह हजार का पैकेज दिया और वादा भी किया कि छह महीने बाद बीस हजार कर देगा। तब लवली ने कहा था, 'इस जिगर में बड़ी आग है। मैं कुछ करके दिखाना चाहती हूँ।' तब मातादीन ने कहा था, 'यह आग मेरे भाग खोलेगी।'

उधर लिली को भी अच्छा पैकेज मिल गया। 'गोलपुर टाइम्स' में दस हजार रुपए मिल रहे थे, मगर 'देशवार्त्ता' में 'डबल' यानी बीस हजार मिलने लगे। घरवाले भी ढाई लाख रुपए सालानावाले पैकेज की खबर सुनकर गद्‌गदा गए, पगला गए।

पिता रामस्वरूप हँसते हुए बोले, 'अरे, मतलब अपनी बेटी में टेलेंट है। मैं तो सोच रहा था कि पत्रकारिता में कोई संभावना ही नहीं है। खासकर लड़कियों के लिए तो यहाँ कोई 'स्पोक' (स्कोप) ही नहीं नजर आता, लेकिन अब तो बड़ी संभावना है भाई। तभी तो इस लड़की को इतना अच्छा पैकेज मिल गया। वो भी हिंदी अखबार में। इसी तरह लगी रही तो उसकी सैलरी और परिवार की कैलोरी भी बढ़ती जाएगी। लिली को अब और मेहनत करनी होगी क्योंकि…'

उनके भाई फलस्वरूप ने बीच में ही टोक दिया—'भैया, मुझे तो बचपन से ही इसके रंग-ढंग पत्रकार बनने के नजर आ रहे थे।'

'वो कैसे?' रामस्वरूप ने मुसकराते हुए पूछा।

'वो ऐसे कि जब यह छोटी थी न, तब पढ़ाई से कन्नी काटती रहती थी और हाथ में रिमोट थामे टी.वी. से चिपकी रहती थी, या फिर अखबारों में ही नजरें गड़ाए रखती थी। कभी-कभी मुझसे पूछा करती थी कि 'चच्चू, अखबार कैसे छपता है?'…'चच्चू, खबर कैसे बनती है?'… 'चच्चू, अखबार में औरतें कम कपड़ों में क्यों नजर आती हैं?' आदि-आदि। कभी-कभी वह चोरी-छिपे मेरी डायरी भी पढ़ती थी। पड़ोस में कौन क्या कर रहा है, इसकी रिपोर्ट भी देती थी। तभी मैं समझ गया था कि 'नारदीय-प्रवृत्ति' की यह कन्या बड़ी होकर धन्या बनेगी, कोई-न-कोई कमाल-धमाल जरूरी करेगी। वैसे मैं सोचता था कि यह पुलिस-वुलिस में जाएगी, लेकिन इसकी किस्मत उतनी खराब नहीं थी, इसलिए पत्रकारिता में आ गई। मैं समझ गया था कि यह अलग लाइन पकड़ेगी। और देखो, मेरा अनुमान सही हो गया। इसने बिलकुल फाइन-लाइन ज्वॉइन कर ली। पत्रकार बन गई। हें…हें…। भतीजी किसकी है!'

इतना बोलकर रामस्वरूप भी हँस पड़े। फलस्वरूप मुसकराते हुए काम पर निकल गए। तीसरे भाई भगवानस्वरूप दोनों की बातों का मजा लेते हुए बीड़ी फूँकते बैठे रहे। फिर अचानक पुराना फिल्मी गीत गुनगुनाने लगे, 'देख तेरे संसार की हालत क्या हो गई भगवान्, कितना बदल गया इनसान।'

लिली के बेचारे पिता उर्फ डैडी इस सत्य से नावाकिफ थे कि अनेक निजी संस्थानों में डबल वेतन के पीछे आकर्षक तन का भी बड़ा बल होता है। लिली की प्रतिभा क्या थी, उसे गोलपुर के अनेक 'भोगी किस्म के' लोग जानते थे। इसीलिए मीडिया-जगत् में लिली मनोरंजक चर्चा का केंद्र बनी रहती थी। लिली तनकर चलती थी; क्योंकि जीवन चलने का नाम है। चलते रहने में उसका बड़ा विश्वास था। उसके चलने के कई किस्से चलन में थे। उसके चलने की गति को देखकर जानकार लोग यही कहते थे; 'वह खूब चलती है।'

खैर, लिली-पुराण में दिलचस्पी लेना शरीफों का काम नहीं, इसलिए लिली पर

ज्यादा 'सिली' (बेकार) चर्चा ठीक नहीं। आखिर नैतिकता भी कोई चीज होती है। हमें तो साम्यवादी-देशप्रेमी मिठलबरे संपादक 'केडी' की कथा कहनी है। कथा नहीं, पूरा पुराण कहें : संपादक-पुराण। यह और बात है कि इस मुख्य कथा में कभी-कभी लिली, लवली और नूरी आदि की उपकथाएँ भी क्षेपक की तरह शामिल हो जाएँगी। इसके लिए सुधी पाठक क्षमा करें, क्योंकि किसी शायर ने कहा भी है न कि 'जिक्र होता है जब कयामत का तेरे जलवों की बात होती है'। और सच बात तो यह है—

चाय है, तो शक्कर की बात होगी।···
शहर है, तो नुक्कड़ की बात होगी।···
सियासत है, तो घोटाले की बात होगी।···
जीजा है, तो साले की बात होगी।···
चाभी है, तो ताले की बात होगी।···
नदी है, तो नाले की बात होगी।···
गोरे हैं, तो काले की बात होगी।···

मतलब यह कि केडी की बात हो और लिली-प्रसंग न छिड़े, ऐसा हो ही नहीं सकता। बहरहाल, आगे चलते हैं। नहीं-नहीं, अभी फ्लैश-बैक में जाने का समय है। उसके बाद आगे की कथा कही जाएगी।

फिलहाल···कट टू···केडी···

□

: दो :

तीस साल पहले केडी का अखबार 'देशवार्त्ता' साप्ताहिक हुआ करता था। गोलपुर को ईश्वर का कुछ ऐसा थोक-वरदान मिला हुआ था कि जिसे देखो, वही साप्ताहिक समाचार-पत्र निकालने पर तुला रहता था। यहाँ एक कहावत सी प्रचलित हो गई थी कि 'गोलपुर के किसी पत्थर को भी हटाओगे तो वहाँ से एक-न-एक संपादक बिलबिलाता हुआ निकल आएगा'। यह और बात थी कि उससे पूछो कि 'भैए, 'संपादन क्या होता है', तो बेचारा ठीक से बता नहीं पाता था, उलटे 'पादन-क्रिया' शुरू कर देता था। वायु एवं ध्वनि-प्रदूषण फैलानेवाले ऐसे संपादक दरअसल उस गोत्र के होते हैं, जिन्हें इस बात से 'मतबल' नहीं होता कि पत्रकारिता के 'वसूल' (उसूल) क्या हैं। ये लोग तो केवल यह देखते हैं कि पत्रकारिता की आड़ में वसूली कितनी हो रही है। जैसे पुलिस की वरदी पहनने के बाद मरहा सा व्यक्ति भी अपने को बलवान समझने लगता है। वरदी की आड़ में धन-वसूली ही इनका असली उसूल बन जाता है। कुछ 'साप्ताहिक' के मालिक-संपादक भी वसूली को अपना दैनिक या मासिक-धर्म बना लेते हैं। ऐसे वसूलीप्रेमी संपादक हर सप्ताह या महीने किसी भी भ्रष्ट अफसर के ठिकाने पहुँच जाते, तो मजबूरी में अफसर को अपनी दो नंबरी कमाई से कुछ-न-कुछ धन निकालकर देना ही पड़ता। न दें, तो मरें। संपादक छाप देगा अंट-शंट। इसलिए मुँह बंद रखने का मुआवजा देना ही पड़ता है। वैसे भी अपने यहाँ एक पुरानी कहावत है, 'चोर का माल चंडाल खाए'।

गोलपुर में तीस साल पहले भी ऐसे संपादक होते थे, आज भी हैं और कल भी रहेंगे। जब अखबार के सहारे भी नोट-वोट कमाए जा सकते हैं, तो एक नई किराना दुकान खोलने की बजाय अखबार ही क्यों न शुरू कर दिया जाए?

गोलपुर में साप्ताहिकों की इतनी भीड़ क्यों हो गई थी, इसके पीछे एक रोचक कहानी है।

शहर में एक करोड़पति नेताजी रहा करते थे। उनका नाम था सेठ मछंदरबाबू। वे

'टू-इन-वन' किस्म के थे। एक में दो। सेठ भी थे और नेता भी। उन्हें समाचार-पत्रों में अपना थोबड़ा और अपना नाम देखने का महारोग सा हो गया था। सेठजी रोज किसी-न-किसी मुद्दे पर मैटर बनाते और अखबारों को भिजवा देते थे। शुरू-शुरू में उनके कुछ बयान छपे भी, मगर बाद में उन्हें छपास का ऐसा रोग लगा कि 'त्रिकाल संध्या' करने लगे : मतलब सुबह-दोपहर-शाम तीन-तीन बार प्रेस-विज्ञप्ति जारी करने लगे। अखबार के संवाददाता उनकी प्रेस विज्ञप्तियाँ लेते और अपने कार्यालय को भिजवा देते, मगर वहाँ उनके बयान रद्दी की टोकरी की 'शोभा' बन जाते। बेचारे सेठजी सोचते कि आज आएगा बयान, कल आएगा बयान, लेकिन उनके बयान जो थे, वो

गधे के सिर से सींग की तरह...

शातिर धनपति की आत्मा से ईमान की तरह...

जवान होती लड़की के पिता की आँखों से नींद की तरह...

और भ्रष्ट लोगों के द्वारा बनाए गए मंदिरों से भगवान् की तरह गायब रहते।

अपने बयानों का इतना भयंकर अपमान देखकर सेठजी का खून खौलता, मगर वे कर भी क्या सकते थे।

सेठजी कभी-कभी अकेले में बड़बड़ाते थे—'अरे, प्रेसवालो, तुम सबकी ऐसी-की-तैसी।...नालायक, मूर्खो, समझते ही नहीं कि मेरे बयान कितने महत्त्वपूर्ण होते हैं। बदकिस्मती है सालों की।...अबे नालायको, कभी-कभी तो छाप दिया करो।' फिर गुस्से में आ जाते, तो भयंकर अश्लील हो जाते। माँ-बहन की गालियाँ बकते हुए भड़ास निकाल लेते। लोग सेठजी की गालियाँ चैन से सुनते, क्योंकि बाद में बेचैन सेठजी धैर्यवान श्रोताओं को जी-भरके चाय-नाश्ता भी कराते थे।

गोलपुर में बाहर से ही दैनिक अखबार आया करते थे। खुद को राष्ट्रीय समझनेवाले समाचार-पत्र मछंदरबाबू को कोई भाव नहीं देते थे; क्योंकि मछंदरबाबू गोलपुर में रहते थे, राजधानी में नहीं। ज्यादातर अखबार राजधानी से ही आते थे, इसलिए इन अखबारों को अपने राष्ट्रीय होने का बड़ा भ्रम रहता था। राजधानी का गधा भी जब गोलपुर या और किसी पुर या गढ़ का दौरा करता तो अपने को शेर से कम नहीं समझता था। लेकिन बहुत जल्द ही इन राष्ट्रीय अखबारों की 'वो' खुल जाती थी। आप समझ गए न? जी हाँ, ठीक समझे : 'वो' मतलब पोल खुल जाती थी, और सब-के-सब दहाड़ने की बजाय ढेंचू-ढेंचू करने लगते थे।

अपने को राष्ट्रीय बनाए रखने के चक्कर में ये अखबार क्षेत्रीय मुद्दों की ओर देखते ही नहीं थे, मगर इस जुगाड़ में जरूर लगे रहते थे कि गोलपुर से कुछ-न-कुछ आर्थिक लाभ अवश्य मिल जाए। लोकल होना उन्हें पसंद नहीं था, इसीलिए किसी भी स्थानीय नेता का बयान छापने से बचते थे। ये अखबार राजधानी या किसी महानगर अथवा दूसरे

बड़े शहरों के नेताओं और उनसे जुड़ी खबरें ही छापने में आगे रहते थे।

सेठजी इसी बात को लेकर परेशान रहते थे कि उन्हें कोई घास ही नहीं डालता। क्या करें? इसी कारण वे अकसर सोचते थे—काश, उनके शहर से भी कोई अखबार निकले। दैनिक न सही, साप्ताहिक या पाक्षिक ही सही, निकले तो। सेठजी की व्यग्रता का अंदाजा इसी बात से लग जाता था कि वे राह चलते किसी भी व्यक्ति को पकड़कर उससे कहने लगते थे—'भाई, तुम अखबार क्यों नहीं निकालते। निकालो न, पैसे मैं लगाऊँगा।'

अधिकतर लोगों का यही उत्तर होता, 'हमें पागल कुत्ते ने नहीं काटा है।'

सेठजी फिर भी पीछे पड़े रहते, 'अरे, निकालो यार! मैं फाइनेंस करूँगा न। तुमको क्या?'

सेठ की बातें सुनकर लोग हँसते और आगे बढ़ जाते।

एक बार सेठजी ने हद कर दी। उन्होंने अपने अँगूठाछाप नौकर रामू से भी निवेदन कर डाला—'तुम एक साप्ताहिक समाचार-पत्र क्यों नहीं निकालते?'

'लेकिन सेठजी, उसके लिए तो पैसे चाहिए। वो कहाँ से आएँगे?' रामू हँसकर बोला, 'मगर असली बात तो यह है सेठजी, मैं ठहरा अँगूठाछाप। ले-देकर नाम लिख लेता हूँ। सुना है, अखबार निकालना तो पढ़े-लिखे लोगों का काम है।'

'अरे, उसकी चिंता मत कर। हम हूँ न। तुम दस्तखत तो कर लेते हो न? यही बहुत है। और रामू, ये किस उल्लू के पट्ठे ने कह दिया कि अखबार निकालने के लिए पढ़ना-लिखना जरूरी है? अरे, लोगों को ठगने की कला आनी चाहिए, बस। यही है असली योग्यता। और रही पैसों की बात, तो उसका बंदोबस्त मैं करूँगा।'

'मगर एक दिन आप ही तो बोल रहे थे कि अखबारवाले बड़े पढ़े-लिखे होते हैं?' रामू ने धीरे से कहा।

सेठजी हँस पड़े—'हा-हा-हा···वाह बेटा, तुम में तो संपादक होने के पूरे गुण हैं। मुझे ही उल्लू बना रहे हो। कब कहा था रे? खैर, कभी कहा होगा, लेकिन आज की सच्चाई यही है कि जेब में पैसे हों तो टुच्चे-से-टुच्चा आदमी भी अखबार निकाल सकता है। लिखने-पढ़नेवाले इस बाजार में सैकड़ों पाए जाते हैं। एक ढूँढ़ो, हजार मिलते हैं। झुमरीतलैया में खोजो या रायपुर में, भोपाल में तलाशो या दिल्ली में, जयपुर में देखो या गुड़गाँव में, हर कहीं मिल जाएँगे। आज का युग है पैसा फेंक, तमाशा देख। तुम तो केवल कुछ नाम सोचो और रजिस्ट्रेशन के लिए दिल्ली भेज दो कागज।'

सेठजी की बात सुनकर रामू भयंकर रूप से उत्साहित हो गया। दौड़ा-दौड़ा घर गया और हिंदी में एम.ए. करके बेरोजगार घूम रहे बेटे सुरेशकुमार को सारी बात बता दी। सेठ के प्रस्ताव के बारे में जानकर लड़का खुशी से उछल पड़ा—'पिताजी, आप तो हाँ

कर दीजिए। हम लोग मिल-जुलकर निकाल लेंगे। मैंने सुना है कि इस काम में अच्छा पैसा है। ऊपरी कमाई अधिक होती है। जो पुलिसवाले दुनिया से 'हफ्ता' वसूलते हैं, वे भी पत्रकारों को हफ्ता पहुँचाते हैं। ब्लैकमेलिंग कर-करके पैसेवाले बन जाते हैं। पैदल चलनेवाला साइकिल पर चलने लगता है। साइकिलवाला स्कूटर या बाइक पर आ जाता है। बाइकवाला कार चलाने लगता है। कारवाला हवाईयात्राएँ करने लगता है। और...और ...खैर छोड़िए। मैं आपके साथ हूँ।'

सुरेशकुमार ने फटाफट कुछ नाम सोचे। फिर सारे नाम 'एसडीएम' के माध्यम से 'आरएनआई' (रजिस्ट्रार ऑफ न्यूजपेपर्स फॉर इंडिया, जहाँ देश भर से निकलनेवाली पत्र-पत्रिकाओं का पंजीयन होता है) दिल्ली भिजवा दिए गए। आजकल तो फिर भी कुछ तरीके के नाम पंजीकृत होते हैं, मगर एक दौर ऐसा भी था, जब लोग कुछ भी ऊटपटाँग नाम भेज देते थे, और वे नाम स्वीकृत होकर आ जाया करते थे। सेठजी के नौकर रामू ने भी कुछ नाम भिजवाए थे, जैसे 'गोलपुर का सिपाही' , 'रास्ते का पत्थर', 'आग लगा दो', 'काँव-काँव', 'गोलपुर का डंडा' और 'बोतल का जिन्न'।

एक महीने बाद अखबार का नाम आ गया—'गोलपुर का डंडा'। पहला नाम 'गोलपुर का डंडा' था। यही नाम मंजूर कर लिया गया।

सेठजी गद्‌गद। अब आएगा मजा। उछलते हुए बोले, 'अरे रामू, खुशखबरी, तुम अब संपादक हो गए। बुला अपने लड़के को।'

रामू का लड़का हाजिर। उसे देखकर सेठजी बोले, ''बेटा सुरेश, ये देखो 'कग्गद'। नाम आ गया है। चलो, अब निकालो अखबार।'

'लेकिन कैसे निकालूँ? कुछ मैटर भी तो हो। वो कहाँ से आएगा?'

'अरे, मैटर की कौनो कमी है का रे, लौंडे। हम देता हूँ न मैटर। लो, छापो। कितना मैटर चाहिए?' इतना बोलकर सेठजी ने अपनी आलमारी खोली और कुछ पुरानी प्रेस-विज्ञप्तियाँ निकालकर सामने रख दीं, बोले, 'ये सब छाप दो। पहले पेज पर मेरी तसवीर दे दो और समाचार भी।'

सुरेश के पिताश्री का क्या जाना था। उसको बहुत अधिक आइडिया नहीं था, फिर भी जैसे-तैसे समाचार बना लिया और सेठजी का मैटर पहले पृष्ठ पर छाप दिया। आड़ा-तिरछा, जैसा भी छपा, पूरे शहर में सेठजी की वाहवाही हो गई। शहर भर में 'गोलपुर का डंडा' घूम गया था। सेठजी की तसवीर भी छपी थी। वह 'ट्रेडल प्रिंटिंग' का दौर था। हेंड कंपोजिंग होती थी। बड़े-बड़े बॉक्स में एक-एक अक्षर रखे रहते थे, जो जस्ते के बने होते थे। इन्हें कंपोजीटर उठा-उठाकर जमाते थे। एक-एक अक्षर जोड़कर वाक्य बनता था। छायाचित्रों को छापने के लिए 'ब्लॉक' बनाए जाते थे। सेठजी के छायाचित्र का ब्लॉक बढ़िया बना था। फोटो साफ छपी थी। वरना कई बार ब्लॉक ठीक से न बने तो

फोटो पहचान में ही नहीं आती थी कि है कौन। रामलाल की फोटो छापो तो लगता था श्यामलाल की तसवीर छपी है। धरमेंदर जितेंदर लगता था।

अखबार में सेठजी का चेहरा साफ समझ में आ रहा था। शहर भर में 'गोलपुर का डंडा' चला, यानी बाँटा गया। सेठजी जहाँ भी जाते तो लोग लल्लोचप्पो करने लगते—

'सेठजी, आप तो छा गए हैं, 'गोलपुर के डंडे' में।'

''पोलखोल' में भी आपका बयान छपा है। अब तो आप बड़े नेता हो गए हैं।'

'इसी तरह हर बार कोई-न-कोई मुद्दे उठाते रहिए। हमारे मोहल्ले में नाली बजबजाती रहती है। उसके बारे में भी दिल्ली तक शिकायत कीजिए। ईंट-से-ईंट बजा दीजिए।'

सेठजी फूलकर कुप्पा हो जाते। उन्होंने एक-दो जगह अपने मन की बात कही—'भाई, मैं तो कहता हूँ, शहर से दस-बीस अखबार और निकलने चाहिए। मैं सबको विज्ञापन दूँगा। लाल कर दूँगा, लाल। ऊपरवाले की कृपा से कौनो कमी तो है नहीं इहाँ। वनोपज जिंदाबाद, ठेकेदारी जिंदाबाद, लंद-फंद जिंदाबाद।'

सेठजी की दानशीलता के बारे में सभी जानते थे। वे पैसेवाले थे, इसलिए हर पार्टी उन्हें अपना कोषाध्यक्ष बनाना चाहती थी, मगर सेठजी राजनीति से दूर रहते थे, क्योंकि वे खुद अपनी राजनीतिक पार्टी बनाना चाहते थे। वे बिलकुल डाकू मानसिंह की छविवाले थे। लोगों को लूटते थे और थोड़ा-बहुत दान-पुन्न भी करते रहते थे। इसलिए लोग उन्हें अपने कार्यक्रमों में मुख्य या विशेष अतिथि के रूप में बुलाया करते थे। सेठजी जहाँ भी जाते थे, वहाँ कुछ-न-कुछ धनराशि देकर ही आते।

सेठजी बड़े जुनूनी किस्म के जीव थे। शहर के आवारा कुत्ते उन्हें देखकर उनके पीछे-पीछे हो लेते थे, क्योंकि सेठजी सबको बिस्कुट या डबलरोटी के टुकड़े फेंका करते थे। तालाब किनारे पहुँच जाते तो मछलियाँ उनके सामने मँडराने लगती थीं। सेठजी उनको भी दाने डालते थे। दाने डालने की आदत के कारण कुछ लोगों ने उनका अच्छा इस्तेमाल किया और मालामाल हो गए। सेठजी के कारण भिखमंगे किस्म के लोगों की बन पड़ी थी। ये लोग सुबह उठते तो सबसे पहले ईश्वर से प्रार्थना करते थे कि 'सेठजी को सलामत रखना। प्रभो, आप तो सबके माई-बाप हैं, लेकिन धरती पर यह सेठ हमारा माई-बाप है।'

शहर में दो-चार लोग ऐसे भी थे, जो बाहरी अखबारों के स्थानीय संवाददाता हुआ करते थे। ये बेचारे केवल कुछ जानकारी भेज सकते थे। ठीकठाक समाचार बनाना इनके बूते की बात नहीं थी। इनके समाचार तो 'डेस्क' में बैठे उप संपादक बनाया करते थे। कुछ संवाददाताओं द्वारा भेजी गई खबरों में खबर कहाँ है, यही खोजते-खोजते उप संपादकों का सिर दुखने लगता था। उन्हें समझ में ही नहीं आता था कि संवाददाता कहना

क्या चाहता है। जैसे सड़क दुर्घटना में दो लोग मर गए, तो एक संवाददाता ने, जो खबर भेजी, वो कुछ इस तरह थी—

'आज देश की क्या हालत हो गई है, यह किसी से छिपी नहीं है। आजादी के इतने साल बाद भी लोग अभी तक सुधरे नहीं। भ्रष्टाचार बढ़ता जा रहा है। भ्रष्टाचार के मामले में अपना देश दसवें नंबर पर है। अभी पिछले दिनों हमारे गाँव में एक वाहन बहुत 'स्पीट' से जा 'रही थी'। 'सूत्र' बताते हैं कि वाहन चालक शराबी-कबाबी और चरित्रहीन टाइप का था। उसने रास्ते में चल रहे लोगों को देखा ही नहीं। देश का 'नैतीक' पतन होता जा रहा है। तो वह वाहन चालक दारू पीकर गाड़ी चला रहा था, और बुरी तरह से टुन्न था। उस वक्त साँय-साँय हवा भी चल रही थी। सड़कों पर आवारा कुत्ते भी भौं-भौं करके भौंक रहे थे। सूअर नालियों में लोटने का मजा ले रहे। पास ही लोग हगने (शौच के लिए) बैठे थे। तभी अचानक एक वाहन घर में घुस 'गई'। वहाँ सो रहे लोग समझ ही न पाए कि क्या हो 'रही' है। वाहन से पाँच लोग घायल हो गए। सरकारी अस्पताल में भ्रष्टाचार 'मची हुई' है। वहीं 'उनकी इलाज चल रही' है। बताया जाता है कि इस दुर्घटना में दो लोग मरे भी हैं।'

मतलब यह कि पूरी कथा बताने के बाद अंत में असली सार आता कि 'दो लोग मर गए'। ऐसी खबरें और उनके संवाददाताओं को झेलना धंधागत मजबूरी होती थी, क्योंकि इन लोगों के सहारे ही तो गाँव-गाँव में अखबारों की कुछ कॉपियाँ खपती थीं। विज्ञापन भी मिल जाते थे। उप संपादकों को ऐसे महान् संवाददाताओं की खबर रूपी मलाई को मथने से ही कुछ नवनीत निकल पाता था। उनके दो पेज के 'समाचार' से चार लाइन की खबर निकालने के लिए उप संपादकों को घंटों माथा-पच्ची करनी पड़ती थी। उनकी मेहनत का लाभ ये संवाददाता उठाते थे और अपने इलाके में शेखी रूपी दाल बघारते हुए घूमते रहते थे कि 'देखा, क्या खबर छापी है। फाड़कर रख दी है सबकी।'

जब सेठजी ने कुछ और साप्ताहिकों के शुरू होने की कामना की तो ऐसे अधकचरे किस्म के संवाददाताओं ने भी अखबार निकालने की ठान ली और देखते-ही-देखते गोलपुर में और चार साप्ताहिक समाचार-पत्र एक साथ शुरू हो गए—

पहले का नाम था, 'पोलखोल'...

दूसरा था, 'गोलपुर उस्ताद'...

तीसरे का नाम, 'मुँहफट'...

चौथा, 'आग का गोला'...

और पाँचवाँ था, 'हथगोला'...

ये सारे साप्ताहिक सेठजी की कृपा पर ही चल रहे थे। सेठजी का विज्ञापन तो मिलता ही था, फिर दूसरे लोगों के विज्ञापन भी मिलने लगे। जिन नेताओं को 'छपेरिया'

(छपने का रोग : बतर्ज मलेरिया) था, वे भी अपने छोटे-मोटे विज्ञापन देने लगे। फिर धीरे-धीरे शराब ठेकेदार, लोक निर्माण विभाग के ठेकेदार और वे सारे लोग विज्ञापन दे-देकर महान् संपादकों को संतुष्ट करने लगे, ताकि ये लोग उनके खिलाफ कुछ न लिख सकें, क्योंकि 'पोल-खोल' का संपादक विचित्रवीर्य खतरनाक किस्म का प्राणी था। वह हफ्तावसूली में ही लगा रहता। जो अफसर उसे पैसे नहीं देता था, उसके खिलाफ कोई-न-कोई समाचार ठोंक देता था। नंगों से खुदा भी डरता है। इसी कारण ऐसे अखबारों को छोटे-मोटे विज्ञापन मिल जाते थे। सबकी 'डबल कमाई' हो रही थी, क्योंकि सारे लोगों के अपने दूसरे धंधे भी थे।

'पोलखोल' वाला संपादक विचित्रवीर्य पेशे से हलवाई था।

'गोलपुर उस्ताद' वाला संपादक कालू किराना दुकान चलाता था।

'मुँहफट' का मालिक रामलाल पान की दुकान संचालित करता था।

'हथगोला' का संपादक चुनियाराम पेशे से धोबी था। वह एक तरह से खानदानी 'प्रेस' वाला ही था। उसने अपनी साइकिल के पीछे 'प्रेस' लिखवा रखा था।

और 'आग का गोला' का मालिक भंग की तरंग में रहता था। बुधारू बेरोजगार था बेचारा। काम की तलाश में था। तभी उसे सेठ की कृपा से साप्ताहिक निकालने की सूझी और उसकी दलिद्दरी दूर हो गई।

इन अखबारों के आने के बाद तो हद ही हो गई। देखते-ही-देखते कुछ और साप्ताहिक अवतरित हो गए। सबके नाम अजीबोगरीब थे। जैसे—'खौलता खून' , 'सड़क का हीरो', 'गांधी तेरे देश में', 'बाप रे', 'विक्रम और वैताल', 'सोने का जूता', 'चाँदी का चमचा', 'डमरू बाजे डम-डम', 'लतियाव' , 'पथराव', 'जहर की आग', 'बिंदिया और बंदूक', 'शोला और शबनम', 'कोबरा का दंश', 'रिपोर्टर', 'खबरवाला', 'क्राइमटाइम', 'रात का प्रहरी', 'सबका सेवक', 'दिन का सिपाही', 'जूतमपैजार', 'चौथा डंडा' आदि-आदि।

एक 'संपादक' ने तो सेठजी को मक्खन लगाने के नाम पर अखबार का नाम ही रख दिया था, 'सेठ-दर्पण'।

इन समाचार-पत्रों के नाम व इनके संपादकों को देखकर ही लोग समझ जाते थे कि इनकी औकात क्या है और मानसिकता कैसी है, इसलिए कोई भी समझदार आदमी इन अखबारों के संपादकों को ज्यादा मुँह नहीं लगाता था। जैसे ही लोग इनके पास पहुँचते थे, लोग मुँह बनाकर दूसरी तरफ देखने लग जाते थे। फिर भी बेशरमी का टॉनिक पी चुके ये संपादक बहुत देर तक गोंद की तरह चिपके रहते थे। आखिरकार सौ-पचास रुपए देकर इन्हें चलता कर दिया जाता था। कुछ लोग अपमान झेल जाते थे, क्योंकि इनके पिताओं ने एक जीवन-मंत्र दे दिया था, कि 'सौ-सौ जूते खाओ मगर तमाशा घुसकर देखो।'''मान-

अपमान से परे होकर जीवन के मैदान में कूदना चाहिए।...फिर अपमान किसका नहीं होता? भगवान् भी अपमान से नहीं बच सके। इसलिए फिकर नॉट। किसी ने एक बार भगा दिया तो दूसरी बार भी पहुँच जाओ और पहले से ज्यादा मुसकान फेंको। देखना, सामनेवाला सिर पीट लेगा। तुमको विज्ञापन मिल जाएगा'।

लेकिन हर कोई इतना बेशर्मजीवी भी नहीं होता कि अपमान झेल जाए। कुछ लोग सच्चे श्रमजीवी होते थे। मेहनत को ही भगवान् मानकर लगे रहते थे। गोलपुर में ऐसे संपादक भी हुए हैं कि भूले से भी अगर किसी ने उनका अपमान करने की कोशिश की, तो उसी वक्त उसका पानी उतारकर लौट आए। ऐसे सनकी संपादक एक तो विज्ञापन माँगने कहीं जाते नहीं थे और कहीं जाना भी पड़ा, तो सोच-समझकर ही जाते थे कि अपमान का विष-पान न करना पड़े। अखबार के लिए विज्ञापन जरूरी है, मगर आत्म-सम्मान उससे भी अधिक जरूरी। इस चक्कर में कुछ ईमानदार आत्मसम्मानी-घनचक्कर जीवन भर आर्थिक दिक्कतों का सामना करते रहे। वहीं जमाने के साथ चलनेवाले कुछ संपादक मान-अपमान से ऊपर उठ चुके थे। ये लोग बहुमंजिली बिल्डिंगें तान रहे थे और महान् पत्रकारिता करने की डींगें भी हाँक रहे थे। ऐसे लोगों को अवसरवादी कहना गलत होगा, इसलिए ऐसे संपादकों के बारे में यही कहना ठीक होगा कि वे नए जमाने के ऐसे कमीने थे, जो नगीने बनने की कोशिश में लगे रहते थे। पूरे छल-बल सहित समय के साथ चलना इसी को कहा जाता है। ये लोग अपने अपमान को भी धंधे का हिस्सा समझकर जी रहे थे और दुर्व्यवहार के गंदे जल को अमृत समझकर पी रहे थे।...

अगर कोई अफसर दुत्कारता, 'भागो यहाँ से', तो भी ये संपादक मुसकराकर कहते, 'आप धन्य हैं।'

कोई गाली देता तो लतखोरीलाल हाथ जोड़कर कहते, 'आप प्रणम्य हैं।'

कोई चिल्लाता तो बेशरमकुमार मुसकराकर कहते, 'आप तो हमारे अनन्य हैं।'

कोई धक्के देकर बाहर करवा देता, तो जाते-जाते कहते, 'आप तो आज कुछ ज्यादा ही प्रसन्न हैं। फिर मिलेंगे।'

मगर इक्का-दुक्का मनुष्य किस्म के संपादकों को अपना अपमान बुरा भी लगता था। सबकी आत्माएँ कहाँ मरती हैं! ऐसे लोगों में जब खुद्दारी जगी, तो उन्होंने अपनी 'दुकानदारी' ही समेट ली। मतलब अखबार ही बंद कर दिया और अपने-अपने पुराने कामों को देखने लगे।

सच बात तो यह भी थी कि केवल विज्ञापनों से अखबार नहीं निकलते। इसके लिए समाचार आदि भी तो चाहिए। हर बार मैटर कहाँ से आए? बनाना ही पड़ता था, मगर खबर थी कि बेखबर रहती, यानी बनती ही न थी। इन अनाड़ी संपादकों को रह-रहकर एक पुराना फिल्मी गीत याद आ जाता था, 'तसवीर बनाता हूँ, तसवीर नहीं

बनती'। बने कैसे? बनाना भी तो आए? लिखने-पढ़ने का कोई अभ्यास था नहीं।

मिठाई बेचें या खबर लिखें?

पान लगाएँ या समाचार बनाएँ?

कपड़ों पर प्रेस करें कि खबरों को गरमाएँ?

किराने के सामान बेचें या समाचारों की दुकान सजाएँ?

सबके सामने बड़ा धर्म-संकट था। संपादकीय कैसे लिखें? विचार ससुरे आते ही नहीं थे। गोया कसम खा रखी थी कि टुच्चे दिमागों में घुसेंगे ही नहीं। ये विचित्र किंतु सत्य किस्म के साप्ताहिक-संपादक आम या नीबू के अचार खाने के बड़े शौकीन थे, लेकिन उससे तो विचार नहीं बन पाते। कभी कुछ पढ़े नहीं, कुछ सीखने की कोशिश भी नहीं की। बस इतनी बात समझ में जरूर आ गई थी कि एकाध साप्ताहिक निकालो, तो सेठजी के और सरकार के विज्ञापन मिलने लगेंगे। घर बैठे कमाई होगी।

अगर समस्या बहन है, तो समाधान भाई भी है। इन प्रतिभाहीन मगर खुद को भयंकर ज्ञानी समझनेवाले संपादकों ने खबर न बना पाने की अपनी समस्या से निपटने का एक उपाय खोज निकाला था। वे गोलपुर के कुछ हिंदी शिक्षक या कभी-कभार अखबारों में 'संपादक के नाम पत्र' लिखनेवाले उभरते हुए लेखकों को पकड़कर उनसे समाचार बनवा लिया करते थे। ये बेचारे बेहद संतोषी जीव होते थे। एक समोसा और कट चाय पिलाकर समाचार लिखवा लो। कभी-कभार पच्चीस-पचास रुपए भी मिल जाया करते थे। लेकिन हर हफ्ते कोई समय निकाल ले, यह संभव नहीं हो पाता था। आखिरकार इस चक्कर में कुछ साप्ताहिक बंद हो गए और इतिहास की काली कचरापेटी में समा गए। कुछ जो तिकड़म कर सकते थे, वे राजधानी जाकर वहाँ के सरकारी विज्ञापन विभाग के कमीशनखोर अफसर, बाबुओं को सेट करके विज्ञापन हथिया लेते थे।

विज्ञापन विभागरूपी मुन्नी बिलकुल आज की तरह उस वक्त भी रिश्वतखोर डार्लिंगों के कारण भयंकर बदनाम थी। विभाग में इक्का-दुक्का लोग ही रिश्वतखोर थे, लेकिन लगता था, हर अधिकारी घूसखोर है। वहाँ के लोग टेबल कि सामने तो बातें सिद्धांत की करते थे, मगर किसी गुप्त स्थान में रुपइया ग्रहण कर लेते थे। ऐसे एक-दो लोग ही थे, मगर पूरी फौज पर भारी थे। विज्ञापन कैसे हथियाए जाएँ, इसका रास्ता विभाग के लोग ही बताते थे और एवज में सामनेवाले से तगड़ा कमीशन भसका (वसूल) लेते थे। सीधे-सादे संपादकों के सामने ये लोग ईमानदारी से भरे डायलॉग मारते थे, नियम-कानून की बातें करते थे, लेकिन बेईमानों को अपने घर बुलाकर उनसे रिश्वत ग्रहण कर लेते थे। क्योंकि अतिथि देव होता है। उसका अपमान ठीक नहीं। ये अधिकारी-कर्मचारी खुद लोगों को पट्टी पढ़ाते थे कि 'दो-चार-दस कॉपी छपवाकर बिल जमा कर दो यार। कौन ससुरा देखने आता है कि कितना छप रहा है और कहाँ-कहाँ

बँट रहा है।' कुछ अधिकारी पक्के व्यवसायी हो गए थे । उन्होंने अपने एक-दो परिचितों को साप्ताहिक निकालने का ठेका दे दिया था। नाम किसी और का मगर दाम इनकी झोली में आता था।

इन्हीं साप्ताहिकों की भीड़ में से साम्यवादी मुखौटेवाले प्रगतिशील एवं देशप्रेमी केडी के साप्ताहिक का उदय हुआ, जिसका नाम था—'देशवार्त्ता'।

केडी ने हिंदी साहित्य में एम.ए. कर लिया था और दूसरे युवकों की तरह नौकरी के लिए इधर-उधर भटक रहा था। साहित्य में थोड़ी-बहुत रुचि थी। वह अखबारों में 'संपादक के नाम पत्र' लिखा करता था। उसके मित्रों ने ही सुझाव दिया कि अखबार निकालो। विज्ञापन की चिंता मत करो। सेठ मछंदरबाबू जिंदाबाद! सबको विज्ञापन देते हैं। तुमको भी देंगे। दूसरे नेताओं का भी धन-सहयोग मिल जाएगा।

केडी को बात जम गई। पिताश्री लपटेश्वर प्रसाद ने भी पारंपरिक पिताओं की तरह पहले तो नाराजगी व्यक्त की, लेकिन जब केडी ने पूरा 'गणित' समझाया तो पिता राजी हो गए। समस्या यही थी कि केडी को पत्रकारिता का कोई अनुभव नहीं था।

पिता ने कहा 'पहले यह भी तो पता करो कि अखबार निकलता कैसे है? कहीं से अनुभव तो मिले। कुछ हथकंडे तो पता चलें।'

'किसी अखबार में जाकर काम करने का मौका मिल जाए तो अच्छा रहेगा।' केडी ने कहा।

अचानक लपटेश्वर प्रसाद को भोजपुर से छपनेवाले साप्ताहिक समाचार-पत्र 'धमाका' की याद आई। उसका संपादक भोलेशंकर उनका परिचित था। लपटेश्वर प्रसाद ने भोलेशंकर के नाम से एक पत्र दिया।

केडी पत्र लेकर भोजपुर चला गया और 'धमाका' में काम करने लगा।

'धमाका' का विस्फोटक संपादक भोलेशंकर भी कमाल का शख्स निकला। उसने पहले दिन ही साफ-साफ कह दिया था, 'भैए, अपन के यहाँ काम करने के एवज में तुम्हें कुछौ नहीं मिलेगा, सिवाय धन्यवाद के, लेकिन भोजन की स्वादिष्ट व्यवस्था करवा दूँगा। इसकी फुल गारंटी है।'

'चलिए, यह बड़ी कृपा हो जाएगी। तो कहाँ जाना पड़ेगा भोजन के लिए? कोई परची-वरची देंगे क्या आप?'

'नहीं-नहीं मेरे बाप, परची-वरची का लफड़ा नहीं है।' भोलेशंकर ने मुसकराते हुए फरमाया, 'पास ही गुरुद्वारा साहिब है न। वहाँ सुबह-सुबह चले जाना। छककर लंगर चखना, और मेरे लिए भी बँधवाकर ले आया करना। वहाँ बड़ा शुद्ध और स्वादिष्ट खाना मिलता है। कभी-कभार मैं भी सपरिवार जाता हूँ। गरमागरम चावल-दाल, रोटी-सब्जी और उसके साथ शुद्ध घी से तर हलवा। आज के जमाने में शुद्ध घी मिल जाए, तो

बड़ी बात है, मगर गुरुद्वारे में मिलता है। शुद्ध चीज और वो भी फ्री में खाने को मिल जाए, तो परमानंद की प्राप्ति होती है। तुम अपने आदमी हो, इसलिए मैंने बता दिया, वरना आजकल कोई नहीं बताता कि मालेमुफ्त कहाँ मिलता है। तो भैए, रोज वहाँ जाओ और इतना खा लो कि शाम तक की फुरसत हो जाए। ज्यादा खाने से नींद आएगी, इसलिए तुम दोपहर को एक घंटा सो सकते हो। और हाँ, पानी के लिए पास ही सार्वजनिक प्याऊ है। वहाँ जाकर पानी पीयो, ठंडा रहता है।

'तो क्या अपने यहाँ घड़ा भी नहीं है?' केडी ने आश्चर्य व्यक्त करते हुए पूछा।

'है काहे नहीं।' भोलेशंकर ने मुसकराते हुए कहा, 'घड़ा तो है, मगर पुराना हो गया है। और साला बदकिस्मती से पेंदे में छेदा हो गया है। साफ-साफ कहूँ, तो पेंदा फूट गया है। कब नया खरीदेंगे और कब पानी भरेंगे, इसलिए प्याऊ जिंदाबाद। हाँ, एक और बात, अपने दफ्तर के पीछे एक खँडहर है। वहाँ लघुशंका का समाधान कर सकते हो। दीर्घशंका तो तुम अपने घर से ही करके आओगे। मान लो कभी-कभार जोर की लग भी जाए, तो खँडहर की झाड़ियों का निःशुल्क इस्तेमाल कर सकते हो।'

'वाह, आप तो अपने वर्करों की बड़ी चिंता करते हैं। कितनी अद्‌भुत सुविधाएँ जमा कर रखी हैं।' केडी से रहा नहीं गया, तो वह परिहास करने से नहीं चूका। इस पर भोलेशंकर भी अखंड बेशरमी के साथ हँसते हुए बोला—

'हाँ भाई, इतना तो खयाल रखना ही पड़ता है। हम साम्यवादी लोग हैं। जनकल्याण की चिंता करते हैं। चिंता करेंगे तभी तो हम लोगों को अच्छे से 'जोत' सकेंगे।'

भोलशंकर को लगा कि वह कुछ गलत बोल गया है। पशुओं को खेतों में जोता जाता है, इनसानों को नहीं। उसने फौरन मुसकराते हुए सुधार किया, 'मतलब यह कि उनसे अच्छे से काम लिया जा सकता है। भाई, घर में खाओ, चाहे गुरुद्वारे में, एक ही बात है। और वैसे भी देखा जाए, तो घर का खाना 'खाना' होता है, लेकिन गुरुद्वारे का खाना 'प्रसाद' हो जाता है। सोचो जरा, अगर रोज प्रसाद मिले, तो जीवन कितना धन्य हो जाएगा। कहो, कैसा है आइडिया?'

'सुंदर, अति सुंदर। व्हाट एन आइडिया, सरजी।' केडी ने मजाकिया लहजे में पूछा, 'तो क्या आप हमें फूटी कौड़ी भी नहीं देंगे?'

'अरे भाई, हम इतने अधिक गिरे हुए नहीं हैं।' (भोलेशंकर के कथन से ध्वनित यही हो रहा था कि 'गिरे हुए तो हैं, लेकिन बहुत अधिक नहीं') उसने आवाज में रोब लाते हुए कहा, 'हम खानदानी लोग हैं। अब कैसे खानदानी हैं, यह भी जान लो। हमारे दादाजी के पूरे परिवार को राजघराने की ओर से दोपहर और रात का खाना दान में ही मिला करता था। इस तरह हम लोग एक तरह के 'खान-दानी' हैं। हम लोग मजदूर का पसीना सूखने से पहले उसका मेहनताना देनेवाले हैं। तुम्हारे लिए मैंने यही सोचा है कि

तुम जो हर महीने दस हजार का विज्ञापन लाओगे, तो उसमें से पाँच प्रतिशत तुम्हारा रहेगा। यानी पूरे पाँच सौ का फायदा। दस हजार के विज्ञापन लाओ और महीने के अंत में पाँच सौ रुपए मेहनताना ग्रहण करो। बाकी लोग तो इतना भी नहीं देते। हमारा कलेजा देखो, हम पाँच फीसदी कमीशन देते हैं, पूरे पाँच फीसदी।'

भोलेशंकर ने आँखें फाड़कर और पंजा दिखाते हुए कुछ इस अंदाज में 'पाँच फीसदी' कहा था गोया पचास फीसदी कह रहा हो।

केडी कुछ सोचने लगा, तो भोलेशंकर बोले, 'पाँच प्रतिशत कुछ कम लग रहा है क्या? चलो, दस प्रतिशत दे दूँगा। तुम भी क्या याद करोगे कि किसी दिलदार मर्द मालिक से पाला पड़ा है।'

इतना बोलकर भोलेशंकर हँस पड़ा—'हो...हो...हो...ही, ही...ही,...हू...हू...हू।'

भोलेशंकर की लंबी त्रिशूली हँसी केडी को भाले की नोंक की तरह चुभ रही थी, मगर वह चुप रहा। कर भी क्या सकता था? सोच रहा था और मन-ही-मन हँस भी रहा था कि अजीब नस्ल का मालिक है। वेतन के नाम पर 'जीरे' जैसा कमीशन दे रहा है और भोजन की व्यवस्था के लिए लंगर का रास्ता दिखा रहा है।...कहता है कि कभी-कभी इसका पूरा परिवार भी लंगर छकता है।...हद है कंजूसी की। खैर, मुझे तो ट्रेनिंग लेनी है। चलो, यह ज्ञान भी मिल गया कि जीवन में अगर कड़की हो तो लंगर खाने का जुगाड़ भी जमाया जा सकता है। इस देश पर सिखों के वैसे तो बहुत से उपकार हैं, मगर आजकल की बात करें, तो एक बड़ा उपकार है लंगर। इसके कारण कहीं कोई भूखा नहीं मर सकता। बस सिर पर कपड़ा रखो, 'वाहे गुरु का खालसा, वाहे गुरु की फतह' बोलकर घुस जाओ गुरुद्वारे में। सिर पर रूमाल रख लो। कोई नहीं टोकेगा। फिर धीरे से खा-पीकर निकल लो पतली गली से।

केडी को बाद में कुछ और ज्ञान मिला। जैसे—

किसी सरकारी अधिकारी को किस तरीके से ब्लैकमेल किया जाए।...

भ्रष्ट नेताओं से किस तरह पैसे निकाले जाएँ।...

व्यापारियों से विज्ञापन पाने के लिए किस तरह के खटराग किए जाएँ।...

समाचार छापने के एवज में लोगों से पैसे किस तरह वसूले जाएँ।

'पेड न्यूज' (यानी खबर छापने के लिए पैसे लेना) की आजकल बड़ी चर्चा है। लेकिन जानकार लोगों का दावा है कि यह परंपरा तीस साल पहले भोजपुर के भोलेशंकर ने ही शुरू की थी। उसे पता नहीं कहाँ से यह ब्रह्मज्ञान प्राप्त हुआ कि कुछ भी छापने का पैसा लिया जा सकता है। 'पेड-न्यूज' की बड़ी आलोचनाएँ होती हैं। लेकिन भोलेशंकर उस वक्त कहता था कि 'भइए, यह तो सापेक्षवाद है। हम किसी के लिए कुछ करते हैं, तो बदले में अगर कोई अपनी मरजी से कुछ देना चाहता है तो इसमें कोई बुराई नहीं।

सदियों से यही सब होता चला आ रहा है। 'गिव ऐंड टेक' तो सदियों से चलता रहा है। भाई मेरे, कुली सामान उठाता है, तो हम उसको पैसे देते हैं। फिर अगर पत्रकार किसी की न्यूज छापता है, तो क्या उसको अँगूठा दिखाया जाए? उसे भी कुछ मिलना चाहिए।'

भोलेशंकर के तीन दशक पुराने कथन के हिसाब से 'पेड न्यूज' सही चीज है और एक पुरानी परंपरा है। यह कल भी सही थी और आज भी सौ फीसदी सही बताई जा रही है। यह और बात है कि बाहर-बाहर इस पर चिंता जताई जाती है और भीतर-ही-भीतर इसके लिए निर्देश भी दिए जाते हैं।

केडी ने भोलेशंकर के हर वाक्य को नीति-वाक्य मानकर याद कर लिया। भोलेशंकर के सारे हथकंडे बाद में केडी के जीवन में बड़े काम आए।

'धमाका' में काम करते हुए केडी को एक सप्ताह हो गया था।

भोलेशंकर के पास अपनी ट्रेडल मशीन थी, जिससे वह जॉब-वर्क करता था। लेटरपैड, विजिटिंग कार्ड, पोस्टर, परचे आदि छापना उसका मुख्य काम था। साइड में अखबार भी चल रहा था। केडी का काम था बाहर से आनेवाले अखबारों से कुछ खबरों को पिन या कैंची से काटकर अलग करना और उसका शीर्षक बदलकर कंपोजीटर को दे देना। उसे जॉब वर्क के रूप में आनेवाले परचे, लेटरपैड आदि के प्रूफ भी पढ़ने पड़ते थे। मतलब फुल बेगारी। इस कार्य के एवज में भोलशंकर देने के नाम पर केवल 'धन्यवाद' ही देता था, वो भी तहेदिल से।

एक दिन उसके संपादक भोलेशंकर ने केडी को बुलाया और कहा, 'भाई, आज तुम्हारी पत्रकारिता का कुछ कमाल देखना है। तुम्हें बिलकुल खाली जेब दफ्तर से निकलना है और पाँच सौ रुपए के साथ वापस लौटना है।''

'मेरी जेब तो वैसे भी खाली है।' केडी ने मुसकराते हुए कहा, 'लेकिन मैं कुछ समझा नहीं। पाँच सौ रुपए कहाँ मिलेंगे?'

'अरे, 'यहीच्च' तो है पत्रकारिता का कमाल।' भोलेशंकर मुसकराया, 'मैं भी यही करता हूँ। घर से खाली जेब निकलता हूँ और कुछ-न-कुछ कमाई करके लौटता हूँ। घर में खाना, चाय-नाश्ता वगैरह भी नहीं करता। बाहर सारा इंतजाम हो जाता है। अगर पत्रकार होकर भी तुम घर का खाना खा रहे हो या नाश्ता कर रहे हो, मतलब पक्के पत्रकार नहीं हो। और जो वसूली न कर सके, उसके पत्रकार होने पर ही मुझे शक होता है। तुम्हारी भी आज परीक्षा है। कुछ सरकारी दफ्तरों में जाओ और अपने पत्रकार होने का रुतबा दिखाकर वसूली करो।'

'क्या आपने लोगों को कर्ज दिए हैं? काहे की वसूली? मैं समझ नहीं पा रहा हूँ।' केडी भोलेशंकर की ओर उजबक की तरह निहारने लगा।

'अरे मेरे बाप, पैसों की वसूली...और काहे की वसूली होती है?' भोलेशंकर ने

अपना माथा ठोंकते हुए कहा, 'तुम एक बात ठीक-ठीक समझ लो कि यह पूरा समाज जो है न, वो हमारा, हम जैसे पत्रकारों का कर्जदार है, इसलिए उससे वसूली करना हमारा परम कर्तव्य है। वैसे भी समाज में किसम-किसम के भ्रष्ट लोग होते ही इसीलिए हैं कि उनसे वसूली की जाए। अगर कोई शातिर सेठ सीधे-सादे लोगों की लूट करता है तो गुंडे और पुलिसवाले उससे वसूली कर लेते हैं। मंत्री से लेकर अफसर तक, ट्रैफिक सिपाही से लेकर विक्रयकर, आबकारी, खाद्य समेत सारे सरकारी विभागों के ऑफिसर-इंस्पेक्टर तक, सभी तो वसूली करने में लगे हैं। मैं वैसी वसूली की बात कर रहा हूँ, अब समझे?'

'लेकिन कभी पकड़े गए, तो लोग क्या कहेंगे?'

'अरे, तुमने वो गाना नहीं सुना कि कुछ तो लोग कहेंगे, लोगों का काम है कहना। लोगों की चिंता करते रहे, तो फिर हो चुकी पत्रकारिता। बाबाजी का घंटा बजाओ और बैठे रहो।' भोलेशंकर ने थोड़ी नाराजगी के साथ कहा, 'पत्रकारिता में अगर कुछ नोट-वोट कमाना चाहते हो, तो वसूली-अभियान ही एक मात्र विकल्प है। एक ही मंत्र जपो—'या वसूली, तेरा सहारा'। क्या छोटे, क्या बड़े, सभी इस काम में लगे हुए हैं, समझे? याद करो अपने महान् संपादक मिठलबराजी को। उन्होंने अपनी आत्मकथा में एक जगह क्या लिखा है? वे कहते हैं।

'न तस्करी करो, न कहीं डकैती डालो,
जब नोट कमाना हो तो अखबार निकालो।'

तो बरखुरदार, इसीलिए होते हैं अखबार। जाओ और दिखाओ अपना चमत्कार, यानी टैलेंट। तभी नंबर दूँगा कमीशन सेंट-परसेंट। तब समझूँगा कि तुम हमारे यहाँ काम के लायक हो रहे हो, वरना जयहिंद।'

भोलेशंकर ने मीठी-चेतावनी दे दी थी। केडी सोचने लगा, अनुभव नहीं है, फिर भी वसूली तो करनी ही पड़ेगी। इसे भी पत्रकारिता का प्रशिक्षण मानकर चला जाए। हिम्मत जुटाकर वह मैदाने-जंग में कूद पड़ा। यानी केडी चल पड़ा वसूली के पथ पर। लथ-पथ, लथ-पथ।

सबसे पहले केडी पहुँचा 'आरटीओ' कार्यालय। रोड ट्रांसपोर्ट ऑफिस। भीतर परची भिजवाई। केडी भारतीय, उप संपादक, साप्ताहिक 'धमाका', चंपाबाई की गली, भोजपुर।

आरटीओ समझ गया कि 'साला, यह पत्रकार बिना कुछ लिये टलेगा नहीं'।

उसने चपरासी के हाथों दो सौ रुपए भिजवा दिए। रुपए देखकर केडी गद्गद।

दो सौ रुपए··· ? बोहनी तो हो गई। वहाँ से उठकर केडी सेल्सटेक्स विभाग चला गया। अधिकारी ठाकुर को परची भिजवाई। ठाकुर ने सोचा कि पता नहीं पत्रकार क्या पूछेगा, क्या नहीं पूछेगा। कुल मिलाकर सिरदर्द ही साबित होगा, इसलिए उसने भी जान

बचाने के लिए केडी को भीतर नहीं बुलाया और चपरासी को दो सौ रुपए थमाते हुए कहा कि 'पत्रकार महोदय से कह देना कि साहब अभी व्यस्त हैं। बाद में मिलेंगे।'

चपरासी से दो सौ रुपए पाकर केडी की प्रसन्नता में तिगुना इजाफा हो गया। फिर केडी अपने मन से भी कुछ और दफ्तर गया। सबने बाहर से ही टरका दिया, मगर खाली हाथ किसी ने नहीं लौटाया। शाम तक वसूली अभियान चलने के बाद केडी को पूरे एक हजार रुपए का फायदा हो गया। उसकी तो बल्ले-बल्ले हो गई। सेठ भोलेशंकर ने पाँच सौ रुपए लाने की बात की थी। यहाँ तो एक हजार जमा हो गए। एक हजार रुपए देखकर भोलेशंकर पगला जाएगा, सोचेगा बड़े काम का आदमी है। तो क्या उसे पूरे एक हजार रुपए ही दे दिए जाएँ?

केडी ऊहापोह में पड़ गया। उसने एक बरगद के पेड़ के नीचे बैठकर ठंडे दिमाग से सोचना शुरू किया और वह अचानक बुद्धू से बुद्ध बन गया। उसका ज्ञान जाग्रत् हुआ कि 'अरे, यह तो मेरी मेहनत की कमाई है'। भोलेशंकर ने केवल पाँच सौ रुपए लाने को कहे थे, मगर यहाँ तो हजार रुपए जमा हो गए हैं। पाँच सौ सेठ को दे दिए जाएँगे और पाँच सौ मेरे खाते में रहेंगे। सेठ को पता भी नहीं चलेगा।

केडी गद्गद होकर सोचने लगा कि 'अगर रोज इसी तरह की वसूली होती रही तो महीने के पंद्रह हजार हो जाएँगे। इस हिसाब से तो ये सेठ न जाने कितने हजार कमाता होगा। वाह! मतलब पत्रकारिता तो बड़े फायदे का काम है। फिर इस सेठ के यहाँ काम क्यों करना? गोलपुर जाकर यही काम जल्द-से-जल्द शुरू करना चाहिए। खैर, अभी तो कुछ और अनुभव लेने हैं।' यह सोचकर केडी पाँच सौ रुपए को अंदर करते हुए शाम को सेठ के पास पहुँचा और रोनी सूरत बनाते हुए बोला—

'सेठजी, बड़ी मुश्किल से पाँच सौ रुपए ही जमा हो सके। कल फिर कोशिश करूँगा।'

'अरे, कोई बात नहीं। पहले दिन के हिसाब से तो काफी वसूली हो गई। मैं तो सोच रहा था कि तुम सौ-दो सौ रुपए ले आओ, वही बहुत है। मगर तुम तो काफी 'टैलेंटेड' निकले यार।' भोलेशंकर ने तेजी के साथ लपककर रुपए हस्तगत करते हुए कहा, 'मुझे तो इसकी भी उम्मीद नहीं थी। तुमने तो कमाल कर दिया। पूरे पाँच सौ रुपए ले आए। यानी तुम में दम है पार्टनर। बड़ी संभावनावाले पत्रकार लगते हो। सोचता हूँ, अब तुमको इसी काम में लगा दूँ। ऐसा करो, अब तुम मेरे अखबार के प्रबंधक बन जाओ। इसके पहले दो-चार लोगों को मैंने रखा था, लेकिन सब-के-सब सीधे-सादे यानी नालायक निकले। इधर-उधर जाते थे और खाली हाथ लौटते थे, लेकिन तुम दमदार लगते हो। रिपोर्टिंग तो मैं कहीं से भी करवा लूँगा। किसी-न-किसी अखबार की कटिंग से काम चला लेंगे। तुम तो वसूली करो, क्योंकि यही मुश्किल काम है। लो, पच्चीस

रुपए। ऐश करो। अब मैं तुम्हारा प्रमोशन कर रहा हूँ। तुम मेरे अखबार के प्रबंधक और कार्यकारी संपादक दोनों रहोगे। अपने 'विजिटिंग कार्ड' पर कार्यकारी संपादक लिखवाना, प्रबंधक नहीं। इससे अच्छा प्रभाव पड़ेगा। हे···हे···ही···ही···ही···, हू···हू···हू··· ।'

केडी ने सोचा, यह तो बढ़िया काम हो गया। दफ्तर से छुट्टी मिली, बाहर घूमो-फिरो, सिनेमा देखो, दफ्तरों के चक्कर लगाओ और लौट आओ। वाह, कितनी संभावना से भरी है यह पत्रकारिता। पत्रकारिता या प्रबंधकारिता? मैं भी इसी पैटर्न पर अपना अखबार निकालूँगा। कुछ दिन और अनुभव ले लूँ।

केडी रोज निकलता और दो-चार दफ्तरों के चक्कर लगा लेता। कभी किसी अधिकारी से भेंट हो जाती, तो किसी बाबू से। हर कोई उसे कुछ-न-कुछ 'दान-दक्षिणा' जरूर देता। लोग पत्रकारों को नाराज नहीं करना चाहते थे। कुछ पत्रकार नाराज होते हैं, तो पीछे पड़ जाते हैं। पूरी कुंडली बाँचने लगते हैं, फिर अंट-शंट छाप देते हैं, तो दुनिया भर में सफाई देनी पड़ती है। इसलिए ऐसी नौबत ही क्यों आए। खुश करके रखो और खबर में आकर बदनाम होने से बचो।

केडी सरकारी दफ्तरों से लेकर ठेकेदारों से, और छुटभैए नेताओं तक से 'वसूली' करने लगा। हजार रुपए वसूलता और भोलेशंकर को आकर बताता कि भैया, दो सौ रुपइए ही हाथ लगे। धीरे-धीरे केडी वसूली-कला में उस्ताद होने लगा। तगड़ी कमाई होने लगी। वह नेताओं के बयान भी ले आता और दूसरे सप्ताह उसे प्रकाशित कर देता। केडी रोजाना भोलेशंकर को कुछ-न-कुछ पैसे लाकर देने लगा। जितना भी देता, उसका आधा अपने पास रख लेता था। इस तरह केडी जब तक 'धमाका' में रहा, बिना वेतन के भी लाल होता रहा। छह महीने तक वसूली अभियान चलता रहा। आधी कमाई जेब में रखकर आधी भोलेशंकर के हवाले करते हुए केडी पत्रकारिता का मँजा हुआ खिलाड़ी बन चुका था। अब तो वह बेचैन हो रहा था कि कब 'धमाका' से मुक्त होकर गोलपुर पहुँचे और अपना अखबार शुरू करे।

केडी पूरी व्यग्रता के साथ उस दिन की प्रतीक्षा कर रहा था। और वह समय भी जल्द आ गया। हुआ यह कि एक बार केडी को पी.डब्ल्यू.डी. के अभियंता गुलफाम कुमार के घोटाले के बारे में जानकारी मिली। उसने भोलेशंकर को बताए बगैर अभियंता से मुलाकात कर ली। अभियंता को जब पता चला कि 'धमाका' का कोई पत्रकार आया है, तो वह चिढ़ गया। बड़बड़ाने लगा, 'ये क्या तमाशा है, कल साला भोलेशंकर आया था। वह हजार रुपइया ले गया, और आज उसका रिपोर्टर टपक गया। सब साले यहीच्च मरते हैं। इसको भी कुछ-न-कुछ टुकड़ा फेंकना पड़ेगा, अब देखते हैं कि ये महाशय क्या फरमाते हैं, इनसे भी निपटते हैं।'

गुलफाम कुमार ने केडी को बुलवा लिया।

'हूँ, कहिए। मैं आपकी क्या सेवा कर सकता हूँ?'

'सेवा तो हम लोग करते हैं, पत्रकारिता हमारी सेवा है, मिशन है। आपसे कुछ पूछताछ के लिए आया हूँ। मुझे पता चला है कि इस दफ्तर में कुछ गड़बड़ियाँ हुई हैं। मुझे जानकारी मिली है, खासकर फर्जी मस्टररोल के बारे में। सोचा, पहले आपसे पूछ लूँ।'

'अरे, छोड़िए साहब। घपले कहाँ नहीं होते। हमारे यहाँ भी इनसान काम करते हैं लेकिन आप जिस मामले के बारे में पूछना चाहते हैं, वह आँकड़ों की चूक भर है।'

'जो भी हो, चूक तो हुई है न? यह चूक भी तो एक खबर है, ठीक है, चलता हूँ। आपका पक्ष मिल गया, अगले सप्ताह खबर देख लेंगे। बताइएगा, ठीक छपी है कि नहीं।' इतना बोलकर केडी उठकर जाने लगा तो गुलफाम कुमार ने आवाज दी।

केडी पलटा—'जी?'

'अरे, केडी भाई, हमारे दफ्तर की इज्जत का सवाल है। खबर रहने दें। आपके अखबार के लिए कुछ मदद कर देता हूँ, आप लोगों की मेहनत को मैं प्रणाम करता हूँ। यह लीजिए हजार रुपए। फिर कभी आएँ। खबर को इतिहास की कचरापेटी में डाल दें, बड़ी कृपा होगी।'

'अब आप कहते हैं, तो फिर ठीक है। यही सही', केडी ने बैठते हुए कहा, 'आप पर भरोसा है। चलिए, खबर को इतिहास बना ही देते हैं। अब इस खुशी में चाय-वाय हो जाए। सुबह से निकला हूँ। 'च्यास' (चाय पीने की तलब) भी लगी है और भूख-प्यास भी लग रही है। सोचता हूँ, अब चाय-नाश्ता यहीं कर लिया जाए।'

'हाँ-हाँ, क्यों नहीं। मुझे भी भूख लग रही थी। अरे खेदू, जल्दी से जाओ और साहू की होटल से गरमागरम समोसे-कचोरी लेकर आओ। बाद में चाय पिला देना। नहीं-नहीं, कॉफी ले आना।'

खेदू चला गया। तो गुलफाम कुमार ने कहा, 'वैसे आपके संपादक भी कल आए थे। आज आप आ गए। बड़ी मेहनत करते हैं आप लोग। एक-एक दफ्तर में दो-दो लोग पहुँच रहे हैं? धन्य हैं आप लोग।'

'अच्छा, क्या भोलेशंकरजी आए थे?' केडी मन-ही-मन सकपकाया, फिर सँभलते हुए बोला, 'खैर, कोई बात नहीं; लेकिन आपसे अनुरोध है कि उनको मत बताइएगा कि मैं आया था। वरना नाराज होंगे। जहाँ हमारे संपादक पहुँच गए, वहाँ मुझे नहीं जाना चाहिए। शिष्टाचार तो यही कहता है। मैं तो बस ऐसे ही आ गया था।'

'चिंता न करें, बिलकुल नहीं कहूँगा। आप भी हमारे शुभचिंतक हैं।' इतना बोलकर गुलफाम कुमार को जैसे कुछ याद आया। उसने अपने बैग से एक कागज निकाला और केडी को देते हुए कहा, 'यह मेरी इकलौती साली मनमोहिनी कुमारी की

कविता है। बिलकुल महादेवी वर्मा टाइप की छायावादी कविताएँ लिखती है। इसे 'धमाका' में छाप दीजिएगा। आपके अखबार की बिक्री बढ़ जाएगी। देखिए, कितनी सुंदर बात लिखी है, 'प्रिय तुम्हारी याद में घन बरसे। सावन तरसे, मैं तो निकलूँ न घर से, तन तरसे'। कैसी है कविता? अद्‌भुत है न? मैंने तो इतनी सुंदर कविता आज तक नहीं पढ़ी।'

कविता पढ़कर केडी मन-ही-मन मुसकराया, क्योंकि कविता बेहद कमजोर थी। तुकबंदी की असफल कोशिश थी। फिर भी केडी ने गंभीर स्वर में कहा, 'सच कहूँ तो यह महादेवी वर्मा से आगे की सोच लगती है। कभी इन्हें हमारे दफ्तर भेजिएगा। वहाँ इनका साक्षात्कार भी ले लूँगा।'

'क्यों नहीं, क्यों नहीं। जरूर। एक दिन मैं उसे लेकर आऊँगा।'

तभी समोसे आ गए, तो केडी ने उसपर नजरें गड़ा दीं। उसे कुछ ज्यादा ही भूख लगी थी। देखते-ही-देखते वह चार समोसे खा गया और डकार भी नहीं ली। फिर थोड़ी देर बाद कॉफी भी आ गई। केडी ने अपनी 'च्यास' भी शांत की। मुफ्त के माल से पेट को फुल करने के बाद केडी ने वहीं डकार ली। केडी की अदा पर गुलफाम कुमार मुसकराया— 'लगता है नाश्ता कुछ ज्यादा हो गया है?'

'हाँ, ऐसा ही कुछ लग रहा है। फोकट में पाए तो फटे तक खाए।' इतना बोलकर केडी बेशरमी के साथ हँस पड़ा, 'अच्छा, चलता हूँ। फिर मिलेंगे।'

केडी के पेट में जबर्दस्त गुड़गुड़ हो रही थी। पेट में गोले इधर-उधर मँडराकर बाहर निकलने का मार्ग तलाशने लगे। केडी बेचैन हो गया। तेजी के साथ बाहर निकला और सबसे पहले तेज आवाज के साथ 'गैस' विसर्जित की। पुर्र-पुर्र, ठुस्स-ठुस्स। आसपास से गुजरनेवाले चौंककर देखने लगे कि कौन है जो अपनी अभद्रता का वीभत्स प्रदर्शन कर रहा है। वैसे केडी ने इतना शिष्टाचार तो जरूर दिखाया कि उसने गुलफाम कुमार के चैंबर से बाहर निकलकर विस्फोट किया, वरना गोलपुर के एक-दो परम भुक्खड़-खाऊ पत्रकारों के बारे में यही जुमला प्रसिद्ध था कि ससुरे जहाँ खाते हैं, वहीं पर खड़े-खड़े 'सं-पादन' करने लगते हैं। वो भी बेहिचक।

खा-पीकर एक तरह से अपनी आत्मा को तृप्त करने के बाद केडी दफ्तर पहुँचा, तो भोलेशंकर से सामना हो गया। वह तो रोज की तरह केडी की प्रतीक्षा ही कर रहा था।

'हाँ भाई, केडी। बोलो, आज की क्या रिपोर्ट है?'

'कोई खास नहीं, ये दो सौ रुपए रखिए। आज खूब चक्कर लगाए, मगर सफलता नहीं मिली।'

'अच्छा? वाह!' इतना बोलकर भोलेशंकर हँस पड़ा, 'जै हो गुरु। अब तो तुम पक्के पत्रकार हो गए हो। जो पत्रकार मालिक को चूना लगाने लगे, तो समझो उसका भविष्य

उज्ज्वल है। यह और बात है कि समझ लो मालिक का 'बेडलक खराब' हो गया है।'

भोलेशंकर हँसता रहा। बोला कुछ नहीं, बस केडी को मुसकराकर घूरता रहा। केडी के पृष्ठभाग में 'लुप्प-लुप्प' होने लगी। वह समझ गया कि मामला गड़बड़ है। कहीं इसको पता तो नहीं चल गया कि मैं वसूली करके आ रहा हूँ!

'क्या बात है, आप आज काफी खुश नजर आ रहे हैं?' केडी ने हिम्मत के साथ पूछा।

'अरे, आज खुशी का ही क्षण है। हमारी मेहनत रंग ला रही है। तुम्हारे बाप ने जैसा चाहा, उस हिसाब से मैंने तुमको पक्का पत्रकार बनाने की कोशिश की। और आज लग रहा है कि तुम पक्के पत्तरकार बन गए हो।'

'वो···वो कैसे? मैं कु···कुछ समझा नहीं।' केडी ने घबराते हुए पूछा।

'वो ऐसे कि तुम आज गुलफाम कुमार के पास गए थे। गए थे न? उनसे एक हजार रुपए लेकर आए हो। आए हो न? और देखो, मुझे केवल दो सौ रुपए थमा रहे हो। थमा रहे हो न? ऐसा काम कोई मँजा हुआ खतरों का खिलाड़ी ही कर सकता है।' इतना बोलकर भोलेशंकर फिर हँस पड़ा—हा···हा···हू···हू···ही···ही···।

केडी घबरा गया। मानो रँगेहाथों पकड़ लिया गया हो। वह हकलाते हुए बोला, ''मैं-मैं···तो आपको अभी बताने ही वाला था। ले···लेकिन गुलफाम कुमार झूठ बोल रहा है। उसने केवल पाँच सौ रुपए दिए हैं। देखिए, ये रहे।'

केडी ने फौरन बाकी के तीन सौ रुपए निकालकर सामने रख दिए और अपनी जेबें दिखाते हुए कहा, 'आपकी कसम, उसने पाँच सौ रुपए ही दिए थे। बेईमान, एक हजार बता रहा है। ये तो बड़ी नीचता है। दुनिया में ईमानदारी अब बची ही नहीं।'

'अरे, ईमानदारी तो केवल हम बेईमानों के पास ही सुरक्षित है, बेटे। तुम टेंशन मत पालो। उसने पाँच सौ रुपए ही दिए थे।' भोलेशंकर ने कुटिल मुसकान के साथ कहा, 'उसने भी यही बताया था फोन करके। मैं तो तुम्हारी बेस्ट और लेटेस्ट ईमानदारी को टेस्ट कर रहा था। तुम फेल हो गए, इसलिए अब तुम्हें एडजेस्ट करना कठिन है। अच्छा भाई, चल उड़ जा रे पंछी कि अब ये देश हुआ बेगाना। मतबल यह है कि तुम्हारी ट्रेनिंग अब पूरी हुई। तुम्हारे पिताजी की इच्छा के अनुरूप तुम आज पूर्णता को प्राप्त हो गए हो। अब तुम्हारा एकल दीक्षांत समारोह होना भर बाकी है। जब सेवक मालिक को चूना लगाने लगे, तो समझो उसमें भी मालिक बनने की क्षमता आ गई है। इसलिए अब मैं चाहता हूँ कि तुम गोलपुर लौट जाओ और वहाँ अपना कोई साप्ताहिक शुरू कर दो। अब तुम उस्ताद हो गए हो।'

'लेकिन मैं कुछ दिन और···'

'अरे, नहीं मेरे बाप, तुम तो अब बोरिया-बिस्तर बाँध ही लो। वरना मुझे बाँधना

पड़ जाएगा।' भोलेशंकर ने क्रोध को पचाते हुए मुसकान के साथ कहा, 'देखो बरखुरदार, अब तुम मालिक होने के लायक हो गए हो, इसलिए निकल लो पतली गली से। तुम्हारे लिए अब नौकरी करना ठीक नहीं। मैं कहूँगा पाप है, पाप। तुम तो बन गए हो हमारे भी बाप। तुम लोगों को ठगने की कला में माहिर हो गए हो। मतलब यह कि अब तुम भी अखबार के मालिक बन सकते हो। मेरी राय यही है कि तुम अपना अखबार निकालो, उसी में सार है।'

इतना बोलकर भोलेशंकर हँस पड़ा। केडी कुछ नहीं बोला। वह चुपचाप बाहर निकल गया।

भोलेशंकर के मन में इस बात का गुस्सा था कि 'यह बंदा 'धमाका' में काम करते हुए मेरे माल पर ही डाका डाल रहा है। मुझको ही नुकसान पहुँचा रहा है? आज ही छुट्टी कर दो वरना साला रोज यही गोरखधंधा करेगा।' इसलिए भोलेशंकर ने बड़े ही नाटकीय तरीके से और बड़े प्रेम के साथ केडी की छुट्टी कर दी। उधर केडी भी समझ गया कि दाना-पानी उठ गया है, लेकिन उसे इसका कोई मलाल नहीं था, क्योंकि उसकी 'ट्रेनिंग' पूरी हो चुकी थी। भोलेशंकर के साथ काम करते हुए वह समझ गया था कि एक साप्ताहिक समाचार-पत्र चलाने के लिए किस-किस तरह की 'प्रतिभा' जरूरी है। वह गद्‌गद था कि साप्ताहिक प्रकाशन की कला में माहिर हो गया है।

केडी बेचैन हो रहा था कि कितनी जल्दी गोलपुर पहुँचे और अपना अखबार शुरू करे।

□

: तीन :

धमाकेदार अनुभव के बाद गोलपुर में 'देशवार्त्ता' नामक नए साप्ताहिक का जन्म हो गया।

'धमाका' में मिली ट्रेनिंग बड़े काम की थी। केडी ने पूरे शहर और आसपास के इलाके में ऐसी धूम मचाई कि धीरे-धीरे साप्ताहिक समाचार-पत्रों की भीड़ में 'देशवार्त्ता' की अलग साख जमने लगी। केडी न तो अँगूठा-छाप हलवाई था और न किराना दुकान चलाता था। वह पढ़ा-लिखा बेरोजगार था और लिखने-पढ़ने में उसकी थोड़ी-बहुत रुचि भी थी। और सबसे बड़ी बात, एक साप्ताहिक में काम करके खासा अनुभव भी अर्जित कर चुका था। वह सारे हथकंडे समझ चुका था कि साप्ताहिक प्रकाशन के लिए कैसे-कैसे जुगाड़ करने पड़ते हैं। पढ़े-लिखे चालाक लोग जब अपराध की दुनिया में आते हैं तो वे बहुत सफल होते हैं। जाहिर है कि केडी भी सफल हुआ।

गोलपुर और अनेक शहरों का इतिहास यही बताता है कि अनेक मालिक, संपादक पहले 'साप्ताहिक' ही निकाला करते थे। शुरुआत इसी तरह होती थी। फिर किसम-किसम के वैध-अवैध परिश्रमों, जोड़-तोड़ों या तिकड़मों के सहारे अखबार फलने-फूलने लगता था। फिर एक दिन लक्ष्मी खुद कहती थी कि 'मेरे लाल, तेरे मालामाल होने का 'टैम' आ गया है। दरवाजा बड़ा कर ले, मैं प्रवेश करना चाहती हूँ।' बस 'साप्ताहिक' देखते-ही-देखते 'दैनिक' हो जाता था। गोलपुर में कितने ही नाम और चेहरे सबके सामने हैं, जो शून्य से शुरू हुए और सफलता के शिखर तक पहुँच गए। यानी साप्ताहिक से दैनिक की महायात्रा करके रोडपति से करोड़पति, फिर अरबपति भी बन गए। इन लोगों ने कितनों को टँगड़ी मारकर गिराया, कितनों को चूना-कत्था लगाया, अपनों के साथ विश्वासघात किया, कहाँ-कहाँ जाकर मत्था टेका, कितनी बार आत्मा को चौराहे पर बिठाकर उससे धंधा कराया, यह कौन जानता है। ये तो अंदर की बातें हैं।

लोग तो वर्तमान देखते हैं, इतिहास को भूल जाते हैं।

केडी बचपन में देशप्रेम और गांधीवाद वगैरह की घुट्टी पिलानेवाले संगठन

'प्रगतिवादी देशप्रेमी मंच' (पी.डी.पी.एम.) के आयोजनों में जाया करता था। वहाँ जाने के कारण केडी को साम्यवाद शब्द से ही बड़ा लगाव हो गया, क्योंकि 'पी.डी.पी.एम.' से जुड़े लोग समाज में गैर-बराबरी को लेकर चिंतित रहते थे। 'नए समाजवादी राष्ट्र का निर्माण करना है', 'सर्वहारा के लिए जीएँ और देश के लिए मरें' आदि आकर्षक वाक्यों के सहारे संस्था के निष्ठावान बुद्धिजीवी देशप्रेम जगाने का काम करते थे। लेकिन ऐसा हो नहीं पाता था। हर अच्छी संस्था में निष्ठा की आड़ लेकर वैचारिक विष्ठा (गंदगी) के शिकार अधिकतर लोग ढोंगी-पाखंडी बनकर ही रह जाते हैं। अनेक छद्मी जाति के लोग 'पीडीपीएम' से जुड़ गए थे। ग्राहकों का गला काटने को धंधे का उसूल समझने के आदी ये लोग अपने पापों से बहुत डरते थे। इसलिए वे किसी-न-किसी ऐसी संस्था से जुड़ जाया करते थे, जहाँ कुछ पुण्य कार्य करके अपने पापों को कम कर सकें। कोई गौ शाला से जुड़ जाता, तो कोई 'पी.डी.पी.एम.' से। कोई किसी मंदिर का ही ट्रस्टी बन जाता। आयकर बचाने के लिए ये लोग ऐसी संस्थाओं को लाखों रुपए का दान देना दिखाते थे, लेकिन देते-वेते कुछ नहीं थे, यानी गोलमाल। कागजी जमा-खर्च भर रहता था। इधर आयकर न चुकाकर ये महान् चालू लोग अपनी आय बढ़ाते और समाजसेवी बनकर नाम कमाते रहते। देशप्रेम के प्रति अपनी निष्ठा दिखाने के नाम पर सेठनुमा लोग 'पी.डी.पी.एम.' के प्रचारकों को घर पर घी से तर भोजन करा दिया करते और उनके आने-जाने का खर्चा उठा लेते थे।

केडी इन सब चीजों को देख-समझकर खाँटी होशियार हो गया था। उसी के अनुरूप अपनी जीवन-शैली बनाने की कोशिश कर रहा था।

केडी को बहुत जल्दी ज्ञान प्राप्त हुआ। वह भी धन को ही साम्यवाद और देश समझकर उसकी पूजा करने लग गया। बड़े-बड़े सेठ यही कर रहे थे। लोग देश-देश करते और धन कमाने का जुगाड़ जमाए रखते। केडी क्यों पीछे रहता? वह भी मुख्यधारा में आ गया था। साम्यवाद, गांधीवाद और देशप्रेम सिखानेवाली संस्था 'पी.डी.पी.एम.' पीछे छूट गई थी। जब केडी कुछ-कुछ और समझदार हुआ, यानी दुनियादारी की अच्छी-खासी अक्ल आने लगी, तो वह 'पी.डी.पी.एम.' को अलविदा करके धन को नमन करने में जुट गया। वह अच्छे से समझ चुका था कि भारत जैसे देश में या तो देसी कट्टा दिखाकर धन कमाया जा सकता है या फिर भक्ति, योग, गौ सेवा, विकलांग सेवा और राष्ट्र की आड़ में कमाई की जा सकती है। देश-विदेश में ऐसे लोगों की दुकानें पसरी हुई हैं। उस वक्त भी थीं, जब केडी ने साप्ताहिक निकालने की तैयारी कर ली थी। आजादी के बाद से बहुत लोग इसी एकसूत्री काम में लगे हुए थे। श्रीमान केडीजी भी लग गए। केडी ने 'पी.डी.पी.एम.' छोड़ दी और उसके साथ शराफत भी। लेकिन जिस तरह बँदरिया अपने मरे हुए बच्चे को छाती से चिपकाए रखती है, ठीक उसी तरह केडी

ने भी 'देश', 'साम्यवाद' , 'समाजवाद' और 'गांधीवाद' जैसे शब्दों को अंतिम साँस तक नहीं छोड़ा। एक दिन उसने अपनी छवि चमकाने के लिए अपने नाम के साथ 'भारतीय' तखल्लुस (उपनाम) भी जोड़ लिया और हो गया—'केडी भारतीय'।

केडी को जहाँ कहीं भी मौका मिलता, भाषण में देश, राष्ट्र, नेशन, भारत, समाजवाद, गांधीवाद जैसे शब्द जरूर घुसेड़ देता था।

केडी साप्ताहिक का संपादक था, लेकिन लोग उसे कभी-कभी विचार-गोष्ठियों में बुला लिया करते थे। केडी भी सूँघता रहता था कि कहाँ हो रही है गोष्ठी। जैसे ही केडी को पता चलता कि कहीं किसी गोष्ठी की योजना बन रही है तो वह आयोजक को फौरन फोन करता। केडी भारतीय की आदत थी कि वह खुद के नाम के साथ खुद ही 'जी' जोड़ लेता था। कुछ लोग ऐसा करते हैं। पता नहीं कोई उनके नाम के साथ जी जोड़ता है या नहीं। 'हैलो, मैं केडी भारतीयजी बोल रहा हूँ'। लोग उसकी इस अदा पर आपस में हँसते और मुफ्त में मनोरंजन के लिए केडी को धन्यवाद भी देते।

'हैलो, आप लल्लूजी बोल रहे हैं न?…देखिए मैं 'देशवार्त्ता' का प्रधान संपादक 'केडी भारतीयजी' बोल रहा हूँ।…हाँ-हाँ, वही देशप्रेमी संपादक। आपके आयोजन की खबर भेज दें।…मैं फ्रंट पेज पर छापना चाहता हूँ और अगर उचित समझें तो छोटा-मोटा वक्ता मैं भी हो सकता हूँ।…हाँ हाँ, चाय पानी की व्यवस्था मेरी रहेगी। मैं ऐसे वैचारिक आयोजनों को पूरी मदद करना चाहता हूँ।…राष्ट्रीय चिंतन को फैलानेवाले हर आयोजन को मैं दिल से सहयोग करता हूँ।'

लल्लूजी गद्‌गद। फोकट में चाय-पानी की व्यवस्था हो रही है तो बुला लो। ऐसे 'महापुरुष' मिलते कहाँ हैं!

एक सभा में केडी पहुँच गए। विषय था—'नैतिक मूल्यों का ह्रास : कारण और निदान।' केडी की बारी आई तो वे शुरू हो गए और अपने भाषण को वजनदार बनाने के लिए हर जगह देश या राष्ट्र शब्द को घुसेड़ने लगे—'इस वक्त देश के सामने अनेक गंभीर चुनौतियाँ हैं। इस राष्ट्र को लेकर हमें चिंता करनी है, मनन करना है, सोचना है इसके बारे में। विचार करना है। राष्ट्र के बिना हम कुछ नहीं। राष्ट्र है तो महाराष्ट्र है, सौराष्ट्र है। हम हैं। देश को आगे बढ़ाना है। देश हमारा मान है। बनारसी, मगही जैसा स्वादिष्ट पान है। राष्ट्र हमारी शान है, आन-बान है। देश के लिए हमें कुछ करना है। समाजवाद लाना है कि गांधीवाद लाना है। इसका क्या करना है, यही सोचना है। हम पहले भी सोचते थे, आज भी सोच रहे हैं और कल भी सोचेंगे। सोचना हमारा धर्म है। सोचने से देश मजबूत होता है। लोग तो सोचते ही नहीं। हम सोचते हैं। वर्षों से हम यही कर रहे हैं। हमारे पिताश्री भी यही करते थे। हमें कुछ-न-कुछ जरूर करना चाहिए। राष्ट्र के लिए लोगों ने बहुत कुछ किया है। पहले भी लोग कुछ करते थे, अब हमें भी कुछ

करना है। देश हमें जान से प्यारा है। हमें राष्ट्र को महान् राष्ट्र बनाना है। राष्ट्र के लिए जगना है और राष्ट्र के लिए ही सोना है···चाँदी है। अचानक उन्हें याद आया कि विषय कुछ और है तो उन्होंने कहना शुरू किया, नैतिक मूल्यों का ह्रास बड़ी समस्या है। हमें कारण तक पहुँचना ही होगा और निदान की तलाश करनी होगी। देखिए, सड़कें कितनी खराब बन रही हैं। बारिश भी अनियमित हो गई है। आसमान काला पड़ता जा रहा है। राष्ट्र में नैतिक मूल्यों का ह्रास नहीं होना चाहिए। इससे राष्ट्र के सामने बड़ी परेशानी खड़ी हो जाती है। फौरन कारण खोजना है, निदान खोजना है। तभी राष्ट्र राष्ट्र रहेगा। राष्ट्र को बचाना है। देश को बचाना है। देश···नेशन···और राष्ट्र। भारत माता की जय!'

केडी का भाषण लोगों की समझ में नहीं आया, लेकिन अपने भाषण में उन्होंने चार सौ बीस बार देश और राष्ट्र शब्द का उपयोग किया था, तीन सौ छिहत्तर बार गांधी का नाम लिया था। इसलिए लोगों को मजबूरी में कहना पड़ गया, 'यार, यह तो भयंकर देशप्रेमी लगता है'। बस तभी से केडी को लोग मजाक-मजाक में 'देशप्रेमी संपादक' कहने लगे।

मजाक-मजाक में दी गई उपाधि को केडी ने पूरी गंभीरता से ग्रहण किया। ठीक बात भी है। जो देश के पीछे इस बुरी कदर पड़ जाए तो उसे क्या कहेंगे? गोष्ठीबाजी और उसके लिए थोड़ा सा 'इन्वेस्ट' (चाय-पानी) करने के कारण केडी की दुकानदारी कुछ ऐसी जमी कि लगभग हर कार्यक्रम में वे दिखाई देने लगे। लोगों को भी यह फायदे का सौदा लगता। कार्यक्रम में बुलाओ, तो चाय-पानी का जुगाड़ हो जाता था और कम-से-कम 'देशवार्त्ता' में तो लंबा-चौड़ा समाचार छप ही जाता था, जिसे दिखा-दिखाकर कुछ लोग अपने परिजनों पर रोब गाँठने का काम करते थे कि 'हम भी कुछ हैं'।

पूरे गोलपुर ने देखा कि बहुत जल्दी केडी 'देशवार्त्ता' के सहारे कहाँ-से-कहाँ पहुँच गया। 'कहाँ-से-कहाँ पहुँचने' का सरलीकरण जरूरी है। मतलब यह कि केडी बहुत पैसेवाला हो गया, लेकिन यहाँ तक पहुँचने के लिए उसने कितने पापड़ बेले, यह वही जानता है या उस समय के चश्मदीद गवाह, जिन्होंने या तो केडी की कभी ठुकाई की थी या उसे ठुकते हुए देखा था। और जिन्होंने उसे घूस दी थी या विश्वसनीय लोगों से सुन रखा था कि केडी घूसखोर है।

केडी की 'साहसिक पत्रकारिता' का पहला पड़ाव उस वक्त आया, जब पत्रकारिता के कारण उसे सरेराह पिटना पड़ा। एक बार तो उसने 'जेलानंद' भी लिया। यानी मानहानि के मामले में जेल की हवा भी खानी पड़ी।

गोलपुर में अधिकांश साप्ताहिक समाचार-पत्रों के संपादकों के लतभंजन (यानी कुटाई या ठुकाई) समारोह हो चुके थे। किसी को ठेकेदार ने पीटा, किसी को पुलिसवाले ने। किसी-किसी को छुटभैए नेता ने भी निपटाया। कारण यह था कि ये संपादक खुद भी

आचरण से नंगे होते थे, मगर भले-चंगे लोगों से जबरन पंगे लिया करते थे। किसी ने पैसे नहीं दिए, तो उसके खिलाफ समाचार छाप दिया। किसी ने दफ्तर में पानी नहीं पिलाया तो उसके खिलाफ अंट-शंट लिख मारा। मतलब यह कि गोलपुर में पीत पत्रकारिता के बेशरम पौधे यत्र-तत्र-सर्वत्र नजर आते थे। लोग धमकी-चमकीवाली पत्रकारिता से त्रस्त रहते थे। ईमानदार लोग गुस्से में और खामोश रहते थे, मगर भ्रष्ट लोग बुरी तरह उखड़ जाते थे कि 'ये सारे आंडू-पांडू संपादक पीछे पड़े रहते हैं'। इन्हीं में से कोई एक शख्स गुस्से में आकर किसी को सुपारी दे देता था और संपादकों को पिटवाकर खुद को कुछ हलका महसूस करता था।

साप्ताहिक अखबार और ब्लैकमेलिंग का अटूट सा रिश्ता बन गया था, बिलकुल आजकल के 'टॉप-जींस' की तरह। दैनिक अखबारवाले साप्ताहिकों से दो हाथ दूर ही रहते थे, इसीलिए प्रेस क्लब में साप्ताहिक पत्रों के संपादकों का प्रवेश निषेध रहता था। हालाँकि दैनिक अखबार के लोग भी कम 'कलाकार' नहीं थे। उनमें भी अनेक लोग पीत पत्रकारिता ही करते थे, यानी खबरों को लेकर सौदेबाजी, लेकिन ये लोग अपने को ऊँची प्रजाति का समझते थे, क्योंकि दैनिक अखबारों के मालिक थे या वहाँ काम करते थे। जैसे कूकुरों की प्रजाति होती है, उसी तरह पत्रकारों की भी होती है। कोई बँगले में बँधकर भौंकता है तो कोई बेचारा गली-कूचों में काँय-काँय करते हुए मारा-मारा फिरता है। बँगलेवाले श्वानों की शान निराली थी। वे अपने को उच्चकोटि का जीव मानते थे। गरीब औरत धंधा करे तो वह छिनाल, मगर पैसेवाली औरत वही करे तो खुद को 'मॉडर्न' बतलाती है। आजकल 'हाई प्रोफाइल' शब्द चलन में है।

साप्ताहिक और दैनिक के मालिकों के चरित्तर में कोई खास अंतर नहीं था। मगर साप्ताहिक साप्ताहिक होता है और दैनिक दैनिक। नेता-अफसर 'दैनिक' के ढेंचू-ढेंचू करनेवाले अनेक गधों को घास डाला करते थे और उधर बेचारे 'साप्ताहिकों' के ताकतवर घोड़े हिनहिनाकर रह जाते थे।

दैनिक अखबारवाले इतराते हुए कहते थे, 'हम दैनिकवाले हैं भाई। 'साप्ताहिक' वाले क्या जानें कि दैनिक पत्रकारिता क्या होती है।'

उधर साप्ताहिकवाले भी चिढ़कर कहते, 'अरे, दैनिकवाले हो गए तो क्या होता है। हमारी बिरादरी तो एक है। हम अगर गली केआवारा हैं, तो तुम पालतू हो। तुम मालिक के टुकड़ों पर पलते हो, मगर हम तो अपने खुद मालिक हैं।'

'पोलखोल' का संपादक कालूराम पेशे से हलवाई था। जलेबी की तरह समाचारों को गोल-गोल और टेढ़ा-मेढ़ा बनाता था। कभी-कभी 'मिरची भजिया' (एक नमकीन) जैसे समाचार भी छाप देता। जिसके खिलाफ छापता तो उसे मिरची लगती। जब कोई अफसर उसे पैसे नहीं देता था तो कालूराम अफसरों के खिलाफ समाचार छापकर उन्हीं के

घर के सामने खड़ा हो जाता और चिल्लाते हुए अखबार बाँटा करता था। कुछ इस तरह—

'आज की ताजा खबर'''आज की ताजा खबर'''पी.डब्ल्यू.डी. के अफसर पांडे का घोटाला'''पढ़िए'''पढ़िए'''आज की ताजा खबर'''

'भ्रष्टाचार की गंगा बह रही है सिंचाई कॉलोनी में'...

'सिविल लाइंस में नेता दासबाबू रँगरलियाँ मनाते हुए गिरफ्तार'...

'पढ़िए सरायपुर की हाइप्रोफाइल कालगर्लों के कारनामे' ...

'भैयाजी के चंगू-मंगू ने पाला बदला'''

'आज की ताजा खबर, आज की ताजा खबर'

लोग हँसते कि ये कैसा साप्ताहिक अखबार है, जिसमें 'आज की ताजा खबर' छपी है। कल की बासी खबर को कालूराम अपनी मिठाइयों की तरह ताजा बताकर बेचा करता। अखबार बाँटने की उसकी शैली देखकर लोगों का बड़ा मनोरंजन होता था। वह जब किसी गली-मोहल्ले में आता, तो उसके पीछे गली के कुत्ते भी लग जाते थे और कालू के सुर-में-सुर मिलाते थे। कालू 'आज की ताजा खबर' कहता, तो कुत्ते 'भौं-भौं' करते। उसके चीकट कपड़े और मैला-कुचैला हुलिया देखकर कुत्ते उसे संदिग्ध नजरों से घूरते, सूँघते और भौंकते हुए पीछे लग जाते। कालू घबरा जाता और दो-चार घरों में अखबार डालकर भाग खड़ा होता। जिस किसी के विरुद्ध समाचार छपता, उसके नौकर-चाकर या गुंडे भी कालूराम को दुत्कारकर भगाते या कभी-कभी उसकी पिटाई भी कर देते थे। कालू अकसर पिटता था, मगर अपनी हरकतों से बाज नहीं आता था। उधर लोग मजे ले-लेकर एक-दूसरे से चर्चा करते थे—

'अबे, सुना। कालू आज फिर पिट गया।'

'हाँ यार, सुना है कि जमकर ठुकाई हुई है। मगर साला सुधरे तब न।'

'इसने फिल्म 'हम नहीं सुधरेंगे' सौ बार देखी है शायद।'

'पत्रकारिता ऐसे लोगों के कारण ही बदनाम हो रही है।'

एक बार जब कालू अपनी पीत-पत्रकारिता का सड़क पर एकल-प्रदर्शन कर रहा था तो कुछ लोगों ने उसे घेर लिया और इतना पीटा, इतना पीटा कि बेचारा खुद खबर बनते-बनते बचा। अंग-भंग की नौबत आ गई। पीटनेवाले कौन लोग थे और किसलिए उसे पीट रहे थे, यह कालूराम को भी समझ में नहीं आ रहा था। वह इत्मीनान से मार खाता रहा और पीटनेवालों से हाथ जोड़कर यह भी कहता रहा कि 'इस मशीन को एक-एक करके ऑपरेट करो भाई।' उसकी बात सुनकर लोग हँसते, मगर पिटाई चालू रखते।

एक बार भयंकर पिटाई के कारण कालूराम बहुत दिन तक सरकारी अस्पताल में भरती रहा। वहाँ उसका असरकारी इलाज हुआ। इस घटना के बाद कालू बहुत दिनों तक किसी की पोल खोलने की हिम्मत न कर सका। मगर बाद में फिर पुरानी हरकत शुरू हो

गई। लोग समझ गए कि 'चोर चोरी से जाए मगर हेराफेरी से न जाए।'

एक दिन केडी का भी नंबर लग गया। यानी उसका भी हो गया 'लतभंजन समारोह।'

केडी का अखबार चल तो रहा था, लेकिन हर सप्ताह उतनी आवक नहीं हो पाती थी, जितनी होनी चाहिए थी। कभी-कभी तो घर से ही पैसे लग जाते थे। यह देखकर पिता लपटेश्वरप्रसाद 'टेंशना' ('टेंशन' यानी तनाव शब्द का देसीकरण) जाते थे।

एक दिन पिताश्री उखड़ते हुए बोले, 'भाड़ में गई ऐसी पत्रकारिता, जो घर फूँककर की जाती है। हर सप्ताह हाथ फैलाने लगते हो। जब विज्ञापन नहीं मिलता, कौनो 'कमाइच्च' (कमाई) नहीं होती तो काहे को खाली-पीली पत्रकारिता का दंड पेल रहे हो, बेटा? और कौनो धंधा नहीं कर सकते का? किराना दुकान खोल लो। ठेकेदारी कर लो। नेताओं के चम्मच ही बन जाओ। दो पइसा तो कमाओ। लगे हो हमारी जमा-पूँजी खरच करवाने में? अपना नाम कमा रहे हो और तुम्हारा बाप अपनी गाँठ ढीली कर रहा है। ई सब नहीं चलेगा। अब मैं कुछ नहीं दूँगा। निकालना हो तो निकालो, वरना बंद करो और अपनी ऐसी-तैसी कराओ। मेरी तो यही समझ में नहीं आ रहा कि तुम 'धमाका' में काम करके लौटने के बाद भी कमाई का मंतर कैसे भूल गए?'

पिता गुस्से में हमेशा की तरह अभद्र भाषा का इस्तेमाल कर रहे थे, मगर जो कुछ भी बोल रहे थे, ठीक बोले रहे थे। केडी को भी लगा, यह सब बहुत दिन चल नहीं सकता। तो किया क्या जाए?

'या पीत पत्रकारिता...तेरा सहारा'। केडी मन-ही-मन संकल्प कर चुका था। लेकिन गांधीवाद, साम्यवाद वगैरह के पाठ पढ़ने के कारण वह उतना बेशर्म नहीं हो सका था। उतना घाघ नहीं हो सका था, जितने कि 'गोलपुर टाइम्स' के ठगरवाल वगैरह थे। या दूसरे साप्ताहिकवाले हो चुके थे। केडी धंधे और ईमान में तालमेल बनाकर चलने की कोशिश कर रहा था, ताकि उसे दूसरे साप्ताहिक के संपादकों से अलग हटकर पहचाना जाए। भोजपुर के 'धमाका' में काम करके उसने अनुभव तो बटोर लिये थे, मगर अपने शहर में उन्हें आजमाने की हिम्मत नहीं कर पा रहा था। मगर बाप की चेतावनी के बाद उसने हिम्मत जुटानी शुरू की। और बाद में उसे जमाने की ऐसी हवा लगी कि केडी अखबार लाइन के ठगरवालों का भी बाप साबित हुआ। पक्का डॉन बन गया। जहाँ दूसरे दैनिक अखबारों के तीन तल्ला भवन तने हुए थे, वहाँ केडी ने भी अपनी दस मंजिली इमारत तान दी। विकासपुर, दौलतपुर और रूपनगर से भी दैनिक 'देशवार्त्ता' के संस्करण निकलने लगे। लोग सोचते ही रह गए कि लगता है केडी को कहीं से गड़ा खजाना मिल गया है। अखबार के सहारे तो इतनी कमाई हो ही नहीं सकती कि कोई रातोरात करोड़पति बन जाए। लेकिन केडी को निकट से जाननेवालों को आश्चर्य नहीं हुआ।

पंडित उँगलीशरण बोले, 'व्यवसायी परिवार का व्यक्ति अगर लेखन या पत्रकारिता में घुस जाए तो वह अपनी पैतृक संस्कार के सहारे वहाँ भी सफल हो जाता है। लक्ष्मी और सरस्वती दोनों को कब्जे में कर लेता है।'

'ठीक बात है भाई, ऐसी प्रतिभाएँ कम होती हैं।' निंदेश्वर सिंह बोले, 'जो भी हो, जैसे भी हो, साला करोड़पति तो बन ही गया न। अब कोई क्या 'उत्खनन' कर लेगा? क्या बिगाड़ लेगा उसका? आजकल दो नंबर की कमाई भी बड़ी तकदीरवाले अर्जित करते हैं।'

पूरे गोलपुर में केडी की द्रुतगामी प्रगति से मीडिया के पुराने घाघ चारों खाने चित्त थे और सब-के-सब इसी चक्कर में लगे थे कि कैसे केडी से आगे निकला जाए। उधर केडी भी जानता था कि उसकी बहुमंजिली कमाई से लोगों को पतली दस्त शुरू हो गई है, मगर वह बिंदास होकर शहर भर को ज्ञान बाँटता रहा और अपने समाजवादी और देशप्रेमी चोले को बनाए रखा। भूख, गरीबी, भ्रष्टाचार, व्यभिचार, जमाखोरी, प्रदूषण जैसे विषयों पर बेबाकी के साथ लिखता था। उसकी लेखन-शैली देखकर प्रेस जगत् में सब एक ही चर्चा करते कि शातिर लोग भी अगर अपनी पर उतर आएँ तो पता ही नहीं चलने देते कि कितने बड़े शातिर हैं। वह जितने भी खेल करता, भीतर-ही-भीतर करता था। जैसे नेताओं से मिलना और विज्ञापन के लिए गिड़गिड़ाना। अफसरों से मिलना और किसी-न-किसी बहाने पैसे ऐंठ लेना।

केडी मसीहाई अंदाज में अकसर ऐसे-ऐसे संपादकीय लिखता था, मानो गांधीजी या गणेशशंकर विद्यार्थी की आत्मा सीधे उसके भीतर ही उतर आई है। हकीकत कुछ ही लोग जानते थे कि वह व्यक्तिगत जीवन में कितना अश्लील, कितना लंपट, कितना बड़ा डॉन है। उसका जीवन कुछ ऐसा था कि फिल्मी परदे का खलनायक भी शरमा जाए।

इन दिनों अक्षरों की दुनिया के नए-नए खलनायक इसी तरह के हैं। ये लोग पत्रकारिता में हैं। साहित्य में हैं। कला की अनेक शाखाओं में घुसे हुए हैं ऐसे लोग। अब वह दौर नहीं रहा कि कलाकार, पत्रकार या साहित्यकार बनने के लिए गरीब होना, जीवन में पूरी तरह ईमानदार होना, कथनी-करनी में एक होना जरूरी हुआ करता था। अब तो घटिया होकर भी लोग आसानी से महान् बने रहते हैं। इस परंपरा को आगे बढ़ाने में केडी जैसे पत्रकार, आनंदशरण जैसे आईएएस लेखक, कामरतन जैसे आइपीएस, सभी शरीक थे। सब-के-सब शातिर, नंबरवन के मुफ्तखोर एवं कॉकटेलजीवी, मगर हीरो नंबर वन भी बने हुए थे। दुर्गंधी लोग अपनी कमजोरियों को समझते हैं। इसलिए वे बाहर नैतिकता का सेंट लगाकर घूमते हैं, मगर अंदर बदबू भरी नदी बहती रहती है।

केडी को सत्ता के गलियारे में मँडराते हुए अकसर देखा जा सकता था। हर मंत्री-

विधायक और अफसर उसके लिए तीर्थ थे। केडी उनके पास जाता और उन्हें प्रणाम करते हुए गपियाने बैठ जाता। कभी नाश्ता के बहाने, कभी लंच-डिनर के बहाने। केडी मंत्रियों और अफसरों से अकसर मुलाकात करता रहता था। और जब उठता था तो लाखों के विज्ञापन के आर.ओ. (रिलीज ऑर्डर) उसके लेपटॉपवाले बैग में समा जाते थे।

इस महान् रूप की कथा बाद में सामने आएगी ही। फिलहाल केडी भारतीय के साप्ताहिक दौर की कुछ रोचक कथाएँ अभी शेष हैं।

□

: चार :

पिता लपटेश्वर की फटकार और कुछ शुभचिंतकों द्वारा मिले ज्ञान के आधार पर केडी अच्छे से समझ चुका था कि टेढ़ी उँगली से ही घी निकलता है।

अखबार के लिए टेढ़ी उँगली कैसे की जाए? साफ था कि केडी को जनहित में या कहें कि राष्ट्रहित में उँगली टेढ़ी करनी पड़ी और उसने भी दूसरे अखबार मालिकों की तरह ब्लैकमेलिंग के फंडे को जीवन का हथकंडा बना लिया। उसके बाद से उसका झंडा ऊँचा-दर-ऊँचा होता गया। उसकी ब्लैकमेलिंग तो सोने का अंडा देनेवाली मुरगी साबित हुई। यह और बात है कि कुछ पाने के लिए कुछ खोना भी पड़ता है।

केडी के साथ भी यही हुआ। कहीं पिटाई हुई तो कहीं अपमान हुआ। लेकिन पिता की सीख ने उसे बड़ा हौसला दिया कि 'बेटे, जिसने की शरम, उसके फूटे करम। तुम चिंता मत करो। अपना काम करते रहो। हानि-लाभ, जीवन-मरण, जस-अपजस विधि हाथ। रामचरित मानस में बाबा तुलसीदास कहते हैं कि 'होहिए वही जो राम रचि राखा, को करि तरक बढ़ावहि साखा'। अगर राम ने रचकर ही रखा है कि तुमको पिटना है तो फिर बच ही नहीं सकते। जूते खाओगे-ही-खाओगे। ध्यान रखो, आज अगर तुम पिटते हो तो चार दिन ही लोग याद रखते हैं। कुछ दिन ही जग-हँसाई होती है। फिर धीरे-धीरे लोग सब भूल जाते हैं। समाज बड़ा भुलक्कड़ है। आदमी के पास दौलत आ जाए, तो वही लोग पूरी बेशरमी के साथ चंदा माँगने पहुँच जाते हैं, जो पहले उस पर हँसा करते थे या ताने कसा करते थे। शहर के कितने ही लोगों को मैं जानता हूँ, जिनकी बीच बजरिया जमकर धुनाई हुई, मगर आज देखो, कहाँ बैठे हैं। तो यह जीवन है, पिटने से मत डरो, हिम्मत के साथ काम करो। हिम्मत-ए-मर्दा, मदद-ए-खुदा। लूटो-खसोटो, यही जीवन की सच्चाई है।'

हालाँकि निम्नस्तरीय बाप भी अपने बेटे को उलटी सीख नहीं देता, लेकिन यह तो खराब समय की कथा है न। दौर ही कुछ ऐसा चल रहा है कि बापों को भी पाप

करने पड़ते हैं और बेटों को उलटे-सीधे पाठ पढ़ाने पर मजबूर होना पड़ता है। ऐसा न करें तो उनकी संतानें भूखी मर जाएँ। संतान के उज्ज्वल भविष्य के लिए ही बाप बेचारा नंगईवाली राह पर चलने के टिप्स देने में संकोच नहीं करता।

पिताजी के 'टिप्सों' को केडी ने कुछ ऐसा बाँधा कि आखिर एक दिन वह अरबों में खेलने लगा। करोड़ों-अरबों के खेलवाले को रिस्क भी करोड़ों-अरबों का लेना पड़ता है। केडी रिस्क लेने के रास्ते पर चल पड़ा था। इक्कीसवीं सदी की भाषा में बोलें, तो बिंदास होकर।

केडी को याद आते हैं वे दिन, जब उसने प्यार की दुनिया की तरह पीत-पत्रकारिता की दुनिया में पहला कदम रखा था। अपने अंतरंग क्षणों में केडी लिली के सामने अपना अतीत भी खोल दिया करता था। केडी को वे पुराने दिन याद आने लगे, जब उसने पीतरंगी पत्रकारिता (येलो जर्नलिज्म)करने की दिशा में पहल शुरू की थी।

गोलपुर में उस वक्त पीडब्ल्यूडी के अफसर जंगीराम के एक घोटाले की कुछ जानकारी ठेकेदार जोरावर सिंह की कृपा से केडी तक पहुँच गई। दरअसल, जोरावर सिंह को ठेका नहीं मिला तो उसने अफसर के खिलाफ मुहिम शुरू कर दी थी। उसने केडी को कुछ ऐसे ठोस सबूत दिए, जिसके छपने के बाद अफसर का निलंबन तय था।

जोरावर ने राष्ट्रवादी संपादक केडी का नाम सुन रखा था। एक दिन जोरावर सिंह केडी के घर पहुँचा और बोला, 'देखिए, मेरे पास एक बड़ी खबर है, मगर इसे कोई छापने के लिए राजी नहीं। सारे पत्रकार बिक चुके हैं। आपसे बड़ी उम्मीद है। आपका बड़ा नाम सुना है। आप राष्ट्रवादी संपादक हैं। आपका अखबार भले ही साप्ताहिक है लेकिन अखबार-तो-अखबार होता है साहब। आपके अखबार में भी समाचार छप जाएगा तो भी उस साले अफसर की छुट्टी हो जाएगी।'

'भाई, बिना सबूत के मैं कोई खबर नहीं छाप सकता। आपके पास कुछ कागज-पत्तर तो होगा न?'

'जी हाँ, बिलकुल है, आप छापने का वचन दें तो मैं सबूत लेकर आया हूँ।'

'वचन देता हूँ, भाई। हमारे पास देने के लिए वचन के अलावा कुछ और है भी नहीं।' केडी ने गरजते हुए कहा, 'हम पत्रकारिता करते हैं, भड़वागीरी नहीं। देख लेना, ऐसी खबर छपेगी कि लोग मेरी कलम का लोहा नहीं, सोना मान जाएँगे।'

जोरावर सिंह प्रसन्न हो गया। सोचा, अब निपटा ठाकुर। सही पत्रकार के पास आया हूँ।

उसने सारे कागजात केडी के हवाले कर दिए और अगले हफ्ते का इंतजार करने लगा। इसी बीच केडी की मुलाकात साप्ताहिक 'खंडन-मंडन' के संपादक अघोरीलाल

'फोकट' से हो गई। वैसे तो अघोरीलाल भी अपनी पत्रकारिता के कारण दो-चार बार पिट-पुटा चुका था, मगर इसके बारे में गिन-चुने लोगों को ही पता था। केडी को भी इसकी जानकारी नहीं थी।

नंबर-दो की पत्रकारिता के कारण अघोरीलाल के भी बड़े ठाठ थे। एक दिन कॉफी हाउस में बैठकर अघोरीलाल ने समकालीन पत्रकारिता की लुप्त-धारा से केडी को परिचित कराया।

अघोरी ने मुसकराते हुए बात शुरू की—'बेटे, तुमको अगर नोट कमाना है न, तो राष्ट्र-वाष्ट्र की नौटंकी छोड़ो और सीधे धन-राष्ट्र को जपना शुरू करो। मुझको देखो। दो लाइन भी लिख नहीं सकता मगर हिट हूँ। लग्जरी कार में चलता हूँ। अपने रिश्तेदारों के नाम से डंके की चोट पर ठेके लेता हूँ। नेताओं और अफसरों को ठाँसकर रखता हूँ, क्योंकि सबकी कमजोरी जानता हूँ न। उनके खिलाफ खबरें बनाकर दिखा देता हूँ, मगर छापता नहीं। जिसने पैसे दिए उसे तो छोड़ देता हूँ और जिसने आना-कानी की या होशियारी दिखाई तो फिर उसको छोड़ता नहीं, यानी फाड़कर रख देता हूँ। उसके खिलाफ तरीके से, संकेतों में, ऐसी खबर छापता हूँ कि साला शरणागत हो जाता है। अगले अंक में विस्फोट न हो जाए, इसलिए लोग पहले ही समाचार में 'सरेंडर' कर देते हैं। ब्लैकमेल का सही तरीका यही है कि पहले किसी भ्रष्ट अफसर के बारे में छोटी सी स्टोरी लगाओ और अंत में लिख दो, 'शेष अगले अंक में'। मामला फौरन सेट हो जाता है। जैसे ही सौदा पटे, 'डील' हो जाए, तो अगले अंक में खंडन छाप देता हूँ। उसकी तारीफ में एक नया समाचार भी पेल देता हूँ। तभी तो मेरे अखबार का नाम है 'खंडन-मंडन'। हा···हा···हा··· ।'

अघोरीलाल की हँसी सुनकर सब उसकी ओर देखने लगे और आपस में चर्चा भी करने लगे कि कैसे-कैसे फुटपाथी लोग कॉफीहाउस में आकर बैठ जाते हैं।

खैर, अघोरी से भी केडी को दिव्य-ज्ञान मिला कि कैसे पीत पत्रकारिता के जरिए आय तेजी के साथ बढ़ाई जा सकती है। पिताजी की फटकार और आर्थिक तंगी ने केडी की आत्मा को भंगी बना दिया था। उसने सोचा, इस हथकंडे को अपने शहर में आजमाकर देखा जाए। अघोरीलाल आखिर सफलता के साथ वसूली कर रहा है, तो वह क्यों पीछे रहे? तभी केडी के सामने ठाकुर के घपलेवाला समाचार आया, तो उसे लगा कि अब उसके जीवन का निर्णायक मोड़ आ गया है। हो जाए आर या पार। देखा तो जाए कि ब्लैकमेलिंग में सफलता मिलती है या नहीं।

इस बीच केडी ने लोगों पर अपना रुतबा गाँठने के लिए एक संस्था भी बना ली थी—'भ्रष्टाचार निरोधक संघ'। वह उसका स्वयंभू संयोजक बन गया था। 'वन मेन

आर्मी' की तरह इस संस्था का वह अकेला पदाधिकारी था। इस संघ का उसे बड़ा लाभ मिल रहा था। वह जहाँ भी जाता था, तो लोग उसके विजिटिंग कार्ड को ही देखकर घबरा जाते थे कि पता नहीं यह हमारी क्या पोल-पट्टी जानता है। इस चक्कर में केडी को नियमित रूप से फोकट में नाश्ता-चाय आदि के सेवन की आदत पड़ने लगी थी। कई बार फोकट का माल इतना ज्यादा हो जाता था कि वह रात का खाना ही नहीं खाता था। सुबह 'दस्त-अवरोध' न हो, टाइम-बेटाइम 'वायु-प्रदूषण' न फैले, इसलिए तरह-तरह की पाचन गोली, इसबगोल की भूसी या कायम चूर्णादि का सेवन किया करता था। पेट साफ रहेगा तभी तो यहाँ-वहाँ जाकर मालेमुफ्त उड़ाने में मजा आएगा।

केडी दूसरे दिन ही जंगीराम ठाकुर के दफ्तर जा पहुँचा। परची भिजवाई : 'केडी भारतीय, संपादक, देशवार्त्ता'। नाम के नीचे छपा था, 'संयोजक—भ्रष्टाचार निरोधक संघ'।

'बाप रे!' ठाकुर घबरा गया। बड़बड़ाया, 'एक तो 'संपादक' उस पर 'भ्रष्टाचार निरोधक संघ' का संयोजक? यानी करेले पर नीम? देर करना ठीक नहीं।' ठाकुर ने फौरन बुलवा लिया और गंभीर स्वर में बोला, 'हूँ, कहिए। व्हॉट कैन आइ डू? क्या सेवा कर सकता हूँ?'

'सेवा-मेवा क्या साहब, हम तो कुछ जानकारी हासिल करने आए हैं।' केडी ने भी गंभीर मुख-मुद्रा के साथ कहा, 'मुझे पता चला है कि लालपुर से चैनपुर जानेवाली जिस सड़क का आपने ठेका रामजी को दिया है, उसमें गंभीर गड़बड़ियाँ हुई हैं। फरजी मस्टररोल बनाकर लाखों रुपए निकाल लिये गए हैं।'

'सरासर झूठी बात है यह। किसी तरह की कोई गड़बड़ी नहीं हुई है।'

'आप कहते हैं तो फिर ठीक है। चलता हूँ। आपका पक्ष लेने आया था। मैं एक खबर लगा रहा हूँ, इसलिए आपकी राय भी जरूरी थी। वरना पत्रकारिता एकतरफा हो जाती है न। अच्छा चलूँ। फिर मिलेंगे, अगले सप्ताह। जयहिंद।'

इतना बोलकर केडी उठ गया तो ठाकुर ने नकली हँसी उगलते हुए कहा, 'अरे, आप तो इतनी जल्दी चले। चाय-कॉफी कुछ तो लीजिए। पहली बार आए हैं। अतिथि देवोभव:। बैठिए, दो मिनट में कॉफी आ जाएगी।'

ठाकुर ने घंटी बजाई तो चपरासी संपत हाजिर हो गया।

'अरे संपत, जाओ और नत्थू हलवाई के यहाँ से रसगुल्ले, गरमागरम कचौड़ी-समोसे और कुछ ठंडा-गरम जो मिले, ले आओ। बहुत बड़े पत्रकार आए हैं। जल्दी करना, मुझे मीटिंग में जाना है। इनका टाइम भी कीमती होगा।'

'यूँ गया और यूँ आया साहब।'

इतना बोलकर मुँह लगा चपरासी संपत बंदूक से निकली गोली की तरह तेजी दिखाते हुए बाहर निकल गया। दफ्तरों में जब चपरासियों को उनके साहब खाने-पीने संबंधी आदेश देते हैं तो चपरासियों की चपलता देखते ही बनती है। पानी मँगाओ या फाइल ले जाने के लिए कहो या और कोई दूसरे काम बताओ, तो उनकी जान पर बन आती है। वे कुछ इस तरह से काम करते हैं मानो बीमार चल रहे हों, लेकिन खाने-पीने का ऑर्डर मिले तो उनकी गति बढ़ जाती है, क्योंकि तब उनके भी डकारने की गुंजाइश निकल जाती है।

संपत के चंपत होते ही ठाकुर बोले, 'आपका नाम तो सुन रखा था, मगर मुलाकात आज हो रही है। केडीजी, मेरी मानें तो ये खबर रोक दें, मैंने कोई गड़बड़ी नहीं की है, ये किसी की साजिश है मेरे खिलाफ। मैं तो बड़ा सात्त्विक आदमी हूँ। सुबह-शाम ईश्वर की पूजा करता हूँ। लंद-फंद से मेरा कोई रिश्ता ही नहीं रहता। झूठी खबर छप जाएगी तो जबरन बदनामी होगी और कुछ नहीं।'

'लेकिन मेरे पास तो पक्के सबूत हैं और आप कह रहे हैं कि खबर झूठी है। देखिए साहब, बिना सबूत के मैं कोई खबर नहीं छापता। मैं तो महान् पत्रकार गणेशशंकर विद्यार्थी के पदचिह्नों पर चलता हूँ। वे भी बिना सबूत के कोई खबर नहीं छापते थे। विद्यार्थीजी का नाम तो सुना होगा आपने?'

केडी ने बहुत दूर की फेंकी थी। विद्यार्थीजी अपने समाचार-पत्र 'प्रताप' के द्वारा गंभीर पत्रकारिता करते थे। उनके लिए पत्रकारिता मिशन थी। केडी जैसे लोग मिशन में कमीशन की छौंक लगानेवाले थे, मगर अपनी दूषित छवि को बचाए रखने के लिए विद्यार्थी जैसे पत्रकारों का नाम जरूर ले लिया करते थे। ठाकुर को पहले समझ में नहीं आया कि केडी झूठ बोल रहा है। उसे लगा कि होगा यह भी महान् पत्रकार। ठाकुर पत्रकारिता के अंदर के सत्य से वाकिफ नहीं था कि कुछ पत्रकारों की तथाकथित महानता धन-सुंदरी के आते ही कपड़े उतार देती है।

ठाकुर ने पूछा, 'क्या मैं सबूत देख सकता हूँ?'

ठाकुर के इस सवाल पर केडी मुसकरा पड़ा, फिर बोला, 'ठाकुर साहब, सबूत तो हम लोग केवल कोर्ट में ही दिखाते हैं। उस वक्त जब कोई मामला-मुकदमा ठोंक देता है। अगर आप सच्चे हैं तो चिंता न करें। अब तो आपने अपना पक्ष रख ही दिया है। मैं खबर छापूँगा, तो बॉक्स में आपका पक्ष भी रखूँगा। आपके साथ अन्याय नहीं होगा। चाहें तो अपना छायाचित्र दे दें। आपके चित्र के साथ आपका पक्ष दूँगा।'

'अरे साहब, जाने भी दीजिए न। खबर छपने से बेमतलब में जाँच-वाँच शुरू हो जाएगी। देखिए, हासिल कुछ नहीं होगा, मगर हमारी परेशानी बढ़ जाएगी। इसके पहले

भी अनेक खबरें छपती रही हैं। जाँच होती है मगर कोई नतीजा नहीं निकलता। वैसे आप चाहें तो मामले को यहीं खत्म कर देते हैं।'

'कैसे, मैं समझा नहीं? मामला कैसे खत्म हो जाएगा?' केडी ठाकुर के आशय को समझ तो रहा था पर अनजान बना रहा।

'अरे साहब, दुनिया में केवल यही एक खबर है क्या? और भी गम हैं जमाने में मोहब्बत के सिवा। अनेक मुद्दे हैं। आप उसे उठाइए न। मैं आपको देता हूँ खबर। एक नहीं दो-दो। देखिए, मुझे मुझसे पहले के अफसर दुर्योधनकुमार के अनेक घोटालों की विभागीय जाँच हो रही है। आप उनके खिलाफ खबर दे सकते हैं। हमारे बॉस का ऑफिस की एक लड़की से टाँका भिड़ा है। उसका एक खास चित्र है मेरे पास। उसे छापने की हिम्मत दिखाइए तो मानूँ कि आप पत्रकार हैं। मैं आपको बिलकुल ही प्रामाणिक जानकारी दूँगा।'

'अच्छा? यह तो खुशी की बात है। अरे, उसे भी प्रकाशित किया जाएगा।' केडी ने कहा, 'लेकिन इस खबर का क्या करूँ?'

'इसे तो अब रोक ही दीजिए। मैं आपकी मदद करना चाहता हूँ। आप पत्रकारिता करने में कितनी मेहनत करते हैं। उसके एवज में आपको मिलता ही क्या है, कुछ नहीं। बुरा न मानें तो ये रखिए : एक हजार रुपए। और अगर आप तैयार हो जाएँ, तो मैं हर महीने आप को नियमित रूप से दो सौ, पाँच सौ की मदद करना चाहता हूँ।'

केडी एक हजार देखकर अचकचा गया। उसके मन में लड्डू फूटने लगे। उस दौर में केडी ने एक साथ इतने पैसे पहले कभी देखे भी नहीं थे। सौ-सौ के दस नोट थे। बिलकुल कड़क। नोट पर गांधीजी भी मुसकरा रहे थे। केडी गांधीजी का बड़ा भक्त था। खुद को देशप्रेमी और गांधीवादी कहता ही था। रोज बापू की तसवीर को प्रणाम करता था। अपने घरेलू दफ्तर में भी गांधीजी की तसवीर लटका रखी थी। यहाँ भी सामने गांधीजी नजर आ गए, तो उसने पूरी श्रद्धा के साथ उनको नमन किया। ठाकुर रिश्वत दे रहा था, लेकिन उसे मना करने से राष्ट्रपिता गांधीजी का अपमान हो जाता। और वह गांधी का अपमान बरदाश्त नहीं कर सकता था। इसके लिए वह तैयार नहीं था। केडी का संकल्प ही था कि जहाँ-कहीं भी गांधी की तसवीर देखूँगा, फौरन प्रणाम करूँगा। भले ही वो नोट पर खिलखिलाते हुए गांधी हों या चौराहे पर डंडा थामकर खड़े गांधी। इसलिए केडी ने इनकार नहीं किया। नोटों को प्रणाम करके फौरन लपककर हस्तगत कर लिया। उसे अपने पिताश्री का कथन भी याद आया कि 'बेटे हाथ आई लक्ष्मी को ठुकराना नहीं चाहिए'। केडी ने नोटों को ग्रहण किया और सकुचाते हुए कहा, 'हें-हें, इसकी क्या जरूरत थी? मैं तो...।'

'नहीं साहब, सख्त जरूरत है। आप के खर्चे तो लगे रहते हैं। कागज और छपाई वगैरह में काफी खर्च हो जाते हैं। छोटे अखबार बड़ी परेशानियों से निकलते हैं, यह मैं जानता हूँ। मेरे दादाजी भी गुलामी के दौर में साप्ताहिक निकाला करते थे। अँगरेजों के खिलाफ खबरें छापा करते थे। कई बार जेल भी गए। उन्होंने महान् पत्रकार-लेखक पंडित माधवराव सप्रे के 'छत्तीसगढ़ मित्र' में भी काम किया था।'

ठाकुर केडी को मक्खन लगाने की कोशिश कर रहा था, इसलिए अपने दादा की पत्रकारिता की काल्पनिक कहानी सुना रहा था।

अचानक केडी का चेहरा उतरने लगा। ठाकुर को लगा कि केडी की तबीयत खराब हो रही है। केडी के चेहरे का वह तेज अब लुप्त हो चुका था, जो कुछ देर पहले दिखाई दे रहा था। प्रसन्न चेहरा कुछ खिन्न लग रहा था। पहले से बिलकुल भिन्न। दिख तो ठीक-ठाक रहा है, फिर चेहरे में कुछ चेंज क्यों नजर आ रहा है? किसी ने ठीक ही कहा है कि जब आदमी अनैतिक हो जाता है तो उसका स्वाभाविक तेज बिला जाता है। वह छाती तानकर किसी से बात नहीं कर सकता। केडी भी ऐसी ही बिरादरी का सदस्य बन चुका था। उसका साम्यवाद व समाजवाद पूँजीवाद की गोद में जा बैठा था।

पीत-पत्रकारिता के बारे में केडी ने सुन रखा था, मगर अब वह उसी का हिस्सा हो गया था। लेकिन पतनजनित यह अवसाद कुछ ही पल का था। केडी अपने इस पतन से दुःखी नहीं, बल्कि बड़ा रोमांचित हो रहा था। उसे 'धमाका' के दौर की पत्रकारितावाले दिन याद आ गए।

'वाह, पतित होने के भी बड़े फायदे हैं'? केडी रोज चप्पलें चटकाता फिरता था, कहीं से फूटी कौड़ी भी नहीं मिलती थी। पाँच सौ रुपइए का विज्ञापन भी नहीं मिलता था, लेकिन यहाँ तो एक ही झटके में एक हजार रुपए की कमाई हो गई। इसीलिए 'अगर कुछ पत्रकार नैतिकता के चक्कर में बिलकुल ही नहीं पड़ते तो ठीक ही करते हैं, क्योंकि इससे होता-जाता भी तो कुछ नहीं। केवल आत्मसंतोष ही मिलता है, टुच्चा आत्मसंतोष। इसे पत्रकार क्या करे, चाटे?'

केडी मन-ही-मन अपने को समझाता रहा। तभी नाश्ता आ गया। केडी किसी भुक्खड़ की तरह टूट पड़ा। कॉफी पीने के बाद केडी ने उठते हुए कहा, 'तो ठाकुर साहब, अब चलता हूँ। फिर मिलूँगा। ये खबर तो अब रोकनी ही पड़ेगी। जैसा आप बता रहे हैं, इसमें कोई दम नहीं है, तो ठीक बात है। लेकिन उस खबर का डिटेल निकालकर रखेंगे, जिसके बारे में आप बता रहे थे। बॉसवाली न्यूज जोरदार लग रही है। आप जब फोन करेंगे, आ जाऊँगा।'

ठाकुर ने चहकते हुए कहा, 'व्हाई नॉट, आइ विल रिंग यू लेटर।'

ठाकुर ने लपककर हाथ मिलाया और केडी के बाहर जाते साथ ही बड़बड़ाया—'साला, हरामी, मादर··· । पत्रकार बनता है। हुँह। इस जैसे को अपने नीचे बाँधकर रखता हूँ।'

'देशवार्त्ता' में खबर रुक गई। उधर जोरावर परेशान था कि समाचार छपने में देरी क्यों हो रही है।

'अगले सप्ताह छापूँगा' करते-करते केडी ने पूरा एक महीना निकाल दिया तो जोरावर को 'फील' हुआ कि केडी ने ठाकुर से कोई 'डील' कर ली है। वह बड़बड़ाया, 'बिक गया ससुरा। सुनता तो था कि कुछ पत्रकार पीत-पत्रकारिता करने में लगे रहते हैं, मगर इसे अब महसूस कर रहा हूँ।'

जोरावर जब भी मिलता तो केडी यही जवाब देता—'अभी समाचार बना नहीं पाया हूँ। एक खबर बनाने में बड़ी मशक्कत लगती है भाई। लेकिन इसे जल्दी निकालूँगा। इन दिनों कुछ बिजी हूँ।'

एक महीने बाद केडी ने कहा, 'भाई, क्या करें, वो कागज तो कहीं गुम गया है। इसे बाद में फिर कभी छापेंगे। आपको मेरे कारण परेशानी हुई, इसके लिए शर्मिंदा हूँ। चलिए, फिर देखते हैं। खबर-तो-खबर होती है। वह कभी मरती नहीं। भले ही उसे दफन कर दिया जाए। हम लोग सर्वहारा के लिए लड़नेवाले लोग हैं। साम्यवादी पत्रकार हैं। वो खबर छपकर रहेगी।'

जोरावर मुसकरा रहा था। समझ गया था कि यह राष्ट्रवादी पत्रकार भी बिक चुका है। लेकिन अब कहे कैसे? कोई सबूत तो हो। जोरावर तो केवल अनुमान ही लगा सकता था। कल जो शख्स खबर छापने को लेकर इतना उत्साहित था, आज अचानक बदल कैसे गया? चलो, किसी और को देखते हैं। भ्रष्ट पत्रकारों की भीड़ में शायद कोई ईमानदार भी मिल जाए। पत्रकारिता की गंगा में कितना भी कचरा डाल दिया जाए, वह अभी इतनी मैली नहीं हुई है कि उसका आचमन ही न किया जा सके।

एक दिन जोरावर साप्ताहिक 'जीवन-मूल्य' के संपादक प्रभातकुमार से टकरा गया और उसकी खबर छप गई।

जोरावर केडी के पास पहुँचा और 'जीवन मूल्य' की प्रति दिखाते हुए कहा, 'देखो, राष्ट्रवादी संपादकजी, आपने जो खबर दबा दी थी, वो इसमें छप गई है। आपसे ऐसी उम्मीद नहीं थी। कितने पैसे दिए थे ठाकुर ने आपको?'

'क्या बकवास कर रहे हो? मैं किसी से रिश्वत नहीं लेता। खबर छापता हूँ, खबर।'

'आप जैसे संपादकों को मैं अच्छे से पहचानता हूँ। गोलपुर में इसी तरह के संपादक भरे पड़े हैं। पहले मैं समझता था कि आप में दम है, लेकिन आप तो फुस्स-बम निकले।

काहे के साम्यवादी संपादक हैं आप? लालचवादी-धनवादी कहना ठीक होगा। छिः।'

'खबरदार, जो अब कुछ और कहा तो? ठीक नहीं होगा।'

'क्या कर लोगे? जरा मैं भी तो देखूँ।' इतना बोलकर जोरावर ने केडी का कॉलर पकड़ लिया और दो तमाचे जड़ दिए। जोरावर पहलवान किस्म का था। केडी उसका मुकाबला नहीं कर सका। उसकी आँखों में आँसू आ गए। अनैतिक व्यक्ति आत्महीन होकर इसी अवस्था में पहुँच जाता है। 'जैसी-करनी, वैसी-भरनी' वाली कहावत इन्हीं मौकों के लिए चरितार्थ होने के लिए बनी है। लोगों ने बीच चौराहे पर केडी को पिटते देखा।

बीच-बचाव करने आए लोगों को जोरावर ने कारण बता दिया, 'ये साला पत्तरकार, मुझसे पूरी खबर लेने के बाद भी नहीं छाप रहा। इसने अफसर से घूस ले ली है।'

केडी ने रोते हुए कहा, 'ऐसी बात नहीं है। इस ठेकेदार के पास कोई ठोस सबूत ही नहीं है। बिना सबूत के हम खबर नहीं छापते और यह है कि मानता नहीं।'

'अच्छा, और जो मैंने तुम्हें सबूतों का पुलिंदा सौंपा था, वो क्या था? झूठ बोलता है साला।' इतना कहकर जोरावर फिर पिल पड़ा। लोगों ने बड़ी मुश्किल से छुड़ाया। केडी वहाँ से जान बचाकर भाग खड़ा हुआ।

जोरावर से पिटने के बाद केडी को लगा कि पीत-पत्रकारितावाला रास्ता तो बड़ा खतरनाक है। इसे छोड़ देना चाहिए वरना बीच-बजरिया नाक कटने का खतरा बना रहेगा। बड़ा रिस्क है भाई। कोई भी बलशाली आदमी हाथ साफ कर सकता है। लेकिन केडी इस रास्ते को छोड़ने की हिम्मत न कर सका। पैसे जब आने लगें तो बहुत से लोग मान-अपमान के चक्कर से कुछ ऊपर उठ जाते हैं। जोरावर से पिटने के बाद केडी ने ठान लिया कि ऐसे लोगों के साथ अब तरीके से निपटा जाएगा। चलना तो उसी पथ पर है, जहाँ पैसा है। और रही रिस्क की बात, तो वह कहाँ नहीं है? ठीक है कि कभी-कभार पिटाई भी हो सकती है, लेकिन कोई बात नहीं। अच्छे-अच्छे लोग पिटते रहे हैं, पिटते रहते हैं। हम तो अपनी सफाई में सबसे यही कहेंगे कि पत्रकारिता के कारण पीटा जा रहा है, अभिव्यक्ति की स्वतंत्रता पर प्रहार हो रहा है।

कोई खुद्दार होता तो पिटाई के बाद सुधर जाता, लेकिन पतन का भी ऐसा सुख होता है कि कुछ लोग सारे झटके बरदाश्त कर लेते हैं। मार खा लेंगे, जेल चले जाएँगे, अपमानित हो लेंगे, मगर जिस राह पर चलकर धन की आवक होती है, उस रास्ते को नहीं छोड़ेंगे। केडी को भी नंबर दो कमाई इतनी रास आई कि फिर उसने पीछे मुड़कर नहीं देखा। उसने ठान लिया कि अब यही जीवन का सुगम-पथ है। बहुत हो गया ईमानदारी का अग्नि-पथ। यहाँ केवल परेशानियों से, समस्याओं से, पसीने से तो लथपथ हुआ जा

सकता है, मगर हाथ कुछ भी नहीं आता। अरे, शान से रहा जाए। लोग पीठ पीछे गालियाँ ही तो देंगे न। पीठ पीछे तो जनता प्रधानमंत्री और मुख्यमंत्री को भी गरियाती रहती है। मुझे भी कोसेंगे, तो कोस लेंगे। लेकिन इस पत्रकारिता में जो अद्‌भुत संभावनाएँ हैं, उन्हें दरकिनार करना रत्ती भर भी बुद्धिमानी नहीं है।

बस, इस संकल्प के बाद केडी एक नए अवतार में था।

नए रूप में…

नए तेवर में…

नए कलेवर में…

भीतर-ही-भीतर शातिर, बाहर-बाहर विनम्र, मीठा। यानी केडी भी मिठलबरा हो चुका था। उसके इस परिवर्तन को लोग अचानक महसूस नहीं कर पाए। असलियत समझने में लोगों को वर्षों लग गए। तब तक तो केडी अकूत संपदा का मालिक बन चुका था। बँगला, दुकानें, व्यावसायिक परिसर, दूसरों के साथ व्यवसाय में भागीदारी। समाज पर केडी का प्रभाव महँगाई की तरह बढ़ चुका था। सत्ता के गलियारे में उसकी तूती बोलने लगी थी, क्योंकि उसका साप्ताहिक 'दैनिक' हो गया था। दैनिक अखबार के मालिकों का अपना रुतबा होता है। दो कौड़ी की बौद्धिक हैसियत रखनेवाले सेठ भी अखबार के सहारे 'राज्यसभा' में पहुँचकर अपानवायु छोड़ सकते हैं। पद्‌म-सम्मान भी झटक लेते हैं। 'गणेशशंकर विद्यार्थी' या 'पराडकर' के नाम से अगर कोई पुरस्कार हो, तो उसे भी हथिया लेते हैं। पत्रकारिता तो अब ऐसे ही कुछ लोग करने लगे हैं, जिनकी असली जगह तो जेल है, लेकिन कोई कुछ कर नहीं सकता; क्योंकि यह दौर विसंगतियों का है। सच्चाई यही है कि जेल में रहनेवाले जीवन भर जेल के बाहर रहकर तरह-तरह के खेल करते रहते हैं।

छत्तीसगढ़ी कहावत है, 'पतिव्रता भूखी मरे पेड़ा खाय छिनार'। ईमानदारी के साथ साप्ताहिक 'नई चेतना' निकालनेवाले संपादक धर्मवीर को एक दिन अपना अखबार बंद करना पड़ा। रोजी-रोटी के लिए उसने छोटी सी किराना दुकान खोल ली। फिर एक दिन गुमनाम मौत मर गया। उसकी मौत की खबर भी नहीं छपी। उधर केडी धीरे-धीरे ऐसे मुकाम पर पहुँच गया था, जहाँ पापी भी पुण्यात्मा प्रतीत होता है। लेकिन इस 'रूपांतरण' के लिए उसे बहुत पापड़ बेलने पड़े। पाप-पर-पाप करो, तब जाकर नाम होता है और दाम मिलता है। पीत-पत्रकारिता की छिनार (वेश्या) खूब मजा देती है। खूब मालामाल करती है, लेकिन अंत में बड़ा दु:ख देती है। खासकर उस वक्त जब पत्रकार वसूली करते रँगे हाथों पकड़ा जाता है या उसकी पिटाई हो जाती है। सबसे बड़ी बात, अकसर उसकी आत्मा उसे पीटती है।

केडी ने सार्वजनिक रूप से पिटाई का स्वाद तो चख लिया था, अब उसका 'जेलानंद' लेना बाकी था।

बेईमान अफसरों के बीच गोलपुर में ही एक ईमानदार अफसर रहता था—वह भी सिंचाई विभाग में। जबकि ऐसा होता नहीं कि कोई अधिकारी सिंचाई विभाग में रहे और नोट-खिंचाई न करे। असंभव सी बात।

स्वतंत्रता-सेनानी पिता चंद्रशेखर सिंह के पुत्र सत्यव्रत सिंह के सामने वैसे तो रोज ही पैसे के झरने बहते रहते थे, लेकिन दूसरों की नजर में बुद्धिहीन और नादान सत्यव्रत अपने वेतन से ही संतुष्ट रहता था। उसे पास के गाँव चैनपुर की हसदो नदी में बाँध बनाने का काम दिया गया था। उसने सारे ठेकेदारों को 'टाइट' करके रख दिया था। कहीं कोई गड़बड़ी का सवाल ही नहीं था। फर्जी मस्टर रोल बंद था।

सत्यव्रत सिंह की ईमानदारी के कारण बेईमान ठेकेदार और अधीनस्थ कर्मचारियों के पेट पर लात सी पड़ रही थी।

'साला···पाखंडी। जबरन ईमानदार बना रहता है।' ···दफ्तर का अधिकांश कीमती समय चाय के ठेले पर बिताने के लिए कुख्यात सिंचाई विभाग के कुछ कर्मचारियों में सत्यव्रत सिंह को ही लेकर चर्चा थी।

झटकूराम ने बात छेड़ी, 'ऐसी ईमानदारी किस काम की, जो किसी का हक मारे?'

'ये पट्ठा न तो खुद खाता है और न दूसरों को खाने देता है। बड़ा ही पतित अधिकारी है, यार। रावण की लंका में ये विभीषण कहाँ से पैदा हो गया?' पटकेश्वर ने कहा, 'पिछला अफसर ठीक था, क्यों? खा-पीकर कुंभकर्ण की तरह सोया पड़ा रहता था। वह भला आदमी खुद भी खाता था और हम लोगों को भी खिलाता-पिलाता रहता था। सच्चा समाजवादी था वह। क्यों?'

'हाँ यार, क्या जमाना आ गया है। वो बड़ा भला अफसर था। लेकिन ये सत्यव्रत सिंह? इसकी तो···। इसे ही कहते हैं, 'हम तो डूबेंगे सनम, तुमको भी ले डूबेंगे'। अरे भाई, तुमको भूखे मरने का शौक है तो मरो न, अपनी ऐसी-तैसी कराओ। भाड़ में जाओ, लेकिन हम लोगों की काहे ऐसी-तैसी कर रहे हो भाई? लगता है, अब नैतिकता नाम की कोई चीज ही नहीं बची है।'

'इसका कुछ-न-कुछ करना पड़ेगा। इसे निपटाओ, यहाँ से खिसकाओ। तभी बात बनेगी।' झटकू ने कहा।

'मगर हम कर ही क्या सकते हैं? अपनी कुछ हैसियत भी तो हो?' पटकू बोला।

'ऐसा करते हैं, इसके खिलाफ अखबारों में समाचार छपवाते हैं।' झटकू के चेहरे पर अचानक चमक सी आ गई, 'तभी सुधरेगा साला। किसी को निबटाना हो तो अखबारं

शरणम् गच्छामि होना ठीक रहता है। लोग यही खेल करते रहे हैं। अखबारों के कंधे पर रखकर बंदूक चलाओ, अच्छे-अच्छों का काम तमाम हो जाता है।'

'मगर इसके लिए सबूत चाहिए, वो कहाँ से लाएँगे?' पटकू ने पूछा।

'अरे, सबूत तो आता रहेगा। मैं 'देशवार्त्ता' के संपादक केडी को जानता हूँ।' झटकू ने कहा, 'उसे पैसे की लालच दे दो, उसकी लार टपकने लगती है। मैं बात करता हूँ। उसे सत्यव्रत सिंह के खिलाफ एक समाचार देता हूँ। हम लोग कुछ पुराने घोटालों की जानकारी देंगे और सत्यव्रत पर इलजाम लगा देंगे कि इसके कहने पर ही गड़बड़ियाँ हुई हैं।'

'हाँ, यह ठीक रहेगा। समाचार-पत्र में समाचार छपने से काररवाई तो होती है यार। पिछले दिनों एस.डी.ओ. जोशी के खिलाफ जो समाचार छपा था, उसके कारण उसका तबादला हो गया था, जबकि बेचारा निर्दोष था।'

झटकू की इस बात पर सारे कर्मचारी सामूहिक रूप से हँसे। ऐसा लगा, वे सब नैतिकता के साथ सामूहिक बलात्कार कर रहे हैं, और हँस रहे हैं।

दूसरे दिन झटकू केडी से मिला। उसने कर्मचारियों की ओर से उसे हजार रुपए देते हुए कहा, 'ये हमारे संघ का विज्ञापन है। अगले अंक में छाप दीजिए। अब आप हमारे विभाग की खबर भी छापिए। हमारे अधिकारी ने तो अति कर दी है। नाम है सत्यव्रत सिंह और काम दुर्गत का कर रहा है। पूरे विभाग में गंद मचाकर रख दी है भाई।'

'अच्छा, मामला क्या है?'

'अरे, एक मामला हो तो बताएँ, यह तो घोटालाश्री है। क्या नहीं करता यह। लड़कीबाजी करता है। फर्जी मस्टररोल बनाकर पैसे निकालता है। दफ्तर की कार का दुरुपयोग करता है। सुना है कि दो-तीन मकान भी बना लिये हैं उसने। अरे, कोई एक हो तो बताएँ। वह भयानक बद्तमीज भी है। सीधे मुँह बात नहीं करता। अपने आपको ओवर स्मार्ट समझता है। कभी दाढ़ी बढ़ाकर खुद को दार्शनिक बताने की कोशिश करेगा, तो कभी सफाचट हो जाएगा। कभी कुरते में घूमेगा, कभी टी-शर्ट पहन लेगा। उसे निपटाना है केडी भैया। आप की कलम ही कुछ कर सकती है। इसका तबादला हो जाए, तो मजा आ जाए।'

इतना बोलकर झटकू ने जेब से फिर पाँच सौ रुपए निकाले और केडी को देते हुए कहा, 'यह आपकी मेहनत का है। आपकी पत्रकारिता को हम सलाम करते हैं। और ज्यादा कुछ तो नहीं दे सकते, हाँ, अपनी शुभकामनाएँ जरूर दे सकते हैं। सत्यव्रत सिंह की कुछ गत बन जाए, यहाँ से हट जाए, तो हम आपको फिर एक हजार रुपए का विज्ञापन देंगे। यह वादा रहा।'

केडी गद्गद हो गया। सुबह-सुबह ही पंद्रह सौ रुपए की कमाई हो गई। उसे

'धमाका' वाले दिन याद आने लगे।

उसने कहा, 'आपके पास कुछ मैटर हो तो छोड़ जाइए। मैं देख लेता हूँ।'

'हाँ-हाँ, क्यों नहीं, हमारे पास तो उसके खिलाफ बना-बनाया समाचार रखा है। हम तो देख ही रहे थे कि कोई ईमानदार पत्रकार मिले तो उसे सौंप दें। और देखो, हमारी किस्मत कि आप मिल गए। ये लीजिए रखिए सबूत।'

इतना बोलकर झटकू ने जेब से कागज का एक पुलिंदा निकालकर केडी को सौंप दिया। केडी ने उसे उलटा-पुलटा। समाचार बना-बनाया था। उसमें कुछ सुधार की गुंजाइश थी। वह तो हो ही जाएगी। केडी यही सोच-सोचकर प्रसन्न हो रहा था कि बोहनी अच्छी हुई।

सत्यव्रत सिंह के बारे में केडी ने सुन रखा था कि बड़ा ईमानदार अफसर है। उस ईमानदार की बेईमानी का पता चला तो केडी अति उत्साह में आ गया और बोला, 'अपने आपको बड़ा ईमानदार बताता है? ठहरो, साले को निबटाता हूँ।'

केडी ने बिना किसी जाँच-पड़ताल के खबर लगा दी—

'सत्यव्रत सिंह के भ्रष्टाचार से सिंचाई विभाग हलकान, कर्मचारी त्रस्त'

केडी ने हॉकरों के माध्यम से सिंचाई कॉलोनी समेत शहर भर में 'देशवार्त्ता' बँटवा दिया। सत्यव्रत के घर पर भी दो प्रतियाँ डलवा दीं। सत्यव्रत सिंह सकते में आ गया। उसके पिताजी भी तनाव में आ गए। वे दुःखी होकर सोचने लगे कि ईमानदारी का पाठ पढ़ानेवाले इस लड़के में अचानक भ्रष्टाचारी की आत्मा कहाँ से घुस गई? वे खूब नाराज हुए। उन्हें लगा कि उनके जीवन भर की कमाई मिट्‌टी में मिल गई। गुस्से में बेटे को लगे फटकारने—

'तो, ये है तुम्हारा असली चेहरा? मेरे जीवन भर की तपस्या भंग कर दी तुमने? शर्म नहीं आती? तुम भी दूसरों की तरह पापी निकले। रिश्वतखोर, घोटालेबाज, छिः!'

'ऐसा कुछ नहीं है पिताजी, यह मेरे खिलाफ किसी की साजिश है।' सत्यव्रत सिंह की आँखों में आँसू आ गए। वह बोला, 'मैं ऐसा कर ही नहीं सकता। आपकी कसम। क्या आपको अपने खून पर भरोसा नहीं?'

'तो फिर यह कैसे छपा? पता करो। आजकल पीत-पत्रकारिता के बारे में सुनता रहता हूँ। लगता है, यह इसी गोत्र के घटिया पत्रकार की करतूत लगती है। इस संपादक को छोड़ना मत, इस पर फौरन मानहानि का मुकदमा ठोंको, इसे जेल भिजवाओ। बेटे, तभी मैं चैन से मर सकूँगा।'

'ऐसा ही होगा पिताजी। इस शातिर संपादक के खिलाफ मुकदमा करके रहूँगा। यही एक रास्ता है।'

सत्यव्रत सिंह की बात सुनकर पिता सामान्य हुए। पत्नी जानकी को भी पति पर पूरा भरोसा था, मगर वह छेड़ते हुए बोल पड़ी—'ए जी, ये सब क्या है। तुम तो पूरे छिपे रुस्तम निकले। अब मैं भी गर्व से कह सकूँगी कि मेरे 'ये' भी दूसरों की तरह बड़े 'वो' हैं।'

पत्नी की बात सुनकर सत्यव्रत ने कुछ नहीं कहा। वह तनाव में थे कि बैठे-बिठाए यह क्या तमाशा हो गया।

अखबार शहर में बँट गया था, सो सरकारी, गैरसरकारी अमले में हड़कंप मच गया। सत्यव्रत सिंह के पास फोन आने लग गए—

एक ने कहा, 'क्यों भाई, ये क्या घोटाले कर रहे हो? तुम्हारे जैसे लोगों को भी लपेटने लगे ये छुटभैए पत्रकार?'

दूसरे ने कहा, 'तुम्हारे बारे में 'देशवार्त्ता' ने क्या अंट-शंट छप गया है? खबर में कुछ सच्चाई भी है या ब्लैकमेल का चक्कर है? साले को कोर्ट में घसीटो। मुकदमा ठोंको, तब समझ में आएगा संपादक के बच्चे को। ये साले पत्रकार किसी की भी पोल खोलने में लग जाते हैं। अपनी पोलों को नहीं देखते। मानहानि का मुकदमा करो। तब पता चलेगा कि किसी की इज्जत उतारने का अंजाम क्या होता है।'

सत्यव्रत सिंह ने पूरी खबर शांति के साथ पढ़ी और समझ गया कि यह किसी की साजिश है। अखबार में जितनी भी जानकारियाँ थीं, उनसे सत्यव्रत का कोई लेना-देना नहीं था। सारे मामले उसके पहले के अधिकारी से संबंधित थे। उसको बड़ा गुस्सा आया। यह सरासर मानहानि है। सत्यव्रत सिंह कितने लोगों को सफाई देता? पहले तो सोचा, जाने दो कि नीचों के मुँह कौन लगे, मगर ऐसा करने का मतलब था, पीत-पत्रकारिता को बढ़ावा देना। यह सोचकर सत्यव्रत ने केडी पर मानहानि का मुकदमा ठोंक दिया।

मानहानि का नोटिस पाकर केडी के हाथ-पैर फूल गए। उसके मुँह से निकला, 'बाप रे, यह क्या हो गया?'

केडी भागा-भागा शुक्ला वकील के पास पहुँचा, लेकिन वकील भी क्या कर सकता था। केडी के पास कोई सबूत नहीं था, केवल सुनी-सुनाई बातें थीं। 'कहा जाता है', 'सुना जाता है', 'विश्वस्त सूत्रों ने बताया है', 'पता चला है' जैसे जुमलों के सहारे पूरी खबर बनाई गई थी। ऐसा कोई ठोस प्रमाण था नहीं, जिसके आधार पर सत्यव्रत को भ्रष्टाचारी साबित किया जा सकता। सत्यव्रत ने पहले सोचा, खंडन भिजवा दिया जाए, फिर लगा कि ऐसा करने से केडी के भाव ही बढ़ेंगे। खंडन छपने से छवि साफ नहीं हो सकती थी, इसलिए मानहानि ही एक मात्र विकल्प था।

आखिर वही हुआ। भारतीय दंड संहिता की धारा 449 और 500 के तहत केडी

के खिलाफ मानहानि का मुकदमा चला। केडी कोर्ट में कोई सबूत पेश नहीं कर सका और उसे छह महीने की सजा हो गई। वकील के कहने पर केडी ने दूसरे अंक में ही खंडन छापकर माफी भी माँग ली थी। जिस पृष्ठ पर सत्यव्रत के खिलाफ समाचार छपा था, उसी पृष्ठ पर बड़े-बड़े अक्षरों में खंडन छापना पड़ा। इस आधार पर अदालत ने कुछ रहम किया और दो साल की जगह छह माह की सजा सुनाई। केडी को सजा मिलने के बाद साप्ताहिक अखबारवाले सावधान हो गए। बहुत से अखबार इसी तरह की फर्जी खबरें छापते थे। वे सब चौंकन्ने हो गए कि कहीं हम लोग भी लपेटे में न आ जाएँ। बहुत से पत्रकार बेचारे इस बुनियादी बात को ही नहीं जानते थे कि अखबार को आम आदमी से ज्यादा अधिकार नहीं है। अखबार किसी की मानहानि नहीं कर सकता। 'कहा जाता है' के आधार पर किसी की पगड़ी नहीं उछाली जा सकती। आरोपों के लिए ठोस प्रमाण जरूरी है। सत्यव्रत के खिलाफ केडी के पास एक भी प्रमाण नहीं था। सुनी-सुनाई हवा-हवाई बातें थीं। वह तो केवल गप्पें हाँक रहा था। खबर खबर होती है, गप्प-सड़ाका नहीं।

केडी को सजा मिलने के बाद न केवल साप्ताहिक अखबार, वरन् दैनिक समाचार-पत्रवाले भी 'राइट' हो गए थे।

छह महीने की सजा काटकर केडी निकला तो बहुत दिनों तक अखबार छापने का मन ही नहीं हुआ। जो पिता लपटेश्वर केडी को तरह-तरह की पट्टियाँ पढ़ाते रहते थे, लगातार फटकारते रहे।

'सबूत के बगैर खबर छापना अपराध ही है। तुम्हें इतना तो पता होना चाहिए न?'

केडी से बड़ी गलती हो गई थी। वह कुछ बोला नहीं, मौन रहा। उसे एक बड़ा सबक मिल गया था। यह और बात है कि जब लोग मिलते थे, तो उनके सामने केडी खुद को महान् पत्रकार साबित करने में कोई कसर नहीं छोड़ता था।

केडी जहाँ भी जाता, लोग उसे आपने पास बिठाने में हिचक जाते थे।

अगर कोई पूछता कि 'अरे, ये सब कैसे हो गया?' तो केडी वीरों जैसी मुसकान के साथ कहता, 'क्या बताएँ भाई, सच का खामियाजा भुगतना पड़ता है। यह कलजुग है। चोर को चोर साबित नहीं कर सका। लेकिन छोड़ूँगा नहीं साले को। अब तो पूरे सबूत के साथ उसका बैंड बजाऊँगा। निपटाकर रहूँगा। उसने केडी से पंगा लिया है। नंगा कर दूँगा साले को। उसका जीना हराम कर दूँगा।'

केडी की बातें सुनकर लोग मन-ही-मन हँसते और उसे चने के झाड़ पर चढ़ाते हुए कहते, 'हाँ, लगे रहो, यार। छोड़ना नहीं। मैंने भी सुना है उसके बारे में। नंबर एक का भ्रष्ट है, मगर बड़ा चालाक है। सँभलकर खेल खेलता है। सबूत ही नहीं छोड़ता।

तुम तो पीछे पड़ जाओ। निकालो सबूत। अरे, सत्यव्रत सिंह काजल की कोठरी में रहता है और कहता है कोई दाग ही नहीं लगा? हुँह, ऐसा कैसे हो सकता है?'

'ठीक बात है। देखता हूँ मैं भी। केडी नाम है मेरा। जिसके पीछे पड़ गया, तो फिर पड़ गया। उसकी कब्र खोद दूँगा। देखते रहना।'

लोगों को आपस में लड़वाकर कुछ लोग मन-ही-मन खुश होते हैं। समाज में तमाशा देखनेवालों की कमी नहीं है। दो साँड़ या कुत्ते लड़ रहे हों तो तमाशबीनों की भीड़ लग जाती है। मजा लेते हैं सब। केडी और सत्यव्रत के मामले में भी लोग मजा लेना चाहते थे। केडी ने बाद में बड़ी कोशिश की, मगर सत्यव्रत सिंह के खिलाफ कोई सबूत नहीं जुटा सका। हारकर केडी ने उसका खयाल ही छोड़ दिया। वह यही सोच-सोचकर मन को बहलाता रहा कि जिंदगी में कभी-कभार ऐसे झटके भी लगेंगे।

लेकिन केडी मानहानि के इस हादसे को जीवन भर भूल नहीं सका।

□

: पाँच :

जेल से रिहा होने के बाद लगभग दो साल तक केडी ने अखबार निकालने के बारे में कुछ सोचा ही नहीं। कभी वन विभाग, तो कभी कोयला खदान क्षेत्र में ठेकेदारी करता रहा। वह दिल्ली से प्रकाशित अखबार 'डेली न्यूज टाइम्स' में 'स्ट्रिंगर' हो गया। इस बीच सत्यव्रत सिंह का तबादला हो गया। नया अफसर आ गया। लोगों की याददाश्त वैसे भी कमजोर होती है। धीरे-धीरे लोग भूल गए कि केडी को कभी जेल हुई थी। जिन्हें याद था, तो याद था। इससे क्या फर्क पड़ता है।

केडी ने बिलकुल 'फिनिक्स' पक्षी की तरह फिर जिंदा होने की कोशिश की। 'फिनिक्स' के बारे में कहा जाता है कि यह ऐसा पक्षी है, जो अपनी राख से दुबारा पैदा होता है। 'फिनिश' होता जा रहा था, मगर हिम्मत करके 'फिनिक्स' होने की कोशिश में लग गया। साल भर के बाद केडी ने 'देशवार्त्ता' के पुनर्प्रकाशन की ठान ली। हौसला दिया पीपी सेठ ने।

रग्घूदादा उर्फ पीपी सेठ से दोस्ती हो गई। रग्घू अपने समय का घुटा हुआ खिलाड़ी था। आपराधिक दुनिया का पुराना उस्ताद। रग्घू गोलपुर में कभी फुटपाथ पर बैठकर चाय बेचा करता था। रात को चोरी-चकारी भी किया करता था। वह कई बार पुलिस के हत्थे चढ़ चुका था। बार-बार थाने में आने-जाने के कारण पुलिसवालों से भी उसका अच्छा-खासा परिचय हो गया था। वैसे भी पुलिसवाले नियमित चोरों से आत्मीय रिश्ते बना लेते हैं, उनसे लेन-देन करने लगते हैं। लेकिन रग्घू ने धीरे-धीरे अपनी आदतों को परिमार्जित करना शुरू किया और गंभीरतापूर्वक अपराध करने के लिए उसे अततः राजनीति सबसे सही और सुरक्षित जगह लगी। अपराधी राजनीति में आ जाए तो उसका बड़ा स्वागत होता है।

राजनीति में रग्घू का बड़ा स्वागत हुआ। रग्घू मंत्रियों और विधायकों के साथ चिपकने लगा। कभी इस मंत्री के साथ, कभी उस मंत्री के साथ, कभी इस दल में रहा तो

कभी उस दल में। कांग्रेस और भाजपा दोनों ही दलों में रहते हुए पीपी ने अपना धंधा चमकाया। उसने सरायपुर और आसपास के इलाके में कुछ रोलिंग मिलें डाल लीं। 'रीयल एस्टेट' के कारोबार में भी वह जम गया। मंत्रियों और अफसरों को पटाने की सारी कलाएँ उसे आती थीं। जिसे सुरा चाहिए उसे सुरा, जिसे सुंदरी चाहिए उसे सुंदरी मुहैया कराने की कला में रग्घू माहिर था। जिसे गांधीजी की तसवीरवाले नोटों से प्रेम था, उन्हें नोट भी पहुँचा देता था। कुल मिलाकर पूरे सरकारी-गैर सरकारी तंत्र को उसने अपने कब्जे में ले लिया था। इसलिए उसका कोई भी काम नहीं रुकता था।

सड़क किनारे चाय बेचनेवाला महल में रहने लगा था।

एक दिन कॉफी हाउस में रग्घु की मुलाकात केडी से हो गई। बातों-बातों में दोनों एक-दूसरे से घुल-मिल गए। लगभग हर दूसरे दिन केडी और रग्घु की मुलाकात हो जाती थी। कभी कॉफी हाउस में, तो कभी पान की दुकान पर। धीरे-धीरे दोनों में गाढ़ी छनने लगी। दोनों पुराने 'जेलयात्री' भी थे। दोनों में एक समानता यह भी थी कि दोनों गलत रास्ते पर चलकर धन कमाने के पक्षधर थे। दोनों अपने-अपने किस्म के 'बुद्धिजीवी' थे। दोनों बुद्धि लगाकर जीने का काम कर रहे थे।

एक शाम जब दोनों के हाथों में जाम थे। तभी केडी ने मन की बात रख दी, 'रग्घुभाई, आपन लोग मिलकर एक अखबार निकालते हैं। मेरे पास जमीन है। अखबार का एक अच्छा नाम भी है 'देशवार्त्ता'। मेरा साप्ताहिक तो आपने देखा ही होगा। अब इसे दैनिक करना है। आप सहयोग करो, तो हम लोग धूम मचा देंगे।'

रग्घू ने कहा, 'हाँ-हाँ, क्यों नहीं, शुरू किया जाए। बजट बनाओ न। स्टार्ट करते हैं काम। बैंक से भी फाइनेंस करवा लेंगे। कुछ सहयोग नेता लोग कर देंगे। इनके पास इफरात दौलत होती है। ये सब इसी जुगाड़ में रहते हैं कि कहाँ इन्वेस्ट किया जाए। इसीलिए ये लोग कभी फार्म खरीदते हैं, शॉपिंग मॉलों में हिस्सेदारी करते हैं, कॉम्प्लेक्स बनाते हैं। देखो, मेरा भी पूरा 'इन्वॉल्वमेंट' रहेगा। लेकिन मैं परदे के पीछे ही रहूँगा। वरना मेरा अपना धंधा सफर करेगा। फिर लिखने-पढ़ने का काम अपनी समझ से परे है।'

'ठीक है, आपका सपोर्ट रहे, तो मैं तहलका मचा दूँगा।'

'हाँ यार, जमकर तहलका मचाओ। मुझे भी कुछ लोगों से पुराना हिसाब-किताब चुकता करना है। एक-एक को निपटाऊँगा।'

इतना बोलकर रग्घू हँसा। केडी ने भी ठहाका लगाया।

रग्घु का भाई श्यामू 'देशवार्त्ता' में भागीदार हो गया। केडी ने पिताजी द्वारा खरीदी गई जमीन पर 'देशवार्त्ता' का छोटा सा दफ्तर शुरू कर दिया और दैनिक 'देशवार्त्ता' का प्रकाशन शुरू हो गया। पहले अंक में ही केडी ने अपने आप को कुछ इस तरह से प्रस्तुत

किया जैसे किसी महान् पत्रकारिता का आगाज करने जा रहा है। उसने अपनी गिरफ्तारी की घटना का भी जिक्र किया और यह बताने की कोशिश की कि 'पत्रकारिता की राह में कितनी चुनौतियाँ हैं। सच कहने का खामियाजा उठाना पड़ता है। लेकिन मैंने हिम्मत नहीं हारी और एक बार फिर सबके सामने हूँ। जनसेवा और राष्ट्रसेवा ही मेरी पत्रकारिता का ध्येय वाक्य है। मैं प्रोग्रेसिव सोचवाला देशप्रेमी पत्रकार हूँ और अंतिम साँस तक रहूँगा।'

केडी के विचारों से कुछ अनजान लोग प्रभावित हुए। उन्हें लगा, सचमुच कोई महान् पत्रकार पुनर्जीवित हो गया है। दैनिक 'देशवार्त्ता' का सत्ता पक्ष ने बड़ा स्वागत किया। सत्ता के लोग अखबारों को मदद करने के लिए तैयार बैठे रहते हैं। मदद के बहाने मालिक-संपादक के ईमान को खरीदने की मानसिकता अधिक रहती है। अखबार को इस हद तक खरीद लो कि वक्त आने पर अगर किसी 'स्कैंडल' में भी फँसने पर मीडिया में मामला ज्यादा 'हाइलाइट' न हो।

अखबार का स्वागत यानी केवल खाली-पीली स्वागत नहीं, बाकायदा विज्ञापन देकर और दिलवाकर। कुछ लोगों ने नकद सहयोग किया। मंत्री फुलेश्वर, विधायक लटकेश्वर जैसे अनेक नेताओं ने तो अपने रिश्तेदारों के नाम से कुछ पैसे भी 'इन्वेस्ट' कर दिए। मतलब अखबार के पार्टनर हो गए। राजस्व विभाग के सचिव जेके, आबकारी विभाग के अधिकारी एके और उद्योग विभाग के प्रबंधक केके भी अपने दूर के रिश्तेदारों के नाम से अखबार के हिस्सेदार बन गए।

अनुभवी लोगों का कहना है कि मंत्री और अफसर, ये दो वर्ग ऐसे हैं, जिनके दो नंबरी पैसे 'बार', होटल, अखबार और तरह-तरह के कारोबार में लगे रहते हैं। सेठ-साहूकार तो परंपरागत तरीके से बदनाम हैं। सच कहा जाए, तो देश का सारा पैसा अब नेताओं और अफसरों के पास है। आरोप गलत नहीं है। नेता-अफसरों के वैभव तो सामने ही नजर आ जाते हैं, लेकिन जनता चाहकर भी कुछ कर नहीं सकती। कानून का डंडा जनता के हाथ में नहीं है। पाँच साल में एक बार केवल वोट देने का अधिकार मिला है, जिस पर आदमी इतराकर भी क्या करेगा? सत्ता के चेहरे तो बदलते रहते हैं, मगर हालात जस-के-तस रहते हैं। भ्रष्टाचार के नाले में बिलकुल सुअर की तरह डुबकी लगानेवाली एक पूरी पीढ़ी को अपने सुअरत्व का अहसास ही नहीं होता। स्विस बैंक में जितना पैसा है, उससे कई गुना देश में भी है। इन्हीं दो वर्गों के पास—नेता और अफसर।

बहुत से अखबारों, कारखानों, होटलों तथा विदेशी बैंकों में नेताओं और अफसरों के पैसे कसमसा रहे हैं। पैसों की चीख-पुकार सुनें, तो बेचारे यही कह रहे हैं कि 'हमें आजाद करो इन अपराधियों की कैद से'। समाज का यह मलाईदार तबका इतनी कमाई

करता है कि लक्ष्मी मइया के वाहन उल्लू का काम बढ़ जाता है। लक्ष्मीजी तो कहीं जाती नहीं, बैठे-बैठे निर्देश देती हैं। हाँ, उनका सेवक उल्लू धनपशुओं की सेवा में लगा रहता है। दौलत इतनी आ जाती है कि खोपड़िया काम नहीं करती कि क्या करें। इसे बाँधकर तो कोई ले नहीं जाएगा, तो क्या किया जाए? कुछ कल्याणकारी काम ही कर लें, ताकि पाप का बोझा कुछ तो कम हो और आत्मा को धिक्कारने का मौका न मिले, क्योंकि वे क्षण बड़े भयानक होते हैं, जब आत्मा किसी व्यक्ति को गरियाती है। यही सब सोचकर भ्रष्टाचारी लोग अपने पैसे इधर-उधर लगा देते हैं। कभी मंदिर में गुप्तदान कर देंगे, कभी किसी वृद्धाश्रम में जाकर कुछ बाँट देंगे तो कभी किसी के धंधे में पार्टनर हो जाएँगे। दौलत को घर में कहाँ छिपाकर रखें? कभी चोर सेंधमारी कर देते हैं, कभी डकैत ले जाते हैं, तो कभी आर्थिक अपराध शाखावाले छापा मारकर सारा माल बाहर निकाल लेते हैं। लोग-बाग अपनी हराम की दौलत को गद्दों-तकियों में छिपाकर रखते हैं, लेकिन छापा मारनेवालों की जालिम नजरें वहाँ भी पड़ जाती हैं। बाथरूम में लगी टाइल्स के पीछे छिपाकर रखो तो छापा मारनेवाले सूँघ-सूँघकर उसे भी उखाड़ लेते हैं। बैंक लॉकरों में रखो तो उसकी चाबी भी देनी पड़ जाती है। परिचितों पर विश्वास करके उन्हें भी पैसे रखवाने का कोई मतलब नहीं होता, क्योंकि अनुभव यही बताता है कि मौका पाते ही लोग 'डलहौजी की हड़प नीति' अपना लेते हैं और डकार भी नहीं लेते। इसलिए समझदार लोग अपने पैसे इधर-उधर इन्वेस्ट करते रहते हैं।

मतलब यह कि केडी के अखबार में मंत्री, अफसरों के पैसे भी लगे थे। शहर का घोषित सफेदपोश अपराधी रग्घू उर्फ पीपी सेठ ने भी केडी के अखबार को खड़ा करने में बड़ी मदद की। पीपी सेठ के नाम की भी एक कहानी है। उसे पीने-पिलाने का बड़ा शौक था। रात हुई नहीं, कि उसे अपना घर-बार नहीं, केवल 'बीयर-बार' नजर आता था। 'पीपी' सामूहिकता पर बड़ा भरोसा करता था। सामूहिक यज्ञ से लेकर सामूहिक बलात्कार-कर्म में वह समान रूप से सक्रिय रहता था। इसी सामूहिकता के 'संस्कार' के कारण अकेले पीने का उसका मन नहीं होता था। वह हर बार दो-चार लग्गू-भग्गुओं के साथ ही बार जाता था। कभा-कभार केडी भी साथ हो लेता था। यार लोग बैठ जाएँ तो पीपी सबसे आग्रह करता था—'पी यार···अरे, पी ले बे'। पी-पी···पी-पी'। पिलाने की इसी जिद के कारण लोग उसे पीपी सेठ बोलने लगे थे। तो इस पीपी सेठ की बदौलत केडी की बहुमंजिली इमारत तन गई। दरअसल, दारू एक ऐसा करामाती रसायन है, जिसके रस के सहारे दो माफिया या बेईमानी भी ईमानदारी के साथ दोस्त बन जाते हैं। दारू पीने में साथ देनेवाले एक-दूसरे पर दौलत लुटा सकते हैं। रग्घू उर्फ पीपी और केडी हमप्याला-हमनिवाला थे, इसलिए पीपी ने अपनी काली कमाई रखैल चंपाकली और

उसके बेटे दीनू के नाम से 'देशवार्त्ता' में लगा दी। बाकी नेता-अफसरों के पैसे भी बिल्डिंग में लग गए। केडी की तो जैसे लाटरी लग गई। उसे उम्मीद ही नहीं थी कि शातिर लोग भी इतनी उदारता के साथ उसका सहयोग करेंगे।

ऐसे मौकों के लिए ही कहावत बनी है, 'हींग लगे न फिटकरी और रंग चोखा'।

केडी के जीवन की सबसे बड़ी कलाकारी यह रही कि वह बचपन में जिस राष्ट्रवादी संस्था के आयोजनों में जाया करता था, उसके साथ उसने अपना रिश्ता बनाकर रखा। यही रिश्ता उसकी सामाजिक छवि को चमका रहा था। केडी की किस्मत देखें कि उस समय के कुछ लोग, जो उसके साथ हाफ पैंट पहनकर कभी गिल्ली-डंडा खेला करते थे, सरकार में बैठ गए थे। कोई विधायक बन गया, तो कोई मंत्री। बस बन गया काम। सबके पास पहुँचकर केडी ने अपने राष्ट्रवादी दैनिक अखबार के बारे में बताया। अखबार एक ताकत तो है। फिर चाहे वह कोई माफिया निकाले या सज्जन, लोग उनसे चमकने लगते हैं। पता नहीं, कल को क्या छाप दे। इस भयदोहन का पूरा लाभ मिला और केडी का अखबार दौड़ने लगा।

डोरीलाल, डल्लाप्रसाद, महेशीबाबू, गनेशीराम आदि-आदि सेठों के दैनिक अखबारों की तरह 'देशवार्त्ता' भी मुख्यधारा में बहने लगा। केडी ने सबसे टक्कर लेनी शुरू कर दी। वे लोग बड़े और पुराने माफिया थे, मगर केडी नया माफिया। अपराध से इसके जीवन का काफिया भी खूब मिलता था, इसलिए वह बहुत जल्दी नगर सेठों की लिस्ट में शामिल हो गया। हालाँकि अखबार का धंधा दूसरे धंधे से कुछ अलग है।

केडी भी ऊँचे दर्जे की वेश्या की मानिंद लाखों में खेलने लगा था। मगर मीडिया का मामला दूसरे धंधों से थोड़ा हटकर होता है। यहाँ बातें करना बड़ी-बड़ी, लेकिन हरकत दो कौड़ी। वेश्या तन बेचकर पैसे कमाती है, तो अखबार मालिक-संपादक ईमान बेचकर पैसे कमाते हैं। दोनों का काम एक ही है। रत्ती भर का फर्क नहीं, लेकिन मीडियावाले एक बात बार-बार दुहराते हैं कि हम 'पराडकर' की औलाद हैं, इसलिए अकसर धारदार संपादकीय लिखना या लिखवाना पड़ता है। पत्रकारीय बेशरमी इसे ही कहते हैं कि जिनके पास जाकर केडी सिर झुकाता था, कभी-कभार उनके खिलाफ भी संपादकीय लिख मारता था। फिर फोन करके चापलूसी भी करता कि कभी-कभी ऐसा भी करना पड़ता है, माफ करना, सरजी।

केडी कभी 'एडिट पेज' (जहाँ लेख, पाठकों के पत्र, नीति-वाक्य आदि छपते हैं) में तो कभी प्रथम पृष्ठ पर किसी विषय पर त्वरित-टिप्पणी दिया करता। इसे पढ़कर लोग केडी की वाहवाही करते कि 'गजब लिखा है भाई। इसे कहते हैं चिंतन'। अब आम लोगों का इससे क्या सरोकार कि अंदर क्या खेल खेला जा रहा है। या जिसने इतने

उच्चस्तरीय विचार लिखे हैं, वह कितना निम्नस्तरीय मालिक है, किसे पता। आम आदमी अपने में ही परेशान है, वह किस-किस के पीछे खुर्दबीन लेकर निकले? यही कारण है कि इस देश के अनेक अखबार मालिक सुरक्षित हैं। जिस दिन आम आदमी ठान ले कि वह भ्रष्टाचार के प्रतीकों को उखाड़ फेंकेगा तो सबसे पहले प्रेसवाले ही लपेटे में आएँगे।

गोलपुर के पुराने जानकार लोगों को पता था कि जिस इलाके में बहुत से प्रेस खुल गए, वहाँ कभी बहुत बड़ा तालाब हुआ करता था, लेकिन धीरे-धीरे वह तालाब पाट दिया गया, और यहाँ बन गया प्रेस कांप्लेक्स। केडी ने भी अपनी बिल्डिंग तान ली। गरमी में जब लोग पानी के लिए हाहाकार मचाते, सड़कों पर उतरते, प्रदर्शन करते, तो सबसे पहले केडी ही लिखता, 'शहर का दुर्भाग्य है कि पर्यावरण का विनाश हो रहा है। तालाब पाटे जा रहे हैं। नदियाँ प्रदूषित हो रही हैं। कारखानों के कारण वातावरण दूषित हो रहा है। धिक्कार है लोगों को। क्या हो गया है सभ्य समाज को? अगर समय रहते हम न जागे, तो बहुत देर हो जाएगी।' आदि-आदि।

मीडिया से जुड़े लोग केडी के ऐसे विचारों को पढ़कर बहुत हँसते और गालियाँ भी देते—

'देख रहे हो न इन सेठों को? साले···खुद घर को उजाड़ रहे हैं और पूछते हैं कि ये करतूत किसकी है?'

'डोरीलाल को जमीन मिली थी अखबार के लिए, मगर साले ने उस जगह शॉपिंग मॉल बना दिया?'

'किसी ने स्कूल खोल लिया तो किसी ने व्यावसायिक परिसर बना लिया। मगर मजे की बात यह है कि सब-के-सब नैतिकता को घोल पिलाने की कोशिशें करते रहते हैं। जो जीवन भर तरह-तरह के अपराधों में लिप्त रहे, फिर बढ़ते अपराधों पर आँसू बहाए, उसे लोग अब संपादक कहते हैं।'

'और देखो इस केडी को, उपदेश पेलता रहता है। खुद सकल कर्म करता है और दुनिया भर को नैतिकता का पाठ पढ़ाता है।'

'तभी तो अखबार का मालिक कहलाता है।' दूसरे ने ठहाका लगाते हुए तुकबंदी मिलाई और कहा, 'ऐसे लोग ही राज करेंगे, बॉस। यही है कलजुग।'

इस बात पर सब हँस पड़े।

गोलपुर में मीडियावालों ने अनेक गंभीर किस्म के आर्थिक, सामाजिक अपराध किए थे। उसकी दबी जुबान चर्चा तो होती रहती थी, मगर किसी भी सामाजिक-राजनीतिक संगठन ने आवाज नहीं उठाई, क्योंकि सबको प्रचार चाहिए। मीडिया से पंगा

लेंगे तो मीडिया उन्हें ही नंगा कर देगा। जिनके पास कोई ताकत नहीं थी, वे बेचारे चाहकर भी कुछ नहीं कर पाए, सिवाय फुटपाथी बकर-बकर करने के। सब देख रहे थे कि अखबार चलाने के लिए सेठों ने कौड़ियों के मोल जमीनें खरीदीं, मगर वहाँ व्यावसायिक परिसर बना डाले। यह अनैतिक और नियम का भी उल्लंघन है। जमीन दी गई थी इस शर्त पर कि जिस काम के लिए है, उस काम के अलावा उसमें दूसरी व्यावसायिक गतिविधियाँ नहीं होंगी। लेकिन दूसरे धंधे भी धड़ल्ले से चल रहे थे। किसी ने बैंक को दे दिया, किसी ने निजी कंपनियों को। खुलेआम दादागीरी''! मगर सरकार खामोश थी। वही बात कि बिल्ली के गले में घंटी कौन बाँधे? कल को इन्हीं अखबारों के माध्यम से तो प्रचार पाना है और चुनाव जीतना है।

इस तरह मीडिया का कारोबार जारी था। लोग चुपचाप देख रहे थे। कभी-कभार कोई गुस्से में आकर इन अखबारों के चमकदार शीशों को पत्थर मारकर चकनाचूर जरूर कर दिया करता था, मगर चिकने घड़ों को कोई फर्क नहीं पड़ता था। केडी भी इन्हीं सब गोरखधंधों में शरीक था। मगर वह सोचता था कि लोग उसकी असलियत से वाकिफ नहीं हैं। इसलिए अपने अग्रलेखों में अकसर बड़ी-बड़ी बातें लिखा करता था। वह जन्म से सेठीय फितरत का था, मगर अपने लेखन के जरिए यही दरशाता था कि वह क्रांतिकारी, प्रगतिशील और राष्ट्रवादी पत्रकार है। आम लोग उसकी लेखनी के कारण उसकी तारीफ करते थे, मगर उसकी वसूली-कला से परिचित लोग गरियाते थे—'साला, लिखता कुछ है और करता कुछ। ऐसे ही पाखंडी लोगों के कारण तो पत्रकारिता बदनाम होती है।'

कवि किस्म के व्यक्ति सतीशकुमार ने एक कविता भी लिखी—

'उलटा कारोबार है यारो
भय से उपजा प्यार है यारो
कहता कुछ है करता कुछ है
लगता पत्रकार है यारो।'

केडी का अखबार 'देशवार्त्ता' वैचारिक-दृष्टि से शून्य था। 'देश' और 'वार्त्ता' नाम होने के बावजूद उसमें देश की कोई वार्त्ता नहीं होती थी। विचारों का तड़का लगाने के लिए केडी कभी-कभार एकाध खबर लगा देता था, ताकि सत्ता-प्रशासन में बैठे लोग 'राइट' रहें। अखबार में केवल राजनीति से जुड़ी खबरें ही प्रमुख होती थीं। उस वक़्त समाज में ऐसी खबर चल रही थी कि राजनीति ही सबकुछ थी। कला, साहित्य, विज्ञान आदि हाशिए पर चले गए थे। समाज में राजनीतिज्ञ ही प्रतिष्ठित होते जा रहे थे। सत्ता में बैठे लोग तो बिलकुल देवताओं की तरह पूजे जा रहे थे। मीडिया के आत्मशून्य लोग

राजनीतिज्ञों के दाएँ-बाएँ होते रहते थे। किसी को विज्ञापन चाहिए था, किसी को कहीं कोई पद। केडी जैसे मालिक-संपादक सत्ता के पीछे भागते रहते थे। केडी बड़ा होशियार था। वह जानता था कि संपादक होने के कितने फायदे हैं। दैनिक समाचार-पत्र का संपादक बनने का मतलब होता है, घर बैठे नंबर दोवाली कमाई रूपी नल का 'वॉल्व' खुल जाना। संपादक बन जाने के बाद ईमानदार-से-ईमानदार समझा जानेवाला संपादक भी बैठे-बिठाए मालामाल होता रहता है। अब जो बेचारे एकदम से भुखमरी या बदहाली के शिकार हो चुके हैं या नैतिकता का पट्टा लिखाकर लाए हैं, उनकी बात अलग है। वे तो भूखे ही मरें, क्योंकि उन्हें मरना ही है। ये लोग संत-कवि कबीर के गोत्र के होते हैं न, जिसने कहा था 'जो घर जारै आपना चले हमारे साथ'। ऐसे सिरफिरों को बरबाद होने से दुनिया की कोई ताकत नहीं रोक सकती। इन लोगों की नियति है कि अभावों में रहो और दूरारे 'होशियार किस्म के' संपादकों को देख-देखकर कुढ़ते रहो। ऐसे कुढ़नखोरों के बारे में बाबा तुलसीदास भी कह गए हैं कि 'सकल पदारथ हैं जग माही, करमहीन नर पावत नाही'। लक्ष्मी आ रही है, बेचारी दरवाजा खटखटा रही है, उनका उल्लू भी पुकार रहा है, मगर ससुरे संपादक के भीतर 'बाबूराव विष्णु पराडकर', 'पं. माखनलाल चतुर्वेदी' और 'गणेशशंकर विद्यार्थी' में से किसी एक की आत्मा विराजमान है, तो वह बेचारा भी करे तो क्या करे? इसके ठीक उलट जिनके मन में 'मिठलबरा' जैसे लोगों की सार्वकालिक खुराफाती आत्मा विराजती हो, तो उसकी बल्ले-बल्ले हो जाती है।

केडी का 'प्लस पॉइंट' यह था कि वह 'टू इन वन' था। संपादक और मालिक, यानी डबल रुतबा। अपने संपादक होने को वह खूब भुना रहा था। समय भुनाने के लिए ही होता है। जो नहीं भुनाएगा, वह बेशक करमहीन नर ही कहलाएगा।

चमचे संबंध भुनाते हैं…

पत्रकार अखबार भुनाते हैं…

नेता अवसर भुनाते हैं…

पाखंडी प्रवचनकार लोगों की धार्मिक आस्थाओं को भुनाते हैं…

मौके का फायदा उठाकर लोग खोटे सिक्के या नकली भी नोट भुनाते रहे हैं।

मतलब यह कि जिसको जब जैसा मौका मिले, भुनाने की कोशिश करता है। आजकल पूँजीवाद के साथ-साथ एक नया 'वाद' भी लॉन्च हुआ है—'भुनाओवाद'। यह खूब चल रहा है। जीवन के केंद्र में यही है।

केडी कर्महीन नहीं, खाँटी 'श्रमवीर' था। बड़ी मेहनत करता था। दिन-रात मंत्री-अफसरों के बँगलों में ही नजर आता था। किसी मंत्री-अफसर के बँगले तक आना-जाना भी श्रमसाध्य काम से कम नहीं कहलाता। जब कभी केडी अपने चैंबर में न हो या

उसका मोबाइल बंद रहे तो लोग समझ जाते थे कि अगला जनसंपर्क में निकला होगा, या फिर लिली के साथ मनोरंजन करके अपनी थकान उतार रहा होगा। केडी कभी-कभार अपने साथ एक सहयोगी-पत्रकार रख लेता था। रोज किसी-न-किसी मंत्री को पकड़ना, उसका विशेष इंटरव्यू करवाना और एक सप्ताह बाद विज्ञापन के लिए हाथ फैला देना। यही काम था केडी का।

मीडिया-जगत् में हाथ फैलाने को बुरा नहीं माना जाता, क्योंकि बिना हाथ फैलाए विज्ञापन मिल भी नहीं सकता। फिल्मी दुनिया में तो खैर काम मिलने का सवाल ही नहीं उठता। मतलब यह कि 'कॉस्टिंग काउच' हर जगह है। यह अकाट्य सत्य है। अब जिन्हें बिना कुछ खोए-फोए काम-वाम मिल जाता है, वे सौभाग्यशाली होते हैं, या होती हैं। 'गिव्ह ऐंड टेक' के जमाने में केवल विज्ञापन देने के एवज में 'किसी भी तरह का' कोई 'कमीशन' न लिया जाए, यह संभव नहीं। फिर भी चमत्कार होते रहते हैं। भूले-भटके कुछ अच्छे लोग कहीं भी, किसी भी क्षेत्र में मिल जाते हैं।

आजकल के दौर में अनैतिकता तो यह है कि आप किसी सरकारी संस्था का विज्ञापन हथिया लें, मगर जिसके माध्यम से विज्ञापन मिल रहा है, उसे 'कुछ भी' न दें। यानी उनका हिस्सा, कमीशन। कुछ लोग हाथ फैलाते हैं, तो कुछ लोग अपनी आत्मा को सदर बाजार के किसी सेठ के यहाँ गिरवी रखकर चले आते हैं। केडी मंत्रियों के लगभग रोज ही चक्कर लगाता था। इसलिए कुछ मंत्री कभी-कभी परेशान करने की नीयत से केडी को मिलने का समय नहीं देते थे। दो कौड़ी के अफसर भी उसे घंटों बाहर बिठाए रखते थे, लेकिन केडी बुरा नहीं मानता था। इसे वह व्यावसायिक साधना या तपस्या कहता था। वह अपने करम को फोड़ना नहीं चाहता था, इसलिए वह खूब पैसे जोड़ना चाहता था। लेकिन एक बात तो थी, केडी को 'इग्नोर' उर्फ अनदेखा करने के बाद वीआइपी लोग उसे बुला भी लेते थे। दैनिक समाचार-पत्र मालिकों से या मीडिया से उलझना ठीक नहीं। कल को नाराज होकर कोई 'स्टोरी' (मीडिया में किसी खास खबर को 'स्टोरी' भी कहते हैं) लगा दी, तो किस-किस को सफाई देते फिरेंगे? कभी-कभार केडी लोगों को निबटाने के लिए एकाध 'स्टोरी' पेल देता था। केडी का तकियाकलाम भी यही रहता कि 'पेल दो साले के खिलाफ स्टोरी'।

इस तरह केडी की धाक जम गई थी। इसलिए जैसे ही कोई नेता या अफसर केडी या उसके रिपोर्टरों का 'विजिटिंग कार्ड' देखता, फौरन बुला लेता था। मुख्यमंत्री हो, मंत्री हो या कोई अफसर, इन सबसे मिलना-जुलना ही केडी का मुख्य काम था। दिनचर्या थी उसकी। कभी किसी से इंटरव्यू कर ले, कभी किसी के पास सौजन्यता दिखाने के लिए थोड़ी देर बैठकर आ जाए। दरवाजे पर बार-बार आ जाए तो लोग कुत्ते को भी रोटी डाल

देते हैं। फिर केडी तो अखबार का मालिक था। उसके साथ थोड़ी देर बैठकर मंत्री या अफसर उसके अहं को संतुष्ट कर दिया करते थे। इस बैठक का केडी को बड़ा लाभ मिलता।

मंत्री फुलेश्वर ने 'देशवार्त्ता' में पैसे लगाए थे। फुलेश्वर और केडी की बड़ी छनती थी। दोनों की विचारधारा भी समान थी। यानी दोनों सुरा-सुंदरी के शौकीन थे। फुलेश्वर केडी का इस्तेमाल भी खूब करता था। कई बार अपने सहयोगी-मंत्री के खिलाफ ही कुछ जानकारियाँ दे दिया करता था। 'मंत्रिमंडल से कौन हटाया जा सकता है, किसका विभाग बदलेगा' जैसी अनेक जानकारियों के साथ-साथ केडी को विज्ञापन भी मिल जाते थे। केडी मंत्री, अफसरों के पास जाता तो कभी-कभी लिली को भी साथ रख लेता था।

लिली की अपनी दिलफेंक अदाएँ मंत्री, अफसरों से विज्ञापन निकलवाने में बड़ी कारगर साबित होती थीं।

विज्ञापन पाने के लिए किसी सुंदर कन्या को किसी मंत्री या अफसर के पास भेजने को पुराने पत्रकार भड़वागीरी कहते थे, लेकिन आजकल लोग इसे मार्केटिंग का हिस्सा मानते हैं। कॉरपोरेट जगत् में यह धंधा खूब फल-फूल रहा है। बहुत सी सुंदर बालाएँ इसी काम के लिए जन्म लेती हैं। ये बालाएँ पॉवरफुल लोगों का तरह-तरह से 'मनोरंजन' करती हैं। इनके लिए यह नैतिक पतन नहीं, एक धंधा है, विशुद्ध धंधा।

जिस्मफरोशी को अब अन्य देशों की तरह अपने यहाँ भी एक करियर की तरह अपनाया जा रहा है। प्रिंट हो या इलेक्ट्रॉनिक मीडिया, हर जगह ऐसी कन्याएँ मिल जाती हैं। कॉरपोरेट जगत् में भी नजर आती हैं। कुछ चालाक लड़कियाँ अविवाहित रहकर जीवन भर सुख और धनार्जन में लगी रहती हैं। अतिबुद्धिजीवी हो जाने पर उनकी असली बुद्धि घास चरने चली जाती है। वे पतन को भी अपने हक की लड़ाई का हिस्सा समझने लगती हैं और कहती हैं यही है स्त्री-मुक्ति। उनकी जुबान पर एक ही फिल्मी गीत रहता है, 'मैं ये करूँ, वो करूँ मेरी मरजी'। सिगरेट फूँकती हैं या शराब पीती हैं, तो चेहरे पर ऐसी अकड़ नजर आती है मानो सदियों के स्त्री-दमन शोषण का बदला लेने का ठेका इन्होंने ही ले लिया है। मीडिया में ऐसी लड़कियों की तादाद बढ़ रही है। जब तक शरीर की फसल लहलहा रही है, तब तक ये सक्रिय रहती हैं। ये अपना फंडा दूसरी सहेलियों को समझाती हैं कि 'बुढ़ापे के पहले कोई-न-कोई दूसरा काम हाथ में ले लेंगी। कोई 'एन.जी.ओ.' चलाएँगी या किसी 'एन.जी.ओ.' से जुड़ जाएँगी, ये सब न कर सकीं तो फिर किसी विधुर धनपति को फाँस लेंगी। कट जाएगा जीवन।'

ऐसी सुंदर-सुंदर योजनाएँ बनाकर जीवन का सुख-भोग रही मीडिया की सुंदर बालाओं की तरह लिली भी अपने को मॉडर्न और प्रोग्रेसिव (प्रगतिशील) समझती थी।

एक दिन अपनी सहेली मिली से लिली ने कहा भी था, 'जब तक जीऊँगी, शादी नहीं करूँगी। इस लफड़े में फँसना ही नहीं है। शादी करो, बच्चे पैदा करो, फिर उनको पालो-पोसो। हुँह, ये भी कोई जीवन है। मैं तो अकेली रहूँगी रे। हाँ, बीच-बीच में लोग मिलते-बिछुड़ते रहेंगे। वो चलेगा, लेकिन किसी के खूँटे से जीवन भर के लिए नहीं बँधूँगी।'

लिली ने जो कहा था, वो करके दिखाया। घरवाले शादी के पीछे पड़े तो उसने घर ही छोड़ दिया और झुमरीतलैया से सीधे गोलपुर आकर रहने लगी। केडी साथ जुड़कर तो वह जीवन के भरपूर मजे ले रही थी। केडी जब मंत्री-अफसरों के साथ लिली का परिचय करवाता, तो लिली भी अपना व्यक्तिगत लाभ भी ले लेती। वह भी पैसे जोड़ रही थी। क्या पता केडी कब धोखा दे दे। कल को कोई उससे ज्यादा सुंदर लड़की नजर आएगा, उसे ही फाँसने की कोशिश करेगा और मुझे निकाल बाहर करेगा। इसलिए लिली भी नहीं चूकती थी। किसी को अनुदान दिलवाना है, किसी का तबादला करवाना है। इन सब कामों के लिए भी वह मंत्रियों और अफसरों से मिलती रहती थी। इस तरह उसकी भी कुछ अतिरिक्त कमाई हो जाया करती थी। लिली ही नहीं, इस तरह के धंधे अनेक पत्रकार कर रहे थे। साल भर में दो-चार लोगों के तबादले करवाकर लखपति हो जाते थे। पत्रकारों पर अहसान लादने की गरज से मंत्री दैनिक अखबारों के पॉवरफुल पत्रकारों का काम कर दिया करते थे। मंत्री भी जानता है कि पत्रकार मुझसे काम करवाकर कितना कमा लेगा, फिर भी वह मौन रहता था। इसके पीछे केवल यही मानसिकता काम करती थी कि इसी बहाने पत्रकार अपनी जुबान तो बंद रखेंगे।

केडी को इस बात की जानकारी थी कि लिली, भस्मांकुर और उसके रिपोर्टर अखबार के काम के साथ-साथ अपने काम भी करते रहते हैं, लेकिन केडी बुरा नहीं मानता था। वह उदारवादी था। खासकर लिली के मामले में वह अतिरिक्त उदार था। उसने तो लिली से भी कह दिया था कि 'तू भी खेल-खा। तुझे भी पूरा हक है।'

समय बीतता गया। केडी का बैंक बैलेंस बढ़ता गया।...

एक दिन केडी को महसूस हुआ कि अब तो वह भी बड़ा मालिक हो गया है। अब उसे अपनी गरिमा का खयाल रखना है। दूसरे मालिक जैसे डोरीलाल वगैरह शुरू-शुरू में अखबार को जमाने के लिए इधर-उधर भटकते रहे, लेकिन बाद में सबने 'सीईओ' और मार्केटिंगवाले कुछ बंदे रख लिये। ये बंदे सटीक धंधे में लगे थे। रोज किसी-न-किसी मंत्री-अफसर से मिलते और अनिवार्य रूप से शासकीय विज्ञापन विभाग के चक्कर जरूर लगाते, क्योंकि वहाँ से उनको विज्ञापन मिलने की संभावना रहती थी। विज्ञापन मिलते भी थे। मार्केटिंगवालों को एकसूत्री काम रहता, यहाँ-वहाँ बैठकर अपने-

अपने सेठों और उनके अखबारों की मार्केटिंग करना। ये लोग संबंधित अफसरों के लिए कभी गिफ्ट ले जाते, कभी काजू-किशमिश के पैकेट, कभी महँगी मिठाइयाँ, तो कभी कीमती शराब या शबाब। जिसकी जैसी पसंद-रुचि, वैसी आपूर्ति।

आशिकमिजाज या लड़कीबाजी के शौकीन लोगों को ये 'सीईओ' हर तरह का 'माल' पहुँचाने में बिलकुल 'हिचक फ्री' रहते थे। ये काम तो था एक तरह से दलाली का ही, मगर इस कर्म को वे अपने धंधे का धर्म बताते थे, और पापी होने के लफड़े से खुद को पूरी तरह से मुक्त रखते थे। ये बेचारे उन सेठों के बंधक थे, जिनके बारे में एक कहावत प्रचलित थी कि अगर कीचड़ में हजार रुपए का नोट पड़ा हो तो सेठजी उसे दाँत से भी उठा सकते हैं। किसी लेखक का मशहूर कथन है कि 'मीडिया एक ऐसा माफिया है, जहाँ बहुत कुछ पाने की चाहत में व्यक्ति घुस तो जाता है, मगर निकल न पाने की छटपटाहट में बेचारा बेमौत मर जाता है।' मीडिया में बहुत से ऐसे लोग हैं, जो जीवन भर मुक्ति के लिए छटपटाते रहते हैं, मगर चाहकर भी बाहर नहीं आ पाते। उनके सामने यही यक्ष-प्रश्न रहता है कि जाएँ तो जाएँ कहाँ।

अखबारों के सेठों का इतिहास किसी से छिपा नहीं था, अच्छे-अच्छे पत्रकार इन सेठों के यहाँ नौकरी कर रहे थे। डोरी सेठ की हालत तो यह थी कि कभी बाप-बेटे खुलेआम एक-दूसरे की माँ-बहन को गरियाया करते थे। उनका अपना जीवन आपसी मामले-मुकदमे के बिना अधूरा-अधूरा सा लगता था। चाचा ने भतीजे के खिलाफ मुकदमा ठोंक दिया था, तो दूसरी पत्नी के बेटे ने अपने अधिकार के लिए परिवार को कोर्ट में घसीट रखा था। लोग डोरी सेठ की हिम्मत की दाद देते थे कि एक साथ अनेक मुकदमे झेलते हुए भी वह हर पल प्रसन्न नजर आता था। खैर, केडी के साथ ऐसी नौबत नहीं आई, क्योंकि एक तो वह पिताश्री की इकलौती औलाद थी और पिता कुछ पिछड़े किस्म के थे, क्योंकि उनकी कोई रखैल ही नहीं थी। मगर केडी पक्का 'मॉडर्न' था। उसने रखैलवाद को काफी आगे बढ़ाया।

केडी के पिता को अपने बेटे के शौक की जानकारी थी, मगर वे धृतराष्ट बने हुए थे। उनको इससे मतलब ही नहीं था कि निजी जिंदगी में उनका बेटा क्या गलत-सलत कर रहा है। हाँ, उनका लड़का कितना कमा रहा है, इसकी चिंता जरूर करते थे। इतने 'सपोर्टिव' बाप कम ही मिलते हैं। वे शुरू-शुरू में जरूर चिल्लाते थे, लेकिन 'देशवार्त्ता' के दैनिक हो जाने के बाद समझ गए थे कि जिस लौंडे को वे नालायक समझते थे, वह तो उनका भी बाप निकल गया।

एक दिन तो केडी ने कमाल कर दिया। वह एक न्यू-ब्रेंड चमचमाती लाल कार के साथ घर पहुँचा और बोला, 'ऐश कर बापू। बहुत कर ली रिक्शे की सवारी, अब आई है

कार की बारी। इसी में आया-जाया करो। आपका बेटा कमाने लगा है।'

बाप ने कहा, 'मुझे इसी दिन का इंतजार था। चाहता हूँ कि अब तू बहुत जल्दी से हेलीकॉप्टर भी खरीद ले।'

पिता की अति महत्त्वाकांक्षा को केडी ने प्रणाम किया और मुसकराते हुए कहा, 'तेरी यह इच्छा भी पूरी करूँगा, मगर थोड़ा सब्र रख। फिलहाल कार को ही हेलीकॉप्टर समझकर जीवन की गाड़ी में आनंद के साथ उड़ा कीजिए।'

'ठीक है बेटे, तू कहता है तो सब्र रख लेता हूँ, कहा जाता है कि इसका फल बड़ा मीठा होता है।'

□

: छह :

मनचाही कमाई हो जाए, तो भिखारी भी हाथ फैलाना बंद कर देता है और निकल जाता है दारू-अड्डे की तलाश में।

यही हालत थी केडी की। 'देशवार्त्ता' का मालिक, संपादक 'केडी'। केडी को लगा कि अब अपनी गरिमा बढ़ाई जाए। इधर-उधर घूम-घूमकर विज्ञापन माँगनेवाली चुरकुटई बंद होनी चाहिए। खुद जाने की बजाय किसी कर्मचारी को भेजा जाए। सद्बुद्धि आई तो केडी ने माँगने की शैली बदल ली। माँगना तो भीख ही है, मगर कटोरा सामने हो यह जरूरी नहीं। दूसरों को थमा दो। आजकल तो चीजें ऑनलाइन होती जा रही हैं। भीख माँगना भी 'ऑन लाइन' धंधा बन चुका है।

केडी ने कॉरपोरेट संस्कृति के रास्ते पर चलते हुए एक अनुभवी युवक को अपना 'सी.ई.ओ.' रख लिया। यानी एक स्थानीय संपादक नियुक्त कर दिया। संपादक के पद पर केडी खुद काबिज रहा। स्थानीय संपादक से हर तरह की बेगारी करवाने लगा। मार्केटिंगवाले दो-चार बंदे रख लिये। इन बंदों का धंधा यही था कि टिपटॉप होकर निकलो। अपने चमकदार किस्म के काले-पीले बैग में एक लेपटॉप रखो, 'देशवार्त्ता' का विज्ञापन-पत्रक रखो और मैदानेजंग में कूद पड़ो।

केडी की सेक्रेटरी और प्रेयसी की भूमिका निभानेवाली लिली के कहने पर उसने 'देशवार्त्ता' के प्रचार-प्रसार के लिए एक सुंदर कन्या भी रख ली थी। लिली की 'चाची' की लड़की थी सुकन्या, जिसके साथ भी केडी ने रास रचाने की कोशिश की, और सफल भी हुआ। केडी को शायर गुमनाम रायपुरी की इन पंक्तियों पर बड़ा भरोसा था—

'गिरती है दीवार धीरे-धीरे
जोर लगाओ यार धीरे-धीरे
मिलने-जुलने में कसर ना छोड़ना
हो जाएगा प्यार धीरे-धीरे।'

खैर, वो सब तो हो ही गया। उसे विस्तार के साथ लिखने की जरूरत भी नहीं, क्योंकि हर समझदार पाठक बेहद कल्पनाशील होता है।

केडी ने लिली के कहने पर ही अपनी कार्यशैली बदल दी थी। केडी दिन भर बाहर रहता, शाम को ऑफिस पहुँचता और इधर बेचारी लिली परेशान रहती। उसे लगता कि पिया शहर में नहीं भटक रहे, वे रंगून चले गए हैं। वह केडी को देखकर एक ही फिल्मी गीत गुनगुनाती—'पिया तू···अब तो आ जा। शोला सा मन दहके आ के बुझा जा।'

एक दिन लिली बोल पड़ी, 'केडी, इतनी बेरुखी भी ठीक नहीं। अब तुम मालिक हो, फिर नौकरों की तरह मारे-मारे क्यों फिरते हो? दो-चार लोगों को नियुक्त कर लो। उन्हें पैसे दो और फटे तक काम लो। बीस हजार दो और बोलो, दस लाख के विज्ञापन लाओ। ससुरे दौड़-भाग करेंगे ही। साल में दस लाख के विज्ञापन नहीं, तो पाँच लाख के जरूर लेकर आएँगे।'

केडी ने लिली को बाँहों में भरते हुए कहा, 'ठीक कहती हो। मैं भी यही सोच रहा था। अब खोज शुरू करता हूँ। लिली, तुम मेरा कितना खयाल रखती हो।'

'क्या करूँ, मेरा दिल ही कुछ ऐसा है।' इतना बोलकर लिली ने शरमाने की नौटंकी की।

और आखिरकार केडी ने लिली की बातों को गंभीरता से लिया और एक संपादक बनाम सीईओ और एक मैनेजर को खोज ही लिया। संपादक भस्मांकुर और मार्केटिंग के लिए एम.बी.ए. करने के बावजूद नौकरी के लिए मारे-मारे भटक रहे डब्बू को रख लिया। ये दोनों जन मिलकर 'देशवार्त्ता' के लिए विज्ञापन का जुगाड़ करते घूमते रहते। गरमी में भी बेचारे सूट-बूट और टाई पहने रहते। इस तरह के लोग कहीं भी दिख जाते तो अनुभवी लोग समझ जाते कि शायद किसी प्रेस में काम करता होगा या 'एमआर' होगा। उधर केडी अपने चैंबर में बैठकर लिली के साथ प्रेमालाप में रमा रहता। कभी-कभार कुछ दूसरे काम भी कर लिया करता, जैसे उप संपादकों को फटकराना, नौकरों को डाँटना-डपटना, लोगों को फोन-फान करके दूरभाषीय या मोबाइलीय संपर्क बनाए रखना।

केडी ने एक ऐसे चालू पत्रकार को स्थानीय संपादक बना दिया था, जिसकी मीडिया और शहर भर में इमेज खराब थी। पत्रकार 'भस्मांकुर' ब्लैकमेल करने के मामले में बदनाम था। शराबखोरी, वसूली, गुंडागर्दी, ये सब उसके पुराने प्रिय शौक थे। वह चार-पाँच अखबारों में काम कर चुका था और सभी जगह से खदेड़ा जा चुका था। वह जिस अखबार में जाता था, उस अखबार की बरबादी शुरू हो जाती थी। पत्रकारिता क्या

होती है, इस बारे में उसकी जानकारी कम थी, मगर मक्कारी क्या होती है, इस खेल में वह उस्ताद था। कहाँ झुकना है, कहाँ मुसकराना है, कहाँ किसी को पिटवाना है, कहाँ साजिश रचनी है, इस तरह की 'ललित कलाओं' में वह बड़ा माहिर था।

स्थानीय संपादक बनने से पहले ही केडी ने भस्मांकुर से साफ-साफ डील कर ली थी। एक साल में कम-से-कम दस लाख रुपए के विज्ञापन लाने होंगे। इसी शर्त पर केडी ने भस्मांकुर को नौकरी पर रखा था। कुछ टिप्स देने के लिए केडी ने भस्मांकुर के साथ बैठक की और अपनी पॉलिसी के बारे में बता दिया।

'देखो भाई, तुम मेरे अखबार को तो जानते ही हो। यह समाजवादी और राष्ट्रीय सोच का अखबार है। इसमें सट्टे का नंबर नहीं जाएगा। शराब के विज्ञापन भी नहीं छपेंगे।'

'ठीक है, सर, लेकिन शरीर के गुप्त अंगों को बढ़ानेवाले विज्ञापनों के लिए तो अग्रिम पैसे मिल जाते हैं। उनका क्या करें? उन्हें तो छाप सकते हैं?'

'हाँ-हाँ, उन्हें छाप लो। ऐसे तमाम यंत्र अंततः राष्ट्रहित में ही तो हैं। शरीर का कोई भी महत्त्वपूर्ण अंग अविकसित क्यों रहे? नर का हो या नारी का। अगर कोई अविकसित अंग को विकसित करने का यंत्र बनाकर बेच रहा है, तो यह प्रकारांतर से राष्ट्र की बड़ी उत्तम सेवा है। मैं तो कहता हूँ, इस यंत्र को बनानेवाले लोगों का अभिनंदन किया जाना चाहिए। गोलपुर आ सकें तो ठीक, वरना ये लोग कतरीसराय या जिस किसी शहर में पाए जाते हों, वहाँ जाकर उन्हें पकड़ना चाहिए। बेचारे कितना बड़ा काम कर रहे हैं। इनको तो 'राष्ट्ररत्न' की उपाधि प्रदान करनी चाहिए। नागरिक अभिनंदन होना चाहिए। हमारा भी कुछ फर्ज बनता है कि उनका सपोर्ट करें। छापो विज्ञापन धड़ल्ले से। यह भी लोक कल्याण की पत्रकारिता का हिस्सा है।'

इतना बोलकर केडी मुसकाया। भस्मांकुर भी। लिली भी मंद-मंद मुसकरा रही थी।

'और जवानी को वापस लौटानेवाले तेलों के विज्ञापन?'

'उन्हें भी देशहित में छापो। देश की जवानी लौटेगी, तो देश की रातें खुशहाल होंगी और दिन भी। लोग अन्याय, अत्याचार, पापाचार के विरुद्ध लड़ाई लड़ सकेंगे।'

'मैं तो कंडोमवाले रंगीन विज्ञापन भी ला सकता हूँ?'

'अच्छा! राष्ट्रहित में ये भी चलेंगे। देखो, देश की आबादी किस तेजी से बढ़ रही है। उसे रोकना भी तो हम मीडियावालों का काम है। कंडोम के विज्ञापन छापकर हम देश की बड़ी सेवा करेंगे। सरकार तो खुद 'कंडोम साथ लेकर चलने' वाले विज्ञापन जारी कर रही है। मैं सरकार के साथ हूँ। राष्ट्र के विकास में हर वह काम करने के लिए तैयार

हूँ, जिसे करने में लोग हिचकते हैं।'

'मजेदार सेक्सी बातोंवाले विज्ञापन भी मिल सकते हैं। इनके पैसे भी एडवांस मिल जाते हैं।'

'वाह, तो फिर चिंता मत करो। ले आओ। ये भी राष्ट्र और समाज-हित में जरूरी हैं। निराश-हताश और नामर्द किस्म के लोगों से जब कोई कन्या मजेदार बातें करेगी, तो सामनेवाले के मन में यौवन का संचार होगा और वह कुछ अच्छे काम के लिए प्रेरित होगा। कितनी बड़ी राष्ट्रसेवा है ये। अनेक अखबार ऐसे विज्ञापनों से भरे रहते हैं। वे देशसेवा कर रहे हैं तो हम क्यों पीछे रहें? हमें भी आगे आना है। और वैसे भी मैं राष्ट्रवादी हूँ। मुझे तो पहले सक्रिय होना था, लेकिन समझ में नहीं आता था कि ये विज्ञापन कैसे प्राप्त किए जाएँ। भाई, अब तुम भिड़ जाओ। 'देशवार्त्ता' को विज्ञापन चाहिए, क्योंकि विज्ञापन आएगा तभी तो मैं सबको ठीक-ठाक वेतन दे सकूँगा।'

'मतलब, अपने को केवल शराब का विज्ञापन और सट्टे का नंबर नहीं छापना है।'

'बिलकुल सही समझे। मजबूरी है। हम देशप्रेमी प्रगतिशील लोग हैं। मन तो करता है कि छाप दूँ, मगर बदनामी के डर से पीछे हट जाता हूँ। इसलिए उसकी भरपाई के लिए दूसरे विज्ञापन छापो। लेकिन जो भी मिले, उनसे एक ही बात कहो, हम समाजवादी अखबार 'देशवार्त्ता' से हैं। 'समाजवाद-साम्यवाद' पर ज्यादा जोर दिया करो। हमारी पंच लाइन है—'राष्ट्र के लिए जीनेवाला प्रगतिशील अखबार'। देखा होगा, तुमने हमारे 'लोगो' (अखबार का नाम) के ऊपर। वैसे शराब माफियाओं की भी तगड़ी कमाई होती है। उनका हिस्सा हमें भी मिले तो कोई बुराई नहीं, लेकिन इनडायरेक्ट। इसके लिए देखो, तुम क्या कर सकते हो।'

'एक काम हो सकता है।' भस्मांकुर बोला, 'मैं शराब माफिया से बात करता हूँ। मेरे कुछ दोस्त ठेके चलाते हैं। बहुत पहले मैं भी एक के साथ पार्टनरशिप कर चुका हूँ। आप कहें तो उन्हें चमकाता हूँ कि हम लोग शराब-विरोधी मुहिम छेड़ रहे हैं। वे घबरा जाएँगे और अपने को शराब माफिया के विरुद्ध न लिखने का पैसा मिलने लगेगा।'

'गुड, वैरी गुड। यह काम ठीक रहेगा। इससे अपनी छवि भी बची रहेगी और कमाई भी जारी रहेगी।' केडी फिर मुसकराया। उसे लगा, बड़ा उपयोगी संपादक हाथ लग गया है। वह बोला, 'आजकल तो बहुत से पत्रकार सरकार के खिलाफ न लिखने का मेहनताना पा रहे हैं। कारखानों के कारण कितना प्रदूषण फैल रहा है, लेकिन किसी अखबार में कुछ नहीं छपता। सबकी 'चंदी' बँधी है। हम भी बँधवा लें, तो इसमें क्या

बुराई है ? अगर चंदी में मंदी आई तो ये गंदी बात हो जाएगी। तब हम शुरू हो जाएँगे। समाजवादी आदमी बहुत देर तक खामोश नहीं रह सकता। खामोश रखना है तो मुँह बंद करने का उपाय जारी रखो।'

इतना बोलकर केडी जोर से हँस पड़ा। यह बड़ी अजीब सी बात है कि मनुष्य अपने पाखंडों पर, अपनी चालाकियों पर भी कुछ इस तरह हँसता है गोया कोई तीर मार लिया हो। केडी का दर्शन ही यह था कि राष्ट्रवाद की आड़ में विज्ञापन कबाड़ो और घर लौटकर हँसो कि कैसा उल्लू बनाया सरकार को।

केडी को हँसता हुआ देखकर भस्मांकुर और लिली भी हँस पड़े।

'सर, आजकल तो मसाजपार्लर भी खुल रहे हैं।' भस्मांकुर को कुछ और याद आया, 'थाईलैंड जैसा मसाज करवाएँ'...'जैसा चाहें वैसा मसाज करवाएँ' ...'मसाज है जहाँ, आनंद है वहाँ'...'लेडीज एस्कॉर्ट क्लब' नेशनल लेवल के अखबारों में इसी टाइप के विज्ञापन खूब छप रहे हैं। इनका क्या करें ? ये तो व्यभिचार के अड्डे बनते जा रहे हैं। इन विज्ञापनों के बारे में आप क्या सोचते हैं ? वैसे ये भी मिल सकते हैं। इसके एजेंट मेरे टच में हैं। लेकिन मैंने सोचा, ऐसा करने से लगेगा कि अखबारवाले भी देह-व्यापार में लिप्त हैं, इसलिए हिचक रहा था।'

'अरे, मिल जाए तो वो भी छाप दो, वरना बने रहो ब्रह्मचारी। वैसे नैतिकता-अनैतिकता सब चोंचले हैं, मगर दिखावा करना पड़ता है। मैं तो कहता हूँ कि इनके विज्ञापन भी छापे जाएँ। शरीर की मालिश बड़ी अच्छी चीज है। क्यों लिली, तुम क्या कहती हो ? मालिश से तो लोग तंदुरुस्त ही होंगे। अपने राष्ट्र में तो सदियों से ही मालिश का रिवाज है। घोड़ों की भी मालिश की जाती थी, तो अब गधों की मालिश भी होनी चाहिए। लोग बलिष्ठ होंगे तो राष्ट्र भी बलिष्ठ होगा। तभी तो वह भुखमरी, बेकारी, घोटाले, बदहाली और बहुराष्ट्रीय कंपनियों की साजिशों से लड़ सकेगा। भई, मैं समाजवादी सोच का आदमी हूँ। पहली प्राथमिकता है समाज और राष्ट्र। राष्ट्र के लिए मैं अनेक खतरे उठा सकता हूँ।'

'लेकिन अनुभवी लोगों के अनुसार इस मसाज से तो लोग कमजोरी को प्राप्त होते हैं। लोग कमजोर होंगे तो राष्ट्र भी कमजोर हो सकता है।' भस्मांकुर ने मुसकराते प्रश्न उछाला।

'तुम चिंता मत करो।' केडी फिर हँसा, 'हम लोगों की सेहत का पूरा-पूरा खयाल रखेंगे। मगर अपन को अपने अखबार की सेहत पर भी ध्यान देना है भाई।'

केडी की बात सुनकर भस्मांकुर मन-ही-मन बोल पड़ा, 'हाथी के दाँत खाने के और दिखाने के और होते हैं।'

प्रकट में भस्मांकुर मुसकराया। लिली भी मुसकराई। सामने दीवार पर टँगी गांधीजी की तसवीर तो पहले से ही यह सोच-सोचकर मुसकरा रही थी कि हिंदी पत्रकारिता का यह समाजवादी चेहरा कमाल का है।

'सर, एक और मजेदार वर्गीकृत विज्ञापन छपता रहता है कुछ अखबारों में, आप कहें तो उसके लिए भी ट्राई करूँ? यह मिल सकता है।' भस्मांकुर ने धीरे से कहा

'विज्ञापन क्या है, पहले यह तो बताओ।' केडी ने उत्सुक होकर पूछा।

'कुछ नहीं, बस, इतना सा मैटर होता है कि 'जिंदगी के मजे लेने के साथ हर महीने पच्चीस-तीस हजार रुपए कमाएँ।' भस्मांकुर ने कहा, 'ये विज्ञापन भी मिल जाते हैं। हालाँकि लोग ऐसे विज्ञापनों को अश्लीलता को बढ़ावा देनेवाला बताते हैं, लेकिन इसमें ऐसा कुछ है नहीं। ये तो बेरोजगारी दूर करनेवाला विज्ञापन है।'

'बिलकुल ठीक कहा तुमने।' केडी कुटिल मुसकान के साथ बोला, 'देश में बेरोजगारी बढ़ रही है। ऐसे समय में अगर कुछ संस्थाएँ बेराजगारी दूर करने का कोई राष्ट्रीय कार्य करना चाहती हैं, तो उनका भी स्वागत है। फिर ऐसी नौकरी में क्या बुराई है, जो जिंदगी का मजा दे। यह तो बड़ा सुंदर काम है। ऐसे विज्ञापन भी छापो। मैं इसे देशसेवा ही कहूँगा। लपककर लो विज्ञापन। हमको फायदा होगा, और बेरोजगार लड़के-लड़कियों का भी पॉकेट खर्च निकल जाएगा। मोबाइल, बाइक, फैशन, शॉपिंग मॉल, थियेटरबाजी, इन सबके लिए पैसे एकत्र करने हैं, तो यह नौकरी बिलकुल फिट है। रही लोगों के विरोध की बात, तो हमें इसकी परवाह नहीं करनी चाहिए। अश्लीलता दिमाग में भरी हो तो हर चीज अश्लील लग सकती है।'

'कई बार किसी हीरोइन के अश्लील किस्म के फोटो आ जाते हैं। दूसरे अखबारवाले छापते हैं, तो उनका सर्कुलेशन बढ़ जाता है। ऐसे फोटोज भी हम छाप सकते हैं न?' भस्मांकुर ने सवाल किया।

'हाँ-हाँ, क्यों नहीं। ये भी जनहित में जरूरी है।' केडी ने तपाक से उत्तर दिया, 'बहुत से पाठक ऐसे सुंदर चित्र देखना चाहते हैं। काटकर रखते हैं। हम उन्हें क्यों वंचित रखें?'

'लेकिन आपके घर के लोग... ?'

केडी फिर हँसा, 'अरे, घरवालों को मारो गोली। इकलौती बीवी है, बस। बाल-बच्चे हैं नहीं। कोई बड़ा-बुजुर्ग भी नहीं रहता। होते तो घर पर अपना अखबार ही नहीं बुलवाता। वैसे भी इसमें कुछ पढ़ने लायक रहता ही नहीं। साला मातादीन भी अपने घर पर अपना अखबार नहीं बुलवाता। हर समझदार सेठ यही करता है।'

'हा-हा-हा।' केडी फिर हँसा। उसे देखकर भस्मांकुर भी हँस पड़ा। मालिक हँसे

तो नौकर भी अपनी नौकरी को मजबूत बनाए रखने के लिए धीरे-धीरे हँसे, वह भी राष्ट्रहित में।

भस्मांकुर ने संपादक के रूप में 'देशवार्त्ता' का भरपूर इस्तेमाल किया।

केडी के नाम से कुछ-न-कुछ लेख भी प्रथम पृष्ठ पर लिख दिया करता था। इससे केडी खुश रहता। अखबार के विज्ञापन के लिए भस्मांकुर दिन भर इधर-उधर घूमता। कभी इस मंत्री के पास तो कभी उस मंत्री के पास। वह एक-दो काम प्रेस के करता, तो दस काम अपने भी करवा लेता था। जैसे किसी का तबादला करवाना है, पोस्टिंग करवानी है, किसी को ठेका दिलवाना है, आदि-आदि। भस्माकुंर ये सब काम ही प्रमुखता के साथ करवाता था, क्योंकि इस काम के एवज में वह तगड़े पैसे भी वसूलता था। और लोग खुशी-खुशी देते भी थे। सुबह से लेकर शाम तक भस्मांकुर का यही काम रहता। वह अकसर मंत्रालय में ही पाया जाता था। मौका देखकर भस्मांकुर अपने साले को भी इधर-उधर के ठेके दिलवा दिया करता था।

एक बार पुलिस के एक मुखिया के खिलाफ एक सेक्स स्कैंडल की खबर भस्मांकुर को मिली।

रिपोर्टर रमेश ने पुख्ता जानकारी के साथ खबर बनाई थी। जिस पुलिस अधिकारी प्रेमकुमार ने अपनी जवान नौकरानी का दैहिक शोषण किया था, उसका लिखित बयान भी था। खबर धमाकेदार थी। छपने पर तहलका मच जाता। 'देशवार्त्ता' की जय-जयकार हो सकती थी।

भस्मांकुर ने कहा, 'कमाल कर दिया तुमने। यह खबर एक-दो दिन में ही लगेगी, वो भी पहले पेज पर। शाबाश! यह होती है पत्रकारिता। इसे कहते हैं 'स्कूप' (ऐसी खोजी खबर जो किसी भी अखबार में न छपी हो)। हम लोग एक-दो दिन में 'विस्फोट' करेंगे।'

रमेश खुशी-खुशी लौट गया और खबर छपने का इंतजार करने लगा, लेकिन खबर नहीं छपी। दिन क्या, महीने निकल गए।

एक दिन बेचैन रमेश ने पूछ ही लिया, 'सर, उस खबर का क्या हुआ?'

'किस खबर का क्या हुआ?'

'पुलिस अधिकारी के खिलाफ खबर थी न, दैहिक शोषणवाली?'

'ओ हो, वो खबर? देखो भाई, मैंने पता किया था। यह सब उस अधिकारी को बदनाम करने की विभागीय साजिश थी और कुछ नहीं। महिला ने गलत बताया था। तुम जरा ठीक से इन्क्वाइरी कर लिया करो, फिर खबर लाया करो, वरना अखबार की इमेज का फालूदा बन जाता है।'

रमेश चकित रह गया। खबर सच्ची थी, मगर भस्मांकुर ने छापने से इनकार क्यों कर दिया? उसने पता लगाया तो असलियत सामने आ गई। भस्मांकुर ने पुलिस अधिकारी से खबर रोकने के तीन लाख रुपए ले लिये थे। इस बात की पुष्टि कुछ दिन बाद अपने आप हो गई, जब भस्मांकुर ने नई कार खरीदी। खबर न छापने के एवज में भस्मांकुर की ज्यादा कमाई होने लगी थी। ऐसा नहीं था कि 'काली लक्ष्मी' केवल भस्मांकुर पर ही मेहरबान हो रही थी, वह अन्य अखबारों के संपादकों को भी मालामाल कर रही थी। यह बात तो धीरे-धीरे पूरे प्रदेश और देश भर में फैल चुकी थी कि गोलपुर और सिधवागढ़ के अनेक अखबार मालिक-संपादक और संवाददाता न लिखने-छापने का पैसा ले रहे हैं। और बात सच भी थी। संपादक मालिक की दलाली कर रहे थे और मालिक सरकार की। मालिक के इशारे पर अखबार में एक तरह की सेंसरशिप थी। सेंसरशिप किसी सरकार ने लागू नहीं की थी। इसे किसी सरकार ने नहीं, खुद अखबार के मालिक और संपादक अपनी लाभ-हानि के हिसाब से लागू किए हुए थे।

कोई सरकार के खिलाफ न लिखने का पैसा ले रहा था...

कोई किसी अधिकारी के खिलाफ मौन रहने का भत्ता पा रहा था...

कोई सरकार की प्रशंसा में लेख लिखकर लाभ ले रहा था।

इस तरह पत्रकारिता का मूल चरित्र विसर्जित हो चुका था और गोलपुर के अखबार राग दरबारी गाकर शान का जीवन जी रहे थे। हाँ, जनता की समस्याओं के लिए 'पाठकों के पत्र' वाला स्तंभ चालू था, जहाँ जिसको जितना गरियाना हो, गरिया लेता था। खबरोंवाले पृष्ठों पर मंत्रियों या अफसरों के घोटालों की खबरें बंद हो चुकी थीं। मेहँदी-रंगोली प्रतियोगिता, फैशन शो, डीजे, नाच-गाना और कॅरियरवाले आयोजनों के लिए दो-चार रंगीन पृष्ठ थे, मगर सत्यान्वेषण या वास्तविक पत्रकारिता के लिए एक कोना भी नहीं बचा था।

इस तरह की पत्रकारिता संपादक को साधन-संपन्न कर देती है। भस्मांकुर ने और दो कारें खरीद लीं और केंडी ट्रैव्हल कंपनी में लगा दिया। इन सब कामों के साथ-साथ भस्मांकुर इस बात का खयाल रखता था कि 'देशवार्त्ता' को विज्ञापन भी मिलते रहें। मगर लाख छिपाओ घोटाला छिपता नहीं। वह पानी में विसर्जित मल की तरह ऊपर आ ही जाता है।

केडी को इस बात की जानकारी होने लगी थी कि भस्मांकुर अखबार की आड़ में लाखों रुपए कमा रहा है। केडी ने सोचा, अब इसके पर कतरने का समय आ गया है। केडी ने बिलकुल भी देरी नहीं की। एक दिन उसने भस्मांकुर को बुलाया और साफ-साफ कह दिया, 'देखो भाई, इधर कुछ खर्चे बढ़ते जा रहे हैं। मैं अब बीस

हजार रुपए नहीं दे पाऊँगा। दस हजार ही दूँगा। इसकी भरपाई के लिए तुम महीने में पचास हजार रुपए के विज्ञापन लाओ। साल भर में छह लाख का छोटा सा टारगेट है। तुम्हारे बारे में तो बहुत कुछ सुना है मैंने कि तुम वसूली-उस्ताद हो। तुम्हारे लिए कोई बड़ी बात नहीं।'

अपनी तारीफ सुनकर भस्मांकुर मुसकराया, फिर बोला, 'ऐसी कोई बात नहीं। लेकिन हाँ, इतने साल से मीडिया में हूँ, तो एक दबदबा सा तो बन ही गया है। अब आपके अखबार के माध्यम से कुछ और मौका मिलेगा। मेरी कोशिश है कि आपको साल में दस लाख का विज्ञापन लाकर दूँ।'

'ठीक है। जितना विज्ञापन निकालोगे, उस हिसाब से कुछ इंटेंसिव भी दूँगा भाई। मैं समाजवादी आदमी हूँ। राष्ट्र की सेवा में लगे आदमी को कुछ दे सकूँ, यही सोचता हूँ।'

इतना बोलकर केडी ने कहा, 'अच्छा भस्मांकुर, फिर मिलते हैं। अब मैं लिली के साथ एक-दो प्रोजेक्ट पर बात कर लूँ। तुम भिड़ जाओ। 'देशवार्त्ता' में विज्ञापन ही विज्ञापन नजर आने चाहिए, तब तो तुमको संपादक रखने का कोई मतलब होगा। विज्ञापन कुछ कम हो रहे हैं भाई।'

'कोशिश तो पूरी कर रहा हूँ कि आपको निराश न करूँ।' भस्मांकुर ने उठते हुए कहा, 'ठीक है सर, चलता हूँ। आई विल ट्राइ माइ बेस्ट।'

भस्मांकुर के जाते ही केडी हँसा। लिली भी मुसकराई। जाते वक्त भस्मांकुर ने एक नजर लिली पर भी डाली और मुसकराते हुए बाहर निकल गया। केडी की नजर भस्मांकुर पर नहीं पड़ी, मगर लिली समझ गई कि भस्मांकुर उस पर डोरे डालने की कोशिश कर रहा है। कोई बात नहीं, जीवन में रस-परिवर्तन बड़ा जरूरी है। लिली का ध्यान भंग उस वक्त हुआ, जब केडी ने कहा, 'सेट कर रहा हूँ इस बंदे को। कहा तो है कि कमाई बढ़ाओ। करेगा साला। जानता हूँ इसको। इसे तो एक लाइसेंस चाहिए। इधर-उधर नाचता ही रहता है। अब 'देशवार्त्ता' का लाइसेंस मिल गया है। कुछ-न-कुछ कमाई करेगा ही।'

'अपने लिए करेगा या कुछ आपको भी लाकर देगा?'

'अरे, अपनी कमाई करेगा, तो उसी वक्त उसकी 'पृष्ठभूमि' पर ऐसी लात जमाऊँगा कि ठीक से समझ ही नहीं पाएगा कि 'एक्चुअल' में पड़ी कहाँ थी। कितने ही लोगों को बाहर का रास्ता दिखा चुका हूँ। पिछले दिनों ही संपादक देवकुमार को भी लात मारकर निकाल बाहर किया था। साला, मेरी आड़ में खेल कर रहा था। अखबार के लिए फूटी कौड़ी का विज्ञापन नहीं लाता था, मगर अपने साप्ताहिक के लिए हजारों

रुपए पीट रहा था। मंत्री के पीए के साथ मिलकर विज्ञापन कंपनी भी चला रहा था। मैंने कहा, भैए निकल ले पतली गली से। भगा दिया साले को। संपादक मालिक की आँखों में धूल झोंकने की कोशिश करेगा तो एक दिन पकड़ में आ ही जाएगा। मेरी आँखें बड़ी शातिर हैं। पकड़ लेता हूँ चोरों को। और फिर सच बात तो यह है कि धूल झोंकने का ठेका तो केवल हमारा है। हा···हा···हा।'

केडी को हँसता देख लिली मुसकराई और बोली, 'यह बात तो है। सचमुच तुम बड़े शातिर हो। तभी तो कहती हूँ कि 'कंकरिया मार के जगाया, कल तू मेरे सपने में आया। बालमा तू बड़ा वो है'।''

'क्या बात है डार्लिंग। वैसे तुम भी किसी से कम नहीं हो। मैं अगर जालिम हूँ, तो तुम जालिम-लोशन हो। तुम अगर साथ देने का वादा करो, मैं यूँ ही सबको उल्लू बनाता रहूँ। अच्छा चलूँ। घरवाली खाने के लिए वेट कर रही है। पत्नी को ज्यादा 'वेट' कराऊँगा, तो ससुरी 'हेट' करने लगेगी और 'गेट' ही नहीं खोलेगी।'

'ठीक है जाओ।' लिली ने रूठने का नाटक करते हुए कहा, 'और मैं जो तुम्हारे साथ भोग लगाने का इंतजार कर रही हूँ, उसका तुम्हें कोई खयाल नहीं रहा? यहाँ टिफिन में गरमागरम खाना रखा है, और घर जाकर ठंडा खाना खाओगे, हद है। कहो तो खोलूँ टिफिन?'

'नहीं डार्लिंग, आज तो मत खोलो। तुम्हारे साथ अकसर खाता-पीता रहता हूँ। कभी-कभी घरवाली के हाथों का भोजन भी कर लेना स्वास्थ्य के लिए ठीक रहता है। वरना पत्नी को शक का पूरा हक होता है कि कहीं उसका मरद बहक तो नहीं गया। मैं बड़ा सावधान रहता हूँ इस मामले में। तभी तो पत्नी को आज तक शक नहीं हुआ कि मैं तुम्हारे या किसी और के चक्कर में हूँ।'

'व्हाट डू यू मीन बाय चक्कर? मैं तुमसे प्यार करती हूँ यार और तुम इसे चक्कर कहते हो। पूरे घनचक्कर हो। यह जानते हुए भी कि तुम शादी-शुदा हो, मैंने यह रिस्क उठाया है, क्योंकि मैं समझती हूँ, कि तुम भले इनसान हो।'

'क्यों नहीं, क्यों नहीं। भला हूँ, तभी तो लिली मिली है। तो डार्लिंग, चलता हूँ। अब प्रेस तुम्हारे हवाले। एडिटोरियल की तरफ जाकर देख लेना। कितने पेजेज बन गए हैं।'

'तुम चिंता मत करो। मैं सब देख लूँगी।'

लिली ने पहले दरवाजे की तरफ निहारा, फिर निश्चिंत होकर अपनी बाँहों का हार बनाते हुए केडी को प्यार किया, बदले में केडी ने भी जवाबी कारवाई की और बाहर निकल गया।

केडी के जाते के साथ ही लिली ने घंटी बजाई।

प्यारेलाल हाजिर हुआ तो लिली ने कहा, 'जाओ, राजकुँवर को भेज दो। कहना, लिली मैडम याद कर रही हैं।'

प्यारेलाल बुलाने चला गया। थोड़ी देर बाद राजकुँवर हाजिर। उसने मीठी मुसकान फेंकते हुए पूछा, 'हाँ, बोलिए, कैसे याद किया?'

'क्या बात है, बड़े अदब से पेश आ रहे हो?' लिली ने मादक नजरों से देखते हुए फरमाया।

राजकुँवर मुसकाया, 'नाटक-नौटंकी का जमाना है, डार्लिंग। करते रहना चाहिए। और मेरी जान, सुनाओ। कैसा चल रहा है धंधा? यानी केडी को उल्लू बनाने का कारोबार?'

'अरे, बड़ा काँइयाँ है साला। हाथ ही नहीं रखने देता। मगर तुम तो बड़े प्यार से बातें करते हो। वो मालिक है। क्या करूँ। बुला लेता है तो चली आती हूँ, मगर तुम तो जानते हो, मैं करेक्टर के मामले में कितनी स्ट्राँग हूँ। यही तो मेरी पूँजी है। फोकट में इसे लुटा नहीं सकती।'

लिली राजकुँवर को 'गेम' ('गेम' का अर्थ वैसे तो खेल होता है, लेकिन बहुत से लोग इस शब्द का प्रयोग धोखा देने के अर्थ में भी करते हैं) दे रही थी। राजकुँवर भी समझ रहा था, और मन-ही-मन यह सोचकर हँस रहा था कि अगर लिली के पास करेक्टर है तो फिर दुनिया की हर कॉलगर्ल करेक्टरवाली है। कोठे की घाघ मुन्नीबाई तो सबको चरित्र प्रमाणपत्र ही बाँट सकती है। लिली राजकुँवर से प्रेम करने का नाटक कर रही थी, तो राजकुँवर भी रंगमंच का पुराना कलाकार ठहरा। अपने जमाने में 'इप्टा' के नाटकों में भाग लिया करता था। वह भी प्रेम दिखाने लगा। उधर लिली केडी को मुट्ठी में बंद किए हुए है और इधर राजकुँवर को भी रखे हुए है। मर्द जो खेल खेलता है, वही खेल औरत भी खेले तो इसे अन्याय नहीं कहा जा सकता। जैसी करनी, वैसी भरनी।

नारी-मुक्ति का दौर है। लिली अपने आप को अच्छे से जानती थी। उसके जीवन का आदर्श था यह गीत—'जो भी प्यार से मिला, हम उसी के हो लिए' : तो लिली राजकुँवर से भी भिड़ी हुई थी और राजकुँवर भी लिली के साथ मजे ले रहा था।

विचित्र संयोग था कि हर कहीं एक त्रिकोण सा बना हुआ था। 'गोलपुर संदेश' में भी राजकुँवर की एक प्रेयसी सूजी काम करती थी। उसका दिल 'न्यूजपॉइंट' के सब एडीटर दिलवरकुमार के कारण फ्यूज हो चुका था। इस तरह कह सकते हैं कि मीडिया जगत् में एक तरह का 'सांस्कृतिक आदान-प्रदान' चल रहा था। 'यूज एंड थ्रो' का शाश्वत सा सिलसिला चल रहा था। सब पढ़े-लिखे समझदार लोग थे। वयस्क थे। जिसका जिससे टाँका भिड़ जाए, कौन रोक सकता है प्राचीन काल से चली आ रही

धोखा देने और खाने की इस जबदरस्त परंपरा को? यह तो मानवीय फितरत है।

बातचीत करने के बाद लिली ने अपना टिफिन खोला, फिर राजकुँवर ने बड़े प्यार से खाना खाया। बाहर बैठा सारा स्टाफ अनुमान लगा रहा था, कि पता नहीं अंदर क्या चल रहा है। सब कुढ़ रहे थे कि साले राजकुँवर की किस्मत देखो, लिली को फाँस लिया है। राजकुँवर जब बाहर निकला तो सारे लोग सिर झुकाकर अपना-अपना काम करने लगे।

राजकुँवर के चेहरे पर रहस्यमय मुसकान थी। वह गुनगुनाते हुए बाहर निकल गया।

□

: सात :

'देशवार्त्ता' में खास अंगों की वृद्धिवाले यंत्र से लेकर तरह-तरह के 'फ्लेवर' वाले गर्भ-निरोधकों के विज्ञापन छपने लगे, तो अखबार फायदे में आने लगा। लेकिन देशप्रेमी और समाजवादी संपादक केडी इस बात का पूरा ध्यान रखता था कि सरकार के खिलाफ कुछ न छप जाए। सरकार के खिलाफ लिखना उसे देशविरोधी काम लगता था। प्रथम पृष्ठ पर संत-महापुरुषों के आदर्श वाक्य भी छपते थे। मामला राष्ट्र का था, यानी धन का।

सरकार के खिलाफ खबरें छपते ही सरकारी विज्ञापन कम हो जाते हैं। शासकीय विज्ञापन विभाग के लोग इंच-टेप लेकर बैठे रहते हैं। वेतन इसी काम का झोंकते हैं। काम ही यही रहता है कि कौन सा अखबार क्या लिख रहा है और क्यों लिख रहा है। यह भी देखा जाता है कि अगर कोई सरकार के खिलाफ लिख रहा है तो क्यों लिख रहा है। उसका गुप्त एजेंडा क्या है? क्या उसे विज्ञापन नहीं मिल रहे हैं या फिर कुछ कम मिल रहे हैं? अगर ऐसा है तो विज्ञापन बढ़ाए जाएँ। किसी भी तरह से उसे पटाया जाए, सरकार विरोधी खबरों को हटाया जाए। दूसरी तरफ विभाग इस बात का भी ध्यान रखता था कि कोई अखबार विज्ञापन पाने के बावजूद अगर विज्ञापनहरामी (बतर्ज नमकहरामी) कर रहा है, यानी सरकार के विरुद्ध खबरें छाप रहा है, तो उसे निबटाया जाए, यानी विज्ञापन कम किए जाएँ। समय रहते सुधर जाए वरना उसके विज्ञापन ही रोक दो। आ जाएगा लाइन पर। ये हथकंडे उन अखबारों के लिए होते हैं, जो सरकारी विज्ञापन के बिना जी नहीं सकते। वे अखबार सरकार को अपने ठेंगे पर रखते हैं, जो जनता के भरोसे अखबार निकालते हैं। लेकिन सवाल यही है कि अब ऐसे अखबार कहाँ हैं? अब तो हर दूसरा अखबार रागसरकारी गाने में लगा रहता है।

विज्ञापन विभाग को केडी और उसके लोग हमेशा पटाकर रखते थे।

एक दिन विज्ञापन विभाग के निदेशक प्रेमकुमार एवं अन्य अधिकारी दफ्तर में बैठे-बैठे एक-एक अखबार का 'पोस्टमार्टम' कर रहे थे। देख रहे थे कि आखिर किस-किस

अखबार ने सरकार के फेवर या विरोध में समाचार अथवा लेख छापे हैं। 'कटिंग' काट-काटकर फाइल में चिपकाने का काम चल रहा था। तभी दैनिक 'गोलपुर टाइम्स' का संपादक मातादीन आ टपका। उसके साथ लवली भी थी। उसे देखकर विज्ञापन विभाग के लोग कन्या के उभारवादी व्यक्तित्व पर सूक्ष्म-दृष्टिपात करते हुए बाहर निकल गए।

लवली का चेहरा-मोहरा और पहरावा कुछ ऐसा था कि प्रेमकुमार की नजरें उस पर टिक गईं। बिलकुल 'फोकस' प्वॉइंट पर। युवती का पहरावा उत्तर-आधुनिक किस्म का था। ऊपर का टॉप बड़ा टिप-टॉप और नीचे जींस की फुलपैंट चिथड़ी-चिथड़ी। लगता था जान-बूझकर फाड़ी गई है। टॉप के सामने के दो बटन खुले हुए थे। यह भी लेटेस्ट फैशन था कि खुला-खुला भी रहे, और बंद-बंद भी लगे। पिंजरे में बंद कबूतर मुक्ति के लिए फड़फड़ा रहे थे।

प्रेमकुमार ने मुसकान बिखेरते हुए कहा, 'वड़क्कम्-वड़क्कम्, स्वागतम्...स्वागतम्...,खुशामदीद, वेलकम, बहुत दिनों के बाद पधारे।'

'क्या करें, अखबार के काम को तो आप जानते ही हैं। मरने की फुरसत भी नहीं मिलती।'

'कभी तो फुरसत निकाला कीजिए।' प्रेमकुमार ने मुसकराते हुए कहा। मगर बोलने के बाद मन-ही-मन सकपकाया कि यह क्या बोल गया। मातादीन ने कहा था, 'मरने की भी फुरसत नहीं मिलती', तो प्रेमकुमार ने कहा,'फुरसत निकालिए'। तो क्या मातादीन मरने की फुरसत निकाले? बात चुभनेवाली थी, लेकिन मातादीन प्रेमकुमार के कथन के गूढ़ार्थ तक नहीं पहुँच पाया, क्योंकि बात मुसकराकर कही गई थी। वैसे भी जो लोग 'अर्थ' की चिंता में लगे रहते हैं, वे व्यर्थ के गूढ़ार्थों के पीछे भागकर स्वाभिमान को जगाने की कोशिश नहीं करते। इसीलिए मातादीन ने प्रेमकुमार के कथन पर कोई खास ध्यान नहीं दिया और बोला—

'साहब, आज हमारे अखबार की वर्षगाँठ है। हमने सोचा, क्यों न आप जैसे महान् लोगों के से ही केक-वेक कटवाया जाए। लीजिए, काटिए और मुँह मीठा कीजिए। मिठाई भी है अलग से।'

'वाह, मजा आ गया। बधाई आपको। आपका 'वर्तमान' चमकता रहे। 'नोटो नहाओ और विज्ञापनो फलो।' हा...हा...हा...।'

'क्या बात है। आपने तो एकदम से नया मुहावरा गढ़ दिया। 'दूधो नहाओ और पूतों फलो' की तर्ज पर 'नोटो नहाओ विज्ञापनो फलो'? आपकी जय हो। आपके मुँह में शुद्ध घी-शक्कर, काजू-बरफी, वगैरह-वगैरह। आप लोगों में प्रतिभा है, तभी तो आप यहाँ हैं।'

'भाई, अखबार के मालिक के लिए इससे बेहतर शुभकामना हो ही नहीं सकती।

हम शुभकामनाएँ नहीं देंगे, तो भी आप नोटों से ही नहाते रहेंगे। इसलिए मजबूरी में देना ही पड़ेगा। हा···हा···हा··· ।'

'आप लोगों का सहयोग चाहिए। आज का अखबार तो देख लिया है न? हमने 'सीएम' के दौरों पर पॉजीटिव टिप्पणी की है। कल तो आपकी तसवीर भी छापी थी हमने। आप सी.एम. के पीछे खड़े होकर सिर खुजला रहे थे। आप ही थे न? डिट्टो आपकी जैसी ही नाक, आँख और माथा नजर आ रहा था। मुझे लगा कि आप ही हैं।'

मातादीन की बात सुनकर प्रेमकुमार हँस पड़ा—'हा···हा···हा···अरे, हमारा काम ही है, पीछे खड़े रहकर अपनी सरकार को आगे किए रखना। लाइए, केक काट लिया जाए।'

केक कटा। सब ने तालियाँ बजाईं। एक-दूसरे का मुँह मीठा किया।

प्रेमकुमार की व्याकुल नजर बार-बार मातादीन के साथ आई सुंदरी का मुआयना करने पर तुली हुई थी। मातादीन ने मुसकराते हुए कहा, 'अरे यार, माफ करना। मैं तो परिचय कराना ही भूल गया। ये हैं हमारी नई रिपोर्टर मिस लवली। रिपोर्टिंग के साथ-साथ मार्केटिंग भी देख रही हैं। मैंने सोचा, आपसे परिचय करा दिया जाए। आपसे मिलती रहेंगी। बड़ी आज्ञाकारी और समर्पित बाला है।'

प्रेमकुमार ने चहकते हुए कहा, 'आते रहिए, आते रहिए। आपका ही ऑफिस है।'

मातादीन ने लवली से कहा, 'ये हमारे खास मित्र हैं। तुम इनका पूरा ध्यान रखना।'

'आपने कह दिया तो फिर कोई बात ही नहीं। ये भी अपने खास हो गए।' इतना बोलकर लवली ने प्रेमकुमार की तरफ अपना विजिटिंग कार्ड आगे बढ़ाया, 'इसे रख लें। मेरा मोबाइल नंबर है। मेरा इ-मेल भी है। मैं 'फेसबुक' और 'ट्विटर' में भी हूँ। बहुत एक्टिव रहती हूँ। जब कभी आपको लगे कि मुलाकात होनी चाहिए, एस.एम.एस. ही कर दें। जहाँ कहेंगे, आ जाऊँगी।'

लवली की लवली-लवली बातें सुनकर प्रेमकुमार के मन में लड्डू फूटने लगे। वह तरह-तरह के नीले-पीले दृश्यों की कल्पनाएँ करने लगा। उसे किसी अखबार में छपे राशिफल की याद हो आई, जिसमें लिखा था कि आज का दिन अच्छा बीतेगा। किसी नए साथी से मुलाकात होगी। प्रेमकुमार मदमस्त होते हुए बोला, 'हे···हे···आप से मिलकर खुशी हुई । बहुत जल्दी आपको याद करूँगा।'

लवली कुछ बोलती, इसके पहले ही मातादीन बोल पड़ा, 'अरे, जब भी मूड बने, बुला लेना। बड़ी बिंदास लड़की है। मॉडर्न है बॉस। गाँव-गँवई की मत समझ लेना। प्रोग्रेसिव मेंटेलिटीवाली है।'

लवली मुसकराती रही। प्रेमकुमार उसे कामातुर मुसकान के साथ देखते हुए बोला,

'हें···हें···। वो तो लग ही रहा है। आजकल की बहुत सी लड़कियाँ पिछड़ी हुई हैं। लवलीजी तो मॉडर्न पोशाक में भी हैं। गोलपुर जैसे पिछड़े किस्म के शहर में ऐसी प्रतिभाएँ दिखती कहाँ हैं? धन्य भाग हमारे, जो आप जैसे लोग पधारे। वैसे आप कहाँ से बिलांग करती हैं?

'आई बिलांग टू डेल्ही।' लवली बोली, 'पिछले दिनों 'ये' दिल्ली में मिले थे। इन्होंने ऑफर दिया तो सोचा, चलो यहाँ भी काम करके देखा जाए।'

'वहाँ क्या करती थीं आप? किसी अखबार में रिपोर्टर थीं?'

'मैं···?' लवली कुछ सोच-सोचकर बोलने लगी, 'वो···वो क्या है कि···एक्चुएली मैं···आई वाज ए ट्रेनी इन···'

लवली इतना ही बोल पाई थी कि मातादीन बोल पड़ा, 'प्रेमभाई, पहली मुलाकात में ही सबकुछ पूछ लोगे क्या? कुछ बाद के लिए भी रहने दो।'

प्रेमकुमार हँस पड़ा और बोला, 'ठीक कहते हो भाई। मैं भी अति उत्साही हो गया था। खैर, और सुनाओ। कैसा चल रहा है अखबार?'

'ठीक ही है साहब, चला रहे हैं किसी तरह। दो जून की रोटी निकल रही है। काम कठिन है। लेकिन करना तो है।'

'अरे, ऐसी निराशा की बात क्यों कर रहे हैं? हमारे विज्ञापन तो आपको मिल ही रहे हैं न?' प्रेमकुमार ने कहा।

'मिल तो रहे हैं, मगर पक्षपात हो रहा है साहब।' मातादीन ने मुँह लटकाकर कहा, 'अब कौन उँगली कर रहा है, क्यों कर रहा है, समझ में नहीं आ रहा। 'देशवार्त्ता', 'वर्तमान टाइम्स' और 'हलचल' को बहुत विज्ञापन मिलते हैं, मगर हमको··· ? अब हम क्या बोलें, खुद रिकॉर्ड देख लीजिए। लेकिन मैंने कभी शिकायत नहीं की। मुझे भरोसा है कि आप लोग किसी के साथ अन्याय नहीं करेंगे।'

'आप बोल रहे हैं तो दिखवा लेता हूँ। मुझे लगा था कि आपको भी ठीक-ठाक विज्ञापन मिल रहे हैं। खैर, जो भी हो। अब शिकायत का मौका नहीं मिलेगा। इस केक की इज्जत का सवाल है।'

इतना बोलकर प्रेमकुमार हँसा और बोला, 'केवल केक से ही काम चलाओगे क्या भाई?'

'अरे नहीं साहब, केक तो बहाना है। आज शाम को आपके ही घर आना है। आप के लिए एक बढ़िया आइटम खरीदकर रखा है। वहीं आकर दिखाऊँगा। भाभीजी को अच्छा लगेगा। दीवार पर फ्रेम करनेवाला टी.वी. है। वही एलसीडी। यही कहते हैं न? लेटेस्ट मॉडल का। आपके यहाँ वही पुराना कलर टी.वी. है। मैंने सोचा, आपको यही गिफ्ट किया जाए। शाम को आऊँगा।'

'भाई, आपकी बात सुनकर अभी से बड़ा अच्छा-अच्छा लग रहा है।'

इतना बोलकर प्रेमकुमार ने किसी को फोन लगाया, 'देखो, बंगड़, 'वर्तमान टाइम्स' के विज्ञापन कम हो रहे हैं। ध्यान दो और उसकी फाइल लेकर फौरन मेरे पास आओ। इनका विज्ञापन बढ़ाना है। कुछ परिशिष्ट भी प्लान करते हैं। जल्दी आओ।'

फोन रखकर प्रेमकुमार मुसकराया—'आपका काम हो गया। अब शिकायत का मौका नहीं मिलेगा। बस, इस बात का ध्यान रखें कि आपका रिपोर्टर सूर्यकुमार ज्यादा न उड़े। पिछले दिनों उसने हमारे गृहमंत्री की ही बखिया खड़ी कर दी। आए दिन सरकार के खिलाफ कुछ-न-कुछ 'पेल' (यानी लिख) देता है। अभिव्यक्ति की आजादी का मतलब यह तो नहीं कि सरकार के पीछे ही पड़ जाए?'

'मैं उसे समझाता हूँ। वरना पर कतरना हमें भी आता है। सिटी पेज से हटाकर बिजनेस डेस्क पर शिफ्ट कर दूँगा साले को। अच्छा, चलूँ। शाम को मिलते हैं।'

'जरूर। ठीक है लवलीजी। मैं फोन करूँगा। आप आइएगा।' प्रेमकुमार ने लपककर लवली की ओर हाथ बढ़ाया, तो लवली ने भी हाथ बढ़ा दिया, 'अरे, बिलकुल। जब चाहे, जहाँ चाहें। आ जाऊँगी। बस आप हमारे अखबार का ध्यान रखें। मैं आपका ध्यान रखूँगी।'

इतना बोलकर लवली ने प्रेमकुमार के हाथ को हलके से दबाते हुए कहा, 'आप से मिलकर बड़ा अच्छा लगा।'

मातादीन चला गया। प्रेमकुमार यही सोच-सोचकर बेचैन रहा कि कब शाम हो और घर पहुँचकर गिफ्ट का इंतजार करे। फिर सोचकर मुसकाया कि सबसे बड़ा गिफ्ट तो ये लवली है।

□

एक दिन अचानक खबर आई कि चैनपुर में कोई बूढ़ी औरत भूख से मर गई है।

मंत्री फुलेश्वर ने खबर को दबाने की पूरी कोशिश की और इस काम के लिए उसने केडी की मदद भी ली। केडी को समझाया कि 'यह भूख से नहीं, बीमारी से मरी। तुम अखबारवालों से बात करो। यह खबर नहीं जानी चाहिए।'

केडी ने सारे संपादकों से बात की। अधिकतर मालिक-संपादक चाहते थे कि समाचार न छापने के एवज में दो-दो पृष्ठों के विज्ञापन जारी हों। किसी ने कहा, 'एक लाख', कोई बोला, 'पाँच लाख'। केडी सभी को 'देखता हूँ' बोलता रहा। लेकिन वह देख नहीं पाया। विज्ञापन जारी नहीं हो सके। तत्काल यह काम संभव नहीं हो पा रहा था, इसलिए सारे अखबारों में भूख से मरने की खबर छप गई। लेकिन केडी स्वामीभक्त निकला या कहें कि 'देशप्रेमी'। उसके अखबार में खबर दूसरे रंग में रँगी थी। केडी ने सरकार का साथ दिया था। भस्मांकुर ने केडी नाम से फ्रंट पेज पर त्वरित टिप्पणी में

साफ-साफ लिखा कि 'बूढ़ी औरत भूख से नहीं, बीमारी से मरी, क्योंकि उसके घर में पर्याप्त अनाज मिला। अनाज मिलने का मतलब ही है कि उसके पास पेट भरने का साधन मौजूद था। पास-पड़ोस के लोग बता रहे हैं कि वृद्धा बहुत दिनों से बीमार चल रही थी।'

भूख से मौत के मामले में अकसर यही होता है कि प्रशासन के लोग मृतक के घर में चुपके से अनाज रखकर आ जाते हैं। ऐसा इसलिए करते हैं कि सरकार की बदनामी न हो। महाकवि नागार्जुन की एक कविता है—

'मरो भूख से फौरन आ धमकेगा थानेदार
लिखवा लेगा घरवालों से वह तो था बीमार
अगर भूख की बातों से तुम कर न सके इनकार
फिर तो खाएँगे घरवाले हाकिम की फटकार
ले भागेगी जीप लाश को सात समंदर पार
अंग-अंग को मारेंगे फिर सर्जन के औजार
जो चाहेगी लिखवा लेगी डॉक्टर से सरकार
जिलाधीश ही कहलाएँगे करुणा के अवतार
मंत्री लेकिन सुना करेंगे अपनी जय-जयकार
सौ का खाना खाएँगे पर लेंगे नहीं डकार।'

दैनिक 'चौथा सिपाही' में दबंग संपादक सुमनकुमार के कारण नागार्जुन की यह पूरी कविता छप गई थी। कविता पढ़कर केडी तिलमिलाया, 'साले, ये महान् लोग। पेट पर लात मारने पर तुले रहते हैं। देश में नेता, अफसर और व्यापारी अपच से मरे जा रहे हैं और गरीब लोग भूख से मर रहे हैं। छिः, मरने का भी शऊर नहीं? अरे, मरना है तो हमारी तरह किसी की जवानी पर मरो।...दौलत पर मरो, यह तो बड़ी बेइनसाफी लगती है कि पैदा हुए और एक दिन भूख से मर गए।'

केडी तनाव में था। उसने राजकुँवर को बुलाया और बोला, 'देखो भाई, हमें तो सरकार के पक्ष में लिखना है। राष्ट्रहित में गोल-गोल बातें करो। हमें अंततः यही साबित करना है कि भूख से मरनेवाली खबर गलत है।'

'ठीक बात है। इसी लाइन पर लिखूँगा।'

'दिखा देना। यह आर्टिकल मेरे नाम से जाएगा फ्रंट पेज पर।'

'ठीक है सर, लिखता हूँ।' इतना बोलकर राजकुँवर बाहर निकल गया और मन-ही-मन केडी की माँ-बहन एक करते हुए बड़बड़ाया, 'साला...। डैश-डैश...। लेख मैं लिखूँ, और नाम इसका जाएगा? हरामी कहीं का।'

लेकिन नौकरी करनी है तो दादागीरी नहीं चल सकती। राजकुँवर ने भुनभुनाते हुए त्वरित टिप्पणी लिख मारी।

विज्ञापन विभाग से पलटूराम को फोन आया—'गजब कर दिया आपने तो। यह होती है कलम। सत्य का साथ देना ही चाहिए।'

केडी कुछ बोला नहीं। मुसकराता रहा। उसे याद आए वो दिन, जब रामदयाल की सरकार थी, तब पलटू रामदयाल की जै-जै करता था। इसमें पलटू की कोई गलती नहीं। सवाल रोजी-रोटी का है। नौकरी का है। छत्तीसगढ़ी कहावत है 'नौकरी नव के करी'। नौकरी करनी है तो झुककर ही रहना पड़ता है। फिर विज्ञापन विभाग ही ऐसा है कि 'जिसकी सरकार, उसकी जयकार'। विभाग हाथ में सफेदी लिये खड़ा रहता है। सरकारी दीवार के जिस हिस्से पर कालिख नजर आती है, वहाँ सफेदी लगाने की कोशिश करता है। कल अगर रामदयालजी दुबारा मुख्यमंत्री बन जाएँगे तो पलटूराम फिर उनकी गाने लगेंगे। और आज के मुख्यमंत्री कोमलप्रसाद ही उनके सबसे बड़े शत्रु हो जाएँगे। पलटू तो बेचारा पिद्दी सा सेवक है, लोकतंत्र का वेतनभोगी गुलाम। झूठ की पालकी ढोनी है, क्योंकि सवाल है पेट का।

पत्रकार सरोजकुमार को वे दिन याद आते हैं, जब उसने पत्रकारिता की परीक्षा में टॉप किया था। तब मित्रों और घरवालों ने भी खूब समझाया कि विज्ञापन विभाग में घुस जाओ। सरकारी नौकरी है, जिंदगी बन जाएगी, लेकिन सरोजकुमार ने दो टूक जवाब दिया, 'अभी मेरी आत्मा जिंदा है। जब मर जाएगी, तब सोचूँगा। अभी अपने मन का लिख-पढ़ लेता हूँ। सरकार की गलत नीतियों की आलोचना भी कर लेता हूँ। इस नौकरी में घुस गया तो सरकार की जै-जै कार के अलावा कोई दूसरा काम ही नहीं रहेगा। सरकार गोली भी चलाएगी तो यही लिखना पड़ेगा कि 'भीड़ उत्तेजित हो गई थी। उसे नियंत्रित करने के लिए मजबूरी में गांधीवादी-समाजवादी सरकार को गोलियाँ चलानी पड़ीं'। तब सोचो, आत्मा को कितनी तकलीफ होगी। इसलिए बदहाली में रहना पसंद करूँगा, मगर यहाँ··· ? इस जन्म में तो बिलकुल ही नहीं।'

'अपने किसी आदमी को भेजिएगा।' पलटू बोल रहा था, 'ऊपर से निर्देश है कि आपका विज्ञापन बढ़ाना है। मेरे पास एक-दो योजनाएँ हैं। आप ही आ जाएँगे तो अच्छे से डिस्कस कर लेंगे। साहब भी आपको याद कर रहे थे।'

केडी ने पलटू को ज्यादा भाव नहीं दिया। छोटे-मोटे नौकरों के मुँह लगाना ठीक नहीं, जब मालिक ही भाव दे रहा हो, इसलिए रूखे स्वर में 'ठीक है-ठीक है' कहते हुए केडी ने फोन काट दिया।

केडी ने सरकार का साथ दिया था, इस एवज में एक सप्ताह बाद ही 'देशवार्त्ता' को दो पेज के विज्ञापन मिल गए। तब उसी दिन केडी ने प्रथम पृष्ठ पर फिर लिखा, 'इस

सरकार को बदनाम करने की पूरी कोशिशें हो रही हैं। यह पीत-पत्रकारिता है। अखबारों को सच्ची बातें लिखनी चाहिए। राष्ट्रवादी अखबार 'देशवार्त्ता' सत्य का पक्षधर है। यह विज्ञापनों में बिकनेवाला टुटपुँजिया अखबार नहीं है। हम मूल्यों की पत्रकारिता करते हैं। जो सच है, हम उसके पक्षधर हैं। अगर सरकार गलत करेगी, तो हम उसे भी आईना दिखाएँगे।'

केडी का लिखा पढ़कर लोग खूब हँसे।

काफी हाउसों में लोग हँसे…

चाय ठेलों पर लोग हँसे…

सरकारी कार्यालयों में सामूहिक हँसी हँसे…

वाचनालयों में लोग हँसते रहे…

यहाँ तक कि मूत्रालयों और शौचालयों में भी लोग हँसते रहे।

जहाँ-जहाँ अखबार गया, वहाँ-वहाँ के पाठक खूब हँसे।

एक ने कहा, 'इससे बड़ा चुटकुला दूसरा नहीं हो सकता कि कोई अखबार सरकारी विज्ञापन भी लेता जाए और नैतिकता की बात भी करता रहे।'

दूसरा बोला, 'जो सच है, उसे खूबसूरत मोड़ देने की कोशिश करने की कला कोई मीडियावालों से सीखे।'

तीसरे ने भी कहा, 'पता नहीं, बिकने के लिए 'देशवार्त्ता' के संपादक ने अपना कितना मूल्य लगाया है। बार-बार कहता है कि 'मूल्यों की पत्रकारिता' करता हूँ। इसका मूल्य तो पता करो भाई।'

पहला बोला, 'मीडिया में जो जितना भ्रष्ट होता है, वो उतनी ऊँची आवाज में नैतिकता और मूल्यों की दुहाई देता है। देखो, अधिकतर मालिकों ने तालाब पाटकर उस पर कॉम्प्लेक्स तान दिए और ये लोग ही लिखते रहते हैं कि शहर के तालाब पट रहे हैं, पर्यावरण बिगड़ रहा है। इस बेरशमी को क्या नाम दोगे? कमाल है, ऐसे अनैतिक लोग मीडिया में नायक बने हुए हैं।'

लोग मीडिया के दोहरे चरित्र पर तरह-तरह की बातें करके हँसते रहे, लेकिन इससे केडी को क्या फर्क पड़नेवाला था। जैसे चिकने घड़े पर जल नहीं ठहरता, उसी तरह बेशर्म आत्मा पर नैतिकता की बूँदें नहीं टिकतीं।

केडी ने सरकार का पूरा साथ दिया। यह देखकर मुख्यमंत्री कोमलप्रसाद भी अभिभूत हो गए। उन्होंने ओ.एस.डी. वर्मा को आदेश दिया, 'केडी को फौरन बुलवाओ। उनसे बात करनी है।'

वर्मा ने फौरन मोबाइल से केडी का नंबर लगाया—

'केडीजी बोल रहे हैं?'

'जी हाँ, स्पीकिंग।'

'देखिए, मैं मुख्यमंत्रीजी का ओ.एस.डी. वर्मा बोल रहा हूँ। सीएम साहब आपसे मिलना चाहते हैं। कल सुबह दस बजे आ जाइए।'

केडी गद्‌गद। उसकी दुकानदारी इतनी जम जाएगी, उसने सोचा भी न था। मुख्यमंत्री याद कर रहे हैं, मतलब बड़ी बात है।

केडी ने कहा, 'लिली, कल मुख्यमंत्री से मिलने जा रहा हूँ। कोई खास प्रश्न हो तो बताओ।'

लिली कुछ सोचने लगी, फिर मुसकराते हुए बोली, 'तुम तो सौजन्य भेंट ही कर लो। प्रश्न दूसरे अखबारों के लिए रहने दो।'

'क्या मतलब?'

'मतलब यह कि अभी अपने पास प्रश्न ही कहाँ हैं? भूख से मौत अपने आप में बड़ा सवाल है, लेकिन हम लोग तो सरकार को बचाकर चल रहे हैं न। इसलिए मुख्यमंत्री जो कहेंगे, वही अपने को छापना है। बाद में देखेंगे।'

लिली की बात सुनकर केडी खुश हो गया, 'अरे वाह, तुम तो काफी समझदार हो गई हो। बिलकुल सही फरमाया तुमने। कल सीएम से मिलकर मुझे अपने अखबार के लिए विज्ञापन की बात करनी है।'

दूसरे दिन केडी मुख्यमंत्री निवास पर था।

वर्मा उसे भीतर प्रतीक्षा-कक्ष में ले गया। वहाँ पहले से ही दूसरा घाघ संपादक बैठा था : शकुनिकुमार शार्क। दैनिक 'हालचाल' का मालिक।

शार्क''' ? मछली जैसा उपनाम क्यों? इसके बारे में शकुनी ने ही अंतरंग मित्रों को बताता था कि 'सारे संपादक छोटी-छोटी मछलियों की तरह हैं। इनका कोई भी शिकार कर सकता है। मगर मैं शार्क हूँ बड़ी मछली, डॉल्फिन से बड़ी। शार्क किसी भी काँटे में नहीं फँस सकती। उलटे छोटी-बड़ी अनेक मछलियों को हजम कर जाती है। जब वह अपने पर आती है तो तबाही भी मचा देती है, इसीलिए मैं शार्क हूँ। शार्क नाम भी कितना आतंक फैलाता है। 'डार्क' में शार्क बोलो तो न्यूयॉर्क के लोग भी घबरा जाएँ। हा''हा''हा।'

ऐसे बड़बोले शकुनिकुमार को देखकर केडी का मूड खराब हो गया। मगर उसने चेहरे पर मुसकान लाते हुए शार्क को देखा। शार्क भी मुसकराया।

केडी सोच रहा था, 'इस हरामी की भी पहुँच 'सी.एम.' तक है?'

शार्क भी मन-ही-मन बड़बड़ा रहा था, 'यह कूकुर, विज्ञापन माँगने आया होगा।'

दोनों मन-ही-मन एक-दूसरे को कोसते रहे, गरियाते रहे। मगर मजबूरी थी कि आसपास बैठना था। अब बैठ गए तो बातचीत भी कर लो। इस गरज से केडी ने पूछा, 'और कैसे हैं आप?'

'ठीक हूँ। अपनी सुनाइए। क्या चल रहा है आजकल?' शार्क ने भी मुसकराते हुए जवाब दिया

'अपुन भी हमेशा की तरह ठीक ही हैं। 'हालचाल' के बारे में बताइए? क्या हाल है, क्या चाल है?'

'ठीक है। और आपकी राष्ट्र की वार्त्ता कैसी चल रही है?'

'सो-सो है'। केडी ने टालते हुए कहा।

'यहाँ कैसे?'' शार्क ने रहस्यमय मुसकान फेंकते हुए पूछा

'जैसे आप, वैसे ही हम? दोनों ही एक नाव के सवार हैं।' केडी ने मुसकराते हुए उत्तर दिया।

इतनी बात करके दोनों हौले से फुसफुसी हँसी हँसे और सामने टेबल पर पड़ी पत्रिकाएँ पलटने लगे। मन-ही-मन एक-दूसरे को गालियाँ देते रहे, मगर जब भी एक-दूसरे को देखते, तो मुसकरा पड़ते।

थोड़ी देर बाद शार्क का बुलावा आ गया। मगर दो मिनट में ही वह बाहर निकल आया। केडी को देखकर वह कुछ इस अंदाज में मुसकरा रहा था, मानो कोई बड़ा काम करके लौट रहा है। केडी ने सोचा, पता नहीं साले को कितना मिला होगा?

उसके जाते ही चपरासी ने केडी को भीतर आने का इशारा किया।

केडी को देखते ही मुख्यमंत्री कोमलप्रसाद प्रसन्न होकर बोले, 'आइए केडीजी। क्या हाल है? कैसा चल रहा अखबार? आप ने तो हमें बड़ा सपोर्ट किया।'

केडी ने चेहरा लटकाते हुए कहा, 'क्या बताएँ साब, हालत बहुत खराब है। मेरा अखबार तो राष्ट्रवादी सोचवाला है, मगर लोग इसे पढ़ना ही नहीं चाहते। अब तो सनसनी ही पत्रकारिता हो गई है। झूठ लिखकर लोग हिट हो रहे हैं और हम पिट रहे हैं। देखिए, भूख से मौतवाले मामले में हमने सच छापा, सरकार का साथ दिया, तो नतीजा क्या हुआ? मीडिया के लोग हम पर थू-थू कर रहे हैं। प्रेस क्लब के कैरम (खेलू) खेल चुके पत्रकार गालियाँ दे रहे हैं कि मैं बिक गया। कल ही एक गुमनाम पत्र आया है कि 'हरकत काली बंद करो, सरकार की दलाली बंद करो', वरना उड़ा दिए जाओगे।' आखिरी में 'लाल सलाम' भी लिखा है।'

'अरे, लोगों की चिंता काहे करते हैं आप? सच को हर युग में कठिन दौर से गुजरना पड़ता है। किसी ने कहा है न कि सत्य परेशान हो सकता है, पराजित नहीं।'

'आपने इतना बोल दिया, यही मेरे लिए काफी है।' केडी ने कहा, 'अब मुझे दुनिया की कोई चिंता नहीं। विज्ञापन की भी⋯।'

'ठीक बात है। विज्ञापन की बिलकुल चिंता न करें। हम तो हैं। 'देशवार्त्ता' हमारा अखबार है। आप हमारा कितना खयाल रखते हैं। हमारी सही तसवीर पेश करते हैं।''

इतना बोलकर कोमलप्रसाद मुसकराए। चाय-नाश्ते का निर्देश दिया, फिर बोलने लगे, 'कहने का मतलब यह है कि सरकार से कहीं कोई चूक हुई तो आपने फौरन उसे सुधार लिया। मैं तो कहता हूँ कि यही है सही पत्रकारिता।'

'जी-जी, ठीक कह रहे हैं आप।' केडी ने अतिरिक्त विनम्रता के साथ कहा, लेकिन फिर सोचने लगा कि क्या यही है सच्ची पत्रकारिता कि सरकार के चेहरे की असलियत छिपा ली जाए? यह तो सत्य की ओर पीठ करने जैसी बात हो गई। पत्रकारिता तो सच-सच कहती है। केडी को 'गुमनाम रायपुरी' के शेर याद आ गए, जिसमें वह कहता है—

'हर हाल में हम सच का बयान करेंगे
बहरे तक सुन लें वो गान करेंगे
खुद को अल्लाह जो मानने लगे
ऐसे हर शख्स को इनसान करेंगे'

तो पत्रकारिता बहरों को सुनानेवाला गान है, मगर केडी तो गलत बात पर अपनी सहमति जता रहा था। अब कर भी क्या सकता था? सामने सीएम है। विज्ञापन तो इन्हीं से मिलेगा। मूड में आ जाए तो पाँच लाख दे देंगे। केडी कुछ सोचने लगा, तो सीएम ने कहा, ''मैंने 'हालचाल' को केवल पचास हजार ही दिए हैं। पाँच लाख माँग रहा था। बताइए, यह क्या बात हुई। कुछ दम तो रहता नहीं उसके पेपर में, लेकिन देना ही पड़ता है। वरना शार्क का क्या भरोसा? मुँह फाड़कर हमें ही निगल ले। आपकी पत्रकारिता अलग है, निष्पक्ष। मैं आपको तीन लाख का विज्ञापन दूँगा। आवेदन-पत्र लाए हैं न?'

'जी-जी, आपके पास आएँ और खाली हाथ चले जाएँ, यह कैसे हो सकता है, इसलिए आवेदन तो लेकर ही आना पड़ता है।' इतना बोलकर केडी ने आवेदन-पत्र आगे बढ़ा दिया। कोमलप्रसाद केडी की बात पर मुसकराए, फिर आवेदन पर कुछ लिखकर ओ.एस.डी. वर्मा से कहा, 'देख लेना। समय पर काम हो जाए। वरना आजकल मेरे आदेशों के पालन में कुछ विलंब होने की शिकायतें मिल रही हैं, बहुत मनमानी चल रही है। यह ठीक नहीं। मैं भोलाभाला तो हूँ, मगर ध्यान रखना, 'भोले' के साथ 'भाला' भी हूँ।'

अचानक कोमलप्रसादजी का चेहरा कुछ कठोर नजर आया। फिर कुछ ही सेकेंड में सामान्य भी हो गया।

'जी-जी सर, शाम तक ही ऑर्डर मिल जाएगा।' वर्मा ने शरीर को धनुषाकार बनाते हुए कहा, 'ये तो बड़े पत्रकार हैं। इनका हम लोग पूरा ध्यान रखते हैं।'

'ये हमारे वेल-विशर हैं। राष्ट्रवादी संपादक हैं। इन्हें कोई तकलीफ न हो। देखो,

इनको किसी कमेटी का मेंबर भी बनाना है। पुराने चाटुकार पत्रकारों को हटाओ। सब-के-सब कुंडली मारे बैठे हैं। नए लोगों को आगे बढ़ाओ। लगाओ पांडे को फोन।'

'जी-जी सर, मैं अभी लगाता हूँ।' वर्मा समझ नहीं पाया कि सीएम किस पांडे के बारे में कह रहे हैं। पूछ भी तो नहीं सकता था कि कौन पांडे। देखा जाएगा, बाद में पता कर लेंगे। बस किनारे जाकर मोबाइल में नंबर खोजने का नाटक करने लगा।

'अच्छा सर, चलता हूँ।' केडी उठने लगा, तो कोमलप्रसाद बोले, 'अरे हाँ, असली बात तो रह गई। अपने अखबार के माध्यम से सर्वे करवाओ। पता तो लगे कि लोग क्या सोच रहे हैं सरकार के बारे में। लोगों के जो विचार आएँ, उन्हें छापिए। अच्छे-बुरे जैसे भी हों। पूरे पेज का मैटर भी रहे तो कोई दिक्कत नहीं।'

'वाह, क्या बात कही आपने। यह पूरा सर्वे निःशुल्क रहेगा। हमारी तरफ से। फिर भी जैसी आपकी श्रद्धा। कल से ही भिड़ जाता हूँ।'

'ठीक है, फिर मिलेंगे। कोई खास बात हो तो वर्मा से कह दिया करें, निःसंकोच। वर्मा, देख लेना। 'देशवार्त्ता' अपना ही अखबार है, और पांडे से बात तो कराना मेरी।'

'सर, सर, सर...।' वर्मा ने फिर धनुष होकर जवाब दिया।

केडी मैदान मार लेने जैसी खुशी के साथ लौटा। बाहर निकला तो देखा, मुख्यमंत्री के बँगले के बाहर पेड़ के नीचे खड़ा शार्क मोबाइल पर किसी से बतिया रहा था। केडी समझ गया कि पट्ठा यही देखने के लिए रुका था कि मैं कितनी देर में बाहर निकलता हूँ।

केडी मुसकराया और उसकी अनदेखी करते हुए अपनी कार की ओर बढ़ गया।

□

: आठ :

केडी के अखबार में तीन-चार पेज सरकारी विज्ञापन देखकर शार्क की आत्मा बिना किसी घर्षण के ही सुलगने लगी।

शार्क कुछ साल पहले ही करमाबाद के कुछ लोगों को बरबाद करके गोलपुर में आबाद होने के लिए आया था। करमाबाद में शकुनि किसी स्कूल में टीचर था। उसके बारे में लोग तरह-तरह की बातें करते थे, जैसे बच्चों को पढ़ाने में उसकी कोई रुचि नहीं रहती थी। उसका पूरा ध्यान डाक विभाग, यूनिट ट्रस्ट और जीवन बीमा निगम आदि अनेक कंपनियों की बचत योजनाओं के कामों में ही लगा रहता था। लोगों को मेंबर बनाने के लिए इधर-उधर भटकता और स्कूल के बच्चे भगवान् भरोसे बैठे रहते। शकुनि के खिलाफ इतनी अधिक शिकायतें हुईं कि उसे नौकरी से हटाना पड़ गया।...शहर में मुँह दिखाने लायक न रहा तो वह गोलपुर आकर बस गया। आदि-आदि।

गोलपुर शुरू से ही डिफाल्टरों की तकदीर सँवारनेवाला शहर भी रहा है। जो भी शातिर दिमाग यहाँ आता, बहुत जल्दी पनप जाता। जिस इलाके में सीधे-सादे लोग बसते हों, वहाँ बाहर से आनेवाले ठगों की लॉटरी लग जाती है। लोकल लोग बेचारे जीवन भर 'सट्टे की पट्टी' काटते रह जाते हैं या ऐसे ही शातिर लोगों के यहाँ हमाली करते हुए पसीना बहाते रहते हैं, उनके हाथ कुछ खास नहीं आता। सारा माल बाहरी लोग हड़पकर ले जाते हैं। फिर चाहे प्रेस मालिक हों, राजनेता हों, उद्योगपति हों, अफसर हों, या फिर चोर-लुटेरे।

शार्क जल्दी ही गोलपुर में जम गया। उसने महसूस किया कि इस शहर में तो अखबार का धंधा कुटीर उद्योग की तरह चल रहा है। लोगों को ठगने की विद्या में पारंगत हो चुके शार्क को आँख के अंधे और गाँठ के पूरे उर्फ कुछ मूर्ख लोग भी मिल गए, जो कमीशनखोरी के लालच में उसकी पालकी ढोने लगे। इन लोगों की मदद से शार्क ने हलचल मचा दी, मतलब उसने अपना अखबार शुरू कर दिया। नाम रखा 'दैनिक हालचाल'। इस अखबार ने दो साल में इतने विज्ञापन कबाड़े कि शार्क लाखों में खेलने

लगा। वह इतना शातिर दिमाग था कि उसने 'हालचाल' के लिए पहले से चल रहे ठीक-ठाक अखबारों से रिपोर्टर तोड़ लिये। सबको भारी पैकेज भी दिया। दैनिक 'सूर्योदय' और 'गोलपुर टाइम्स' में काम कर रहे कुछ पत्रकार शार्क के झाँसे में आ गए। जिन्हें बीस हजार रुपए मिल रहे थे, शार्क उन्हें चालीस हजार रुपए दे रहा था। और मजे की बात, सबको छह-छह महीने का एडवांस चेक भी थमा दिया। यह देखकर लोग पागल हो गए। दूसरे अखबार मालिक घबरा गए कि 'ये कौन आ गया भाई, जो शार्क की तरह हम सबको निगलने की कोशिश कर रहा है?'

छह महीने की एडवांस तनख्वाह देने के कारण शार्क की हर कहीं चर्चा होने लगी। दूसरे अखबारों में असंतुष्ट होकर काम कर रहे पत्रकार 'हालचाल' में घुसने की कोशिश करने लगे। पुराने अखबारों के मालिक घबराए और इस चक्कर में पत्रकारों का फायदा हो गया। बचे-खुचे लोगों की सैलरी में फौरन बढ़ोतरी कर दी गई। पत्रकारों ने शार्क को दुआएँ दीं कि तुम्हारे कारण पत्थरों से पानी निकला।

अखबार का संवाददाता बनने के लिए गाँव-गाँव में कुछ लोग बहुत लालायित रहते हैं। ऐसी आत्माएँ हर जगह पाई जाती हैं। क्या गाँव और क्या शहर। किसी दैनिक अखबार या पत्रिका का परिचय-पत्र भर हाथ लग जाए, तब लगता है, दुनिया मुट्ठी में आ गई है। भाई लोग परिचय-पत्र को जेब में रखकर कुछ इस अंदाज में घूमते हैं गोया दुनिया को निपटा देंगे। सरकारी दफ्तरों में जाते हैं और पूरी अकड़ के साथ कहते हैं, 'हम फलाने प्रेस से आए हैं''''हमको ये-ये जानकारी चाहिए। खबर बनानी है।'

परिचय-पत्र के सहारे कुछ शातिर आत्माएँ सुविधाएँ बटोरने की कोशिश करती रहती हैं। सबसे मजे की बात यह होती है कि ऐसे 'पत्तरकार' एक समाचार भी नहीं, बना सकते मगर उनकी ठसन या ठसक में कोई कमी नहीं आती। अखबारवाले एक पैसा भी न दें, तो भी ये 'महान् पत्तरकार' फोकट में सेवा करने के लिए तैयार रहते हैं। उलटे अपनी ओर से ही कुछ रुपए जमा कर देते हैं सुरक्षा-निधि के रूप में। इन संवाददाताओं को विज्ञापन का लक्ष्य दिया जाता है। आकर्षक कमीशन का लालच दिया जाता है। इस चक्कर में ग्रामीण संवाददाता मरे-जीए बदहाल होकर काम करते हैं और ऐसे लोगों के सहारे अखबार मालिक मालामाल होता जाता है।

शार्क ने लोगों की कमजोरी का जमकर फायदा उठाया और पूरे प्रदेश में अपना जाल फैला दिया।

हर कहीं 'हालचाल'''''हालचाल''''' 'हालचाल'। बैनरों में 'हालचाल' तो दीवारों पर भी 'हालचाल' के विज्ञापन। बड़े-बड़े होर्डिंग्स भी लग गए। अनेक शहरों में हालचाल के स्वागत्-द्वार सज गए। जिधर भी नजर जाती, लोग 'हालचाल' का नाम पाते। 'हालचाल' ने पाठकों को फाँसने के अनेक जतन किए।

जैसे 'महीने भर के हालचाल की प्रतियाँ लाओ और पचास रुपए ले जाओ।'...

'जो साल भर अखबार खरीदेगा, उसे विदेश सैर का मौका मिलेगा।'...

'बॉलीवुड की मशहूर हीराइनों के साथ लंच का मौका मिलेगा।'...

'हालचाल का ग्राहक बनने पर पूरे खानदान की फोटो छपेगी, वो भी मुफ्त में।' आदि-आदि।

शार्क के कर्मचारी घर-घर जाकर कुछ-न-कुछ गिफ्ट आइटम भी देते और बदले में लोगों को 'हालचाल' का ग्राहक बना देते। लोगों की मालेमुफ्त की आदत के कारण 'हालचाल' चल निकला।

शार्क बहुत जल्दी करोड़पति बन गया। इस कारण केडी तनाव में रहता था। उसे जहाँ कहीं मौका मिलता, वह लोगों से एक ही बात बोलता, 'कहाँ करमाबाद का टुटपुँजिया (फ) टीचर और कहाँ गोलपुर का अखबार मालिक? धन्य है यह धरती, किसी को भी निराश नहीं करती।'

मंत्रियों का चरण-वंदन, अफसरों को रिश्वत का चंदन लगाते-लगाते शार्क ने दो साल में ही 'हालचाल' को कमाने-खाने का पक्का साधन बना लिया, लेकिन इतने से उसका मन नहीं भर रहा था। वह रोजाना सोचता कि कुछ और काम शुरू किया जाए। करोड़पति तो बन गया, अब अरबपति बनना है। मगर कैसे? क्या किया जाए?

अभी तो वह केडी से परेशान था। पहले इससे निबटना है। वह बड़बड़ाया, 'साला...लुच्चा...। मुख्यमंत्री का खास हो गया है। इसका कुछ तो करना पड़ेगा।'

'केडी को कैसे निपटाया जाए', इस महत्त्वपूर्ण योजना पर एक दिन शार्क विचार कर ही रहा था कि तभी पंडित ठग्गेशप्रसाद चौपाठी पधार गए।

अपने खास अंदाज में उन्होंने आवाज लगाई—'जै श्री राम...। कोई है का?'

'हाँ-हाँ, पंडितजी, प्रणाम। चले आइए।'

शार्क ने आवाज पहचान ली और लपककर पंडितजी का स्वागत किया। शार्क जानता था कि पंडितजी तंत्र-मंत्र का प्रयोग करते हैं। मारण-मंत्र भी आता है इनको। अब लोग इनके मंत्र से मरते हैं या नहीं, यह तो कोई नहीं जानता, मगर पंडितजी ही अपनी ओर से प्रचारित करते रहते हैं कि 'मैंने मारण-मंत्र का प्रयोग किया तो फलाँ-फलाँ 'टें' बोल गया'। इतना सुनकर ही लोग घबरा जाते थे। पता नहीं, सच में कुछ जानता ही हो। कौन लगे इससे। लोग अपने काम-से-काम रखते। शार्क समय-समय पर चौपाठी को बुलवाकर पूजा-पाठ करवाता रहता था। पंडितजी इसी चक्कर में आए थे कि बहुत दिन से शार्क ने याद क्यों नहीं किया।

कुछ पंडितों की रोजी-रोटी पूजा-हवनों के सहारे ही चलती है।

पंडितजी ने 'ऊँची-ऊँची फेंकनी' शुरू कर दी—'मैं तो जानता था कि तुम याद कर

रहे हो, बचवा। मुझे संकेत मिलने लगते हैं। ये देख रहे हो न मेरी चोटी? यह मेरा एंटीना है। सबकुछ कैच कर लेता है। तुमने मुझे याद किया और हम पधार गए। तुम्हारी हर समस्या का समाधान है मेरे पास। तुम्हारी परेशानी का कारण है एक आदमी···और मैं जानता हूँ उसे। कहो तो उसका चित्र लाकर दिखा दूँ? उसका क्या करना है, यह भी पता है मुझे। हा···हा···हा···। क्यों, जजमान, ठीक बोल रहा हूँ न?'

शार्क चकरा गया। सोचने लगा, 'अरे, पंडितजी को कैसे पता चल गया। दम तो है इनमें।'

वैसे सीधी सी बात है कि किस आदमी के जीवन में परेशानी नहीं आती? धंधे-पानीवाला आदमी किसी-न-किसी से परेशान भी रहता है। अधिकांश लोग दो का चार और चार का छह करने के गुंताड़े में ही तो लगे रहते हैं, इसलिए चालाक पंडित या तंत्र-मंत्रवाले इसी तरह की बातें करते हैं और अकसर तीर बिलकुल निशाने पर लग जाता है।

'आप बिलकुल सही समय पर आए हैं, महाराज। सचमुच, बड़ा परेशान हूँ इन दिनों।' शार्क बोला, 'एक आदमी है। धंधे में मुझसे काफी आगे निकलता जा रहा है। कुछ ऐसा करो कि उसका भट्ठा बैठ जाए।'

पंडितजी ने कुछ पल के लिए आँखें मूँदीं, फिर मुसकराते हुए पूछा, 'किसी अखबार का मालिक तो नहीं?'

पंडितजी ने तो धुप्पल में ही बोल दिया था, मगर उनका अनुमान बिलकुल सही निकला। चालाक पंडित ने अनुमान लगाया कि शार्क अभी केवल अखबार का ही धंधा कर रहा है तो जाहिर है कि किसी-न-किसी अखबारवाले से ही उसका कांपीटीशन होगा। तथाकथित तांत्रिक या पंडित अपनी विद्या में इतने पारंगत हो जाते हैं कि उनके अनेक अनुमान बड़े सही निकलते हैं और अंधश्रद्धालु उन्हें महान् ज्ञानी-ध्यानी, त्रिकालदर्शी आदि-आदि समझकर उनके भक्त बन जाते हैं। न केवल भक्त बन जाते हैं वरन् उनकी 'महानता' की मार्केटिंग भी करते रहते हैं।

पंडितजी की बात सुनकर शार्क उनके चरणों पर गिर गया, 'अरे, जय हो आपकी, जय हो महाराज। आप तो सब जानते हैं। केडी नाम है उसका। 'देशवार्त्ता' नाम का घटिया अखबार निकालता है। बिलकुल दो कौड़ी का। लोग उस अखबार से छोटे बच्चों की टट्टी उठाने का काम लेते हैं। उसे इन दिनों सरकारी विज्ञापन खूब मिल रहे हैं। ऐसा मंतर मारो कि साला मर ही जाए।'

'सरकार के पक्ष में लिख रहा है वो, और क्या?'

'बिलकुल ठीक कहा आपने, महाराज। अब आप ऐसा कुछ करो कि उसका पत्ता कट जाए और उसकी जगह मुझे विज्ञापन मिलने लगें।'

'तुम कहो तो उस पर मारण-मंत्र का प्रयोग कर दूँ? टें बोल जाएगा। अभी···यहीं

बैठे-बैठे निपटा दूँ? जलाकर राख कर दूँ उसे?' पंडितजी ने अपनी भृकुटि तानते हुए कहा, 'बोलो तो सही। उसके साथ क्या सुलूक किया जाए? मार दिया जाए कि छोड़ दिया जाए?' फिर कुछ नरम पड़ते हुए बोले, 'नहीं-नहीं, बेचारे को अभी जीने-खाने दो। जब अति करने लगेगा तब देखेंगे। अभी तो दूसरा तरीका अपनाया जाए।'

'वो क्या है पंडितजी?'

'अरे, यज्ञ करवाता हूँ, यज्ञ। 'फस्टकिलास'। खर्चा तो लगेगा, लेकिन दावा है कि तुम कहाँ-से-कहाँ पहुँच जाओगे।'

'हाँ महाराज, बड़ी ख्वाहिश है। कब से सोच रहा हूँ कि अंतरराष्ट्रीय स्तर का कोई धंधा शुरू करूँ। अखबार तो निकाल ही रहा हूँ, लेकिन अब मन करता है कि एकाध टी.वी. चैनल भी शुरू करूँ और रातोरात छा जाऊँ दुनिया में।'

'दुनिया में छाना है, तब तो एक ही उपाय है कि तुम लोगों को ठगने की अपनी कला को और धारदार बनाओ।' पंडितजी गंभीर होकर बोले। उनके चेहरे पर हँसी बिलकुल नहीं थी। उन्होंने कहा, 'लोग अभी भी भोले-भाले हैं। उनको ठगना बड़ा आसान है। वैसे अखबार निकालकर तुम इसी काम में लगे हो, मगर इतने से बात नहीं बनेगी।'

इतना बोलकर पंडितजी ने नाटक-नौटंकी शुरू कर दी। कुछ लिखने लगे। उँगलियों में अँगूठा फिरा-फिराकर कुछ गिनने लगे। कभी नीचे देखें तो कभी शून्य में निहारें। एकाध मिनट का एकल अभिनय करने के बाद बोले—

''हूँ...मुझे लगता है कि स्कूल खोलने का धंधा फायदेमंद रहेगा। यह धंधा कभी मंदा नहीं पड़ सकता। इसके सहारे तुम लंबा हाथ मार सकते हो। उसके बाद दूसरे चरण में तुम चैनल का धंधा शुरू करो। लेकिन तुम्हारी सफलता के लिए मुझे महायज्ञ करना होगा। अपने आप को गलाऊँगा मैं, तब तुम सफल होगे।'

'कुछ-न-कुछ कीजिए महाराज। किसने रोका है आपको? लेकिन अपने आपको क्यों गलाएँगे? गलें हमारे-आपके दुश्मन। आप तो महायज्ञ कीजिए। खर्चे की चिंता नहीं है। मैं दे दूँगा।'

'शकुनि भैया, मैं तुम्हारी नस-नस से वाकिफ हूँ।' पंडितजी मुसकराते हुए बोले, 'करमाबाद के लोग आज भी तुम्हारी तलाश में हैं। उधार प्रेम की कैंची है। तुम्हारे बारे में कुख्यात है कि जिसका लेते हो, उसका देते नहीं हो। पंडितों से उधारी करने का मतलब तुम समझ सकते हो। मारण-मंत्र का प्रयोग कहीं दूसरी दिशा में चला गया तो जजमान, भारी गड़बड़ हो सकती है। इसलिए मुझे उधारीवाला काम पसंद नहीं। तुम पहले मेरे हाथ में फौरन दस हजार रुपए रखो, तभी मैं काम शुरू करूँगा।'

पंडितजी का मूड देखकर शार्क घबरा गया। उसने आलमारी से दस हजार रुपए

निकाले और हाथ जोड़कर कहा, 'कुछ करो महाराज। कृपा बनाए रखो। मुझे अरबपति बनना है।'

'अरे, पहले तू रोडपति था, बाद में करोड़पति बना। अब अरबपति भी बनेगा। मगर बच्चा, तू कच्चा कैसे हो रहा है? पंडित को ही गच्चा देने की कोशिश कर रहा है। कहता है कि मेरा सच्चा भक्त है, तो फिर अभी तक तूने केसरवाला दूध क्यों नहीं पिलवाया? कलाकंद भी नहीं खिलाया? बनारसी के यहाँ का पान भी नहीं? कंजूस हो गया है का रे?' पंडितजी ने इस बार हँसकर कहा, 'पंडितों की सेवा कर, तभी मेवा पाएगा। पहले दूध पिला, फिर हम खाना भी खाऊँगा। फिर कलाकंद और उसके बाद पान।'

'हाँ-हाँ, क्यों नहीं', इतना बोलकर शार्क ने आवाज लगाई, 'अबे रामू, जा घर से गरमागरम दूध लेकर आ, वो भी मलाई मारकर। केसर भी डलवा देना। कलाकंद भी ले आ आधा किलो।'

पंडितजी की जीभ लपलपाने लगी। बहुत दिनों के बाद केसरयुक्त मलाईदार दूध पीने को मिलनेवाला था। पंडितजी ने छककर दूध पीया। फिर थोड़ी देर बाद खाना भी खाया। आधा किलो कलाकंद भी हजम कर गए। फिर जर्देवाला पान चबाया। पंडितजी ने डटकर मालेमुफ्त उड़ाया और 'फटे तक खाया' वाले मुहावरे को सार्थक किया। फिर डकार लेते हुए धर्मशाला लौट गए। दूसरे दिन पंडितजी ने शार्क के लिए किए जानेवाले यज्ञ का सारा बंदोबस्त किया और तीसरे दिन यज्ञ भी करवाया।

महायज्ञ में शहर भर के छँटे लोग शामिल हुए। कुछ मंत्री-विधायक और अफसर भी आए। छुटभैए नेता भी चले आए। दैनिक अखबार का मालिक या संपादक जब कोई आयोजन करता है, तब अनेक लोग मजबूरी में शरीक होते हैं। खासकर वे लोग, जो राजनीति और प्रशासन में सक्रिय रहते हैं और कुछ-कुछ भ्रष्ट किस्म के होते हैं। इन सबका एक ही उद्‌देश्य रहता है कि चेहरा दिखा दो, ताकि संपादक सेट रहे, ताकि जिंदगी अपसेट न रहे। सबका स्वार्थ लगा रहता है। अखबार में छपने का क्रेज कम नहीं होता। काले-पीले कामवाले कुछ लोग भी इसी प्लानिंग के साथ आते हैं कि भविष्य में कभी कोई स्कैंडल हो तो खबर रुकवाई जा सके।

पंडितजी के यज्ञ ने माहौल बना दिया था। शार्क के कहने पर एक-दो लोगों ने भी पंडितजी से आग्रह किया कि अगली बार उनके घर भी यज्ञ करवा दें। पंडितजी ने सबसे एडवांस में दक्षिणा ली। शार्क से पंडितजी ने दक्षिणा में पाँच हजार रुपए वसूले और जीवन का रस बनाए रखने के लिए अपने नगर बनारस लौट गए।

शार्क ने पंडितजी का आशीर्वाद पाने के बाद अंतरराष्ट्रीय स्तर के स्कूल की योजना को अंतिम रूप दे दिया।

स्कूल का नाम रखा—'रॉल्फिन ग्लोबल स्कूल' (आरजीएस)। भारी-भरकम नाम। गोलपुर और आसपास के सीधे-सादे लोगों को 'ग्लोबल' या 'इंटरनेशनल' जैसे शब्द बहुत भरमाते थे। ढंग से लोकल तो हो नहीं पाए, मगर सीधे ग्लोबल उर्फ इंटरनेशनल होने की चाहत में साधारण लोग घर फूँक तमाशा देखने के लिए तैयार थे। लोगों को लगता था कि ऐसे ग्लोबल-इंटरनेशनल स्कूल में बच्चों को भरती कर दें तो वे सीधे अमरीकी राष्ट्रपति से टक्कर लेंगे। माता-पिता अपने पेट काटकर बच्चों को ऐसे इंटरनेशनल स्कूलों में भरती कर रहे थे और बच्चों की 'ए-बी-सी-डी' सुनकर मन-ही-मन बड़े खुश हो रहे थे कि अब उनका लाल भी अँगरेजी पढ़-लिखकर बड़ा आदमी बन जाएगा। जब अँगरेजी पढ़कर ऐरे-गैरे नत्थू-खैरों के बच्चे भी 'बड़े' होते जा रहे थे, तो बाकी लोग छोटे क्यों रहते?

बस इसी प्रतिस्पर्धा का फायदा उठाकर शकुनि ने भी 'रॉल्फिन ग्लोबल स्कूल' खोल लिया, और देखते-ही-देखते उसकी 'दुकान' बड़ी होती गई।

शार्क सोचने लगा, पंडितजी ने सच कहा था कि स्कूल का धंधा कभी मंदा नहीं पड़ सकता। बंदे के हथकंडे ऊँचे होने चाहिए। लोगों को भरमाने का सिलसिला जारी रहे। शार्क अपने अखबार में अपने स्कूल का विज्ञापन दिया करता। स्कूल की गतिविधियाँ अखबार में छपती रहतीं। लोगों को ठगने का एक तरीका यह भी होता है कि बॉलीवुड के कलाकारों को अपनी संस्था से जोड़ लो। हीरो-हीरोइनों की चमक-दमक देखकर भी लोग किसी भी संस्थान से जुड़ जाते हैं।

शार्क ने बॉलीवुड के कुछ पिटे हुए मोहरों को स्कूल से जोड़ लिया। ये हीरो अपने दौर में थोड़ा-बहुत नाम कमा चुके थे, मगर बाद में बेकारी के दिन काट रहे थे। छोटे-मोटे टी.वी. धारावाहिकों में काम करके किसी तरह जीवन-यापन कर रहे थे। इनमें एक थे, पिंटू उस्ताद हास्य कलाकार और दूसरे थे, वीरकुमार चरित्र अभिनेता। शार्क इनसे मिला और बोला, 'आपको हमारे स्कूल से जुड़ना है।' अंधा क्या चाहे दो आँख। खाली बैठे हुए थे, कुछ हलचल तो शुरू होगी। यह सोचकर ये फिल्मी कलाकार 'रॉल्फिन ग्लोबल स्कूल' से जुड़ गए। बीच-बीच में गोलपुर आते रहते और बच्चों का मनोरंजन करके लौट जाते। इनके आने से कुछ भीड़ जुट जाती थी। अपने बच्चों को अंतरराष्ट्रीय बनाने की ख्वाहिश पालनेवाले अभिभावक भी शार्क के स्कूल से जुड़ गए।

शार्क फिल्मी कलाकारों की बड़ी खातिरदारी करता। दूसरे दिन 'हालचाल' में हीरो के साथ शार्क की तसवीरें छपतीं। लोग पढ़ते और सोचते, यह तो बड़ी ऊँची पहुँचवाला है। शार्क ने बॉलीवुड की गुमनाम हो चुकी हीरोइन हुस्नबानो के साथ स्कूल में पार्टनरशिप भी कर ली। यह और बात है कि ढल चुकी जवानी और बीती हुई कहानी बन चुकी अदाकारा हुस्नबानो को शार्क ने कभी कोई आर्थिक लाभ नहीं दिया। वह हर

बार यही हिसाब-किताब पेश कर दिया करता कि स्कूल घाटे में चल रहा है।

धोखाधड़ी से दुःखी होकर हुस्नबानो ने शार्क से अपना पल्ला झाड़ लिया और टी.वी. सीरियलों में 'माँ-बहन, ननद या सास' वाला रोल करके किसी तरह गुजर-बसर करने लगी।

'आर.जी.एस.' की योजना ऐसी हिट हुई कि मत पूछो। शार्क ने अखबार के लिए एक मैनेजर रख लिया और 'आरजीएस' की शाखाएँ खोलने के लिए पूरे प्रदेश का दौरा करने लगा। पचास शहरों में शार्क ने स्कूल की शाखाएँ खोल दीं। हर जगह अभिभावकों को ग्लोबल-झाँसा दिया। जैसे—

'जी.आर.एस.' से पढ़कर निकलनेवाले बच्चे को विदेश में नौकरी मिलेगी।

एक मुश्त एक लाख रुपए जमा करने पर दस साल बाद ब्याज सहित पैसे वापस हो जाएँगे।

समय-समय पर बॉलीवुड की हीरोइनों के साथ डिनर मुफ्त रहेगा।

हर माता-पिता चाहते हैं कि उनकी संतान विदेश में नौकरी करे। फिर 'एक लाख रुपए जमा करो, दस साल बाद ब्याज सहित वापस' वाली यह योजना भी लोगों को पसंद आने लगी। ये तो आम-के-आम गुठलियों के भी दामवाली बात हो गई। लोग अपनी-अपनी जमा-पूँजी 'आरजीएस' के खाते में जमा कराने लगे। देखते-ही-देखते कई करोड़ जमा हो गए। इन पैसों को शार्क ने करमाबाद में रहनेवाले अपने साले के खाते में ट्रांसफर कर दिया। पत्नी, साली, साले, पिता आदि के नाम से उसने खाते खुलवाए। सारे खाते 'लबालब' हो गए।

शार्क जो चाहता था, वही हुआ। देखते-ही-देखते वह नंबरी लोगों की कतार में आ गया और जनता को उल्लू बनाकर अर्जित की गई दौलत के सहारे शहंशाही जीवन जीने लगा।

हैसियत से ज्यादा धन कमाने का एक ही तरीका होता है कि कोई व्यक्ति कितनी और किस स्तर की बेईमानी कर सकता है। जो जितना बड़ा बेईमान, उतना बड़ा धनवान। शहर के बड़े-बड़े धनपतियों को देखकर लोग समझ जाते हैं कि उन्होंने किस पैमाने पर और कितने लोगों की जेबें काटी हैं, कितने सीधे-सादे लोगों को हलाल किया होगा। किन-किन स्तरों पर बेईमानी की होगी।

अनेक नगरसेठों का इतिहास सबके सामने रहता है। जब अपने गाँव से आए थे तो बदहाल थे, फटेहाल थे। कभी पंक्चर बनाते थे या तेल बेचते थे, कंडक्टरी करते थे, और पार्ट टाइम में दूसरे गोरखधंधे भी करते थे। जैसे कहीं किसी की जमीन दबा लेना, पत्नी के हुस्न को दिखा-दिखाकर राजनीति में सक्रिय होना या ठेके-वेके प्राप्त कर लेना। किसी वृद्धाश्रम या गौशाला आदि में घुसपैठ कर चंदे का धंधा करना। पैसे कमाने की

यही सब सीढ़ियाँ तो शुरू से प्रचलित हैं। ऐसे अनेक लोग गोलपुर में पाए जाते हैं, जो अपनी तिकड़मी प्रतिभा के सहारे देखते-ही-देखते करोड़ों में खेलने लगे। ये लोग अपने पापों को मेहनत का नाम देते थे। शान से बताते कि 'रात-दिन मेहनत की है, तब यहाँ तक पहुँचे हैं, भाई।'

बेईमानी, ठगी, धोखाधड़ी, चार सौ बीसी, लूटपाट, चोरी-चकारी आदि भी 'एक तरह की' मेहनत ही है।

इस तरह शार्क ने भी 'खूब मेहनत' की। अखबार के साथ-साथ स्कूल का धंधा चल पड़ा। 'दौड़ने लगा' कहना ठीक होगा।

□

: नौ :

शार्क बड़ी तेजी के साथ आगे बढ़ रहा था।

केडी शार्क की द्रुतगति से होनेवाली प्रगति से दुःखी था। वह दिल से चाहता था कि शार्क दुर्गति को प्राप्त हो जाए, लेकिन सबकी दुर्गति और सद्गति का अपना-अपना समय होता है। फिलहाल शार्क की प्रगति के दिन थे। दो-चार साल पहले बाहर से आया हुआ व्यक्ति लोकल आदमी को पछाड़कर करोड़ों से खेलने लगे, यह तो ठीक नहीं।

केडी की मान्यता थी कि लोकल लोगों को ठगने का अधिकार लोकल लोगों को ही मिलना चाहिए।

केडी एक तरफ तो समाजवादी था, मगर दूसरी तरफ भयंकर 'लोकलवादी' भी था। अपने अखबार के माध्यम से 'स्थानीय बनाम बाहरी' जैसे मुद्दे को उठाकर अलगाव फैलाने का काम करता रहता था। 'देशवार्त्ता' के माध्यम से केडी खुद भी कहता और दूसरे से भी कहलवाता था कि 'स्थानीयता का मुद्दा दकियानूसीपन नहीं, अस्मिता की लड़ाई है।' इस चक्कर में अपनी माटी से प्यार करनेवाले कुछ कट्टर किस्म के लोग भावुक हो जाते थे और 'देशवार्त्ता' में अपने उग्र अलगाववादी विचार भेजते थे। ये विचार प्रमुखता के साथ प्रकाशित होते थे।

इस तरह के हथकंडों से अखबार की प्रसार-संख्या में कुछ और इजाफा हुआ, लेकिन लिली संतुष्ट नहीं थी। वह चाहती थी, 'देशवार्त्ता', 'नवीनराष्ट्र', 'गोलपुर टाइम्स' और 'सूर्योदय' से टक्कर ले—प्रसार संख्या में बाजी मारे, लेकिन उनसे टक्कर लेना फिलहाल तो केडी के बस की बात नहीं लग रही थी। कारण साफ था कि गोलपुर के अधिकतर अखबार मालिक केडी से भी बड़े माफिया थे, वे भी अंतरराष्ट्रीय स्तर के। केडी बेचारा अभी लोकल-लेबल का माफिया ही बन पाया था।

बाहरी अखबार के मालिकों के दूसरे बड़े-बड़े कारोबार थे। कोई साबुन बनाता था, कोई तेल बेचता था, तो कोई कारखाने चलाता था। किसी के शॉपिंग मॉल थे, तो कोई

खदान-माफिया था। किसी के पास जंगल थे, किसी के पास सिनेमा-हॉल, किसी की चिटफंड कंपनी चलती थी तो कोई कसाईखाना भी चलाता था। 'सूर्योदय' के मालिक भोगेश्वरप्रसाद ने तो हजारों पाठकों को शेयर होल्डर बना लिया था। करोड़ों रुपए हजम कर लिये थे और डकार भी नहीं ली थी। 'एक लगाओ चार पाओ' के चक्कर में अनेक लोगों के खून-पसीने की कमाई ये धनपशु चर गए थे। मामले-मुकदमे चलते रहे और अखबार के मालिक सामाजिक कार्यक्रमों में शान के साथ शामिल होते रहे। मेहनत रंग लाती गई और—

कोई राज्यसभा के लिए भी मनोनीत हो गया।

किसी को 'पद्‌मश्री' मिल गई।

किसी ने 'इंदिरा गांधी अवॉर्ड' हथियाया।

कोई 'राजीव गांधी सम्मान' पा गया।

तरह-तरह के आर्थिक अपराधों के प्रेमपाश में जकड़े इन सेठों को लोग आश्चर्यचकित होकर देखते थे। लोग आपस में बतियाते थे कि जिन लोगों के बारे में सबको पता है कि इन्होंने बड़े-बड़े घोटाले किए हैं, उन्हें आखिर बड़े-बड़े सम्मान कैसे मिल जाते हैं? बड़े व्यस्त रहते हैं, मगर इनके नाम से लेख छपते हैं? आखिर कब लिखते हैं ये लोग? यही लिखते हैं कि कोई और लिखता है? यह ऐसा यक्ष-प्रश्न है, जिसका उत्तर अभी तक नहीं मिल सका है। वैसे पुरस्कारों की बंदरबाँट के बारे में सामान्य लोग भी धीरे-धीरे बहुत कुछ जानने-समझने लगे थे। किसी अखबारी सेठ को कोई पुरस्कार मिलता था तो मीडिया के लोग एक-दूसरे को आँख मारते हुए कहते थे, 'ये अंदर की बात है भाई। आजकल ज्यादातर सम्मान मिलते नहीं, 'मैनेज' किए जाते हैं। जो जितना बड़ा मैनेजर, उतना बड़ा सम्मान प्राप्तकर्ता।'

जैसे क्रिकेट में 'फिक्सिंग' के 'इंडोर खेल' होते हैं, उसी तरह सम्मान के खेलों में भी फिक्सिंग का सिलसिला जारी रहता है।

केडी का लक्ष्य भी था राज्यसभा और पद्‌मश्री। जो भी पहले मिल जाए। जैसे कौवे की नजर कचरे के ढेर पर रहती है, उसी तरह कुछ अखबार-मालिकों की नजर राज्यसभा की कुरसी या कुछ पुरस्कार-सम्मानों पर जमी रहती है। वे जीवन भर इसी गुंताड़े में लगे रहते हैं कि कैसे सम्मान झटके जाएँ। इसके लिए वे बड़े-बड़े नेताओं के चक्कर लगाते हैं, उनके बारे में अपने अखबारों में समाचार छापते हैं, रोचक कहानियाँ गढ़ते हैं। केडी भी बड़ा होना चाहता था। लेकिन पहले कमाई हो, तब तो कुछ इन्वेस्ट करे।

'देशवार्त्ता' के साथ-साथ अब ऐसा क्या किया जाए कि आवक बढ़े! केडी और लिली रोज कुछ-न-कुछ स्कीमें बनाया करते।

एक दिन की बात है। लिली ने सुझाव दिया—'डार्लिंग, दूसरे अखबारवाले पाठकों को रिझाने के लिए आजकल कुरसियाँ बाँट रहे हैं। कूपन दे रहे हैं। घर-घर जाकर गिफ्ट भी देकर आ जाते हैं। हमें भी ऐसा कुछ करना चाहिए। तभी अपना 'सर्क्युलेशन' बढ़ेगा। आजकल आम लोगों पर बाजारवाद का भूत सवार है। वे भी सोचने लगे हैं कि 'जब अखबारवाले हमारे सहारे कमाई कर रहे हैं, तो हमें भी कुछ मिले। 'वन-वे ट्रैफिक' कब तक चलता रहेगा, इसलिए लोग उसी अखबार के ग्राहक बनते हैं, जिनसे उन्हें कुछ-न-कुछ लाभ मिलता है। इसलिए अब हमें भी कुछ करना होगा। वरना हम पीछे रह जाएँगे और तुम रोडपति-के-रोडपति ही रहे जाओगे।'

'ये 'कुछ' क्या होता है?' केडी उखड़कर बोला, 'कुछ करना चाहिए'…'ऐसा कुछ करें'…'कुछ तो होना चाहिए'…ये जुमले बहुत सुन लिये। जानेमन, कुछ ठोस बात करो, तो मजा आए।'

केडी को नाराज होते देख लिली गंभीर होकर कुछ सोचने लगी। प्रेमी की खुशी के लिए दिमाग के घोड़े दौड़ाने पड़ेंगे। अचानक वह उचक पड़ी। उसके चेहरे पर खुशी साफ नजर आ रही थी। बोली, 'एक काम करते हैं, हम अपने पाठकों को चड्डी-बनियान बाँटते हैं। ये कैसा रहेगा?'

लिली के सुझाव पर केडी हँसते हुए बोला, ''शहर में पहले से ही चड्डी-बनियान गिरोह सक्रिय है। यह शातिर गिरोह रात को चोरी करने निकलता है, इसका हर सदस्य चड्डी-बनियान पहने रहता है। ये लोग अपने शरीर पर तेल लगाए रखते हैं, ताकि कभी कोई पकड़ ले, तो हाथ छुड़ाकर भागने में आसानी रहे। तो क्या तुम ऐसे लोगों की संख्या बढ़ाना चाहती हो?'

लिली हँसते हुए बोली, 'अरे, नहीं-नहीं। चड्डी-बनियान गिरोह नहीं, मैं किसी अच्छी कंपनी के अंडर गारमेंट्स बाँटने की बात कर रही हूँ। महिलाओं को ब्रा-पैंटी और मरदों को चड्डी-बनियान देंगे। आपन लीक से हटकर काम कर रहे हैं। देख लेना, इसका अच्छा रिस्पांस मिलेगा।'

'अरे, लोग नाराज हो जाएँगे। तुम लोगों के मूड को नहीं समझती।' केडी ने कहा, 'इन्हें कुछ अच्छा सा लालच देना होगा। मेरे दिमाग में एक आइडिया आया है। हम लोगों को रसोई घर के सामान देंगे। तरह-तरह के डिब्बे। किसी में मसाले रखो, किसी में शक्कर, किसी में कुछ और। आपन थोक में खरीदेंगे तो सस्ते में पड़ेंगे। गिफ्ट-पैक बनाएँगे। बड़ा भी दिखेगा, लोगों को अच्छा लगेगा।'

लिली ने केडी का हाथ सहलाते हुए हुए कहा, 'इसलिए तो मैं तुम्हारी दीवानी हूँ कि तुम्हारा दिमाग बड़ा तेज है। मुझसे भी ज्यादा एक्टिव। तुम्हारी यह योजना पसंद

आई। इसे ही चलाते हैं। राजकुँवर को प्रभारी बनाते हैं। उसके साथ पूरी टीम शहर में घूमेगी।'

केडी बोला, 'नहीं-नहीं, इस योजना में मेरा साला रग्घू काम करेगा। वह बेचारा अब बेरोजगार संघ का सदस्य बना हुआ है। उसे अब 'देशवार्त्ता' का मैनेजर बनाना है। उसे दौड़ाऊँगा।'

लिली चुप हो गई। बोली, 'जैसी तुम्हारी मरजी।'

लिली दो नावों की सवारी कर रही थी। एक तरफ केडी था, तो दूसरी तरफ राजकुँवर। मगर ज्यादा विरोध करती तो केडी को शक हो जाता, इसलिए चुप हो गई। लिली अखबार में बनी रहना चाहती थी। इसके लिए जरूरी था कि केडी की हाँ में हाँ मिलाई जाए।

लिली ने कहा, 'मेरी मानो तो तुम अब एक 'एनजीओ' भी शुरू करो। आजकल यही फैशन चल रहा है। मैंने सुना है कि कुछ अखबार मालिक यही काम कर रहे हैं। एनजीओ चलानेवाले एन्जॉय करते हैं और शान से जीते हैं। 'एनजीओ' का मतलब गैर-सरकारी संगठन ही नहीं होता। इसका एक और अर्थ है 'एंजॉय करो और जीयो', यानी 'एनजीओ'।'

लिली की व्याख्या सुनकर केडी हँस पड़ा, 'डार्लिंग, यह तुमने बड़ी सटीक व्याख्या की, मगर काम क्या शुरू करें जो राष्ट्रहितवाला हो?'

'तुम्हारे राष्ट्रहित के लिए मेरे दिमाग में एक योजना है', लिली मुसकराते हुए बोली, 'हम लोग एक संगठन बनाते हैं। उसका नाम रखते हैं 'करुणा'। क्या रखते हैं? करुणा। तुम चाहो तो इसका नाम कर देंगे 'राष्ट्रीय करुणा'। यह संस्था अनाथ बच्चों को गोद लेगी। उनको पढ़ाएगी-लिखाएगी। ऐसी योजनाओं को विदेशी फंडिग भी खूब मिलती है। अपनी सरकार तो मदद करेगी ही। बाहर से भी पैसे मिलेंगे। इसके लिए जरूरी है कि अपने पास कोई जगह हो। वहाँ कुछ बच्चे भी रखे जाएँ। केवल दिखाने के लिए। अपने नौकर-चाकर सेवा करेंगे। वक्त पड़ने पर फोटो-शोटो खिंचवाने और उसे 'देशवार्त्ता' में छापने के लिए हम भी चले जाया करेंगे।'

'वाह, यह योजना तो सचमुच बड़ी फायदेमंद है। इससे तो अपना राष्ट्रहित पक्का है।' केडी ने बत्तीसी दिखाते हुए कहा, 'गोलपुर के पास ही मेरी काफी जमीन है। बाप ने पचास साल पहले राष्ट्रहित में एक किसान की जमीन दबा ली थी। अब वह अपने नाम हो गई है। वहाँ काम शुरू कर सकते हैं। इस प्रोजेक्ट का पूरा काम तुमको देखना है जानेमन।'

इतना कहकर केडी उठा और लिली को प्यार करने लगा। लिली ने भी प्रत्युत्तर

दिया और बोली, 'पहले मैं जिस सेठ के यहाँ थी, उसे भी मैंने यह योजना बताई थी, पर ससुरा कंजूस-मक्खीचूस निकला। पूरा लाभ खुद हड़पना चाहता था, इसलिए मैंने उसे ठंडे बस्ते में डाल दिया। फिर तुम आए जिंदगी में बहार बनकर तो मुझे लगा कि तुम से निभ जाएगी। तुमने मुझे ही संचालक बना दिया। मतलब जो कुछ कमाई होगी, उसमें से थोड़ा-बहुत मुझे भी मिल जाएगा। आइ लव यू डार्लिंग, इसलिए अब देखना कि मैं क्या करती हूँ। ऐसा करते हैं, हम अपने साथ रग्घू को ही जोड़ लेते हैं। वह घर का आदमी है। अखबार का काम भी देखेगा और 'करुणा' के लिए भी भाग-दौड़ करेगा।'

केडी ने सहमति दे दी और बन गई 'करुणा', 'राष्ट्रीय करुणा'।

मुख्यमंत्री ने 'करुणा' का उद्‌घाटन किया। अपनी ओर से पाँच लाख भी दिए। बाद में केडी ने सांसद भोलाप्रसाद को पकड़ा और उनकी सांसद निधि से पच्चीस लाख रुपए लेकर आलीशान भवन भी बनवा लिया।

एक दिन लिली ने एक और आइडिया दिया—'डार्लिंग, अब तुम एक पाक्षिक पत्रिका भी शुरू करो। इस पत्रिका में वैचारिक सामग्री रहेगी। इसकी आड़ में हम लोग कुछ सरकारी विज्ञापन लेंगे। अखबार के लिए अलग और पत्रिका के लिए अलग। कमाई बढ़ जाएगी। देखो, अखबार हो गया, 'करुणा' हो गई और अब पत्रिका भी हो जाएगी। कमाई करने के यही सात्त्विक हथकंडे हैं। चोर कमाई के लिए चोरी करता है। हम लोग चोरी नहीं कर सकते, इसलिए अखबार निकालते हैं। सरकारी अफसर विकास काम के नाम पर कमीशनखोरी करते हैं, उसी तरह हम लोग भी कुछ काम दिखाकर दाम कमाने का जुगाड़ करें।'

'पत्रिका का नाम क्या रखेंगे राष्ट्रहित में?'

'नाम धाँसू होना चाहिए। आजकल सारा खेल नाम पर ही निर्भर रहता है। नाम ऐसा हो कि लोग सोचने लगें कि सारी दुनिया का दर्द या चिंतन हमारे जिगर में ही समा गया है।'

'तो, सोचो। नाम भी अभी फाइनल कर लेते हैं।'

लिली 'हिंदी शब्दकोश' पलटने लगी। अचानक एक जगह रुककर बोली, 'यूरेका-यूरेका'...मिल गया। अपनी पत्रिका का नाम रहेगा—'नूतन विमर्श'। इसमें समाज में जो कुछ चल रहा है, उस पर चर्चा रहेगी। कैसा रहेगा नाम?'

'अतिसुंदर। हिट।...नहीं-नहीं सुप्पर हिट।' केडी बोला, 'आजकल राष्ट्रहित में ऐसे ही नाम प्रचलन में हैं। साहित्य और पत्रकारिता में खा-पीकर डकार मारनेवालों का राज चल रहा है। गोरखधंधे हो रहे हैं। जो लोग कुछ नहीं करते, वे विमर्श करते हैं। काफी हाउस उनका परमानेंट अड्डा होता है। पुराना-विमर्श, नया-विमर्श। उत्तर-विमर्श। स्त्री-विमर्श, दलित-विमर्श। यह विमर्शों का दौर है। जीवन अय्याशियों से भरा है, 'कामपथ'

का राही है, मगर मालिक की पत्रिका का नाम है—'साधनापथ'। जिन लोगों का सोचने-विचारने से कोई खास नाता नहीं, वे भी चिंतन-चिंतन चिल्लाते रहते हैं, इसलिए डार्लिंग, 'नूतन विमर्श' फाइनल।''

'आज तो अपनी कई योजनाएँ तैयार हो गईं। यही रफ्तार रही तो दूसरे लोग विचलित हो जाएँगे। हम दूसरे लोगों को जीने-खाने देंगे कि नहीं?'

लिली की बात सुनकर केडी हँसा और बोला, 'अरे, जनता सीधी-सादी है। राष्ट्रहित में लूट सको तो लूट। अंतकाल पछताएगा, जब प्रान जाएँगे छूट। इसलिए अपने को तो मुन्नाभाई की तरह लगे ही रहना है। मुझे एक और बात सूझ रही है। बताओ, यह कैसी रहेगी? एक साहित्यिक संस्था भी शुरू कर देते हैं। इस दुकान से बहुत अधिक आर्थिक लाभ तो नहीं होगा, मगर अपना नाम काफी हो जाएगा। अपनी दुकानदारी जमी रहेगी। दिल्ली में अपनी तगड़ी सेटिंग है ही। वहाँ से अनुदान झटकते जाएँगे। एक तो अपनी पत्रिका और ऊपर से संस्था। छपास-पीड़ित लेखकों की रचनाएँ छापेंगे और जो पैसे देगा, उनका सम्मान भी करेंगे।''

'इतना कर लिया न, तो फिर क्या बात है।' लिली चहकी, 'हर वर्ग के लोगों को तो लपेट लिया हम लोगों ने, और क्या चाहिए। लेकिन इस संस्था में मुझे मत रखना। मैं तो कुछ लिखती-पढ़ती ही नहीं।'

'अरे, साहित्यिक संस्था चलाने के लिए कवि-लेखक होना बिलकुल भी जरूरी नहीं। इसके लिए संगठन क्षमता होनी चाहिए। मन में राष्ट्रहित की भावना होनी चाहिए।' केडी हाथ लहराते हुए बोला, 'और जब संस्था बन जाएगी, तो लिखना-विखना भी आ जाएगा। कौन सा कठिन काम है यह। अरे, हमें कोई तुलसीदास, कबीर, निराला या नागार्जुन तो बनना नहीं है। हमें तो अपनी दुकान चलानी है। वह चल जाएगी। पदाधिकारी साहित्यकार ही रहेंगे। अध्यक्ष मैं रहूँगा और कोषाध्यक्ष मेरा साला रग्घू रहेगा। तुम सचिव बन जाना। और…'

'नहीं, सचिव रहेगा राजकुँवर।' लिली ने फौरन टोका।

'क्या बात है, आजकल तुम हर जगह राजकुँवर को फिट करने की कोशिश करती हो?' केडी ने मुसकराते हुए पूछा, 'कहीं कोई चक्कर तो नहीं चला रही हो? कहा गया है, 'त्रिया चरित्रम् पुरुषस्य भाग्यम्…'

'अरे, चक्कर-वक्कर नहीं।' लिली हँसते हुए बोली, 'मुझे लगता है, वह भाग-दौड़ करेगा, तो अपना काम आसान हो जाएगा। मैं तो तुम्हारी सुविधा देख रही थी। चलो, रग्घू ही ठीक रहेगा।'

'हाँ, यह बात तो तुमने बिलकुल ठीक कही। राजकुँवर को भी जोड़ ही लेते हैं।'

'मैं हर बात ठीक कहती हूँ और करती भी हूँ। अब तुम ही मुझे गलत समझो तो मैं क्या कर सकती हूँ।' इतना बोलकर लिली मुसकराई। केडी भी परिहास के मूड में आ गया और बोला, 'वो तो है। चलो, अब चाय पी ली जाए।'

केडी ने घंटी बजाई और प्यारेलाल से कहा, 'जाओ, राष्ट्रहित में दो कप चाय लेकर आओ।'

इतना बोलना था कि लिली हँस पड़ी। केडी भी हँस पड़ा। प्यारेलाल से भी रहा न गया। वह भी मुसकराते हुए बोला, 'साहब, आप भी 'रासहित' में अच्छा जोक मारते रहते हो।'

संपत चाय लेने चला गया। केडी बोला, 'उफ, ये साला 'राष्ट्रहित' धीरे-धीरे मेरा तकियाकलाम हो गया है। छूटता ही नहीं।'

'लगता है, तुम सुबह-सुबह शौच भी राष्ट्रहित में जाते हो और पत्नी के साथ भी राष्ट्रहित में··· ?'

लिली ने वाक्य अधूरा ही छोड़ दिया और बेशरमी से हँस पड़ी। इस मजाक पर केडी ने भी ठहाका लगाया।

लिली बोली, 'अच्छी बात तो है। आजकल राष्ट्रहित सोचनेवाले कितने लोग बचे हैं। ले-देकर तुम-ही-तुम नजर आते हो या राजधानी में कुंडली मारकर बैठे कुछ नेता।'

केडी की 'करुणा' जोरदार काम करने लगी। गोलपुर के साथ ही उसकी और दो-तीन शाखाएँ खुल गईं। पत्रिका 'नूतन विमर्श' भी शुरू हो गई। साहित्यिक संस्था भी बन गई। संस्था का नाम भी 'फिशिंग' वाला था, मतलब लोगों को फँसानेवाला—'लोकमंगल साहित्य मंच'। ऐसा नाम रखने के पीछे दो कारण थे—एक तो लोक साहित्यकारों को जोड़ना, दूसरे लोकमंगल के लिए लिखनेवाले लेखकों का मंच बनाना। हालाँकि इस पत्रिका से जितने भी लोग जुड़े, उनमें से अधिकांश लेखकों का 'लोकमंगल' जैसे पवित्र शब्द से खास लेना-देना नहीं था। ये लोग केवल अपनी बदरंग 'दंत-छवि' को चमकाने के लिए साहित्य का मंजन चाहते थे। कुछ छवियाँ चमक भी रही थीं। लंपटों के जीवन में ख्याति का तड़का भी लग रहा था।

केडी ने करुणा को साले के हवाले कर दिया। बेरोजगार साला रग्घू अपने खाने-पीने का बंदोबस्त 'करुणा' के माध्यम से करने लगा। कभी-कभार केडी करुणा के विभिन्न केंद्रों में जाता, भाषण देता और वापस लौट आता। केडी को भाषण देने का तो शौक था ही। दिन में दो-चार बार जब तक मुँह से 'राष्ट्रप्रेम', 'राष्ट्रहित' या 'समाजवाद' और 'प्रगतिशीलता' वगैरह का उच्चारण न कर ले, उसकी आत्मा बड़ी बेचैन सी रहती। हालत यह हो गई थी कि जब तक इन शब्दों का उच्चारण न करे, उसे दस्त भी खुलकर

नहीं होती थी। वह भूखे-प्यासे आदमी की तरह कार्यक्रमों की तलाश में लगा रहता। कहीं कोई कार्यक्रम 'सेट' न हो पाता तो वह 'देशवार्त्ता' के स्टाफ को बुलाकर ही 'समाजवाद और गांधीवाद' कर लिया करता था। जिन लोगों का हाजमा खराब रहता था, वे लोग सीधे केडी के पास पहुँचते थे। केडी की बातें सुनकर उन्हें खुलकर दस्त होने लगती थी। लोग केडी की इस प्रतिभा के कायल थे। कोई व्यक्ति अपनी वक्तृत्व कला से लोगों के पाचन को भी ठीक कर सकता हो, तो निःसंदेह यह भी राष्ट्रहित के लिए किया गया बड़ा काम है।

'लोकमंगल साहित्य मंच' के माध्यम से केडी ने जो खेल किया, उसे केवल केडी ही जानता था या लिली। बाकी लोग तो उत्साह के साथ जुड़ रहे थे। किसी के मन में लोककला और साहित्य को आगे ले जाने की भावना थी, तो कोई साहित्य की दुनिया में छा जाना चाहता था। केडी ने संस्था के लिए सदस्यता अभियान छेड़ दिया था।

'देशवार्त्ता' के सहारे संस्था की सूचना दूर-दूर तक पहुँच रही थी। लोग सदस्य बनने लगे। देखते-ही-देखते पूरे प्रदेश में मंच के सदस्य बन गए। हर छोटे-बड़े शहर में मंच की शाखाएँ खुल गईं। मंच के सदस्यों के लिए 'देशवार्त्ता' का सदस्य बनना अनिवार्य था। 'केवल सदस्य-लेखक की रचनाएँ 'देशवार्त्ता' में छपेंगी', इस शर्त के कारण लेखकनुमा अ-लेखक लोग बड़े उत्साहित हुए। वे फौरन से पेश्तर 'देशवार्त्ता' के ग्राहक बन गए। इससे केडी के अखबार की प्रसार-संख्या में और इजाफा हुआ।

केडी यहीं नहीं रुका। उसने प्रकाशन योजना भी शुरू कर दी। यह सर्वाधिक हिट रही।

प्रकाशन संस्थान का नाम भी आकर्षक था—'लोकमंगल प्रकाशन'। इस प्रकाशन से पुस्तकें छपवाने के लिए लोग आगे आने लगे। गोलपुर और आसपास के बहुत से लेखक ऐसे भी थे, जो 'लिखना' कम और 'दिखना' अधिक चाहते थे। थोड़ी-बहुत कविताएँ लिखीं, लेख लिखे, या कहानियाँ लिखीं और फौरन पहुँच गए 'लोकमंगल प्रकाशन', यानी केडी के पास। किताब छपवाई और फिर किसी मंत्री के ठिकाने पहुँचकर उनके हाथों का स्पर्श करवाकर खुद के धन्य होने का भ्रम पालने लगे। ये वे लोग थे, जो अच्छा साहित्य लिखकर अमर होने के झंझट में नहीं पड़ते थे, वरन् तात्कालिकता पर यकीन करते थे। कल किसने देखा है, मगर आज तो सब देख रहे हैं। किताब को मंत्रीजी छूएँगे तो अखबारों में खबर छप ही जाएगी। पास-पड़ोस में, रिश्तेदारों में जलवा खिंचेगा कि देखो, मंत्री तक जानता है इनको। कितने महान् हैं ये। लोगों के बीच ऐसी छवि बन जाए तो समझो, हो गई साहित्य-सेवा।

इसी गोत्र का एक लेखक भोजराज केडी का मुँह लगा था। भोजराज पुलिस में था।

अखबारों के रिपोर्टरों से अच्छी सेटिंग जमा ली थी उसने। कभी-कभार कुछ खबरें देता था और समय-समय पर नकद सहयोग भी करता रहता था। उसके पास इतने पैसे कहाँ से आते थे, यह लोग समझते थे, मगर आती हुई लक्ष्मी किसे काटती है, इसलिए हर पत्रकार उसका इंतजार करता रहता था। भोजराज को साहित्य-साहित्य खेलने में बड़ा मजा आता था। वह अपने घर पर ही कवि-गोष्ठियाँ करवाता और खुद ही मुख्य अतिथि बन जाया करता था। वह शहर भर को निमंत्रण बाँटता। सौ लोगों को बुलाता, तो दस-पंद्रह जन जुट ही जाते थे। किसी को चाय-नाश्ते की तलब, तो किसी को कविता सुनाने की बीमारी। गोष्ठी सफल रहती, मगर उसके बारे में समाचार उससे भी अधिक सफल रहता। भोजराज हर प्रेस में जाता और दूसरे दिन उसके छायाचित्र के साथ समाचार छपे नजर आते।

भोजराज अकसर इसी तरह की गोष्ठियाँ करता था। कभी अपने घर पर, कभी किसी होटल में, कभी किसी स्कूल में। हर जगह वही मुख्य अतिथि होता। पुलिसवाला था, इसलिए लोग उससे चमकते थे। उसको प्रसन्न करने के लिए कुछ-न-कुछ जतन करते रहते थे। पत्रकार उसकी खबरें जरूर छापते, क्योंकि वह उनका एक 'सूत्र' भी था। एक-से-एक खबरें लाकर दिया करता था। प्रेसवाले इस सत्य से वाकिफ थे कि भोजराज दोयम दर्जे का कवि है, लेकिन उसको जगह इसलिए देते थे कि वह पत्रकारों की सौ ठो बेगारी भी करता रहता था। कभी गैस सिलेंडर दिला देना, कभी रिजर्वेशन करवा देना, कभी यातायात विभाग द्वारा जब्त गाड़ी को छुड़वा देना। कभी कोई आयोजन हो तो दो-चार 'धनपशुओं' से चंदे भी दिलवा दिया करता था। इस एवज में अगर कभी-कभार उसकी तसवीर छप जाए तो यह घाटे का सौदा नहीं कहा जा सकता।

केडी ऐसे लोगों को 'मूड़ने' की कला में पारंगत था ही।

एक दिन नवोदित लेखक अलबेलाराम 'उतावला' केडी के पास अपनी कविताओं के साथ पहुँचा, तो केडी ने उसको कुछ इस तरह से फाँसा कि बेचारा 'उतावला' भविष्य का महान् लेखक होने की प्रबल संभावनाओं के चक्कर में बीस हजार रुपयों का चूना लगवाकर ही वापस लौटा।

केडी को जैसे ही पता चला कि कोई लेखक अपनी किताब छपवाने आया है, तो उसे बुलवाने में कोई उतावली नहीं दिखाई। लेखक को बाहर बैठाकर बहुत देर तक इंतजार करवाया। अपने चैंबर में वह लिली के साथ गप्पें हाँकता रहा। बाहर बेचारा लेखक समझ रहा था कि देखो, कितना बड़ा आदमी है। बहुत व्यस्त है। लोगों से मिलने का समय ही नहीं है बेचारे के पास। उस भले लेखक को बाजार का निर्मम सच पता नहीं था कि कुछ चालाक या घटिया लोग अपनी छवि बनाने के लिए किसी भी शरीफ आदमी

को जान-बूझकर बाहर बिठाए रखते हैं। यह भ्रम फैलाने के लिए कि सामने वाला बड़ा व्यस्त है। किसी के पास जाओ और वह फौरन मिलने चला जाए, तो क्या संदेश जाएगा? यही न कि सामनेवाला खाली बैठा है, ससुरे के पास कोई काम ही नहीं है। मंत्री-अफसर ऐसे खेल बहुत खेलते हैं और उसी में मगन भी रहते हैं। भूतपूर्व या रिटायर होने तक तो मगन ही रहते हैं। अपने चैंबर में खाली बैठे रहेंगे। इंटरनेट पर बैठे-बैठे टाइम पास करते रहेंगे, मगर मिलनेवाले को बाहर बिठाए रखेंगे। बहुत देर तक इंतजार कराने के बाद बुलवाएँगे और कुछ ऐसी मुख-मुद्रा बनाएँगे कि सामनेवाला चूतिया है, दो कौड़ी का है, पता नहीं कहाँ से आ गया है समय बरबाद करने। खुद को देवता समझनेवाले भ्रमजीवी वी.वी.आई.पी. अकसर उस शख्स की ओर तो निहारते भी नहीं, जो उनसे मिलने आता है। दूसरी तरफ देखते हुए बात करेंगे, गोया सामनेवाले को देख लेंगे, तो किसी गुप्त रोग के शिकार हो जाएँगे या सामनेवाले की आँखों में कोई खराबी हो, जिसका इन्फेक्शन इन्हें हो जाएगा।

केडी ने इन हथकंडों के बारे में सुन रखा था। कई बार इन हथकंडों से दो-चार भी हुआ, इसलिए अब जब उसकी पारी आती थी, तो वह भी वही खेल शुरू कर देता था। आधे घंटे तक 'उतावला' को बिठाकर रखने के बाद भीतर बुलवाया।

'हूँ, कहिए। क्या सेवा कर सकता हूँ?' केडी ने एक अँगरेजी पुस्तक को पलटते हुए बड़ी गंभीर आवाज के साथ पूछा।

'अपनी किताब छपवाने आया था सर, 'लोकमंगल प्रकाशन' से।'

'गुड, वैरी गुड''मतलब आप लेखक हैं?'

'उतावला' को इस सवाल पर बड़ा गुस्सा आया। वह भीतर-ही-भीतर बुदबुदाया, 'नहीं, घसियारा हूँ। घास काटने आया हूँ', मगर उतावला ने संयम बरतते हुए कहा; 'जी हाँ, लेखक हूँ। ग्राम पटेवा में रहता हूँ। छत्तीसगढ़ी कविताएँ लिखता हूँ।'

'ठीक है, अपनी पांडुलिपि छोड़ जाओ। इस पर विचार करेंगे। हमारा संपादक मंडल है। उसके पास पांडुलिपि भेजी जाएगी। उसे पसंद आने पर किताब छप जाएगी। मगर भइया, हम लोग नए लेखक के मामले में रिस्क नहीं ले सकते। तुम्हें शुरू में अपने पास से कुछ खर्च करना होगा, लेकिन जैसे ही तुम महान् लेखक बन जाओगे, हम तुम्हारी हर पुस्तक फोकट में छाप देंगे।'

'अच्छा? तो मैं महान् लेखक बन सकता हूँ?'

'बस, किताब निकलते ही तुम महान् बनने की प्रक्रिया से गुजरने लगोगे। हम महान् बनाने का पूरा बंदोबस्त करते हैं। समझ जाओ महानता का पूरा पैकेज डील करते हैं।'

'अच्छा, आजकल महानता भी पैकेज के आधार पर मिलने लगी है?' उतावला चौंकते हुए बोला, 'तब तो मैं महान् बनकर ही रहूँगा और पूरे परिवार को महान् बना दूँगा। वैसे पैकेज क्या है?'

'ज्यादा नहीं, 'पर हेड' केवल पच्चीस हजार का खर्च है।' केडी ने कहा, 'किताब छापने का खर्च बीस हजार रुपए और पाँच हजार रुपए किताब के विमोचन में लगेंगे।'

'मतलब यह कि पच्चीस हजार में महानता को प्राप्त हो जाऊँगा न?' उतावले ने उतावला होते हुए पूछा।

'हाँ-हाँ भाई, फुल गारंटी है। कितने लोग तो बन चुके हैं, और न जाने कितने लोग अभी कतार में लगे हुए हैं। तुम्हारी किताब छपेगी। उसका विमोचन होगा। तुम्हारा सम्मान किया जाएगा। इतना होते-होते कोई भी लेखक वैसे भी महानता को प्राप्त होने लगता है। विमोचन के दौरान लेखक के मन में महानता के खयाल आने लगते हैं। आसपास के लोग उसे छूकर देखते हैं कि साला, ये भी महान् बन गया। एक किताब छपते ही कोई भी साधारण आदमी असाधारण हो जाता है। तुम भी ग्राम पटेवा से सरायपुर और दिल्ली तक हिट हो जाओगे। कोई बड़ी बात नहीं कि एक दिन 'प्रज्ञानपीठ पुरस्कार' भी प्राप्त करोगे। देख लेना। हमारे पास एक से एक कुख्यात-प्रख्यात नामवाले और माफिया किस्म के समीक्षक हैं। तुम तो जानते ही हो कि 'जो है नामवाला वही तो बदनाम है'। ये लोग बड़े बदनाम हो चुके हैं, मगर इन्हीं के पास जाना पड़ता है, क्योंकि बरसों से यही खेल कर रहे हैं। जिसे चाहें कचरे में डाल दें, जिसे चाहें, ताज पहना दें। इन सबसे अपनी गहरी छनती है। मतलब 'सेटिंग' है। तुम देखते तो जाओ। मेरा नाम केडी है...केडी। हर जरूरतमंद का डैडी। तुम एक महान् लेखक बन सकते हो।'

'अच्छा? बड़ी कृपा होगी आपकी।' उतावला के चेहरे पर मुसकान उभर गई। वह बोला, 'मैं बहुत दिन से सोच रहा था कि महान् कैसे बनूँ। कुछ किताबें भी पढ़ीं, लेकिन बात जम नहीं रही थी। देखिए, आपके पास आया और महान् बनने का 'सॉलिड फॉर्मूला' मिल गया।'

'अरे, हम लोग इसीलिए तो बैठे हैं।" केडी बोला, "तुमको शेक्सपीयर के नाटक 'ट्वेल्फ्थ नाइट' का वो कथन शायद पता नहीं है, जिसमें एक पात्र कहता है कि 'कुछ लोग पैदाइशी महान् होते हैं। कुछ धीरे-धीरे महानता तक पहुँच जाते हैं और कुछ लोग ऐसे भी होते हैं, जिनको जबरन महान् बना दिया जाता है।' तो हम तुम्हें जबरन महान् बना देंगे और तुमको पता ही नहीं चलेगा। एक दिन जब तुम सुबह उठोगे, तो पता चलेगा कि तुम महान् बन चुके हो।'

'अब मुझे भी यकीन हो रहा है कि महानता के दरवज्जे तक पहुँच ही गया हूँ।'

उतावला बोला, 'अब आपके हाथों में ही है मेरा भविष्य।'

'तो फिर'' ठीक है, पांडुलिपि छोड़ जाओ और दस हजार रुपए रख दो। बाकी पैसे कुछ दिन बाद दे देना।'

'बाकी पैसे महान् होने के बाद दूँ, तो नहीं चलेगा?'

'नहीं भाई, बिलकुल नहीं चलेगा, क्योंकि हमारा यही अनुभव रहा है कि एक बार अगर कोई महान् हो गया, तो वह फौरन शैतान बन जाता है, और पैसे देना ही भूल जाता है। बहुत से सेठ या पैसेवाले इसीलिए तो महान् हैं कि वे पैसे डकारने की कला में पारंगत होते हैं। हम कोई खतरा नहीं उठाना चाहते, इसलिए हम पूरे पैसे पहले ही वसूल कर लेते हैं।'

'ठीक है साहब, बाकी पैसे जल्द ही दे दूँगा।'

'दे ही देना, वरना काम आगे नहीं बढ़ पाएगा।' केडी ने कड़क स्वर में कहा, 'अपने देश का यही तो दुर्भाग्य है कि लोग महान् बनना चाहते हैं, मगर महानता क्या होती है, इसे ही समझ नहीं पाते। अरे भाई, किसी को 'कमिट' कर दिया है तो फौरन पैसे दे दो। लेकिन नहीं, किताब छपवाकर चल देते हैं। मतलबी यार किसके, काम निकाला खिसके। इसलिए अब हम महान् बनाने के मामले में कुछ-कुछ शैतान हो गए हैं। जो पहले पैसे रख देता है, उसी की किताब छापते हैं।'

'नहीं-नहीं, काम तो आगे बढ़ाइए। मैं पैसे लेकर आ रहा हूँ। यूँ गया और यूँ आया। लेकिन कार्यक्रम जोरदार करवा दीजिएगा, अपना जलवा जम जाए। 'सीएम' के हाथों विमोचन हो जाए तो मजा आ आए, सर।'

'देखो, इसके लिए पचास हजार का खर्चा लगेगा।'

'बाप रे। इत्ता खर्चा? तो फिर रहने दीजिए। इतना महान् भी नहीं बनना। छोटा-मोटा महान् बनकर ही खुश हो लूँगा साहब।'

'ठीक है। जैसी तुम्हारी मरजी। मैं तो सबसे यही कहता हूँ, 'परता पड़े' तो ठीक, वरना कोई बात नहीं। अगला घर देख लो। बरखुरदार, हर किसी की किस्मत में बहुत बड़ा महान् बनना लिखा भी नहीं रहता। अच्छा, नमस्ते! जितनी जल्दी हो सके, किताब छापने की कोशिश करेंगे।'

'अच्छा, फिर मिलूँगा। नमस्ते।'

'नमस्ते।' कड़क आवाज में बोलने से पहले ही केडी टेबल पर रखे कंप्यूटर को देखने लगा। माउस घुमाकर कुछ ऐसा प्रदर्शित करने लगा कि अब फौरन किसी बहुत बड़े काम पर भिड़ना है। अपने को बड़ा और व्यस्त शो करनेवाला हर तथाकथित बड़ा आदमी इसी तरह की नौटंकियाँ करता है। केडी को बिजी देखकर 'उतावला' उठा और नमस्ते

कहते हुए बाहर निकल गया।

'उतावला' के बाहर निकलने के बाद केडी ने जोर का ठहाका लगाया, लिली भी हँस पड़ी और बोली, 'बाप रे, कैसे-कैसे टुच्चे लेखक होते हैं।'

'अरे, ऐसे एक नहीं, अनेक नमूने हैं। गोलपुर और आसपास केवल छुटभैए नेता ही नहीं, छुटभैए पत्रकार और लेखक भी थोक में पाए जाते हैं। बड़ी 'फर्टाइल' और 'वर्स्टाइल' भूमि है यह। यहाँ के लोगों को बढ़िया-बढ़िया बोलते रहो, और निश्चिंत होकर ठगते रहो। देखना तो, अभी अनेक लेखक आएँगे महान् बनने के लिए। ऐसे अकल के अंधे और गाँठ के पूरे लोगों को ही तो दुहने के लिए हमने 'लोकमंगल प्रकाशन' की दुकान खोली है। कितना प्यारा नाम है लोक...मंगल...प्रकाशन। डार्लिंग, सचमुच केवल अखबार चलाने से कोई फायदा नहीं। साइड में ये सारे हथकंडे भी चलते रहने चाहिए, ताकि हर तरफ लोग अपने लिए राग जैजैवंती गाते रहें। चलो, अब थोड़ा सा मनोरंजन हो जाए। देखो, तुम्हारे लिए इंटरनेट पर एक नीली साइट खोजी है। लो, तनिक तनरंजन कर लो।'

लिली ने मॉनिटर की ओर देखा तो वहाँ नीली फिल्म चल रही थी। इन दृश्यों को देखकर बेशर्म किस्म की लिली भी शरमा गई—'उइ माँ, इट इज मच स्लटी (फूहड़)। ये...ये सब क्या है?'

'यह जीवन का अंतिम सत्य है, भद्रे। इसे अभद्रता तनिक न समझो। इन सबके बारे में हमारे कुछ धर्मग्रंथों में भी वर्णन मिलता है। इन्हें देखो, सीखो और समय निकालकर अभ्यास भी करो। यह भी एक योग है। भोगा-योग। इसी आसक्ति में मुक्ति है।' इतना बोलकर केडी हँसा और लिली को पकड़कर अपनी ओर खींचने लगा।

केडी की कामावस्था देखकर लिली को ऊँची आवाज में कहना पड़ा—'होश में आओ, केडी। यह ऑफिस है, चकलाघर नहीं।'

लिली की झिड़की सुनकर केडी जैसे होश में आया और मुसकराते हुए बोला, 'ओक्के ... आक्के, लिली डार्लिंग। सॉरी। नेट की ये रंगीन साइटें दिमाग खराब कर देती हैं।'

'तो इन्हें देखना ही क्यों?' लिली ने मुसकराते हुए कहा, 'मैं हूँ न। और घर में तुम्हारी बीवी है, लेकिन तुम मरदों की बुद्धि भी घास चरने चली जाती है। तुम लोगों को तो घर का खाना छोड़कर होटलिंग करने में ही मजा आता है। खैर, चलो, काम करो। संडे को महफिल जमाएँगे। आ जाना सुबह मेरे घर।'

केडी हँसते हुए बोला, 'लेकिन एक नजर तो देख लो कि दुनिया में क्या-क्या घटित हो रहा है, और हम लोग हैं कि प्यार की अभिव्यक्ति की वही पारंपरिक तकनीकों में उलझे हुए हैं। उससे आगे बढ़ ही नहीं पा रहे हैं। छिः, सचमुच हम लोग अभी भी कितने पिछड़े हुए हैं।'

'मैं कुछ नहीं देखूँगी। अभी मुझे कुछ और पेज सेट करवाने हैं।' इतना बोलकर लिली दूसरे कंप्यूटर पर काम करने लगी। केडी खीझ भरी हँसी हँसते हुए बोला, 'जैसी तुम्हारी मरजी। हम तो तुम्हारे गुलाम हैं। अरे हाँ, मुझे तो मुख्यमंत्री से मिलने जाना था। लो, इस चक्कर में भूल ही गया था। जल्दी से फाइल तैयार कर लेता हूँ।'

इतना बोलकर केडी बाथरूम में जा घुसा। लिली एडिट पेज के लिए 'नेट' में लेख खोजने लगी। आज का अग्रलेख कहाँ से उड़ाया जाए, यही 'सर्च' करती रही। आखिर एक जगह वह रुकी। लेख पसंद आया तो उसकी कॉपी कर ली। उसका फॉण्ट बदला और एडिट पेज में डाल दिया।

□

: दस :

केडी का 'देशप्रेम' तेजी के साथ असर दिखाने लगा था।

सरकार के साथ तगड़े तालमेल के कारण केडी के अखबारी-आँगन में सरकारी विज्ञापन बरसने लगे। मगर अखबार की साख और प्रसार-संख्या घट रही थी। सरकारी भोंपू बन जाने के बाद सरकारें जिन अखबारों को दूध पिलाने लगती हैं, उन्हें जनता दुलत्ती मारने लगती है। 'देशवार्त्ता' के साथ भी यही हो रहा था। 'देशवार्त्ता' सरकार की गोदी में बैठने के बाद जनता से दूर हो चुका था। मगर केडी चाहता था कि अखबार को और अधिक लोकप्रिय बनाने के लिए हथकंडों का इस्तेमाल किया जाए। सरकारप्रिय अखबार को लोकप्रिय बनाना कठिन चुनौती थी। मगर केडी भी जुनूनी था। 'राष्ट्रवादी सोचवाला' व्यक्ति पीछे नहीं हटता।

एक दिन लिली के साथ प्यार-व्यार करने के बाद केडी ने कहा, 'डार्लिंग, 'देशवार्त्ता' को सरकार-वार्त्ता के साथ-साथ अब जन-वार्त्ता भी बनाना है, इसके लिए क्या किया जाए? कुछ तो सोचो।'

'तुम्हारे लिए सोचना ही तो मेरा काम है।' लिली कुछ देर तक केडी को देखकर मुसकराती रही, फिर बोली, 'ऐसा करते हैं, अब हम अपने अखबार के 'पेज-थ्री' को मनोरंजक पेज-थ्री में तब्दील कर देते हैं। अभी इस पेज में हम लोग देश-विदेश की खबरें देते हैं, उसे अब पेज नंबर सात में शिफ्ट कर देंगे और पेज थ्री को टोटली गॉसिपवाला पेज बना देंगे। जैसे दिल्ली-मुंबई के अखबार कर रहे हैं।'

'पेज थ्री··· ? यह नाम तो बढ़िया नाम लग रहा है। इसके बारे में मैंने कहीं कुछ पढ़ा भी था।' केडी कुछ याद करने लगा, 'तुम ही कुछ बता सकती हो इसके बारे में।'

'हाँ, एक जगह मैंने भी पढ़ा था 'पेज थ्री जर्नलिज्म' के बारे में, इसीलिए दिमाग में यह आइडिया जम गया है।' लिली बोली, 'सातवें दशक की बात है। ब्रिटेन की पत्रिका 'सन' ने अपने पेज नंबर तीन पर नग्न तसवीरों का प्रकाशन शुरू किया। अर्धनग्न तसवीरों को छापने का सिलसिला शुरू कर दिया। उसकी देखा-देखी दूसरे अखबारों ने भी पेज-

थ्री में नंगे-नंगे चित्र छापने शुरू कर दिए। धीरे-धीरे ये खतरनाक वायरस ब्रिटेन से बाहर निकला और दुनिया भर में फैल गया। भारत में भी एक अँगरेजी अखबार ने पेज-थ्री में अर्धनग्न तसवीरें देने का सिलसिला शुरू कर दिया। उसे देखकर हिंदी अखबार भी नकलची बंदर की तरह शुरू हो गए कि सब यही कर रहे हैं तो हम काहे पीछे रहें?'

'वो तो ठीक है जानेमान, लेकिन हम ब्रिटेनवासी नहीं हैं और न दिल्लीवासी।' केडी ने कहा, 'आपन गोलपुर से अखबार निकाल रहे हैं, इस बात का ध्यान रखना होगा। तुम तो जानती ही हो कि मैं राष्ट्रवादी हूँ, मगर नंगापन भी मुझे पसंद है, लेकिन यह भी तो ध्यान रखना होगा कि अखबार में खुलकर नंगई न हो। कुछ दिखे, कुछ छिपा रहे। इसमें ज्यादा मजा आता है लोगों को। वैसे पेज-थ्री में नग्न चित्रों के अलावा और क्या-क्या रहेगा? क्या पॉलिटिकल गॉसिप देंगे?'

केडी ने गंभीर होकर बात शुरू की। लिली सामने रहे तो केडी गंभीर नहीं हो पाता था, मगर अब जीने-मरने का सवाल था, सो वह लिली की ओर गंभीरता के साथ देखने लगा कि वह क्या बोलती है।

'देखो डार्लिंग, बॉलीवुड और हॉलीवुड की हीरो-हीरोइनों के बारे में समाज का एक नया पाठक वर्ग कुछ न कुछ पढ़ना ही चाहता है। उसे मजा आता है।' लिली भी गंभीर होकर बोलने लगी, 'समाज में खा-पीकर अघाए धनपशुओं का ऐसा वर्ग भी है, जिसे इस सूचना से कोई लेना-देना नहीं कि राष्ट्रपिता महात्मा गांधी ने देश की आजादी के लिए क्या किया अथवा भगत सिंह, सुखदेव और राजगुरु फाँसी पर झूल गए, तो क्यों झूल गए? कि कोई भूख से मर गया, या कहीं गोली चल गई। महँगाई बढ़ गई, भ्रष्टाचार बढ़ रहा है, इत्यादि-इत्यादि। अनेक ऐसे लोग हैं, जिनका देश के हालात से कोई मतलब नहीं। इन्हें तो केवल यही पढ़ना है कि किस फिल्मी हीरोइन का किस हीरो के साथ क्या चक्कर चल रहा है, किससे किसका लफड़ा है, किसकी फिल्म फ्लॉप हुई और कौन हिट है। इस पेज पर हम हीरोइनों के देह-प्रदर्शनवाले बड़े-बड़े छायाचित्र भी छापेंगे। सेक्स संबंधी कोई खबर मिलेगी तो उसे भी चिपका देंगे। कुल मिलाकर हमें इस पेज-थ्री को रंगीन बनाना है। भले ही पृष्ठ 'श्वेत-श्याम' (ब्लैक ऐंड व्हाइट) रहे, लेकिन चित्र, खबरें और सूचनाएँ 'रंगीन-मिजाज' रहेंगी। मेरा दावा है कि अपने इस हथकंडे के कारण पाठक तेजी से बढ़ेंगे।'

'ठीक है, तो इस काम के लिए मैं भस्मांकुर को लगाता हूँ।'

'बिलकुल, संपादक को जितना व्यस्त रखोगे, उतना लाभ मिलेगा। वरना खाली घर शैतान का डेरा।' लिली मुसकराते हुए बोली, 'संपादक के साथ और दो सहायक काम कर रहे हैं। मैं तो कहती हूँ, उनकी छुट्टी करो और संपादक को ही सारा काम करने दो। दो लोगों की सैलरी तो बचेगी।'

'वॉव, क्या आइडिया सोचती हो, छम्मकछल्लो।' केडी चहकते हुए बोला, इसीलिए तो'''आइ लव यू डार्लिंग। तुम कितना ध्यान रखती हो मेरा।'

'तुम भी मेरा ध्यान रखते हो, इसलिए मैं भी तुम्हें अपना समझती हूँ।' लिली ने केडी का हाथ पकड़ते हुए कहा, 'हम एक और पृष्ठ शुरू करते हैं। इसका नाम रखेंगे—'हैलो गोलपुर'। इस पृष्ठ पर खा-पीकर अघाई हुई सो काल्ड उच्चवर्गीय महिलाओं को बिजी रखनेवाले 'आइटम' रहेंगे। जैसे कोई 'किटी पार्टी' कर रही है, तो कोई महिला संगठन पेड़ लगाने का या मरीजों को केले-संतरे बाँटने का नाटक कर रही है। हमें इन सबकी खबरें छापनी हैं। कुछ औरतें बेचारी दिन भर घर में पड़े-पड़े बोर भी तो हो जाती हैं। उनको भी बिजी रखना है। पति कारखाना चला रहा है या कोई और बिजनेस कर रहा है, और उधर उनकी घरवालियाँ खाली बैठी रहती हैं। नौकर-चाकर भी कम नहीं। खाना कोई बना रहा है, कपड़ा कोई धो रहा है, बच्चों को कोई और खिला रहा है। इन बेचारियों को काम करने का मौका ही नहीं मिलता। पानी भी पीना है तो नौकर लाकर दे देता है। ये औरतें अपने 'पामेरियन' को जरूर सहला लेती हैं। बेचारियाँ मजबूरी में मुटाने लगती हैं। खुद को बिजी रखना जरूरी है, वरना शरीर मांस का जखीरा बनकर रह जाता है। जिनको 'फिगर' की फिक्र होने लगती है, वे सक्रिय रहने की कोशिश में भिड़ जाती हैं। ज्यादा सोने से या टी.वी. देखने से शरीर खराब होने लगता है। मोटे शरीर की 'मार्केट वैल्यू' कम होने लगती है। मोटी महिलाओं को लोग व्यंग्य के साथ निहारते हैं और मजे लेकर कहते हैं कि 'देखो, मुटल्ली जा रही है' या 'बाप रे, आ गई 'टुनटुन' (गुजरे जमाने की मशहूर फिल्मी हीरोइन) की बेटी, धरती काँप रही है' आदि-आदि।'

'ठीक बोल रही हो!' केडी ने लिली की बातों में रस लेते हुए कहा, 'कुछ चुलबुले लोग मोटी औरतों को देखकर यह फिल्मी गीत भी गुनगुनाने लगते हैं कि 'जिसकी बीवी मोटी उसका भी बड़ा नाम है। बिस्तर पे लिटा दो गद्दे का क्या काम है।'

'इसलिए समझदार किस्म की संपन्न घरेलू महिलाएँ अपनी छरहरी काया के प्रति बड़ी सावधान रहती हैं।' लिली ने मुसकान बिखेरते हुए कहना शुरू किया, 'निरोगी काया ही तो असली माया है। इसी में सारा सुख समाया है। इसने पूरी दुनिया को भरमाया है। कामुक आँखें और प्यासी जीभें गठीला स्त्री-बदन देखकर लपलपाने लगती हैं। कुछ औरतें हेल्थ मेंटेन करने के लिए अपने पति महोदय के वेल्थ को खर्च करने में लगी रहती हैं। समाजसेवा भी अब फैशन है। कुछ महिलाएँ अपनी छवि चमकाने के लिए 'समाजसेवा-समाजसेवा' नामक खेल में रुचि लेती हैं। अखबारों में अपनी तसवीर छपवाने के लिए सेठाइनें, 'अफसराइनें' (अफसरों की पत्नियाँ) कुछ-न-कुछ आयोजन करती रहती हैं। प्रेस फोटाग्राफरों को बुलवाकर तरह-तरह के प्रोग्राम करवाती रहती हैं। हमें ऐसी

महत्त्वाकांक्षी औरतों का भरपूर दोहन करना है।'

'तुम्हें तो बड़ा आइडिया है। मातादीन के अखबार में यही सब करती थी क्या?' केडी ने मुसकराते हुए पूछा।

'नहीं-नहीं, करनेवाली थी, लेकिन मगर फिर तुमसे मुलाकात हो गई तो सोचा, अब जो भी करूँगी, तुम्हारे साथ ही करूँगी।' लिली की बात सुनकर केडी हँस पड़ा। लिली भी मुसकराई। उसे लगा कि मराठी-हिंदी फिल्मों के पुराने कलाकार दादा कोंडके की तरह द्विअर्थी संवाद बोल गई है। इससे केडी को खास फर्क नहीं पड़ा। उसने अपनी बात जारी रखी, 'अपने अखबार को जितना फायदा पहुँच सके, इस दिशा में काम करना है। यह सब जल्द-से-जल्द शुरू करना होगा, वरना शार्क बड़ा घाघ है। उसे पता चल गया तो साला पहले ही शुरू कर देगा। वैसे अभी तो उसका पूरा ध्यान स्कूल खोलकर कमाई करने में लगा है। इस बीच हम अपने अखबार को नाबालिग से बालिग बना दें। ऐसा करेंगे तो अखबार का सर्क्युलेशन बढ़ेगा और विज्ञापन भी मिलेंगे। खासकर महिलाओं से संबंधित 'प्रोडक्टों' के विज्ञापन शुरू हो जाएँगे।'

'ठीक है, अब ये सारी बातें हम भस्मांकुर को समझा देते हैं।' इतना बोलकर केडी ने भस्मांकुर को बुलवाया और 'पेज थ्री' एवं 'हैलो गोलपुर' के बारे में विस्तार से समझा दिया। भस्मांकुर भी कलाकार निकला। सारी बातें सुनकर वह फौरन शुरू हो गया—

'अरे सर, ये तो कमाल हो गया। देखिए, मेरे पास भी यही योजना थी। आज ही आपको बतानेवाला था। खैर, चलिए कोई बात नहीं। एक ही बात है। अब मैं काम शुरू कर देता हूँ। अपने दोनों असिस्टेंटों को समझा देता हूँ कि क्या-क्या करना है।'

'नहीं-नहीं, यह काम तो केवल आपको ही करना होगा, क्योंकि अब हम आपके दोनों सहायकों की छुट्टी कर रहे हैं।' केडी ने सख्ती के साथ कहा, 'हमें खर्चे कम करने हैं। अखबार घाटे में जा रहा है। अब आप हमारे दूसरे रिपोर्टरों के सहारे कुछ कर सकें तो करें। 'हैलो गोलपुर' के लिए अपने सिटी रिपोर्टरों को लगाएँ। ये लोग शहर भर में घूमते रहते हैं। महिला संगठनों से भी मिलें। खबरें लाएँ। और 'पेज थ्री' के लिए आप ही काफी हैं। हमें आपकी प्रतिभा पर पूरा भरोसा है। करना क्या है, इंटरनेट पर बैठकर फिल्मी खबरें ही तो तलाश करनी हैं। कुछ खबरें अपने मन से भी बना लीजिए। बॉलीवुड से कौन देखने आ रहा है कि आप क्या छाप रहे हैं? 'गूगल' में सर्च करो तो दुनिया भर की तसवीरें मिल जाती हैं। जिस हीरोइन का नाम टाइप करो, वह सामने आ जाती है। कितनी ही फिल्मी पत्रिकाएँ हैं। सबका माल उड़ाओ और ऐश करो।'

केडी की बात सुनकर भस्मांकुर को थोड़ा सा झटका लगा था कि उसके दो सहायक छीने जा रहे हैं। मगर वह चालाक था। वक्त की नजाकत को समझनेवाला जीव। समझ गया था कि केडी लिली के इशारे पर नाच रहा है। फिर मालिक भी है।

घाघ भी है। इतना तो उसका अधिकार भी बनता है। भस्मांकुर सारी बातें सुनता रहा। फिर मुसकराते हुए बोला, 'बस, मुझे एक-दो अच्छे ऑपरेटर दे दें, जो इंटरनेट के जानकार हों, फिर देखिए, क्या चमत्कार करता हूँ। अपना अखबार और अधिक पॉपुलर हो जाएगा। इसी तरह लिली मैडम का सहयोग मिलता रहे, बस।'

भस्मांकुर की बात सुनकर लिली मुसकराते हुए बोली, 'हम तो आपके साथ ही हैं। मैं आपके साथ बैठूँगी और सबकुछ समझा दूँगी।'

दूसरे दिन से ही 'देशवार्त्ता' में 'पेज-थ्री' पर फिल्मी-गपशप छपने लगी। देसी-विदेशी हीरोइनों के अर्धनग्न चित्रों को भी जगह मिलने लगी। पत्रकारिता के इस नए 'पतनावतार' के कारण एक नया पाठक वर्ग विकसित होने लगा था। नवधनाढ्य पाठक वर्ग।

इंटरनेट जिंदाबाद। 'गूगल' बाबा से जो माँगो, वही मिल जाता है। कपड़ों में हीरोइनें, बिना कपड़ों में हीरोइनें। जैसा चाहो, वैसा जिस्म मौजूद। बाकी कलाकारी कंप्यूटर ऑपरेटर कर लेते हैं। 'फोटो शॉप' के सहारे काले चेहरे भी गोरे बन जाते हैं। किसी का चेहरा चमकाना है या किसी की तसवीर से कपड़े हटाने हैं, सबकुछ कर लो। 'अंतरजाल' (इंटरनेट) तो वह जिन्न है, जिससे जो माँगोगे, वह मिल जाएगा। किसी भी नए-पुराने हीरो-हीरोइन का चित्र हो, या किसी भी लेखक-कलाकार, वैज्ञानिक के बारे में कोई जानकारी चाहिए, सबकुछ 'माउस' की एक-एक 'क्लिक' पर उपलब्ध है।

लघु समाचार-पत्र क्या और बड़े समाचार-पत्र क्या, सभी के लिए इंटरनेट में खजाना भरा पड़ा था, इसलिए 'देशवार्त्ता' में पेज थ्री को शुरू करने में कोई दिक्कत ही नहीं हुई। हीरोइनों के उत्तेजक छायाचित्र दिए जाने लगे। उस वक्त गोलपुर में फिल्म उद्योग भी गति पकड़ रहा था, इसलिए लोग गोलपुर को 'गॉलीवुड' (बतर्ज बॉलीवुड, हॉलीवुड, लालीवुड, छॉलीवुड, टॉलीवुड आदि) कहने लगे थे। 'देशवार्त्ता' में 'गॉलीवुड' से जुड़ी खबरें भी छपने लगीं। लोकल फिल्मी कलाकार अपनी-अपनी सूचनाएँ लेकर दफ्तर में आते और दूसरे दिन उनकी तसवीरें 'देशवार्त्ता' में छप जातीं। फिर वे अखबार की दस-बीस कॉपियाँ खरीदकर मित्रों के बीच बाँट देते थे। ऐसा करने से उनके मन को बड़ी शांति मिलती और वे खुद को भविष्य के बॉलीवुडीय हीरो के रूप में स्थापित होने की कल्पना करके मगन हो जाते थे।

'पेज थ्री' शुरू होने के बाद अखबार की प्रसार संख्या बढ़ने लगी। फिर 'हैलो गोलपुर' भी शुरू कर दिया गया। इस पृष्ठ पर महिलाओं की किटी पार्टियाँ, गप्प-सड़ाके, कॉलोनी स्तरीय फैशन प्रतियोगिताओं से लेकर वृद्धाश्रमों, अस्पतालों में 'फल-फ्रूट' या कंबल-कपड़े-लत्ते आदि देनेवाली तसवीरें छपने लगीं। अखबारों में सचित्र समाचार छपता 'मैडम रस्तोगी ने शानदार दोसा बनाया'। फिर मैडम का चित्र भी छपता, जिसमें वो मंद-मंद मुसकान बिखेरकर दोसा बना रही है। अब दोसे का स्वाद कैसा था,

क्या वह वाकई में खाने लायक भी था अथवा नहीं, इसका पता नहीं चल पाता था। लेकिन खबर तो छप गई। भले ही दोसा किसी रेस्टोरेंट से मँगवाया गया हो। कौन देखने जाता है?

रिपोर्टर आया, फोटाग्राफर भी पहुँच गया। सबने दोसे का आनंद लिया। खाया-पीया, गिफ्ट झोंका और लौट गए।

'देशवार्त्ता' ने खबर छापी, 'मैडम लाल और उनके क्लब ने अनाथालय में कंबल बाँटे'।

समाचार के साथ तसवीर भी छपी। फोटोग्राफर गया और कार्यक्रम खत्म। सारे के सारे कंबल मैडम की कार में वापस रख दिए गए। जरूरतमंदों को नकद पैसे दे दिए गए कि 'तुम लोग अपनी पसंद के कंबल खरीद लेना'। गरीब भी खुश कि नकद पैसे मिल गए। फटे-पुराने कंबल के सहारे यह ठंड तो निकल ही जाएगी। पैसे दारू पीने के काम आ जाएँगे।

समाज में प्रेमचंद की कहानी 'कफन' वाले 'घीसू-माधव' जैसे चरित्रों की कमी नहीं है।

मैडम लाल की कार में रखे कंबल दूसरे दिन फिर किसी स्लम (गरीब बस्ती) में बाँटे गए। फिर तसवीरें उतरीं। अखबारों में छपीं और सुबह-सुबह अखबार देखकर अफसर मैडम को अमरता प्राप्ति का ठंडा-ठंडा, कूल-कूल अहसास हुआ। जैसे राजनीति के मंचों पर नेताओं के स्वागत में कुछ मालाएँ बार-बार नेताओं के मोटे गलों का स्पर्श कर मैली होती रहती हैं, उसी तरह गरीबों के बीच बँटनेवाले कंबल भी केवल बँटते हैं, वे ठंड भगाने के काम नहीं आते।

अफसरों और सेठों की मोटी-तगड़ी थुलथुल, बेडौल और कुछ स्लिम बीवियों की समाजसेवा के लिए 'देशवार्त्ता' और अन्य अखबारों में एक नहीं दो-दो पृष्ठ दिए जाने लगे। किसी पृष्ठ को 'हैलो गोलपुर' का नाम दिया, तो किसी पृष्ठ को 'लाइफ स्टाइल' बना दिया। इन पृष्ठों पर तपती दुपहरी में पसीना बहानेवाले मजदूर नजर नहीं आते थे। जूठन बीनते फटेहाल बच्चों के चित्र भी अखबारों से गायब हो चुके थे। जबकि एक समय था जब हिंदी अखबार ऐसे ही छायाचित्रों से भरे रहते थे। वक्त बदला, मानसिकता बदल गई। रास्ते में सब्जी बेचनेवाली मेहनतकश महिला की जगह बुटीक या पिज्जा-हट चलानेवाली औरतों पर अखबारों में फीचर नजर आने लगे थे। संवेदनाएँ जब मर जाती हैं, तब पसीने से बदबू महसूस होने लगती है, और तरह-तरह की खुशबुएँ लुभाने लगती हैं। अखबारों में केवल महिलाओं और युवतियों के सुंदर-सुंदर चेहरे ही नजर आते थे। पत्रकारिता का एक दौर वह भी था, जब गरीबी, बदहाली को दिखानेवाले चित्रों के बगैर पत्रकारिता का धर्म अधूरा माना जाता था। साहित्य की तरह समाज का दर्पण थी

पत्रकारिता, मगर अब दर्पण में धनपतियों के चेहरे नजर आते हैं। यही सब गोलपुर के अखबारों में भी नजर आ रहा था।

'देशवार्त्ता' के रिपोर्टर पॉश कॉलोनियों में जाते और धनपतियों की महिलाओं से संपर्क करते। उनसे उनकी गतिविधियों के बारे में जानकारियाँ लेते। यानी उनकी 'एक्टिविटीज कवर' करते। रिपोर्टर कभी-कभी अपनी ओर से भी कहते कि 'मैडम, कल कुछ महिलाएँ जमा कर लीजिए। एक कलर की साड़ी पहनकर आइएगा। हम आप लोगों की तसवीर खींचकर अखबार में छापेंगे। हमारे सेठजी का आदेश है।'

महिलाएँ भी अखबार में छपने के लालच में एक रंग की साड़ियाँ पहनकर एक जगह जमा हो जातीं। दूसरे दिन उनकी तसवीर प्रकाशित हो जाती और उसके नीचे लिखा रहता—'नारी-शक्ति एक है' या 'हम साथ-साथ हैं' या इसी तरह का मिलता-जुलता 'कैप्शन'।

'पेज थ्री' और 'हैलो गोलपुर', 'हाय गोलपुर', 'एक्टिव सिटी', 'वाइड एंगल', 'इवेंट स्केन', 'मेट्रो एज', 'फूड जोन' आदि-आदि नामोंवाले पृष्ठों एवं स्तंभों के कारण जब 'देशवार्त्ता' की प्रसार-संख्या तेजी के साथ बढ़ने लगी, तो दूसरे अखबारवाले भी सोते से जागे। उन्होंने भी यही धंधा शुरू कर दिया।

'देशवार्त्ता' ने पेज थ्री पर फिल्मी मैटर देना शुरू किया था, तो 'सूर्योदय' ने 'पेज फोर' चुन लिया। 'गोलपुर टाइम्स' ने अंतिम पृष्ठ को 'पेज थ्री' बना लिया।

ब्रिटेन से शुरू हुई यह 'पेज थ्री-संस्कृति' देखते-ही-देखते गोलपुर की पत्रकारिता को भी ग्रसने लगी थी।

अखबार को लोकप्रिय करने के लिए कुछ कार्यक्रम तो केडी खुद प्रायोजित करने लगा।

सारे अखबार मालिक एक तरफ और केडी का दिमाग एक तरफ। केडी का दिमाग बाजी मार रहा था। लिली के 'टिप्स' काम आ रहे थे। वसंत हो, फागुन हो, सावन हो, मौसम कोई हो, केडी हर मौसम का व्यावसायिक इस्तेमाल कर रहा था। वसंत के मौके पर औरतें पीतांबरी बनकर तसवीरें उतरवातीं, फागुन में इंद्रधनुषी सीड़ियों में छपतीं, सावन आने पर हरी-हरी साड़ियों में खिलखिलातीं। महिलाओं को हरी साड़ियाँ पहनाकर तसवीरें खींच ली जातीं। महिला दिवस, वट सावित्री, करवा चौथ, तीजा या दीवाली आदि अनेक तीज-त्योहारों पर 'देशवार्त्ता' के रिपोर्टर पहुँच जाते थे किसी भी महिला-मंडल के पास। जैसे वट सावित्री की पूजावाले दिन फोटाग्राफर पूजा करनेवाली महिलाओं की तसवीरे खींचते और रिपोर्टर उनके विचार भी प्रकाशित करते। केडी का खास निर्देश होता था कि महिलाओं के ग्लैमरस चित्र ही छपें। चित्रों के साथ महिलाओं के विचार कुछ इस तरह से होते—

कोई सजी-पुती महिला कहती, 'मेरे पति महान् हैं…गुणों की खान हैं।'…

कोई महिला फिल्मी शैली में इतराते हुए फरमाती, 'मेरा पति तो देवता है।'

पति महोदय भले ही रोज घर में पिटाई करते हों। यह असलियत बताने औरत किसके पास जाए? फिर पिटाई हो सकती थी।

कुछ महिलाएँ तो इतना 'ऊँचा फेंकती' थीं कि लोगों को सँभालना मुश्किल हो जाता था। बिलकुल क्रिकेट के बाउंस बॉल की तरह। उनके पतिश्री भी उनके बयानों को सँभाल नहीं पाते थे। जैसे—'अगले जन्म भी मैं 'इन्हीं' का हाथ थामूँगी, क्योंकि जनम-जनम का साथ है निभाने को, सौ-सौ बार हमने जनम लिये।'

'ये हैं तो मैं हूँ। इनके बिना मेरा कोई अस्तित्व ही नहीं। लाखों में एक हैं ये।'

'पिछले जन्मों के पुण्य का फल है कि मुझे ये मिले।'

कुछ औरतें अखबारों को ऐसे बयान देती थीं, गोया 'सती-सावित्री' (एक पौराणिक चरित्र, जिसके बारे में रोचक कथा है कि उसने वाक्पटुता के सहारे यमराज से अपने पति के प्राण वापस ले लिये थे) का पुनर्जन्म हो गया है। लेकिन कलजुगी पत्नियों की असलियत उनके भुक्तभोगी पति ही जानते थे। ये लोग अपनी-अपनी पत्नियों के विचार पढ़कर अकेले में खूब हँसते भी थे। बेचारे अखबारों को खंडन भी तो नहीं भेज सकते थे कि 'उनकी श्रीमती जो कुछ कह रही है, वह नब्बे फीसदी गलत है।'

घर की बात घर में ही रहे, इसलिए छपी खबरों का सारे पति भरपूर मजा लेते। जबकि असलियत तो यही थी—कि पत्नियाँ कहने भर को पतियों की थी। दरअसल वे किटी पार्टियों की थीं, महिला संगठनों की थीं…शॉपिंग मॉलों की थीं या मल्टीप्लैक्स सिनेमा हॉलों की दर्शनीय वस्तु…

कि कल की 'चंद्रमुखी' अब 'ज्वालामुखी' हो चुकी थी।…

कि जो नारी कल जान देने की बात करती थी, अब जान पर भारी हो गई थी। लगभग हर मादा जान खाने पर आमादा रहती थी।

मगर समझदार पति 'मन की असली पीड़ा' छिपाकर ही रखता था, क्योंकि अब्दुर्रहीम खानखाना तो पहले ही समझदारी बरतने के 'टिप्स' देकर चले गए हैं कि

'रहिमन निज मन की व्यथा मन में राखो गोय।
सुन इठलहिए लोग सब, बाँट न लहिए कोय॥'

'देशवार्त्ता' और दूसरे अखबारों के खेल जारी थे। छपास-ग्रंथि से पीड़ित महिलाएँ अपना फोकटिया प्रचार पाकर गद्गद थीं। अखबार महिलाओं की तसवीरें छाप-छापकर अपना प्रचार-प्रसार बढ़ा रहे थे। अखबार एक प्रोडक्ट की तरह महिलाओं को पकड़ने की कोशिश में सफल हो गया था। 'देशवार्त्ता' महिला दिवस आने पर कुछ महिलाओं का चयन करके उनका सम्मान करता था। अखबार को अनेक महिलाओं की असलियत का

ज्ञान तो होता नहीं था, इसलिए कभी-कभी ऐसी महिलाएँ भी सम्मानित हो जाया करती थीं, जिनके बारे में कई 'उपभोक्ताओं' को पता रहता था कि ये तो देहदानी किस्म की हैं। वो तो बाद में केडी को पता चलता कि कुछ गलत-सलत महिलाओं का सम्मान हो गया है, लेकिन केडी को इससे कोई फर्क नहीं पड़ता था। वह ऐसी महिलाओं से फौरन निकटता बढ़ाने भिड़ जाता।

चालू किस्म की महिलाओं के सम्मानित होने पर भोगी किस्म के लोग मुसकराते हुए कहते, 'अरे, क्या बात है भाई? इस बाई का भी हो गया सम्मान? हे भगवान्! धन्य है केडी का अखबार और धन्य हैं ऐसी औरतें। ये तो हर मोर्चे पर ऐश कर रही हैं!'

अखबार पढ़कर लोगों को अकसर हँसने का मौका मिल जाता था, क्योंकि जो औरत घर में पति, पिता या बच्चे किसी को भी एक गिलास पानी के लिए नहीं पूछती थी, उसे 'सफल गृहिणी सम्मान' दिया जाता था।

जो औरत निर्ममता के मामले में किसी 'गॉडमदर' को भी मात दे दे, वह 'मदर टेरेसा अवॉर्ड' लपक लेती थी।

चालाक केडी इस बात को अच्छी तरह से जानता था कि आत्मप्रचार पीड़ित महिलाओं का सम्मान करके वह परमार्थ का यज्ञ नहीं कर रहा, वरन् अपनी 'दुकान' को जमाए रखने का ही जतन कर रहा है। वह पैसेवाली महिलाओं या अधिकारियों की पत्नियों को ही अपनी 'पकड़' में ले लिया करता था और आयोजन का खर्चा भी उन्हीं से निकाल लिया करता था।

इस तरह 'देशवार्त्ता' का यह सम्मान बाँटू-धंधा भी कुछ ऐसा जमा कि केडी का खजाना खनखनाने लगा। यानी मौजा-ही-मौजा।

एक बार केडी को दिल्ली से बुलावा आया।

अखबार मालिकों का संगठन था—'न्यूजपेपर्स ओनर्स एसोसिएशन' (एन.ओ.ए.)। केडी एसोसिएशन का सदस्य बन गया था। वार्षिक बैठक थी। हर बार केडी किसी-न-किसी जवान लड़की को साथ ले जाता था, क्योंकि राष्ट्रवादी व्यक्ति अकेला नहीं रह सकता। इस बार केडी लिली को साथ ले गया।

अखबार का काम भस्मांकुर के हवाले करके केडी लिली के साथ दिल्ली की सैर के लिए उड़ गया। पहली बार हवाई-यात्रा करते हुए लिली भयंकर रूप से गद्गद थी। बार-बार खिड़कीवाली सीट से बाहर झाँकती और केडी का हाथ पकड़कर फिल्मी गाना दुहराती, 'पंछी बनूँ उड़ती फिरूँ मस्त गगन में। आज मैं आजाद हूँ दुनिया के चमन में'।

केडी भी रागी की तरह सुर-में-सुर मिलता और कहता, 'हिल्लोरी···हिल्लोरी'।

'एन.ओ.ए.' की बैठक से निपटकर केडी ने लिली को दिल्ली-दर्शन करवाया। बंगाली मार्केट की चाट और मिठाइयाँ खिलाईं। कनॉट प्लेस, पालिका बाजार और जनपथ

पर सजे फुटपाथी बाजार से डटकर खरीदारी की। इस दौरान लिली ने दिल्ली से छपनेवाले अधिकतर दैनिकों की एक-एक प्रतियाँ खरीद लीं।

'अरे, ये क्या कचरा बटोर रही हो, जानेमन?' केडी ने पूछा।

'जरा हम लोग भी तो देखें कि ये अखबार यहाँ क्या कमाल कर रहे हैं?' लिली बोली।

'हाँ, ये बात है। ध्यान से देख लो, डार्लिंग। उसी के अनुसार अपन भी अपने अखबार में कुछ चेंज करेंगे।' केडी ने हाँ-में-हाँ मिलाई।

'यहाँ आने पर पता चल रहा है कि कुछ हिंदी अखबारों ने तो खुद को अँगरेजी अखबारों की स्टाइल में ढाल लिया है।' लिली ने एक अखबार को पलटते हुए कहा, ये हिंदी के अखबार हैं या अँगरेजी के, कुछ समझ में ही नहीं आ रहा?'

'वो कैसे?' केडी ने चौंकते हुए पूछा।

'हर हिंदी अखबार तो अँगरेजी शब्दों से ही भरा पड़ा है।' लिली बोली, 'देखो, इस अखबार को। हिंदी का सबसे पुराना और प्रतिष्ठित अखबार 'देश टाइम्स'। क्या हालत हो गई है इस बेचारे की? इसकी प्रसार-संख्या तो खैर गिरती ही जा रही है, मगर अखबार भी बेचारा 'ऊपर' उठने की आशा में कितना 'नीचे' गिर गया है।'

'ऐसा क्या हो गया है। मुझे तो कुछ नजर नहीं आ रहा है?' केडी ने अपना चश्मा साफ करते हुए अखबार को ध्यान से देखा, 'अच्छा खासा तो दिख रहा है। कलरफुल है। सुंदर है। नयनाभिराम ले-आउट है। मैटर भी कितने बोल्ड हैं। देखो, कैसी सॉलिड परिचर्चा छपी है कि 'शादी के पहले सहवास होना चाहिए या नहीं'। यह है हिंदी पत्रकारिता का बिलकुल नया फंडा। आपन तो गोलपुर में ऐसे किसी विषय पर परिचर्चा छाप दें तो लोग अखबार के दफ्तर को ही फूँक डालेंगे। डार्लिंग, मुझे तो लगता है कि कुछ चीजें केवल करने के लिए होनी चाहिए, उन्हें छापकर अखबार का स्पेस क्यों किल करना।'

इतना बोलकर केडी मुसकराया। लिली भी मुसकराई और कहने लगी, 'मैंने कहीं पढ़ा था कि साठ-सत्तर साल पहले हिंदी पत्रकारिता के पितामह बाबूराव विष्णु पराडकर ने एक भविष्यवाणी की थी कि 'आनेवाले समय में समाचार-पत्र तकनीक की दृष्टि से उन्नत होंगे, रंग-बिरंगे भी होंगे, मगर उनकी आत्मा मर जाएगी। महाप्राण संपादक नहीं रहेंगे।' अब बिलकुल वैसा ही हो रहा है। अखबार रंगीन हैं, मगर आचरण से संगीन हैं। संपादक भी गया तेल लेने। महाप्राण संपादक तो नजर ही नहीं आते।'

'अगर कोई महाप्राण संपादक होगा भी तो हम उस महान् के प्राण हर लेंगे।' केडी ने हँसते हुए कहा, 'पहले के मालिक चूतिया थे। अब हम लोग होशियारचंद हो गए हैं। पहले के मालिक भी पत्रकारिता को मिशन ही समझते थे। तब देश की आजादी का

सवाल था। अब तो ऐसी कोई बात है नहीं। तो फिर काहे का 'मिशन'? अब तो 'कमीशन' का जमाना है। काम निकालना है तो रिश्वत दो या कमीशन खिलाओ। अपने को सरकारी विज्ञापन हथियाने के लिए तो आए दिन कमीशनखोरी ही करनी पड़ती है।'

'ठीक बात है। अब तो कमीशन ही चलेगा। मिशन की हत्या हो चुकी है।' लिली बोली, 'आओ, इस हत्या का जश्न मनाएँ और जैसे महानगर के ये अखबार फल-फूल रहे हैं, उसी तर्ज पर हम भी अपने अखबार को निकालना शुरू कर दें। कुछ-कुछ शुरुआत तो हमने कर दी है, जाने के बाद कुछ और नया करेंगे। यह मेट्रो सिटी है। यहाँ सब चलता है। अपना शहर अभी बहुत पिछड़ा हुआ है, लेकिन हम उसे भी 'मेट्रो-कल्चर' से कचर देंगे।'

'तुमने क्या सोचा है? मुझे तो 'हिंग्लिश' या 'हिंगरेजी' वाला आइडिया जम रहा है। आजकल इसी का चलन है। क्यों डॉर्लिंग?' लिली बोली, 'जिसे देखो, बातचीत में इंग्लिश के शब्दों को घुसेड़ देगा। बॉलीवुड के किसी भी हीरो-हीरोइन को ले लो। सब-के-सब इंग्लिश के एड्स से पीड़ित हैं। हिंदी की रोटी खाते हैं, मगर अँगरेजी के गुण गाते हैं। हिंदी में तो कोई सीधे मुँह बात ही नहीं करता। 'या-या' करते रहेंगे और हर एक वाक्य में अँगरेजी के शब्दों की भरमार रहेगी। जैसे 'आई मीन टू से दैट मैं अपनी नेक्स्ट फिल्म में न्यू कैरेक्टर कर रहा हूँ। या···या, एक बैगर बना हूँ। इसमें ह्यूमर है। ट्रेजेडी है। या··· या। सोशल कॉज भी है। या-या, येस आइ एम ए बैगर इन दिस फिल्म। या-या, हीरोइन मुझे प्रपोज करती है। आई लाइक इट। ओह नो, स्टोरी में दम है। यू मस्ट सी द फिल्म। देखिएगा।'

'जब ये राष्ट्रीय अखबार हिंदी की गत मारने में लगे हैं, तो फिर हम ही क्यों पीछे रहें? आपन भी अब यही करेंगे।' केडी बोला, 'देखो, क्या लिखा है कि 'प्राइम मिनिस्टर ने 'मीट द प्रेस' में कहा कि हमें करप्शन के खिलाफ ज्वॉइंट एफर्ट करने होंगे। मैं प्रेसिडेंट से बात करूँगा। सोशल रिफॉर्म के लिए कंट्री में एक कैंपेन चलाया जाएगा। लोगों में अवेयरनेस के लिए हमारी गवर्नमेंट एक बिल ला रही है।' वाह, ये कैसी हिंदी है? भारत माता के माथे की बिंदी बेचारी हिंदी अब चिंदी-चिंदी हो रही है। ये भयानक हिंग्लिश है। और यह देखो, क्या लिखा है, 'वाइस चांसलर ने स्टूडेंट्स से कहा—पहले एजीटेशन स्टॉप करो, फिर बात करेंगे।' ये शीर्षक भी कमाल का है—'सेक्स वर्कर्स स्ट्राइक करेंगे। कलेक्टर को सौंपा मेमोरेंडम'।'

'हम लोग भी अब गोलपुर पहुँचते ही इस हिंगरेजी को तेजी के साथ फैला देंगे?'

लिली की बात सुनकर केडी ने मुसकराते हुए कहा, 'अब हम लोग आपस में और सबसे हिंग्लिश में ही बोला करेंगे। रिपोर्टरों से हिंग्लिश ही लिखवाया करेंगे। चलो, अभी से शुरू हो जाते हैं। तुम बोलो कुछ।'

'हाँ, ये हुई न बात। काल करे सो आज कर, आज करे सो अब। देखो, मैं बोलती हूँ।' लिली सोच-सोचकर बोलने लगी, 'अपने न्यूजपेपर में हम रिपोर्टरों से कहेंगे कि जब कोई न्यूज ड्राफ्ट करें तो उसमें हर सेंटेंस में इंग्लिश के वर्ड इंसर्ट करें। डेलीबरेट्ली। बिदाउट एनी इंग्लिश वर्ड, वी विल नॉट एक्सेप्ट एनी न्यूज इन पर्टिकुलर पेज। अरे-अरे, ये तो पूरी इंग्लिश हो गई? अपने को हिंग्लिश में बोलना है। यानी मिक्स्चर भाषा। हर न्यूज में इंग्लिश वर्डस का यूज करना है और हिंदी को फ्यूज करके लोगों को कन्फ्यूज करना है। हम सबको ट्रेंड करेंगे। इस न्यू ट्रेंड के बारे में बताएँगे। अपने को इसका सॉलिड बेनिफिट मिलेगा।'

'इसका बेनिफिट मिलेगा' या 'इसकी बेनिफिट मिलेगी?' करेक्ट क्या है? केडी ने पूछा।

'अपने को अधिक ज्ञान नहीं है, लेकिन इतना जरूर पता है कि इस हथकंडे में सॉलिड बेनिफिट है, बॉस।' लिली ने मुसकराकर जवाब दिया।

'देखो, अब गोलपुर में भी हिंग्लिश बोलनेवालों की संख्या बढ़ रही है। और अगर नहीं बढ़ रही है तो हम लोग बढ़ा देंगे। हम 'गोलपुरियंस' दिल्लीवालों से कम नहीं हैं।' केडी बोला, 'ऐसा करके हम लोग भी मॉडर्न बन जाएँगे।'

'हाँ, और हमारे पेपर से नया धनिक वर्ग भी जुड़ेगा। न्यू जेनरेशन के लिए अपने न्यूजपेपर में अब हिंग्लिश का तड़का जरूरी है।'

लिली की बात सुनकर केडी प्रसन्न हो रहा था। लिली को दिल्ली आने से फायदा ही हुआ। केडी लिली के और पास बैठकर बातचीत को अब खूबसूरत मोड़ देने के मूड में आ रहा था, तभी मोबाइल बज उठा।

'ओम भूर्भभूवः स्वः'…गायत्री मंत्रवाली रिंगटोन गूँजने लगी। अकसर यह देखा गया है कि जितने शातिर किस्म के लोग होते हैं, उनके मोबाइलों की रिंगटोन उतनी ही सात्त्विक-धार्मिक होती हैं। किसी में गायत्री मंत्र, किसी में कोई आरती, किसी में श्लोक तो किसी में साईंबाबा का भजन, 'ओम् साईं नमोनमः सतगुरु साईं नमोनमः'। शायद इसलिए कि ऐसी रिंगटोन रखने से लोगबाग उनके बारे में बुरा न सोचें। या फिर उनका अपना कोई अहित न हो। पापी लोग भयानक डरपोक होते हैं।

केडी का मोबाइल बजा तो उसने स्क्रीन पर नजर डाली और घबराते हुए बड़बड़ाया, 'बाप रे! मर गए यार। यह तो घरवाली का फोन है। तूलिका ने अचानक कैसे याद किया? कहीं इसे पता तो नहीं चल गया कि लिली के साथ आया हूँ? देखो, क्या होता है।'

केडी ने लिली को खामोश रहने का इशारा करते हुए आवाज को शक्कर की चाशनी में डालकर निकालते हुए कहा, 'हें-हें, बोलो जानेमन, कैसे याद किया इस गरीब

को? बिलकुल अभी-अभी तुम्हारे बारे में ही सोच रहा था कि तुम्हारा फोन आ गया। कितनी लंबी उम्र है तुम्हारी। पूरे सौ साल जीओगी।'

'लंबी उम्र तो तुम्हारी भी है।' तूलिका बोली, 'मैं भी यहाँ बैठे-बैठे तुम्हारे ही बारे में सोच रही थी कि इतनी उम्र होने के बावजूद तुम्हारी लंपटगीरी खत्म नहीं हुई। आखिर लिली को भी साथ ले गए हो न दिल्ली? वाह रे समाजवादी संपादक! पत्नी घर में और छिनाल मन में। पत्नी को धोखा देना, परायी औरतों के साथ गुलछर्रे उड़ाना, यही तुम्हारा अनोखा समाजवाद है, क्यों?'

'यह···यह क··· क···क्या बोले जा रही हो अंट-शंट?' केडी की जुबान लड़खड़ा गई, 'मैं···मैं···मैं तो अकेला आया हूँ। लिली तो दफ्तर में ही होगी।'

'दफ्तर में नहीं, वहाँ तुम्हारे साथ हमबिस्तर है।' तूलिका और फट गई, 'अभी मैं दफ्तर ही गई थी। वहाँ भस्मांकुर मिला था। उसी ने बताया कि तुम लिली के साथ दिल्ली गए हो, अब बोलो?'

'झूठ बोलता है स्साला। लिली तो अपने गाँव गंडईपंडरिया जानेवाली थी। भस्मांकुर ने अपने मन से ही बोल दिया होगा।' केडी बोला, 'यहाँ मैं··· मैं···अकेला हूँ। तुम्हारी कसम डार्लिंग। च···च···चाहो तो यहाँ आकर देख लो।'

'तुम इतना गिर चुके हो कि झूठी कसम भी खाने लगे। अब तुम्हारी किसी बात पर यकीन नहीं होता।' तूलिका रोने लगी, 'जो मर्द अपनी सीधी-सादी पत्नियों को धोखा देते हैं, उन्हें भी धोखे खाने के लिए मानसिक रूप से तैयार रहना चाहिए, लेकिन घबराओ मत, मैं स्वतंत्रता-सेनानी परिवार की लड़की हूँ। गुमराह नहीं हो सकती। तुम्हारी तरह चरित्र को नीलाम नहीं कर सकती। तुम जो कर रहे हो न, उसका परिणाम एक दिन भोगने के लिए तैयार रहना।'

इतना बोलकर तूलिका ने फोन काट दिया। केडी ने राहत की साँस ली।

कुछ देर तक तो वह खामोश बैठा रहा। लिली भी सकते में आ गई थी। वह अपने कपड़े ठीक करने लगी। उसे लग रहा था मानो वह भी रँगे हाथों पकड़ ली गई हो।

थोड़ी देर बाद सामान्य होने पर केडी बोला, 'बाप रे, भूचाल आ गया था। पता नहीं, वह अचानक दफ्तर कैसे पहुँच गई? और इस साले भस्मांकुर को डिटेल स्टोरी बताने की क्या जरूरत थी? साला···हरामी···नीच···उसकी तो···छुट्टी कर दूँगा। कुत्ता··· झूठ नहीं बोल सकता था?'

'भस्मांकुर की क्या गलती? उसे क्या पता था कि तूलिका दफ्तर पहुँच जाएगी।' लिली बोली, 'फिर तुमने भी तो उसे आगाह नहीं किया होगा कि तुम्हारी बीवी आ जाए, तो झूठ बोल देना।'

'हाँ, यह बात तो है, लेकिन अब क्या होगा?' केडी परेशान-स्वर में बोला, 'वैसे

मैंने कहा तो यही है कि तुम मेरे साथ नहीं हो। पता नहीं उसे यकीन हुआ है या नहीं।'

'चिंता मत करो, मैं समझा दूँगी उसको। अरे, बोल दूँगी कि तुमको अपना भाई मानती हूँ। दिखाने के लिए राखी भी बाँध दूँगी। झूठ बोलने से अगर उसकी आत्मा को संतुष्टि मिलेगी, तो यही सही।'

'हाँ, यही ठीक रहेगा डार्लिंग। वैसे भी अपने यहाँ एक पुरानी कहावत है, 'दिन में भैया रात में सैंया'। चलने दो धोखाधड़ी।' केडी बोला, 'भवानीशंकर की गजल है न कि 'काफी धोखाधड़ी हुई है किंतु इमारत खड़ी हुई है, राम तुम्हारी मर्यादा बस, पूजाघर में पड़ी हुई है'। तो डार्लिंग, यही जीवन है। ऐसे ही चलता है। एक-दूसरे को धोखा देकर, धक्के देकर आगे बढ़ते रहो।'

'तुम्हारे लव के लिए हम कुछ भी करेगा।' लिली मादक स्वर में बोली और केडी से सटकर बैठ गई।

लिली की बात सुनकर केडी के चेहरे पर मुसकान उभरी। वह बोला, 'पार्टनर हो तो बिलकुल तुम्हारी तरह। अब तुम्हारे हवाले ये तन साथियो, वरना इस राष्ट्रवादी संपादक की भयंकर परेड निकल जाएगी घर पर। अच्छा, यह तो बताओ, कैसी रही दिल्ली यात्रा? मजा आ गया न? अगली बार फिर आएँगे साथ-साथ।'

'ऐसी गलती दुबारा मत करना।' लिली ने समझाया, 'अगली बार तुम तूलिका को साथ लाना। सब ठीक हो जाएगा। तुम मरदों को अपनी बीवियों को खुश रखने के हथकंडे पता नहीं होते, इसीलिए फजीहत होती है।'

'ठीक बोलती हो, अब तूलिका को खुश करने के लिए कुछ-न-कुछ गिफ्ट ले जाना होगा।' केडी अनुभवी खिलाड़ी केअंदाज में बोला, 'मैंने पिछले दिनों एक किताब पढ़ी थी, 'हाऊ टू मैनेज योर वाइफ'। पुस्तक में बीवियों को उल्लू बनाए रखने के सौ टिप्स दिए थे। मैं तो उसी के सहारे बीवी को चूना लगाता रहता हूँ।'

'एकाध टिप्स तो बताओ कि तुम करोगे क्या?' लिली केडी के और निकट आ गई।

केडी बोला, 'कोई खास नहीं है। बीवियाँ जब रूठ जाती हैं तो कीमती गिफ्ट पाए बगैर उनका गुस्सा शिफ्ट ही नहीं होता। मुझे भी यही करना होगा। बाबा तुलसीदासजी ने कहा है न, 'स्वारथ लागि करहिं सब प्रीती'।

अपने काले कामों को सफेद करने के लिए बीच में महाकवि तुलसीदास को घुसेड़ देनेवाली केडी की इस अदा पर लिली जोर से हँस पड़ी।

केडी को भी हँसी आ गई। और फिर···

□

: ग्यारह :

'देशवार्त्ता' को जमाने के साथ ले चलने की कोशिश में केडी ने अखबार में 'पेज थ्री' जैसे बदलाव तो कर ही दिए थे, मगर उसका मन नहीं भरा था। दिल्ली से लौटने के बाद अब उसपर हिंग्लिश का भूत सवार हो गया। वह लोगों से बात भी करता तो जान-बूझकर अँगरेजी के शब्दों का इस्तेमाल किया करता।

एक दिन विधायक खुलेश्वरजी का फोन आया, तो केडी शुरू हो गए, 'और सुनाइए एमएलएजी, व्हॉट्स गोइंग ऑन? ठीक हैं? एनी न्यूज? हमारा पेपर कैसा लग रहा है? गिम मी सब ओपीनियन अबाउट द न्यूजपेपर।'

'अखबार तो ठीक ही है आपका, मगर आपकी तबीयत तो ठीक है न?' खुलेश्वरजी ने लपेटा, 'आप तो राष्ट्रवादी आदमी हैं, मगर अँगरेजी खूब झाड़ रहे हैं। का बात है केडी भाई? दिल्ली-मुंबई का चक्कर लगाकर आ रहे हो का? या भीतर किसी मरे हुए अँगरेज की आत्मा घुस गई है?'

इतना बोलकर खुलेश्वरजी ठठाकर हँस पड़े। केडी सिकुड़ गया और शर्मिंदगी को 'हृदय-निकाला' देते हुए बोला, 'यह भी राष्ट्रवाद का प्रकार है खुलेश्वरजी कि हम फॉरेन लैंग्वेज को प्यार दें, उससे लव करें। आफ्टरऑल, वी आर लिविंग इन ग्लोबल विलेज। यू नो, हम तो पहले से ही कहते रहे हैं, 'वसुधैव कुटुम्बकम्'। यू कांट डिनाई इट। अब नया दौर है। यू नो, इट इज न्यू इरा। इसलिए अपने राष्ट्रवाद को मैं विश्ववाद से मिक्स करता रहता हूँ। वैसे तो राष्ट्रवादी हूँ ही।'

खुलेश्वरजी बोले, 'जै हो आपके राष्ट्रवाद की। आप जैसे दो-चार राष्ट्रवादी और जन्म ले लें, तो देश का कल्याणजी-आनंदजी हो जाएगा। आपके इस नए चिंतन के बारे में अपने मित्रों को बताऊँगा। आप महान् बुद्धिजीवी हैं। अच्छा, जयहिंद।'

खुलेश्वर ने सोचा, संपादक को ज्ञान क्यों बाँटना। ज्यादा समझाइश दो तो अक्ल के पैदल संपादक अन्यथा लेने लगते हैं। वैसे भी अधिकतर अखबार मालिक-संपादक कमअक्ली के शिकार रहते हैं। मालिक या संपादक होने का गुरूर उनके जेहन में हमेशा

ताजा रहता है। घर हो या बाहर, हर कहीं उनका संपादक सिर चढ़कर बोलने लगता है। उन्हें कोई आदमी अकल की बात बताने लगे, तो समझो वह हो गया ब्लैक लिस्टेड। अखबार में उसका नाम ही नहीं छपेगा और न तसवीर। यह सब सोचकर खुलेश्वरजी केडी की हाँ-में-हाँ मिलाते रहे। ऐसे लोग नहीं सुधर सकते। उन्हें समझाने का कोई मतलब नहीं। थोड़ी देर बाद खुलेश्वर ने 'नमस्ते' कहकर फोन बंद कर दिया।

केडी ने भस्मांकुर को बुलाया और संपादकीय टीम के साथ बैठक की। सारे रिपोर्टर भी बुलाए गए। केडी ने वैसे भी बहुत दिनों से कहीं भाषण नहीं दिया था। मन कुलबुला रहा था। केडी शुरू हो गया—

'देखो मित्रो, हमको अब बाजार और मीडिया के नए ट्रेंड को समझना ही होगा। यू कैन अंडरस्टैंड कि अब यह दौर हिंग्लिश का है। किसी भी नेशनल न्यूजपेपर को या टी.वी. चैनलों को देख लो, हर कहीं हिंग्लिश-ही-हिंग्लिश चल रही है। दैन वी शुड चेंज अवर राइटिंग पैटर्न। लिखने की स्टाइल बदलनी होगी। हर खबर की भाषा में हम अँगरेजी वर्ड्स का इस्तेमाल करेंगे जानबूझकर। नए राष्ट्रवाद की माँग है कि हम लोगों को विश्वभाषा अँगरेजी की ओर ले चलें। इंग्लिश बिन सब सून है। दिल्ली के पुराने-से-पुराने हिंदी अखबार इंग्लिश का सहारा लेने लगे हैं।'

सारे रिपोर्टर एक-दूसरे को देखकर मुसकरा रहे थे कि केडी राष्ट्रवाद की नई परिभाषा बता रहे हैं। राष्ट्रवाद मतलब अपने राष्ट्र की भाषा को बढ़ाया जाए, मगर यहाँ तो अपनी भाषा को ही खत्म करने की बात हो रही है। यह कैसा राष्ट्रवाद है!

रिपोर्टर सरोजकुमार से रहा न गया। उसने कहा, 'सर, हिंग्लिश के चक्कर में हमारी हिंदी चिंदी-चिंदी होकर न रह जाए? आजकल हिंदी के खिलाफ बड़ी-बड़ी साजिशें हो रही हैं। इसे समझने की जरूरत है।'

'तुम इसकी चिंता मत करो। तुम तो केवल वही करो, जो मैं कह रहा हूँ।' केडी ने मालिकाना रोब दिखाए हुए चमकाया, 'मुझे अखबार निकालना है और फायदा कमाना है। अगर हम यह नया चेंज नहीं लाएँगे तो बैकवर्ड कहलाएँगे। इसीलिए अब ध्यान से खबरें बनानी हैं, इंग्लिश के शब्दों का खुलकर यूज करना है और न्यूज को यूजफुल बनाना है।'

'लेकिन सर, हिंदी अपनी राष्ट्रभाषा है। ऐसा लिखा जाए कि चार जमात पढ़ा रिक्शावाला या कोई साधारण मजदूर भी समझ सके।'

'एक बात तो आप सब लोग ध्यान से समझ लें कि मैं रिक्शेवालों के लिए अखबार नहीं निकाल रहा। न मैं कोई क्रांति करना चाहता हूँ।' केडी ने कहा, 'मैं केवल धंधा कर रहा हूँ, धंधा। मेरे लिए न्यूजपेपर बेचना और टूथपेस्ट बेचना एक जैसा काम है। मेरे टॉरगेटेड ग्राहक हैं पैसेवाले लोग। ये मेरा अखबार खरीदें, मुझे विज्ञापन दें, मेरे प्रायोजक

भी बनें। मैं तो शॉपिंग मॉल में होनेवाले फंक्शन को कवर करवाऊँगा, न कि भूख से मरनेवाली किसी बूढ़े-बुढ़िया की खबर के पीछे रिपोर्टर दौड़ाऊँगा। शिट...। मुझे भिखारियों में, मजदूरों में, किसानों में, रिक्शा खींचनेवालों में कोई दिलचस्पी नहीं हैं। लोग भूखों मर रहे हैं, तो व्हॉट कैन आइ डू? मैं क्या करूँ? हाँ, जहाँ मेरा अपना इंटरेस्ट होगा, वहाँ मैं सोशल मुद्दे भी उठा सकता हूँ। घर में अपनी कार व कुत्तों को इफरात पानी से नहलाऊँगा और अखबार में 'सेव द वॉटर' चिल्लाऊँगा। अरे भाई, जर्नलिज्म के चेंज को समझने की कोशिश करो।'

'सर, माफ कीजिएगा। इन सबके बावजूद मैं समझता हूँ कि पत्रकारिता भी कोई चीज होती है। मैंने जितना पढ़ा है, उसके अनुसार तो...'

सरोजकुमार ने दृढ़ता से अपनी बात रखनी शुरू की, तो केडी भड़क गया। उसने सरोजकुमार को बीच में ही टोक दिया और चीखते हुए कहा, 'भाई, अब तुम बिलकुल चुपई रहो। तुम सवाल करके बवाल बहुत करते हो। तुमसे जितना कहा जाए, उतना ही करो, वरना घर बैठो। मैं अखबार को अपने तरीके से री-लांच कर रहा हूँ, इसलिए जैसा चाहता हूँ, वैसा अखबार निकालना होगा। अब हिंग्लिश मतलब हिंग्लिश। अरे, हमारे एक के इंग्लिश उपयोग करने से हिंदी का कुछ बिगड़ नहीं जाएगा। अंडरस्टुड?''

केडी ने जोर से कही थी अपनी बात, इसलिए सरोजकुमार चुप हो गया। उसे बुरा लगा कि पत्रकारिता की गंगा को केडी गटरगंगा बनाने पर तुला है। उसने मन-ही-मन ठान लिया कि 'देशवार्त्ता' को छोड़ देगा। ऐसे नकली राष्ट्रवादी के यहाँ नौकरी करना अपनी आत्मा को मारना है। वह सोचने लगा, ऐसे लोग ही राष्ट्रभाषा को चूना लगा रहे हैं। 'ग्लोबल विलेज' के नाम पर अपने देश की परंपरा और संस्कृति सबका पश्चिमीकरण हो रहा है। खैर, अभी तो चुपचाप इसकी बात सुनी जाए। देखें तो सही, ये महानुभाव कहाँ तक गिरते हैं।

केडी ने भाषण जारी रखा, 'देखिए, हमने और लिलीजी ने मिलकर एक सूची बनाई है। इट इज ए लेंगुएज कोड फॉर 'देशवार्त्ता'। आप लोग अपनी अधिकांश खबरों या लेखों में इन्हीं इंग्लिश शब्दों का इस्तेमाल किया करेंगे। बाहर से जो लेख आते हैं, उनमें भी इन शब्दों का इस्तेमाल होगा। लेखकों को भी बता दिया जाए। इट इज ए गाइडलाइन टू ऑल।'

इतना बोलकर केडी ने सबके सामने एक छपा हुआ कागज रख दिया। उसमें एक तरफ हिंदी तो दूसरी तरफ उसका अँगरेजी शब्द दिया गया था, जिसका 'देशवार्त्ता' में इस्तेमाल करना था। जैसे 'प्रधानमंत्री' को 'प्राइम मिनिस्टर', 'राष्ट्रपति' को 'प्रेसिडेंट', 'मुख्यमंत्री' को 'सीएम' (चीफ मिनिस्टर), 'संसद्' को 'पार्लियामेंट', 'कुलपति' को 'वीसी' (वाइस चांसलर), 'छात्र' को 'स्टूडेंट्स', 'महापौर' को 'मेयर', 'राष्ट्रीय' को

'नेशनल', 'हड़ताल' को 'स्ट्राइक', 'गिरफ्तार' को 'अरेस्ट', 'मंत्री' को 'मिनिस्टर', 'कार्यालय' को 'ऑफिस', 'भारत' को 'इंडिया', 'भ्रष्टाचार' को 'करप्शन', 'महिला' को 'लेडीज', 'बाजार' को 'मार्केट', 'सोने-चाँदी' को 'गोल्ड-सिल्वर','हत्या' को 'मर्डर', 'महाविद्यालय' को 'कॉलेज', 'बलात्कार' को 'रेप' और 'आधुनिक' को 'मॉडर्न', 'मार्ग' को 'रोड', 'महात्मा गांधी मार्ग' को 'एमजी रोड' लिखना होगा। ऐसे लगभग दो सौ शब्दों की सूची 'एडिटोयिल स्टाफ' को दे दी गई। और अंत में यह टीप भी थी कि जितना हो सके, अँगरेजी के शब्दों का ही इस्तेमाल करना है, क्योंकि आजकल हिंग्लिश या हिंगरेजी का चलन है। 'यंग' पाठक भी यही चाहता है। सूची के अलावा भी आप लोग हिंदी की जगह अँगरेजी शब्दों को इस्तेमाल करने से न हिचकिचाएँ। जरूरत पड़ने पर मुझसे या लिली से संपर्क करें—'आदेशानुसार केडी'।

अँगरेजी शब्दों की सूची देने के बाद केडी ने सबको देखा और मुसकराते हुए कहा, 'देशवार्त्ता' ने लोगों के बीच अपनी खास पहचान बनाई है। अब नई पहचान बनानी है। इसके लिए जरूरी है कि हम लोग भी 'मॉडर्न' बनें। समाज जितना भी पतित हो जाए, मगर हम राष्ट्रवादी बने ही रहेंगे। मजबूरी में ही सही, 'होमोसेक्सुएल', 'लेस्बियन', 'लिव इन रिलेशनशिप', 'कंडोम' आदि से जुड़ी खबरें भी प्रमुखता से दी जाएँ। इसे प्रोत्साहित करें। हमें भारत नहीं, इंडिया की चिंता करनी है। इंडिया दैट इज भारत। अब आप पूछ सकते हैं कि अपने अखबार की टोन तो राष्ट्रवादी है, नेशनलिस्ट है, फिर हम इंग्लिश और फॉरेन कल्चर से जुड़ी न्यूज क्यों देना चाहते हैं? तो डीयर फ्रेंड्स, साफ कर दूँ कि यह एक तरह का 'ग्लोबल नेशनलिज्म' है। इट मींस, वैश्विक राष्ट्रवाद। फिर अखबार क्या है? समाज का दर्पण ही न? पहले साहित्य को समाज का दर्पण कहा जाता था। अब अखबार है 'मिमर'। साहित्य से समाज गायब होता जा रहा है। अखबार में समाज झलकता है। इसलिए जो घटित हो रहा है, उसे देने में संकोच कैसा? यह भी तो राष्ट्र की सेवा है। फ्रंट पेज पर किसी राष्ट्रीय महात्मा का कथन देते रहेंगे, 'एडिट पेज' (जहाँ लेख, संपादकीय, पाठकों के पत्र, बोधकथाएँ आदि छपती हैं) पर सामयिक मुद्दों पर आर्टिकल भी पब्लिश करते रहेंगे, मगर सिटी न्यूज की भाषा टोटली हिंग्लिश ही रहेगी। न्यू जेनरेशन के लिए भी कुछ मसाला हो। यूथ की भाषा हो, उसकी शब्दावलियाँ हों, उसके इंटरेस्ट की चीजें हों, यानी बॉलीवुड हो, हॉलीवुड हो, छॉलीवुड हो, टॉलीवुड हो, फैशन शो हो, सुंदर-सुंदर लड़कियों के जिस्म का प्रदर्शन हो। मगर ध्यान यही रखना है कि हमारी सोच राष्ट्रवादी रहे। हम जो कुछ भी करें, राष्ट्र के लिए करें। राष्ट्र के लिए जीएँ और राष्ट्र के लिए मरे।'

केडी ने लंबा-चौड़ा भाषण पेल दिया। उसको झेल रहे लगभग सारे लोग यही सोच रहे थे कि राष्ट्रवाद का इससे बड़ा मजाक दूसरा नहीं हो सकता कि एक ओर हम

राष्ट्रवाद की बात करें तो दूसरी तरफ राष्ट्र के मूल्यों को भी बाजार में नीलाम कर दें। लेकिन अखबार में नौकरी के शौक के मारे लोग कुछ कर भी नहीं सकते थे। विरोध करेंगे तो बाहर हो जाएँगे। अखबार केडी का है, कारोबार केडी का, जैसा करना हो करे।

चाय ठेले पर पत्रकारों ने अपनी भड़ास निकाली—

सरोजकुमार ने कहा, 'ये क्या बेवकूफी कर रहा है केडी?'

बब्बू बोला, 'अपनी ऐसी-तैसी कराए, अपने को क्या?'

टिल्लू ने कहा, 'ऐसे में अखबार पिट जाएगा?'

सरोजकुमार बोला, 'घंटा पिटेगा। तुम गलतफहमी में हो। अखबार चलता रहेगा। मुझे तो लगता है कि अब दौड़ेगा। आजकल इसी तरह की चीजें पढ़ने में लोगों को मजा आता है। सबके सामने भले ही न पढ़ें, मगर छिपकर घटिया और ऊटपटाँग खबरोंवाले अखबारों को पढ़नेवाले कम नहीं हैं।'

'यार, हम लोग कहाँ फँस गए हैं। अब कोई नया अखबार देखना होगा। ये साला केडी बदतमीज भी होता जा रहा है।'

'जहाँ भी जाओगे, इसी किस्म के ओछे सेठ और दलाल संपादक मिलेंगे।'

'मैं तो इस मीडिया को टा-टा करने की सोच रहा हूँ।' सरोजकुमार ने अचानक अपना निर्णय सुनाया।

'फिर क्या करोगे?' बब्बू ने मुसकराकर रिंकू की ओर देखा।

'अपनी कोई वैचारिक पत्रिका निकालूँगा।' सरोजकुमार बोला, 'यहाँ तो लंपट केडी के पास आकर बार-बार यह बताना पड़ता है कि सर, देखिए, यह लिखा है। साला…देखता है और सरकार या उसके चहेते नेताओं के खिलाफ कुछ रहता है तो फौरन काट देता है। पता नहीं वह इतना फट्टू (डरपोक) क्यों है? क्या यही है जर्नलिज्म? अपनी पत्रिका रहेगी, तो अपने मन की बात कह सकूँगा।'

'लेकिन पत्रिका निकालने के लिए साधन कैसे जुटाओगे?' टिल्लू बोला, 'या तो केडी की तरह बेशर्म बनकर सत्ता के पीछे घुस जाओ। और अगर यही करना है तो 'देशवार्त्ता' में नौकरी करने में क्या बुराई है? इसलिए मेरी मानो तो अभी ज्यादा उत्साह मत दिखाओ। भविष्य में जब कभी कुछ पैसे जमा हो जाएँ, तो घर फूँक तमाशे का शौक पूरा कर लेना।'

'हाँ, बात तो ठीक कह रहे हो।' सरोजकुमार ने लगभग आत्मसमर्पण की मुद्रा में कहा, 'संसाधन की कमी ही प्रतिभाओं को कुंठित कर देती है। यही कारण है कि बड़े-बड़े संपादक दो टके के शातिर, लंपट, अपराधी सेठों को झेलने के लिए अभिशप्त रहते हैं। कुछ बरदाश्त नहीं करते हैं, तो नौकरी छोड़ देते हैं। कुछ बेचारे लाचार होकर जीवन भर सेठ की हमाली करते हुए अंततः सेठ के रंग में रंग जाते हैं और पाखंडियों की जमात में शरीक होकर लाभ-ही-लाभ बटोरते हैं।'

'मुझे लगता है कि टुच्ची पत्रकारिता का एक विकल्प यह हो सकता है कि हम सहकारिता के आधार पर अखबार निकालें।' बब्बू ने कहा, 'साथी हाथ बढ़ाना। एक अकेला थक जाएगा, मिलकर बोझ उठाना। समूह की अपनी ताकत होती है। इस दिशा में कोई सोचता ही नहीं।'

'बात तो ठीक कह रहे हो बॉस, मगर पैसे कहाँ से आएँगे? करोड़ों का खेल हो गया है अखबार निकालना।' सरोजकुमार ने कहा, 'या तो हम भी केडी की तरह किसी अपराधी से साँठ-गाँठ करें, सरकार की चापलूसी करें। मंत्रियों को पटाएँ कि वे नंबर दो का माल अखबार में लगाने को राजी हो जाएँ। अगर यही सब करना है तो फिर विचार की बात करना ही बेकार है। केडी के यहाँ नौकरी क्या बुरी है? और अगर ईमानदारी के साथ पत्रकारिता करनी है, तो फिर कुछ सोचा जाए। मुझे लगता है कि सरकार नहीं, जनता के भरोसे पत्रिका निकल सकती है। मेरा अपना अनुभव है कि व्यक्ति की छवि ठीक हो तो लोग उसकी मदद करते हैं। अच्छे लोगों का उत्पादन अभी बंद नहीं हुआ है। मान लिया कि बुरे लोग अधिक खप रहे हैं, मगर अच्छे लोग भी सलामत हैं। ये लोग लघु पत्रिकाओं की मदद कर सकते हैं। करनेवाले कर भी रहे हैं।'

सारे लोग सरोजकुमार की बात से सहमत थे, मगर समस्या यही थी कि पहल कौन करे।

चाय की प्याली में युवा-क्रांति कुछ देर तक भाप की तरह उड़ती रही। तरह-तरह के विचार आते-जाते रहे। थोड़ी देर बाद प्याली खाली हुई तो क्रांति सिगरेट बनकर सुलगने लगी। सिगरेट भी खत्म हुई, तो क्रांति भी सुस्ताने लगी।

पत्रकारों ने एक-दूसरे को देखा और मुसकराते हुए कहा, 'ओक्के बॉस, फिर मिलते हैं।'

दूसरे दिन से ही 'देशवार्त्ता' में कुछ इस तरह के शीर्षक नजर आने लगे—

'यूनिवर्सिटी के न्यू सिलेबस में होगा एनर्जी कोर्स'...

'स्किन केयर से डार्क स्पॉट दूर होंगे'...

'कल्चरल हैरिटेज को सेव करना जरूरी'...

'मैनेजमेंट गुरु का वेलकम किया लेडीज क्लब ने'

'रिफंड के नाम पर चीटिंग'

'लाइफ में एक्टिवनेस मस्ट'

'स्टूडेंट्स अवेयरनेस बढ़ाएँ'

'एज के हिसाब से ड्रेसअप होना कंपल्सरी'

'प्रॉडक्शन टारगेट कम हुआ तो रिवॉर्ड डेली नहीं'

'कॉलेज में ह्यूमन राइट की ट्रेनिंग दी'

'इंटरेस्टिंग फैक्टस के साथ मैथ्स की ट्रेनिंग दी गई'

'लग्जरी और कंफर्ट का फ्यूजन'

'डिजाइनिंग में जरूरी है टेक्निकल आस्पेक्ट'

'पार्किंग स्लॉट', 'ग्रीनरी', 'ब्यूटी ऐंड पर्सनैलिटी डेवलेपमेंट क्लास', 'डांस के लिए एग्जाम', 'कैटरीना बनी सेक्सिएस्ट विमन', 'हैल्दी ड्रिंक्स', 'मैनेज्ड वर्किंग मॉम', 'डेट्स डिलाइट' आदि अनेक शब्दों से भरे अखबार को देखकर लोग चकित रह जाते। 'देशवार्त्ता' में अँगरेजी के कुछ ऐसे शब्दों का भी धड़ल्ले से इस्तेमाल होता था, जिसे बहुतेरे पाठक समझ ही नहीं पाते थे।

एक-दूसरे से पूछते कि भैया, इस शब्द का अर्थ क्या है?

लोग कंझाकर बोलते, 'संपादक को फोन करके पूछ लो।'

'देशवार्त्ता' के कुछ पृष्ठों पर ज्यादातर शीर्षकों में अँगरेजी का तड़का जानबूझकर लगाया जाता। दूसरे दिन अपने अखबार के हिंगरेजी शीर्षकों को देखकर केडी गद्गद होता और लिली से कहता—'देखा डार्लिंग, अपन भी मॉडर्न हो रहे हैं। ये सब तुम्हारे कारण हो रहा है।'

लिली मुसकरा देती।

'देशवार्त्ता' को देखकर दूसरे अखबारों में भी यही लहर चल पड़ी। छोटे-छोटे अखबारों में भी हिंग्लिश की घुसपैठ हो गई। अँगूठाछाप संपादक भी उप संपादकों को बुलाकर निर्देश देता कि 'हमें भी 'देशवार्त्ता' जैसे शीर्षक लगाने हैं'। इलेक्ट्रॉनिक मीडिया यानी टी.वी. चैनल तो खैर पहले ही बेचैन होकर इंग्लिशमय हो चुके थे। वहाँ के 'एंकर' कुछ इस तरह खबरें पेश करते थे—

'प्राइम मिनिस्टर ने टेरेरिस्ट प्रॉब्लम पर कहा—'वी शैल ओवर कम।'

'सोनिया गांधी ने कहा है कि शी विल नॉट फाइट एनी इलेक्शन, लेकिन इलेक्शन कैंपेन में वह पार्टी के सर्वाइवल के लिए देश भर में टूर करेंगी।'

'सोशल एक्टिविस्ट धन्ना लखारे करप्शन के खिलाफ फाइटिंग के लिए दिल्ली जाकर 'फास्ट' करेंगे।'

'पुलिस एंड फॉरेस्ट एक्ट को बदलने के लिए सिविल सोसाइटी के लोग एजीटेशन की प्लानिंग कर रहे हैं।'

'राइट टू री-कॉल के लिए जंतर-मंतर पर सिविल सोसाइटी के लोग करेंगे हंगर स्ट्राइक।'

मीडिया के अँगरेजी-बुखार, अश्लील विज्ञापन, अपसंस्कृति से गलबहियाँ की प्रवृत्ति को देखकर परंपरावादी-शुद्धतावादी लोग खीझते तो थे मगर वे कुछ कर नहीं सकते थे।

एक दिन पुराने संपादक शंभूशरण दुःखी होकर अपने सेवानिवृत्त साथी विष्णुप्रसाद

के घर पहुँचे और मीडिया के बदलते स्वरूप पर चर्चा शुरू कर दी—

'यार, अपनी हिंदी पत्रकारिता कहाँ से चली थी और कहाँ पहुँच गई है। इस पर एक गोष्ठी होनी चाहिए। एक समय था जब लोग अखबारों को देखकर अपनी हिंदी ठीक करते थे। अखबारों की कसमें खाते थे कि उसमें ऐसा छपा है, तो गलत हो ही नहीं सकता? मगर आज हालत यह है कि एक अखबार की सच्चाई जानने के लिए दूसरे अखबारों को देखना पड़ता है कि इस बारे में उसमें क्या छपा है।'

'सारी गड़बड़ी उपभोक्ता-संस्कृति ने की है।' विष्णुप्रसाद बोले, 'जबसे अखबार रंगीन, और रंगीन-मिजाज हुए हैं, अधिकाधिक लाभ कमाने की हवस बढ़ी है, नैतिकता घर छोड़कर भाग खड़ी हुई है। आजकल अधिकांश समाचार-पत्रों का ध्येय वाक्य ही यही है, ऐसे-वैसे या जैसे, हमें तो चाहिए पैसे। इसी चक्कर में जब कभी सरकार मीडिया से कहती है कि 'ज्यादा तनो मत, थोड़ा झुक जाओ', तो अनेक भाई लोग पूरी तरह से लेट जाते हैं। सत्ता शरणं गच्छामि। और अब तो पत्रकार लेटते नहीं, रेंगने लगते हैं। सिर्फ इसलिए कि सरकार विज्ञापन देती है।'

'अब मीडिया सरकार को नहीं झुकाता, सरकारें मीडिया को झुकने पर मजबूर कर देती हैं।' शंभूशरण के चेहरे पर तनाव उभर आया, 'किसी शायर ने कहा है—खरी-खरी जो कहता होगा, तन्हा-तन्हा रहता होगा। जिसे चाहिए सुविधाएँ वो, सच कहने से डरता होगा। अहसानों का बोझ लदा है, इसीलिए वह झुकता होगा। खरी-खरी जो कहता होगा।' हम लोगों ने तो वह दौर देखा है, जब अखबार जैसा चाहते थे, व्यवस्था वैसा बनने की कोशिश करती थी। अपनी गलती भी स्वीकार लेती थी, लेकिन आजकल सच लिख दो, तो सरकार 'प्रेस' पर धावा बोलकर उसे ही 'प्रेस' करके डिप्रेस करने की कोशिश करती है।'

'अब तो कहने भर को प्रेस की आजादी है।' विष्णुप्रसाद ने कहा, 'किसी भी सरकार के खिलाफ लिखकर तो देखो, सरकार चढ़ बैठती है ऊपर। तरह-तरह से परेशान करने लगती है। उनके गुर्गे मुकदमे ठोंक देते हैं। किसी-न-किसी आरोप में संपादक या मालिक को परेशान करते हैं। ईमानदार अखबार को जिंदा ही नहीं रहने दिया जाता। मरता क्या न करता, जैसा सरकार चाहती है, वैसा लिखना पड़ता है।'

'पार्टनर, मुझे भी 'बेधड़क रायपुरी' का शेर याद आ रहा है, सुनो।' शंभूशरण सोचते हुए बोले, 'देखो, क्या खूब कहा है—

लोकतंत्र शर्मिंदा है,
राजा अब तक जिंदा है
हमने अपनी बात रखी
वे समझे यह निंदा है'

तो ऐसा बिगड़ा हाल है। इसी का मलाल है। लोकतंत्र का इतना पतन हो जाएगा, हम लोगों ने कभी सोचा ही न था। अब जो लोकतंत्र है, वह तो केवल छाया मात्र है। असली लोकतंत्र तो लगता है, 'आपातकाल' के बाद से ही धीरे-धीरे खत्म होता चला गया। दूसरी आजादी तो जरूर आई, मगर उसी के बाद से पत्रकारिता की जो चाल बिगड़ी, तो अब वह चौराहे पर बैठकर खुलेआम धंधा करने में भी शर्म नहीं कर रही है। संक्षेप में कहूँ तो पत्रकारिता का तेज खत्म हो गया है, मिशनवृत्ति वेश्यावृत्ति में बदल गई है।'

'पहले संपादक क्रांतिकारी होते थे और जन्मजात विद्वान्। हमने ऐसे संपादक देखे हैं, उनके साथ काम भी किया है, मगर अब संपादक होने के बाद लोग उन्हें विद्वान् समझ लेते हैं। कल और आज में यही अंतर है।' विष्णुप्रसाद ने कहा, 'अपने समय के संपादक की भाषा, उसके तेवर, उसकी सोच सबकुछ बेहद ऊँची होती थी। और अब? सही संपादक परिदृश्य से ही गायब है या गायब कर दिया गया है।'

'मतलब, एक लाइन में कहें तो अब संपादकजी नहीं रहे? उसको श्रद्धांजलि दे दी जाए?' शंभूशरण ने चुटकी ली।

'बिलकुल यही बात है।' विष्णुप्रसाद बोले, 'अब संपादक के नाम पर केवल छाया-संपादक नजर आते हैं। इस कॉरपोरेट युग में जो व्यक्ति जितना शातिर या तिकड़मी है, उतना ही बड़ा संपादक है। जैसे 'व्हाइट कॉलर' वाले लोग होते हैं, यानी सफेदपोश, उसी तरह अब सफेदपोश-संपादक पाए जाने लगे हैं। संपादक मतलब होता है मालिक का दल्ला, जो भरता रहता है उसका गल्ला।'

'तो क्या यह सिलसिला कहीं थमेगा नहीं? क्या इसी तरह सबकुछ चलता रहेगा?' शंभूशरण ने प्रश्न किया।

'हाँ, मुझे तो यही लगता है।' विष्णुप्रसाद ने कहा, 'मेरी आँखें बूढ़ी हो गई हैं, मगर वे दूर तक देख रही हैं। आनेवाले समय में हिंदी अखबार में आधे पृष्ठ अँगरेजी के ही रहेंगे। उनमें नग्न चित्रों की भरमार रहेगी। हो सकता है कि अखबारों में कहीं-कहीं अश्लील गालियाँ भी पढ़ने को मिल जाएँ। पत्रकारीय मूल्यों के पतन की तेज गति को देखकर तो यही लग रहा है कि अब हम जैसे लोगों को केवल अतीत की मधुर स्मृतियों के नंदनवन में ही विचरण करना पड़ेगा। इस काले दौर से मुक्ति पाने के लिए हम केवल छटपटा सकते हैं, छूट नहीं सकते।'

दोनों बुजुर्ग पत्रकार कुछ देर तक खामोश रहे। फिर शंभूशरण अचानक मुसकरा पड़े और उठते हुए बोले, 'आजकल के मीडिया के चरित्तर को देखकर केवल इतना ही कहा जा सकता है—ओम मीडियाय नमः, और कुछ नहीं।'

विष्णुप्रसाद भी इस जुमले पर हँस पड़े और बोले, 'भैए, सचमुच इस नए मीडिया को प्रणाम करना ही होगा। अब तो तेल देखो और तेल की धार देखो, आज का ताजा

अखबार देखो।' फिर अचानक जैसे उन्हें कुछ याद आया, 'अरे यार, इतनी देर बातचीत होती रही और मैंने तुम्हें चाय के लिए भी नहीं पूछा। रुक जाओ, थोड़ी-थोड़ी चाय पी लेते हैं।'

'अबे घर में शक्कर-दूध भी है कि ऐसे ही खाली-पीली शेखी मार रहे हो? रहने दो। घरवालों के काम आएँगे।' शंभूशरण ने मुसकराते हुए कहा, 'हम बदनसीब पत्रकार तो पेंशन भी नहीं पाते। वैसे इसकी परवाह भी किसी सरकार को नहीं है। सरकारें तो खैर चाहती ही हैं कि पत्रकार नामक कौम हर घड़ी परेशान रहे, बदहाल रहे और बार-बार हमारी शरण में आए। क्या करोगे, जब सारा सिस्टम लस्टम-पस्टम हो गया है। यह पूरी तरह अपराधियों के हाथों में है।'

'ये ससुरी पत्रकार बिरादरी भी तो एक नहीं होती न। न पहले एक थी, न आज है, और शायद कल भी नहीं रहेगी। कोई मालिक का दलाल है तो कोई सरकार का दुमछल्ला है।' विष्णुप्रसाद ने कहा, 'शोषण की बात करनेवाले ईमानदार पत्रकार जीवन भर शोषित रहते हैं। बेचारे अपने लिए ही कुछ नहीं कर पाते। औरों को पिलाते रहते हैं और खुद प्यासे रह जाते हैं?'

'तुम्हारा मतलब यह है कि अब ईमानदार पत्रकार बचे ही नहीं हैं।' शंभूशरण ने चौंकनेवाले अंदाज में पूछा।

'जरूर बचे हैं और भविष्य में भी बचे रहेंगे। तपते रेगिस्तान में भी कहीं-न-कहीं कोई जल-कुंड मिल ही जाता है। दुनिया ऐसे लोगों के कारण ही जीने लायक बनी हुई है।' विष्णुप्रसाद ने कहा, 'माना कि अधिकतर प्रेस मालिक चोर हैं, बदमाश हैं, लेकिन उनके यहाँ काम करनेवाले कुछ सरस्वती-पुत्र अब भी मौजूद हैं। ये लोग केवल सच लिखते हैं। वे कोई समझौता नहीं करते। मगर ऐसे लोग बेचारे हैं। हाशिये पर पड़े हैं, कहीं जा भी नहीं सकते, दूसरा कोई काम नहीं कर सकते। जवानी पत्रकारिता को होम कर दी, अब कहाँ जाएँगे? मन मारकर टिके रहते हैं। मगर जब भी मौका मिलता है, ये लोग जनहित के मुद्दे उठाकर मिशनवाली पत्रकारिता को जिंदा रखने की कोशिश जरूर करते हैं।'

'चलो, ऐसे लोगों की सलामती की दुआ करें।'

'हाँ, हम फकीर किस्म के लोग केवल दुआएँ ही दे सकते हैं।'

इतना बोलकर दोनों पोपले ठहाके लगाने लगे। फिर शंभूशरण दरवाजे के बाहर निकल गए।

☐

: बारह :

केडी के व्यवहार से आहत सरोजकुमार ने दूसरे दिन ही 'देशवार्त्ता' को अलविदा कह दिया।

खुद्दार लोगों के साथ यही दिक्कत होती है कि उनकी आत्मा बड़ी सेंसेटिव (संवेदनशील) किस्म की हो जाती है। बिलकुल छुइमुई। किसी ने उँगली भी दिखाई तो मुरझाने लगती है। अब इस समस्या का इलाज तो लुकमान हकीम के पास भी नहीं होता। सरोजकुमार जैसे पत्रकार इसी तरह के होते हैं। इन्हें लोग सनकी भी कह देते हैं। ऐसे लोग किसी भी अखबार में ज्यादा टिक नहीं पाते, क्योंकि हर जगह उनका पाला श्रीमान लंपटों से पड़ता है, मतलब अखबार के मालिकों या उनके चम्मचों से। मालिक होने के गुरूर से भरे लोग वैसे तो दिमाग से शून्य होते हैं, मगर कलम के किसी सिपाही के सामने ऐसा प्रदर्शित करेंगे मानो उनसे बड़ा कोई ज्ञानी ही नहीं है। इस गलतफहमी का क्या किया जाए? सेठ होने के कारण किसी को भी सहज अधिकार प्राप्त हो जाता है कि वह जितना चाहे, ज्ञान बाँटे। लोग उसे झेलने के लिए अभिशप्त होते हैं।

सरोजकुमार ने नौकरी छोड़ दी। सबने सोचा, अब इसका क्या होगा?

'कहाँ जाऊँ? क्या करूँ?' इसी ऊहापोह में सरोजकुमार के भी कुछ दिन बीत गए।

सरोजकुमार के शुभचिंतक ज्यादा चिंतित थे, मगर वह तनाव रहित था। असली कारण यह था कि अविवाहित था। अविवाहित आदमी, जिसके 'आगे नाथ न पीछे पगहा'। सरोजकुमार को घर चलाने जैसी कोई चिंता भी नहीं थी। उसकी एक बहन थी गौरी, जो विकासपुर में अपने पति सुमनकुमार के साथ सुखपूर्वक रह रही थी। भाई कमलकुमार पुणे में रहता था। गोलपुर में सरोजकुमार अकेला रहता था। किसी पर बोझ का सवाल नहीं था। वह अकसर कहता था—अकेला बंदा बिंदास होता है। न बीवी न बच्चा, यह जीवन कितना अच्छा। अविवाहित आदमी के साथ सबसे बड़ी सुविधा यह होती है कि वह पलंग के दोनों तरफ से उतर सकता है। इसका अपना अलग सुख होता है। सरोजकुमार परिवार पालने के पारंपरिक लफड़े से बिलकुल मुक्त था, इसलिए

खुद्दारी के मामले में वह कभी समझौता करने के लिए तैयार नहीं था। लेकिन शादीशुदा आदमी एक तरह का बेचारा जीव हो जाता है। चाहकर भी कोई कड़े कदम नहीं उठा पाता, क्योंकि हर बार वह यही सोचता है कि सड़क पर आ गया तो बाल-बच्चों का क्या होगा। हाँ, जो लोग 'डीआईजी' किस्म के हो जाते हैं, वे रिस्क लेते वक्त नहीं घबराते। 'डीआईजी' यानी 'डबल इंकम ग्रुप'। पति-पत्नी दोनों नौकरी-पेशेवाले हों।

सरोजकुमार ने शादी नहीं की। वैसे उसके पास प्रेयसियों की कमी नहीं थी। बहुत सी युवतियाँ डोरे डालती रहती थीं, मगर वह किसी को परेशानी में नहीं डालना चाहता था। इसलिए किसी को लिफ्ट ही नहीं दी और न किसी से लिफ्ट ली। सरोजकुमार का अनुभव यही था कि क्रांतिकारी और आदर्शवादी पतियों की पत्नियाँ बड़ी दुःखी रहती हैं। अगर दुर्भाग्य से कोई कमअक्ल हो, तो हर घड़ी वह अपनी तकदीर को ही कोसती रहती है कि किसके पल्ले बँध गई। इसलिए सरोजकुमार ने किसी भी स्त्री को इस तरह के दुःख भोगने से पूरी तरह से मुक्त रखा था। वह अपनी फितरत जानता था कि कभी भी किसी दिन भी अखबार की नौकरी को 'जयहिंद' करना पड़ सकता है। नौकरी छोड़नी पड़ सकती है। कभी भी सेठ से या उसके दलालों उर्फ संपादकों से पंगा हो सकता है। इसलिए अपने साथ क्यों किसी दूसरे को परेशान किया जाए? नौकरी छोड़ दो तो पूरा घर-परिवार चिंतित हो जाता है—'हे राम, अब क्या होगा? कहीं भीख माँगने की नौबत न आ जाए।'

बहुत से घरों के अपने टुच्चे स्वार्थ होते हैं। ऐसे घरों को वही व्यक्ति प्यारा लगता है जो रुपइया लाकर देता है। तरीका कैसा भी हो, नंबर वन का हो, नंबर दो का हो, नंबर तीन का हो या दस नंबर का। कमाऊ पूत चाहिए, वरना 'गो टू हेल'।

सरोजकुमार इस सत्य को निकट से देख-सुन चुका था। सैकड़ों-हजारों उदाहरण उसके आस-पास ही थे, जहाँ केवल यही पंक्ति सार्थक होती थी, 'सबसे बड़ा रुपैया'। इसलिए उसने किसी से गाली खानेवाला कोई काम ही नहीं किया और वह सफलतापूर्वक मिस्टर कुँवारा ही बना रहा। अपने अकेले जीवन के लिए उसके पास पर्याप्त धनराशि थी। अखबारी नौकरी करते हुए जो थोड़े पैसे जमा थे, वे फिलहाल काम आ रहे थे। कुछ पत्रिकाओं में भी लिखा करता था। उससे भी थोड़ी-बहुत आय हो जाया करती थी। लेकिन यह सब भी कब तक चले? जिंदगी को सुव्यवस्थित करने के लिए कोई तो स्थायी काम शुरू किया जाए।

मित्र सुयश ने सुझाव दिया, 'गोलपुर टाइम्स' ज्वॉइन कर लो। उसे एक फीचर एडीटर चाहिए।'

'लेकिन हम 'फीचर' नहीं, 'फटीचर' एडीटर हैं।' सरोजकुमार व्यंग्य भरी मुसकान के साथ बोला, 'हमें कौन झेलेगा भाई? मैं पत्रकारिता में मूल्यों का पक्षधर हूँ और

'गोलपुर टाइम्स' के मालिक मातादीन का नैतिकता से खानदानी बैर है। वह आजकल भयंकर आधुनिक हो गया है। उसके दिमाग में ऐसा अखबार है, जो लंदन या अमरीका से निकलता हो। वह दैनिक अखबार निकालता है, लेकिन 'टेबुलाइड जर्नलिज्म' के पैटर्न पर। सफेद कागज पर पीली और नीली पत्रकारिता करने का पक्षधर। मैं एक बार मातादीन से मिला था। उसी ने बुलाया था। वह मुझे उलटे-सीधे गुर सिखा रहा था। वह कह रहा था कि जर्नलिज्म की स्टाइल बदल रही है, उसी के अनुसार अखबार निकालना होगा। वह मुझे पैसे भी ज्यादा दे रहा था, लेकिन मैंने सोचा कि कहाँ-कहाँ अपनी आत्मा को नीलाम करता रहूँगा। ले-देकर तो एक ठो सुंदर सी, कोमल सी आत्मा मिली है। इसे ज्यादा कष्ट देना ठीक नहीं। हाँ, किडनी की तरह दो आत्मा होतीं, तो एक को बिलकुल भ्रष्ट कर देता, दूसरी को साफ-सुथरी बनाए रखता। फिलहाल इकलौती आत्मा है, जिसे देखनेवाला अपना परमात्मा है। उसको जवाब देना पड़ेगा, यह टेंशन सबसे बड़ी है। यह भी सोच लिया था कि 'देशवार्त्ता' मेरा अंतिम अखबार रहेगा। इसके बाद कहीं नौकरी नहीं करूँगा। अखबार के दफ्तर को अगर 'स्लॉटर हाउस' (कसाईखाना) कहा जाए तो अतिशयोक्ति नहीं होगी। कसाईखाना...यहाँ गायें कटती हैं, बैल कटते हैं, बकरियाँ भी काटी जाती हैं, तरह-तरह के जीव मौत के घाट उतारे जाते हैं। अच्छे पत्रकार यहाँ तिल-तिल मरते हैं। मैं भी मरता रहा। लेकिन अब और नहीं। गम के प्याले और नहीं। 'देशवार्त्ता' छोड़कर मुक्ति का अहसास हो रहा है।'

'तो अब करोगे क्या?'

'कुछ-न-कुछ तो करूँगा ही। खाली तो बैठनेवाला नहीं। कोई-न-कोई पत्रिका निकालूँगा। दूसरे के किसी शॉपिंग मॉल में अपमान भरी नौकरी करने के बजाय स्वाभिमान की छोटी सी गुमटी खोलना बेहतर है। सर एडवर्ड कोक का कहना है कि अपना स्वयं का छोटा सा कच्चा घर भी व्यक्ति के स्वाभिमान की रक्षा एक किले की तरह करता है। तो लघु पत्रिका मेरे लिए अपना छोटा सा कच्चा घर होगा।'

कुछ दिन बाद सरोजकुमार ने अपनी मासिक पत्रिका शुरू की—'चौथापथ'। इस पत्रिका में सामयिक मुद्दों पर वैचारिक लेख छपते थे। शासन-प्रशासन द्वारा होनेवाले अत्याचारों पर विचारोत्तेजक बेबाकी के साथ सामग्री परोसी जाती थी। धीरे-धीरे पत्रिका के पाठक बढ़ने लगे। मगर पत्रिका सरकार की आँखों को चुभने लगी।

'चौथापथ' को सरकारी विज्ञापन नहीं मिलते थे। पत्रिका के हर अंक में सरकार की किसी-न-किसी नीति की खिंचाई होती थी। सरोजकुमार सरकारी विज्ञापन के लिए कोई प्रयास भी नहीं करता था। ऐसी पत्रिकाओं को सरकार भी घास नहीं डालती, जो उसकी काली छवि को दिखाने का दुस्साहस करती हैं। सरकार केवल उन्हीं पत्रिकाओं को पालती-पोसती है, जो रागदरबारी गाते हैं और अपनी पत्रिका को सरकारी परचे में बदल

देते हैं। पत्रिका के आवरण पृष्ठ पर मुख्यमंत्री की तसवीरें छापो, मंत्रियों के गुणगान करो, अफसरों को महिमामंडित करनेवाले लेख लिखो। गोलपुर में अनेक पत्रिकाएँ यही काम कर रही थीं। जिसे देखो, वही किसी-न-किसी मंत्री के पास पहुँच जाता और दन्न से उसकी गोद में जा बैठता था। मंत्री बेचारे परेशान। उनकी गोदी हमेशा हाउसफुल ही रहती थी। पहले से अनेक पत्रकार बैठकर अँगूठा चूस रहे होते। ऐसे में एक और चला आए, तो उसे कैसे 'एडजस्ट' किया जाए? मगर मंत्री करते थे। चलो, ये भी सही। गोलपुर के हर मंत्री की गोद पत्रकारों से, चाटुकारों से, दलालों से भरी रहती थी।

जिन पत्रिकाओं में मंत्रियों के विचार प्रमुखता के साथ छपते थे, उनकी तो बल्ले-बल्ले रहती थी। मंत्री से लेकर छुटभैए नेताओं तक के छायाचित्र पत्रिकाओं में छपते और दो-चार पन्नों के बाद उन्हीं मंत्रियों के विज्ञापन भी छपे नजर आते थे। इधर सचित्र विचार और ऊधर विज्ञापनों की बहार। ऐसी जुगलबंदी देखकर लोग हँसते थे। संपादक पर भी और नेताओं पर भी। लोग समझ जाते थे कि मामला क्या है…छपने-छापने का रहस्य क्या है। लेकिन इससे नेताओं को कोई फर्क नहीं पड़ता था। उनका तो प्रचार हो रहा है। प्रचार की भूख शरीर की भूख से बहुत बड़ी होती है। सेक्स की भूख से भी भयंकर। उन पत्रकारों को भी फर्क नहीं पड़ता था, जो चापलूसी को जीवन की रणनीति बना चुके थे। वे इसे पत्रकारिता नहीं, विशुद्ध व्यवसाय कहते थे। और व्यवसाय में नैतिकता की बात सोचना अपने पैरों पर कुल्हाड़ी मारने जैसी बात है। सेक्स की भूख विवेक को खा जाती है, मगर प्रचार की भूख आत्मा को कुतर लेती है।

चालू किस्म की पत्रिकाएँ प्रचार के भूखे हर अफसर, नेता, समाजसेवी और इसी किस्म के अनेक लोगों तक जातीं, और कुछ-न-कुछ धन हथियाकर ही वापस लौटती थीं। मजे की बात तो यह थी कि जो लोग अपने आपको साहित्यिक पत्रिका का संपादक बताया करते थे, वे लोग भी दरबारी की भूमिका में नजर आ जाते थे। इस काम में क्या स्त्री और क्या पुरुष, दोनों समान रूप से सक्रिय थे। कंगले लोग कभी इस मंत्री के बँगले, तो कभी उस मंत्री के बँगले तक सक्रिय रहते। सरोजकुमार ने ऐसे अनेक लोगों का पतन देखा, जो पहले अच्छे साहित्यकार हुआ करते थे। मगर बाद में इन लोगों को जीवन की सच्चाई समझ में आ गई थी कि साहित्य-फाहित्य करके आखिर क्या उखाड़-कबाड़ लेंगे? इसके पहले भी किसने क्या उखाड़ लिया? साहित्य-फाहित्य से कुछ नहीं होता। बड़े-बड़े आदर्शवादी लेखक मर-खप गए, किसको कौन याद रखता है? फिर काहे खाली-पीली आदर्श जीवन जीने की घटिया हरकत की जाए? इसलिए पत्रिका का नाम भले ही साहित्यिक होता था, मगर उसमें साहित्यिक रचनाओं से ज्यादा नेताओं से जुड़ी सामग्री ही छपती थी, क्योंकि यह सामग्री ही विज्ञापन प्राप्ति का आधार बनती थी।

कुछ पत्रिकाओं के संपादक दो कदम आगे निकल चुके थे। वे साहित्यिक कार्यक्रमों

के बहाने सरकार से तगड़ी वसूली में ही लिप्त रहते थे। कोई-न-कोई कार्यक्रम तैयार करते और उसका अतिथि किसी मंत्री को बना देते थे। कभी-कभी मुख्यमंत्री और राज्यपाल को भी लपेट लेते थे। वी.वी.आई.पी. अगर इनके कार्यक्रमों में शामिल नहीं हो पाते थे, तो स्वयंभू संपादक उनके बँगले में जाकर लोकार्पण करवा लेते थे। यह तो और फायदे का सौदा होता था। चाय-नाश्ते का खर्च बच जाता था। एक बार अगर कोई बड़ा नेता इनके मायाजाल में फँस गया, तो फिर बाद में वे छोटे-छोटे मंत्रियों को तो वैसे भी कब्जिया लेते थे। वैसे पत्रिका की आड़ में धन उगाहनेवाले संपादकों को लोग अच्छे से पहचान चुके थे, लेकिन उन संपादकों को कोई फर्क नहीं पड़ता था, क्योंकि उनका लक्ष्य नाम नहीं, दाम था। जितना नाम कमाना था, कमा लिया। लाखों रुपयों की कमाई करने के बाद जब कोई संपादक मंच से नैतिक मूल्यों की बात करता था या अपनी पत्रिका में मूल्यों की बात करता था, तो कुछ पाठक जोर-जोर से हँसते थे और जैसे ही रद्दीवाला उनके घर आता था, तो सबसे पहले ऐसी ही पत्रिकाओं को ही घर से बाहर निकाल दिया करते थे।

सरोजकुमार के पास ऐसा कोई हथकंडा नहीं था, जिससे सरकार या सरकार के लोग खुश हों। सरकार के चमचे यानी वे लोग, जो विज्ञापन दे सकते थे, सरोजकुमार को अँगूठा दिखा दिया करते थे। सरोजकुमार के प्रतिनिधि के रूप में जो कोई भी किसी सरकारी विज्ञापन के लिए प्रयास करता, तो उसे सीधे-सीधे मना करने की हिम्मत नहीं होती थी, इसलिए 'एक-दो दिन बाद आइए' कहकर टरका दिया जाता था। हारकर सरोजकुमार ने सरकार का मुँह ताकना ही बंद कर दिया। पत्रिका निकालने के लिए उसने घर फूँक तमाशा शुरू कर दिया। लोगों के चंदे के सहारे पत्रिका का प्रकाशन कठिन होने लगा।

और एक दिन पत्रिका बंद करने की नौबत आ गई।

अब क्या किया जाए? क्या पत्रिका बंद कर दी जाए? सरोजकुमार ऐसा करना ही चाह रहा था, तभी उसकी मुलाकात सेठ गंगाचरण से हो गई।

गंगाचरण सरोजकुमार से प्रभावित था। सरोजकुमार जब 'देशवार्त्ता' में काम करता था, तब एक बार गंगाचरण ने समाजवादी नेता कल्लूराम के घोटाले से संबंधित समाचार को रुकवाने के लिए सरोजकुमार को पाँच लाख रुपए देने की पेशकश की थी, मगर सरोजकुमार ने साफ मना कर दिया था। तब गंगाचरण ने सीधे केडी से संपर्क करके खबर रुकवा दी थी। सरोजकुमार ने उसी दिन नौकरी छोड़ दी थी, मगर केडी ने हाथ-पैर जोड़कर सरोजकुमार को रोक लिया था।

गंगाचरण सरोजकुमार की ईमानदारी का कायल था, इसलिए एक दिन उसने सरोजकुमार से मुलाकात की और कहा—

'आप चाहें, तो मैं आपकी सहायता कर सकता हूँ।'

'वो कैसे?'' सरोजकुमार ने पूछा।

'मैं आपको हर अंक के लिए दस हजार रुपए का आर्थिक सहयोग दूँगा।'

'लेकिन मैं आपका सहयोग ले नहीं पाऊँगा।' सरोजकुमार ने दो टूक जवाब दे दिया।

'मगर क्यों? क्या हमारे रुपए भी आपको पाप की कमाई लगते हैं?' गंगाचरण ने मुसकराते हुए पूछा।

'नहीं-नहीं, ऐसी कोई बात नहीं।' सरोजकुमार चाहता था गंगाचरण को चुभनेवाली बात बोल सकता था, मगर उसने ऐसा नहीं किया। उसने प्रेम से ही जवाब दिया, 'अभी तो जैसे-तैसे निकाल ही रहा हूँ। जब बिलकुल ही लाचार हो जाऊँगा, तब आपका सहयोग जरूर लूँगा।'

गंगाचरण की नजरों में सरोजकुमार का सम्मान और अधिक बढ़ चुका था। वे सोचते हुए लौट गए कि आज के इस दौर में भी ऐसे घनघोर आदर्शवादी लोग मौजूद हैं, यह भी अपने किस्म का सातवाँ आश्चर्य है।

सरोजकुमार के मित्र सुयश ने कहा, 'तुम एक बार सीएम से मिल लो। तुम्हें तो वे अच्छे से जानते हैं। हर अंक के लिए तुम्हें विज्ञापन के आदेश जारी कर देंगे।'

सरोजकुमार मुसकराकर बोला, 'विज्ञापन तो जारी कर देंगे, लेकिन फिर मेरे गले में भी एक पट्टा बँध जाएगा, जैसा दूसरों के गलों में बँधा नजर आता है। अभी तो सीएम मिलते हैं तो मुसकरा देते हैं। फौरन बुला लेते हैं। कभी-कभार कहीं मिल जाते हैं तो बतिया भी लेते हैं, मगर जैसे ही मैं उनसे विज्ञापन माँगने जाऊँगा, वे समझ जाएँगे कि यह भी दूसरों के जैसा ही विज्ञापनजीवी निकला। बेशक मुझे विज्ञापन भी मिल जाएगा, और अच्छा विज्ञापन मिल जाएगा, मगर दुबारा फिर सीएम के चेहरे में मेरे प्रति वह सम्मान नजर नहीं आएगा, जो आज नजर आता है। सीएम क्या, किसी और दूसरे मंत्री की नजरों में आज जो मेरी इज्जत है, वह दो कौड़ी की रह जाएगी।'

सरोजकुमार के तर्क के आगे सुयश निरुत्तरित था।

सरोजकुमार ने 'चौथापथ' के कुछ अंक निकाले और एक समय ऐसा आया कि अगले अंक के लिए उसके पास फूटी कौड़ी भी नहीं बची। हारकर उसे अपना स्कूटर बेचना पड़ा। फिर टाइपराइटर भी बेच दिया। इन सबके सहारे कुछ अंक निकल गए, मगर बाद के अंकों के लिए उसके पास ऐसी कोई महँगी चीज नहीं थी, जिसे बेचकर पत्रिका निकाली जाती। केवल ईमान बचा था, इसे बेच देता तो जीवन भर की व्यवस्था हो जाती, मगर सनकी लोगों का कभी भला हुआ है क्या, जो सरोजकुमार का होता।

एक दिन अचानक सरोजकुमार गायब हो गया। बहुत दिनों तक उसका कहीं अता-

पता ही नहीं चला। तरह-तरह की बातें होने लगीं।

'लगता है, वह दिल्ली शिफ्ट हो गया है।'

'उसने आत्महत्या तो नहीं कर ली?'

'कहीं पता ही नहीं चल रहा है। गया तो कहाँ गया?'

'उसका मोबाइल भी स्विच ऑफ बता रहा है।'

लोगों ने तरह-तरह की चर्चाएँ शुरू कर दीं। जितने मुँह, उतनी बातें।

उड़ते-उड़ते बात केडी तक भी पहुँची। उसने कुटिल मुसकान के साथ टिप्पणी की, 'मैं तो जानता था कि एक दिन यही होगा। अरे, 'देशवार्त्ता' को छोड़कर जानेवाले पत्रकार की यही गत होनी है।'

सरोजकुमार के लापता होने की खबर सरकार तक भी पहुँची। लेकिन बात आई-गई हो गई, क्योंकि सरोजकुमार के होने-न-होने से किसी भी वर्ग को कोई खास फर्क तो पड़ने से रहा। केवल एक चीज थी, जो बेहद दुःखी थी, लेकिन वह भी किसी को नजर नहीं आ रही थी और वह थी नैतिकता।

सरोजकुमार के परिदृश्य से ओझल होने के कारण केवल नैतिकता की आँखों में आँसू थे, जिसे केवल काल देख सकता था, कोई इनसान नहीं।

□

: तेरह :

सरोजकुमार के हटने के बाद 'देशवार्त्ता' को झटका तो लगा था, क्योंकि धारदार संपादकीय और त्वरित टिप्पणियाँ अखबार से गायब हो चुकी थीं। इसी लेखन के कारण अखबार की कुछ पहचान बनी थी, मगर अब 'देशवार्त्ता' में ऐसा कोई शख्स नहीं था, जो लिखने में माहिर हो। 'देशवार्त्ता' में सरकारी गुणगान भरा रहता। केडी सरकार की तारीफ को ही राष्ट्र का काम कहता था। उसके इस चरित्र के कारण अखबार में सरकारी विज्ञापन बढ़ गए थे। 'डीएवीपी' (डिपार्टमेंट ऑफ ऑडियो-विजुअल पब्लिसिटी) से भी विज्ञापन मिलने लगे थे। फर्जी आँकड़ों का सहारा लेकर उसने अपने अखबार की प्रसार-संख्या एक लाख से अधिक दिखा दी थी। गोलपुर में 'देशवार्त्ता' दस हजार भी नहीं बिकता था, मगर डीएवीपी को प्रसार-संख्या बताई गई थी एक लाख, इसलिए बढ़े हुए दर पर विज्ञापन मिल रहे थे। डीएवीपी के हिसाब से लोकसंपर्क विभाग भी विज्ञापन की दरें तय करता था। इस तरह केडी को अच्छे-खासे विज्ञापन मिल जाते थे। सबकुछ ठीक-ठाक चल रहा था।

केडी बहुत पहले टुटही साइकिल पर घूमा करता था
फिर स्कूटर पर चलने लगा
एक दिन उसने 'मारुति' कार खरीद ली···
फिर सीधे 'होंडा सिटी' में नजर आने लगा।

लोग समझ गए कि केडी की प्रगतिशीलता और समाजवाद तेजी के साथ फलदाई हो रहा है।

एक दिन केडी ने लिली से कहा, 'डार्लिंग, जल्दी ही वह समय आनेवाला है, जब हम लोग 'सीआरवी', 'बी.एम.डब्ल्यू.' और 'फेरारी' में घूमेंगे।'

'क्यों नहीं, क्यों नहीं।' लिली ने और चढ़ाया, 'आखिर यहाँ तक तो पहुँच ही गए हो। मुझे लगता है कि वह दिन भी आएगा, जब अपना हेलीकॉप्टर होगा और उसी के जरिए 'देशवार्त्ता' को गाँव-गाँव तक पहुँचाया जाएगा। रायगढ़ से लेकर मनेंद्रगढ़ तक

अखबार के बंडल हेलीकॉप्टर से ही टपकाया करेंगे, टप्प···टप्प। गाँव-गाँव तक सबसे पहले हम पहुँचेंगे और हमी-हम रहेंगे। हेलीकॉप्टर खरीद लें, तो हम दिल्ली और लखनऊ से भी अपना अखबार निकालेंगे।'

'हाँ, यही अपन का फाइनल डेस्टिनेशन (अंतिम लक्ष्य) है। कमाई करो और हेलीकॉप्टर तक पहुँचो, तब तो कोई बात है, वरना अखबार छापना बंद करो।' केडी ने भौंहें चढ़ाईं और गरदन में अकड़ लाते हुए कहा, 'सुना है 'गोलपुर टाइम्स' का सेठ साला मातादीन हेलीकॉप्टर खरीद रहा है। कौड़ी भर की औकात नहीं थी साले की। सब जानते हैं कि लोटा लेकर आया था बाहर से। खैर, मैं भी किसी से कम नहीं। लूट-खसोट में उसका भी बाप हूँ। वो पुराना पापी है तो मैं भी अब पुराना होने लगा हूँ। मेरे लिए अभी तो ये अँगड़ाई है, आगे और लड़ाई है। लेकिन मुझे भरोसा है अपनी तिकड़मों पर। हम होंगे कामयाब एक दिन।'

इतना बोलकर केडी हँस पड़ा—खी-खी-खी। अभद्र हँसी के कारण थूकांश लिली के मुँह पर भी पड़े। वह कुछ बोल नहीं सकी। खिसियानी मुसकान फेंकती रही और मन-ही-मन उसे गालियाँ बकती रही। सच बात तो यह थी कि लिली केडी से ऊबती जा रही थी और मूड बना रही थी कि कहीं अच्छा मौका मिले, तो इससे पीछा छुड़ाऊँ।

लिली सही मौके की प्रतीक्षा में थी।

कमाई की गति तेज हो जाए, तो धनपिपासा उससे भी कई गुना तीव्र हो जाती है। केडी के मन में अधिक-से-अधिक धन उगाहने की ललक बढ़ती जा रही थी। उसके दिमाग में प्रतिदिन 'वन टू का फोर' चलता रहता था।

'क्या करूँ, क्या करूँ', इसी ऊहापोह में केडी के दिमाग में एक दिन धाँसू आइडिया कौंधा और वह सीधे खेलमंत्री लटोरीलाल के बँगले पर पहुँच गया। लटोरीलाल ने अपने सामने एक संपादक को खड़ा देखकर प्रसन्नता जाहिर की और कहा, 'अरे, आज कैसे रास्ता भूल गए?'

'कभी-कभी भूलना फायदेमंद भी होता है और आप जैसे लोगों के पास आने से तो राह भूलना भी सार्थक हो जाता है।' केडी ने मक्खन लगाते हुए कहा, 'बहुत दिनों से आप के बारे में ही सोच रहा था। आप इतना काम करते हैं, मगर जैसा प्रचार आपको मिलना चाहिए था, नहीं मिल रहा है। मुझे लगता है 'नेशनल मीडिया' की तरह हमें भी यहाँ कुछ काम शुरू करना चाहिए।'

'मैं कुछ समझा नहीं।' लटोरी बुड़बक की तरह केडी का मुँह निहारने लगा और मुसकराते हुए कहा, 'खुलकर बात करो भाई। आपको शायद पता हो कि मैं पहेलियाँ हल करने में बड़ा कमजोर रहा हूँ।'

'देखिए, मैं समझाता हूँ।' केडी ने कहना शुरू किया, 'आजकल बहुत से अखबार बड़े-बड़े नेताओं की छवि चमकाने के लिए उनके बारे में कुछ-न-कुछ खबरें प्लांट करते रहते हैं। हर कहीं यही खेल चल रहा है। दिल्ली-मुंबई और दूसरे महानगरों में कुछ ज्यादा हो रहा है। दिल्ली में अधिकतर मालिक, संपादक, पत्रकार किसी-न-किसी नेता के साथ सेट हैं। चिपके हुए हैं। कोई किसी का आदमी है तो कोई किसी का। सब-के-सब पालकी ढो रहे हैं और कमाई कर रहे हैं। किसी ने कहा भी है कि बिना आत्मप्रचार, नहीं उद्धार। प्रचार के लिए नेता लाखों रुपए खर्च करते हैं। आपने भी देखा होगा कि अखबारों में और टी.वी. चैनलों पर कुछ नेता बार-बार नजर आते हैं। इनमें कुछ विशुद्ध विदूषक किस्म के होते हैं, तो कुछ जोकरनुमा। कुछ माफिया किस्म के भी होते हैं, मगर सब-के-सब छाए रहते हैं। आम पाठक को तो यही लगता होगा कि इनसे बड़ा कोई नेता ही नहीं है। आप क्या समझते हैं कि मीडिया इन लोगों के बारे में अपने मन से कोई स्टोरी बनाकर पेश करता है। जी नहीं, बिलकुल नहीं। फोकट में इनकी पालकी नहीं ढोई जाती। इसके लिए उन लोगों की जेबें हलकी करनी पड़ती हैं। यह बाजारवादी समय है। बाजार में बने रहना है तो प्रचार जरूरी है। प्रचार होता रहे, तो प्रॉडक्ट और आदमी दोनों की ही डिमांड बनी रहती है। आपको अभी लंबी पारी खेलनी है, इसलिए चिरकुट किस्म के प्रचारों से आपका भला नहीं होगा। आपको भी प्रचार का एक पूरा पैकेज चाहिए। हमारा एक आदमी आपके साथ दिन भर रहे और आपकी छवि चमकाने का जुगाड़ करता रहे। वह आपको बराबर 'आइडियाज' देता रहे कि ऐसा क्या करें जिससे आपका नाम हो। आप सज्जन किस्म के नेता लगते हैं। प्रचार के मामले में कुछ पीछे रहते हैं। मैं चाहता हूँ कि आप इस बारे में सोचें। मुझे तो लगता है कि कल को आप मुख्यमंत्री भी बन सकते हैं।'

इतना बोलकर केडी लटोरीलाल के चेहरे को देखने लगा।

लटोरीलाल के चेहरे पर चमक आ गई। वे फौरन चने के झाड़ पर चढ़ गए और मुसकराते हुए पूछा, 'क्या मैं सचमुच मुख्यमंत्री बन सकता हूँ? यह सोच-सोचकर ही कई बार गुदगुदी होने लगती है कि कभी मुख्यमंत्री बन जाऊँगा। रात को क्या, मैं तो दिन में भी 'ड्रीमता' (सपनाता) रहता हूँ कि मुख्यमंत्री बन गया हूँ···आगे-पीछे कारों का काफिला चल रहा है और चमचे जय-जयकार कर रहे हैं।···मालाओं से लद चुका हूँ। कुछ समझ में ही नहीं आता कि मैं मालाओं के बीच हूँ या मुझमें मालाएँ हैं। भाई केडी, पता नहीं इस जन्म में यह सपना साकार होगा या नहीं? किसी कवि की लाइन याद आ रही है—

'आँखों में पलते हैं सपने
सच में कब ढलते हैं सपने

हम थक जाते चार कदम पे
बिना थके चलते हैं सपने
लगता तो यही है कि अपना ये सपना कभी भी साकार नहीं हो सकता।'

'अरे, काहे नहीं हो सकता? हिम्मत करे इनसान तो कौनो काम मुश्किल है का?' केडी बोला, 'आपके भीतर एक महान् संभावना है। मैं साफ-साफ देख रहा हूँ कि इस प्रदेश का एक भावी मुख्यमंत्री तैयार हो रहा है। लेकिन यह तभी संभव है जब आप हाईकमान की नजरों में बने रहें। मैं आपके बारे में तरह-तरह की पॉजीटिव खबरें छापता रहूँगा। एक रिपोर्टर ही आपके साथ अटैच कर दूँगा। वह कुछ सच्ची, कुछ झूठी स्टोरी करता रहेगा। ऐसा करने से माडिया में आप-ही-आप छाए रहेंगे। यही समय की माँग है। आगे बढ़ने लिए आपको अब तरह-तरह के हथकंडे अपनाने पड़ेंगे। दूसरे लोग यही कर रहे हैं। अखबारों में डेली कवरेज जरूरी है। मीडिया में छाए रहना समय की माँग है। इसके बिना आप उस मोबाइल की तरह हो जाएँगे, जिसका नेटवर्क अकसर खराब रहता है और जो लोगों को कवरेज क्षेत्र से बाहर बताता है। इसीलिए लोग टेंशनाकर बोलते हैं कि साला, यह तो 'भीतर से भी नहीं लगता', 'बाहर से भी नहीं लगता' और 'भगवान् से भी नहीं लगता'। इसलिए आप हमेशा जनता के कवरेज क्षेत्र में बने रहें, अपना पावर रूपी टॉवर ठीख रखें।''

केडी की बात सुनकर लटोरी मुसकराने लगे। फिर गंभीर होकर कुछ सोचने लगे, तो केडी ने कहा, 'यह सोचने का नहीं, नोंचने का समय है। अपने दुश्मन को नोंचना होगा। तभी आपको मौका मिलेगा, वरना पड़े रहिए खेल मंत्री बनकर। करते रहिए कबड्डी और खो-खो के उद्घाटन।'

'आपके पास प्लान क्या है?' लटोरीलाल ने पूछा।

'देखिए, मैं अपने अखबार में रोज आप से जुड़ी खबरें छापूँगा। आपको भी कुछ एक्टिव होना होगा।' केडी बोला, 'अरे, लगता क्या है मनुष्य किस्म की हरकतें करने में? कभी पान ठेले पर जाकर खड़े हो जाइए, कभी किसी होटल में घुस जाइए, कभी किसी बुढ़िया की झोंपड़ी में जाकर चाय पीकर आ जाइए, कभी-कभी किसी गरीब को हेलीकॉप्टर में बिठाकर धन्य कर दीजिए। मसीहाई अंदाज में गरीबों को गले लगा लीजिए। जो सबसे ज्यादा काला-कलूटा बदहाल सा गरीब बच्चा नजर आए और जिसकी नाक-वाक बह रही हो, उसे गोदी में जरूर उठा लें। उसके हाथ में कुछ रुपए भी रख दें। तहलका मच जाएगा। भले ही आपको भीतर-भीतर उबकाई आ रही हो, लौटकर आपको नहाना पड़ जाए, लेकिन इस तरह की नौटंकी करते रहें। किसी के पारिवारिक समारोह में अचानक चले जाइए। बिना बुलाए चले जाएँ तो और अच्छा। किसी के यहाँ गमी हो तो वहाँ भी जाकर दस मिनट बैठकर आ जाइए। कोई गरीब है तो

अपनी ओर से मदद की घोषाणा कर दी। कभी किसी छुटभैए किस्म के लेखक की पुस्तक का विमोचन कर दिया। अपनी ओर से कुछ अनुदान दे दिया।'

'गजब कर रहे हो केडी भाई, क्या दिमाग पाया है।' लटोरीलाल बोले, 'हम लोगों का दिमाग इतनी दूर तक जाता ही नहीं। तभी तो आप इतने बड़े अखबार के मालिक हैं भाई। हे…हे…हे…।'

केडी अपनी तारीफ सुनकर हँस पड़ा, फिर बोला, 'कहने का मतलब यह है कि कुछ-न-कुछ ऐसा करते रहिए कि खबर बनती रहे। हमारा रिपोर्टर और फोटोग्राफर आपके साथ चिपके रहेंगे और आपकी इन सब गतिविधियों को भेलपूरी जैसा स्वादिष्ट बनाकर 'देशवार्त्ता' के पाठकों के समक्ष परोस देंगे। बीच-बीच में हमारा रिपोर्टर आपको कुछ टिप्स भी देता रहेगा कि क्या करना है और क्या नहीं करना है। मैं उसे बताता रहूँगा। आपकी इमेज बिल्डिंग का मास्टर माइंड तो मैं रहूँगा। आपका कोई भी 'पीआरओ' (जनसंपर्क अधिकारी) यह सब नहीं कर सकेगा। उन बेचारों के सोचने की अपनी सीमा होती है। उसी में उनका कीमा बन जाता है। वे लोग गधे को घोड़ा बनाने की कोशिश करते हैं, लेकिन कर नहीं पाते। उलटे कई बार खच्चर बनाकर रख देते हैं। मगर हमारा रिपोर्टर गधे को शेर और शेर का बब्बर शेर बना सकता है, क्योंकि वह सरकारी नहीं, असरकारी तरीके से सोचता है। हमारा यह सारा काम एक पैकेज जैसा रहेगा। इसके लिए मुझे एक रिपोर्टर, एक फोटोग्राफर रखना होगा। अखबार में जगह बनानी होगी। दूसरे विज्ञापनों को रोककर भी आपके लिए स्थान सुरक्षित रखना होगा। इसमें थोड़े पैसे लगेंगे, लेकिन आपको कई गुना लाभ मिलेगा और आप महानायक बनकर उभरेंगे। मुख्यमंत्री बनने से आपको कोई ताकत नहीं रोक सकेगी।'

'कितने का पैकेज है, भाई?' लटोरी ने उत्साहित होकर पूछा।

'हर महीने ज्यादा नहीं, केवल दो लाख रुपए लगेंगे। आप अपने आदमी हैं, अधिक ले भी तो नहीं सकता न।'

लटोरी ने सोचा, सौदा बड़ा सस्ता है। वह मुसकराया और बोला, 'डनडनाडन डन। आप कल से ही शुरू हो जाइए।'

'यह हुई न मरदों जैसी बात।' केडी ने चहकते हुए कहा, 'तो फिर कुछ एडवांस दे दीजिए। मुझे अपने लिए नहीं चाहिए। मुझे तो उस रिपोर्टर के लिए चाहिए, जो आपके साथ अटैच रहेगा। छोटे लोग हैं न। उन बेचारों का खयाल रखना ही पड़ता है। मैं तो विशुद्ध स्वदेशी आदमी हूँ। 'सिंपल लिविंग ऐंड हाई थिंकिंग' वाला। माँ सरस्वती का साधक राष्ट्रवादी। अपने धर्म, अपने राष्ट्र के बारे में सोचनेवाला। आप तो जानते ही हैं। आपको मुख्यमंत्री बनाने के पीछे भी राष्ट्रीय भावना काम कर रही है। आपके जैसे लोगों को सीएम बनना चाहिए। मैंने अपना पूरा जीवन देश और समाज के लिए ही समर्पित कर

दिया है। मुझे तो केवल दो जून का खाना मिल जाए साहब, यही बहुत है। वैसे भी कोई आदमी इससे ज्यादा खा भी तो नहीं सकता।'

केडी की बात सुनकर लटोरी को बड़ी हँसी आई। वह बहुत देर तक हँसता रहा। केडी समझ गया कि इस हँसी के पीछे उसके तथाकथित राष्ट्रवाद पर गहरा व्यंग्य भी था। लटोरी समझ गया था कि उसे फाँस लिया गया है, लेकिन लटोरी का फँसना भी जरूरी था। कल को मुख्यमंत्री बनना है तो इस तरह के कुछ 'इन्वेस्ट' करने ही पड़ेंगे। सचमुच, फोकट में कोई किसी को क्यों छापेगा?

केडी खामोशी के साथ मुसकराता रहा। लटोरीलाल भी मुसकराता रहा। सन्नाटा दोनों के बीच हठखेलियाँ करता रहा।

थोड़ी देर बाद लटोरी ने पीए गोपेश्वर को बुलाया और एक परची पर कुछ लिखकर दिया। गोपेश्वर भीतर गया और थोड़ी देर बाद पचास हजार रुपयों के साथ लौटा।

लटोरी ने केडी को पैसे सौंपते हुए कहा, 'ये रही आपकी पेशगी। ध्यान रखना भाई, मेरी लाज अब तुम्हारे हाथों में है। मीडिया जिसे चाहे बना दे, जिसे चाहे मिटा दे।'

केडी ने उठते हुए कहा, 'चिंता न करें, आपके बारे में ऐसी-ऐसी पॉजीटिव खबरें पब्लिश करूँगा कि आपको खुद समझ में नहीं आएगा कि यह काम मैंने कब किया था, कहीं सपने में तो नहीं? देखिएगा, अच्छा लगेगा आपको।'

दूसरे दिन से ही केडी ने अपने रिपोर्टर हंडा को पंडा बनाकर लटोरीलाल के पीछे लगा दिया। जहाँ-जहाँ लटोरी जाए वहाँ-वहाँ हंडा लटोरीलाल का झंडा उठाए खड़ा रहे। हंडा का काम यही था कि वह लटोरीलाल के साथ बिलकुल साये की तरह चिपका रहे।

लटोरीलाल एक चाय ठेले पर रुके। चाय पी। कुछ लोगों के कंधों पर हाथ रखा। मुसकान बिखरेकर लोगों को धन्य किया।

दो दिन बाद लटोरीलाल पान ठेले पर गए और मित्रमंडली तथा दो-चार चमचों के साथ पान का आनंद लिया। पैसे तो किसी और के थे, मगर लटोरीलाल ने अपनी जेब से निकालकर भुगतान किया। रास्ते में भिखारी मिल गया, तो उसके कटोरे में दस रुपए डाल दिए। मंत्रीजी जो कुछ भी करते, उसकी रोचक खबर बनाकर 'देशवार्त्ता' में लगा दी जाती, जैसे—

'लटोरीलाल ने ठेले पर जाकर चाय पी।'

'मंत्रीजी ने पान दुकान में जाकर पान खाया।'

'मंत्रीजी झुग्गीवासियों से मिले। उन्हें गिफ्ट बाँटे।'

'मंत्रीजी ने ग्रामवासियों को हेलीकॉप्टर की सैर कराई।'

'मंत्री लटोरीलाल ने गरीब धन्नू के घर जाकर वधू को आशीर्वाद दिया।'

मंत्रीजी 'देशवार्त्ता' के दफ्तर पधारे और अखबार के संपादन में गहरी रुचि दिखाई। यह भी कहा कि मैं अगले जन्म में संपादक बनना चाहूँगा।

मंत्रीजी ने ये किया...वो किया। जो नहीं किया, उसका भी बखान।

'देशवार्त्ता' में रोज लटोरीलाल की कोई-न-कोई खबर छप रही थी। यह देखकर दूसरे अखबारवाले भी समझ गए कि 'देशवार्त्ता' से कोई डील हो गई है। बस, फिर क्या था। दूसरे मालिक-संपादक भी लटोरीलाल तक पहुँच गए। एक संपादक जाता, तो दूसरा हाजिर हो जाता। सब एक-दूसरे को देखकर मुसकराते और आँख मारते। उनका भाव यही रहता कि 'अच्छा बेटा, तुम भी लगा रहे हो चूना। लगाए जाओ और लटोरीलाल के गुन गाए जाओ।'

लटोरीलाल की हालत यह थी कि मरता क्या न करता।

लटोरीलाल किसी को मना भी नहीं कर सकता था। उसे तो सबको खुश रखना था, वरना किसी ने भी कोई उलटी-सीधी स्टोरी लगा दी, तो समझ लो, हो गया काम-तमाम। 'देशवार्त्ता' ने जो दुकान जमाई थी, वह उखड़ जाएगी। फिर लटोरी ने यह भी सोचा कि सभी अखबार में कुछ-न-कुछ छपता रहे तो बुराई क्या है। घर का पैसा तो लग नहीं रहा कि बाँटने में तकलीफ हो। अफसरों से, ठेकेदारों से, भूमाफियाओं से, शराब और कोल माफियाओं से जो पैसे आ रहे हैं, उनका कुछ हिस्सा आत्मप्रचार के लिए लग जाए तो लक्ष्मी के दो नंबरी भंडार में कमी नहीं आएगी। बस सिलसिला शुरू हो गया। सबको पैकेज मिल गए।

अखबारों को उनकी प्रसार-संख्या के हिसाब से दक्षिणा मिलने लगी।

अपने बारे में छपी खबरों को देख-देखकर लटोरीलाल की छाती चौड़ी हो जाती थी। स्वाभाविक था कि उसके मन में यह मुगालता पनपने लगा कि उसका कद बढ़ रहा है। पाँच फीट का था, मगर उसे लगने लगा कि 'वह छहफुटिया हो गया है। सचमुच, उसे तो सीएम होना चाहिए'। कोई आदमी जब प्रायोजित तरीके से ऊँचा उठने या उठाया जाने लगता है, तो वह नादानीवश भ्रम में पड़ जाता है कि दूसरे लोग बौने हो गए हैं। मीडिया में किसी मंत्री की रोज तसवीर और खबर छपे, तो किसी भी 'छुटभैए' नेता को भी अपने 'बड़भैए' होने का भ्रम हो जाता है। मीडिया ऐसी ही मस्त-मस्त चीज है। ये जो न कराए, कम है।

एक दिन लटोरीलाल ने अपनी ओर से केडी को फोन किया, 'अरे भाई, तुम एकाध धमाकेदार स्टोरी तो लगाओ, जिससे हाईकमान के सामने अपना नंबर बढ़ जाए।'

'आदेश कीजिए, क्या चाहते हैं?'

'यार, वो तुम बोल रहे थे न कि मैं मुख्यमंत्री भी बन सकता हूँ? तो भाई मेरे, कुछ करो न। छेड़ दो अभियान। जब तक मीडिया मेहरबान न हो तो मैं पहलवान कैसे बन

सकता हूँ? इसलिए दो-चार ऐसी धाँसू स्टोरी लगाओ कि मजा आ जाए। जम जाए अपनी दुकानदारी। हाईकमान के सामने अपना नाम तो पहुँचे।'

'क्यों नहीं, क्यों नहीं? अब आपने कह दिया है, तो देखिए, कल से ही भिड़ जाता हूँ, लेकिन बकाया राशि भी तो भिजवा दें श्रीमान्। अपने रिपोर्टरों के दिमागी घोड़े दौड़ाने के लिए यह जरूरी है। मैं तो ठहरा राष्ट्रवादी, लेकिन...' इतना बोलकर केडी को समझ में नहीं आया कि आगे क्या बोला जाए तो उसने चापलूसी से लबरेज गिड़गिड़ाती हँसी उगली—'हें...हें...हें...'

लटोरीलाल ने भी ठहाका लगाया और बोले, 'मान गए आपको, और आपके इस राष्ट्रवाद को। जय हो आपकी। किसी को भेज दीजिए महाराज। आपकी उधारी चुका देता हूँ।'

केडी ने कहा, 'नहीं-नहीं, मैं खुद आऊँगा। बड़ा एमाउंट है न। और इसी बहाने आपकी चाय मिल जाएगी। हें...हें...हें...।'

'क्यों नहीं, क्यों नहीं। स्वागत है। आओ, एक मंत्री के सेक्स स्कैंडल के बारे में कुछ क्लू दूँगा।' इतना कहकर लटोरीलाल जोर से हँसे और बड़बड़ाए, 'साला, मा...'।

लटोरीलाल के पैसे मिलने के बाद से केडी शुरू हो गया। रोज कोई-न-कोई मैटर ऐसा बनवाता, जिसमें लटोरीलाल की तारीफ होती और अंत में एक पंक्ति जरूर रहती कि क्षेत्र की जनता यह माँग कर रही है कि 'लटोरीलाल जैसे मंत्री को मुख्यमंत्री बनाना चाहिए'। कभी-कभार 'देशवार्त्ता' में कुछ इस तरह के शीर्षक भी नजर आने लगे—

'प्रदेश में नेतृत्व बदलने के आसार, लटोरीलाल का नाम सबसे ऊपर।'

'मुख्यमंत्री को बदलने की चर्चा, लटोरीलाल हो सकते हैं नए सीएम?'...

'लटोरीलाल ने कहा, सीएम पद जिम्मेदारी मिली तो पीछे नहीं हटूँगा।'

ऐसी खबरों के छपने से पार्टी में चर्चा होने लगी कि ये सब क्या हो रहा है? 'सूत न कपास, जुलाहे से लट्ठम लट्ठ'?

मुख्यमंत्री कोमलप्रसाद भी नाराज हो गए कि लटोरीलाल यह क्या खेल कर रहा है?

एक दिन उन्होंने लटोरीलाल को फोन किया, 'क्यों भाई लटोरी, ये क्या चल रहा है? आजकल तो बड़े चर्चे हैं तुम्हारे? बधाई, तुम भावी सी.एम. हो रहे हो। कहो तो आज ही इस्तीफा दे दूँ?'

लटोरीलाल की बोलती बंद। उसने शर्मिंदगी के साथ हकलाते हुए कहा, 'प...प...पता नहीं ये क्या हो रहा है। भैयाजी, ये सब राष्ट्रवादी संपादक केडी की करतूत है। विज्ञापन हथियाने के लिए ऐसे हथकंडे अपना रहा है। बार-बार मेरे पास आता है। विज्ञापन नहीं दे रहा हूँ न, तो मेरे बारे में अंट-शंट लिख रहा है। आप तो जानते ही हैं कि मैं आपका

सिपाही हूँ। मैं ऐसी गुस्ताखी कैसे कर सकता हूँ?'

पार्टी के नाराज लोगों ने अखबार में छपनेवाली खबरों की 'कटिंग्स' हाईकमान तक पहुँचा दीं। हाईकमान नाराज हो गया। पार्टी अध्यक्ष गुंडूस्वामी ने संगठन मंत्री झाड़ूराम को तलब किया। झाड़ूराम ने साफ-साफ बता दिया कि लटोरीलाल ही सीएम बनने के चक्कर में पेपरबाजी करवा रहा है।

हाईकमान ने कहा, 'ठीक है, ऐसे अनुशासनहीन आदमी की छुट्टी करो। अपने मन से अभियान चलाने लगा। ऐसा प्रचार करवाकर कोई सीएम बनता है क्या? निकाल बाहर करो इसे।'

और हाईकमान का इशारा मिलते ही लटोरीलाल पर वज्रपात हो गया, यानी काम तमाम। बेचारा...'सीएम' तो नहीं बन सका, 'बीएम' जरूर बन गया, यानी भूतपूर्व मंत्री। अभूतपूर्व से भूतपूर्व हो गया। मंत्रिमंडल में फेरबदल किया गया और लटोरीलाल को हटाकर विधायक संगवारीलाल को मंत्री बना दिया गया। लटोरीलाल ने सिर पीट लिया कि केडी के झाँसे में आकर उसकी कुरसी रूपी झाँसी हाथ से चली गई। उसने केडी को जी भरकर कोसा। फोन लगाकर मन की भड़ास निकालनी चाही, लेकिन केडी ने फोन ही नहीं उठाया। कोई भी होशियार संपादक किसी भी भूतपूर्व मंत्री, भूतपूर्व अफसर, भूतपूर्व नेता या किसी भी किस्म के सरकारी-गैरसरकारी भूतपूर्वों को भाव नहीं देता, क्योंकि भूतपूर्वों का कोई भाव ही नहीं रह जाता। भूतपूर्व होने के बाद अधिकतर लोग दो कौड़ी के रह जाते हैं। या फिर कहा जाए तो बिल्ली का 'वो' हो जाते हैं, जिसके बारे में हर कोई जानता है कि वह न तो लीपने का होता है और न पोतने का।

केडी ने लटोरीलाल के मोबाइल नंबर की फौरन अंत्येष्टि कर दी और संगवारीलाल का नंबर फीड कर लिया।

शपथग्रहण के दिन ही केडी संगवारीलाल को पटाने में भिड़ गया। लपककर नए-नवेले मंत्री से मिला और अपना परिचय दिया, 'माइ नेम इज केडी। पब्लिशर ऐंड एडिटर ऑफ दैनिक देशवार्त्ता। समाजवादी संपादक हूँ। मेरा नाम तो सुना होगा। मैं कल आपसे मिल रहा हूँ। आपका इंटरव्यू करना है।'

'हाँ-हाँ, क्यों नहीं, क्यों नहीं? आपको तो मैं अच्छे से जानता हूँ।' संगवारीलाल ने मुसकराते हुए कहा, 'अपनी मुलाकात तो पहले भी हो चुकी है, राष्ट्रवादीजी।'

'अरे वाह, कहाँ? मुझे तो कुछ याद ही नहीं आ रहा है?' केडी ने चौंकते हुए पूछा।

''लिकर किंग' शैतानकुमार के फार्म हाउस में।' संगवारी ने जवाब दिया, 'आप तो जब चाहें चले आएँ।'

'अरे वाह। मजा आ गया यह सुनकर।' केडी ने लपककर कहा, 'हाँ, आपने कहा

तो अब याद आ रहा है। अब तो खूब जमेगी जब मिल बैठेंगे दीवाने तीन।'

'तीसरा कौन?' संगवारीलाल ने पूछा।

'अरे, हम आप और शैतानकुमार और कौन?' केडी ने धीरे से जवाब दिया।

'तो आप भी शौक फरमाते हैं?' संगवारी फुसफुसाया।

'अरे, नहीं-नहीं। मैं तो अलग किस्म का संपादक हूँ।' केडी ने भी धीरे से जवाब दिया, 'शराब तो बिलकुल ही नहीं पीता। हाँ, कभी-कभार बीयर-शीयर ले लेता हूँ, वो भी जनहित में। जब आप जैसे महानुभाव बैठते हों तो। वैसे शराब कोई खराब चीज तो है नहीं। दवा समझकर विदेशी दारू भी पी लेता हूँ, लेकिन छिप-छिपकर। इज्जत का स्वाल है भाई।'

केडी की बात सुनकर संगवारी हँस पड़ा।

शपथ-ग्रहण समारोह में शामिल लटोरीलाल बार-बार केडी को देख रहा था। संगवारीलाल के साथ उसकी खुसुर-पुसुर उसे नागवार गुजर रही थी। उसकी इच्छा हो रही थी कि अभी इसी वक्त केडी का काम तमाम कर दे, गोली मार दे साले को, लेकिन वह शांत रहा। बस मन-ही-मन उस दिन को कोस रहा था, जब उसने केडी के जाल में फँसकर अपनी बरबादी के कागज पर हस्ताक्षर किए थे। लाखों-करोड़ों रुपए प्रचार में बहा दिए, मगर हासिल आया शून्य, उलटे भूतपूर्व होने का तोहफा गले पड़ गया।

केडी ने लटोरीलाल को देख लिया था। इसके पहले कि लटोरी उसकी तरफ आता, केडी वहाँ से खिसक गया।

उसी दिन लटोरी ने कसम खाई कि अब अगर दुबारा मंत्री बना तो सबसे पहले इस केडी के बच्चे को निबटाऊँगा। मीडिया से बचकर रहना पड़ेगा। ज्यादा सुर्खियों में रहना भी खतरनाक होता है। 'लो प्रोफाइल' में रहो और लंबे समय तक ऐश करते रहो तथा चेहरे की स्माइल बनाए रखो।

लटोरीलाल को उदास देखकर उसके साथी मंत्री कल्लन दुबे ने सांत्वना का लॉलीपॉप थमाते हुए कहा, 'चिंता मत कर बे, हम तो हूँ। तुम्हें कुछ दिन बाद किसी-न-किसी परिषद्, निगम या मंडल आदि का अध्यक्ष बनवा दिया जाएगा। कुछ दिनों के लिए ठंड रख। लालबत्ती मिल जाएगी। तब डूबते को तिनके का सहारा समझकर ऐश करना।'

'यार, ध्यान रखना।' लटोरी ने लगभग रुआँसी आवाज के साथ कहा, 'बिना लालबत्ती के यह जीवन तुच्छ लगता है। लालबत्ती को हेरोइन-हशीश सी लत समझ लो। न मिले तो बेचैनी बढ़ जाती है। इसके बगैर यह जीवन काटना ही मुश्किल हो जाएगा। फूलमाला, पुष्पगुच्छ आदि के बगैर सबकुछ तुच्छ लगता है। सपने में लालबत्तीवाली कारें नजर आती हैं, उनके हूटर सायरन सुन-सुनकर नींद टूट जाती है। भूतपूर्व होने का दर्द तुम अभी नहीं समझ सकते। अभी मंत्री हो न। मैं तो हर घड़ी 'टेंशनाया' रहता हूँ।

डर लगता है कि कहीं हार्टफेल न हो जाए। ये लाखों-करोड़ों रुपए किस काम के अगर लालबत्ती न रहे? देख लेना भाई, अब तुम्हारा ही भरोसा है। जितने भी पैसे खर्च हो जाएँ, मुझे फिर से मंत्री बनना है। करोड़, दो करोड़, पाँच करोड़। भागते भूत की लँगोटी भली। किसी निगम, मंडल आदि का कमंडल भी थामने को मिल जाए, तो जीवन का मुरझाया कमल खिल जाए। कुछ बरस जी लूँगा। इन मीडियावालों के चक्कर में तो अपन की लुटिया ही डूब गई यार। इन लोगों से दूर ही रहना चाहिए।'

लटोरी रुआँसा हो गया था। उसकी हालत देखकर कल्लन को हँसी छूटने लगी, मगर वह गंभीर चेहरा बनाकर बोला, 'नर्वस होने की जरूरत नहीं। सब ठीक हो जाएगा, लेकिन अब तुम एक बात गाँठ बाँध लो कि पुलिसवालों की तरह मीडिया की दोस्ती और दुश्मनी दोनों बुरी होती है। इन लोगों से निश्चित दूरी बनाकर चलना चाहिए। ये सब लोग लूटने-खसोटने में लगे रहते हैं। इनके चक्कर में पड़कर नेता टॉप पर पहुँच सकते हैं, तो फ्लॉप भी हो सकते हैं। मेरा तो यही कहना है कि ओवर एक्सपोजिंग ठीक नहीं। तुमने यही किया और निबट गए। खैर, किसी कवि ने कहा है न कि 'रहिमन चुप हो बैठिए, देख दिनन के फेर, जब नीके दिन आएँगे, बनत न लागी देर।'

'ठीक कहते हो यार, अब इस बात का ध्यान रखूँगा, लेकिन वह दिन तो आए।'

'जरूर आएगा, हाईकमान को मक्खन-तेल लगाते रहो। घूरे के दिन भी फिरते हैं फिर तुम तो नेता हो, फिरेंगे ही। सीएम से भी मिलते रहना। उन्हें लगना चाहिए कि तुम सीएम बनना ही नहीं चाहते थे, सारा खेल मीडियावालों का था। हाईकमान से भी मिल लेना।'

बात चल ही रही थी कि कोमलप्रसाद वहाँ से गुजरे। लटोरीलाल ने फौरन नमस्ते ठोंका तो कोमलप्रसाद ने गंभीर चेहरा बना लिया और मुंडी हिलाते हुए आगे बढ़ गए। लटोरी समझ गया कि किसी निगम-मंडल में कोई जगह मिल जाए तो बड़ी बात होगी।

लटोरीलाल केडी को गरियाते हुए घर लौट आया। लटोरीलाल लालबत्ती पाने की कोशिशें करता रहा, लेकिन बेचारा भूतपूर्व से अभूतपूर्व नहीं हो सका। वह दिल्ली तक गया। हाईकमान के सामने नाक रगड़ता रहा। इस चक्कर में उसकी मोटी नाक छिल गई, लेकिन हाईकमान का दिल नहीं पसीजा। लटोरी को दुबारा मौका नहीं मिला, तो फिर नहीं मिला। किस्मत की लॉटरी आखिरी समय तक नहीं खुली। भाग्य का शेयर ऐसा लुढ़का कि जीवन का दिवाला ही पिट गया।

दिन महीने...

और साल गुजरते रहे, गुजरते रहे। लटोरी के जीवन में सत्ता का बसंत फिर कभी नहीं लौटा। वह जीवन भर भूतपूर्व होने के पतझरी दर्द को झेलता रहा।

मंत्रीपद से हटने के बाद से लटोरीलाल का 'बेडलक' कुछ ऐसा 'खराब' हुआ कि

उसे अगले चुनाव में टिकट भी नहीं मिली।

इस तरह एक अखबार के चक्कर में पड़कर लटोरीलाल पहले भूतपूर्व मंत्री हुआ और बाद में भूतपूर्व विधायक भी कहलाने लगा। 'ही वेंट-ही-वेंट कि ऐसा वेंट कि केमहि नॉट'। यानी 'वह ऐसा गया, ऐसा गया कि वापस ही नहीं लौटा।'

केडी ने भी उसको कुछ इस तरह भुला दिया, जैसे कभी राजा दुष्यंत ने शकुंतला को भुला दिया था।

जैसे नए जमाने के युवक-युवतियाँ नया रिश्ता बनाते के साथ ही पुराने प्रेमी-प्रेयसियों को भुलाते रहते हैं।

जैसे चुनाव जीतने के बाद नेता मतदाताओं को भुला देते हैं।

शुरू-शुरू में लटोरीलाल के एक-दो बयान 'देशवार्त्ता' में जरूर छपे, फिर छपने ही बंद हो गए। वहीं आए दिन संगवारीलाल की तसवीरें छपती रहीं और केडी को विज्ञापन भी खूब मिलते रहे।

केडी अब संगवारी का पिछलग्गू हो गया था।

उगते सूर्य को नमन करना परंपरा है। डूबते सूर्य की ओर लोग पीठ कर लेते हैं।

और फिर एक दिन...जिसकी आशंका थी, वही हुआ। जैसा राजनीति के बहुत से भूतपूर्वों के साथ होता है। खुद लटोरीलाल को भी जिसका डर सता रहा था। वह दिन आ ही गया, जब मृत्यु-सुंदरी ने लटोरी को अपने आगोश में ले लिया।

प्रदेश के लोगों ने 'निधनवाले कॉलम' में एक छोटी सी खबर पढ़ी—'हार्टअटैक के कारण एक्स मिनिस्टर लटोरीलाल नहीं रहे।'

हर मरनेवाले को भावभीनी श्रद्धांजलि देने की परंपरा है। यह एक ऐसा अनचाहा काम है, जो लोकलाज के भय से करना ही पड़ता है। खतरनाक आतंकवादी ओसामा बिन लादेन मारा जाए, तो उसे भी 'ओसामाजी' कह दिया जाता है।

लटोरीलाल को मंत्रिमंडल ने भावभीनी श्रद्धांजलि देते हुए कहा, 'लटोरीलाल जीवन भर नैतिकता के लिए संघर्ष करते रहे। लोगों के प्रति उनके मन में बड़ा प्यार था। उन्होंने हर वक्त सत्य का साथ दिया। वे जीवन भर त्याग करते रहे। उन्होंने दुनिया को जो राह दिखाई, वह अपने आपमें एक मिसाल है। हम उनके काम को आगे बढ़ाएँगे। उनकी कमी पूरी नहीं की जा सकती।'

मंत्रिमंडल की श्रद्धांजलि जब अखबारों में छपी तो उसे पढ़कर लोग चकरा गए, 'अरे, लटोरी में इतनी विशेषताएँ भी थीं! येल्लो, जीते जी तो पता नहीं चला, अब मरने के बाद पता चल रहा है।'

एक ने पूछा, 'क्यों भाई, लटोरीलाल ने नैतिकता के लिए कब किया संघर्ष?'

दूसरे ने कहा, 'याद तो नहीं पड़ता लेकिन हो सकता है, कभी किया हो।'

तीसरे ने पूछा, 'लटोरीलाल ने दुनिया को कौन सी नेक राह दिखाई थी?'

चौथे ने कहा, 'उसने तो हमेशा लोगों को गुमराह ही किया, मगर हो सकता है, भूले-भटके कभी किसी को दिखाई भी हो।'

पहला बोला, 'लटोरीलाल के काम को आगे बढ़ाने की बात भी हो रही है।'

दूसरा बोला, 'याद तो नहीं पड़ता कि उसने ऐसा कौन सा काम किया था, जिसे आगे बढ़ाना चाहिए। उसके खतरनाक किस्म के काम ही अधिक थे, वे आगे बढ़ेंगे, तो समाज का ही नुकसान होगा। खैर, कुछ-न-कुछ तो किया ही होगा। बुरे-से-बुरा आदमी भी एकाध अच्छे काम करके ही मरता है।'

'ये बात तो है। अब यह भी कहा जा रहा है कि लटोरीलाल ने बड़ा त्याग भी किया। क्यों भाई, कुछ याद आ रहा है कि कभी उसने किसी को रक्तदान किया हो? अपनी जेब से निकालकर किसी को दस रुपए भी दिए हों?' पहले ने पूछा।

'त्याग का तो पता नहीं, उसके संग्रह भर का पता है भाई।' दूसरा बोला, 'प्रदेश और देश के अनेक शहरों में उसके रिश्तेदारों की इफरात जमीनें हैं। दिल्ली, मुंबई में मकान, दुकान और होटल भी हैं। स्विस बैंक में काला धन भी जमा कराया था उसने। अगर यही त्याग है तो फिर वे बड़े त्यागी थे, उनको हमारा भी प्रणाम।'

लोगों ने ज्यादा माथा-पच्ची करना उचित नहीं समझा, और अखबारों में छपी हिंसा, दुर्घटना, हत्या, बलात्कार, लूट, अपहरण, मिलावट, सेक्स, समलैंगिकता, लिव इन रिलेशनशिप से संबंधित खबरों से गुजरते हुए दूसरी रोचक किस्म की खबरों की ओर बढ़ गए।

लटोरीलाल की मौत की खबर 'देशवार्त्ता' में भी छपी, लेकिन चार लाइनों में। जो अखबार कभी लटोरीलाल को भावी सीएम के रूप में प्रोजेक्ट कर रहा था, उस अखबार में भी लटोरीलाल की अंतिम खबर के लिए भी ठीक-ठाक जगह नहीं मिल सकी। कड़वी सच्चाई तो यही है कि जो भूतपूर्व हो गया, मर-मुरा गया, उस 'भूत' के लिए 'वर्तमान' अखबार आखिर कितनी जगह, और क्यों बरबाद करे? इससे कुछ मिलना-जुलना तो है नहीं। न विज्ञापन और न नकदी। फिर जगह बरबाद करने से क्या फायदा?

केडी जैसा राष्ट्रवादी संपादक तो अखबार के एक-एक इंच की कीमत वसूलता है। जो मर गया, वो राष्ट्र के किस काम का? फिर उसके लिए स्पेस क्यों 'किल' किया जाए?

केडी को लटोरीलाल को ठगनेवाले पुराने दिन याद आने लगे, लेकिन उसने फौरन भूलना ही बेहतर समझा।

भूलने की कला जो लोग विकसित कर लेते हैं, वे दुनिया के सबसे सुखी जीव बन जाते हैं। उनका मन हमेशा हलका बना रहता है। भुलक्कड़ी का अपना सुख है। एक

नेताजी ने करोड़ों का घोटाला किया, जब उनकी जाँच–पड़ताल होने लगी, तो अचानक उन्हें भूलने की बीमारी हो गई। उन पर मुकदमा चला।

जज ने पूछा, 'आरोप है कि आपने करोड़ों का घोटाला किया है। यह बात साबित हो गई है। आपको अपनी सफाई में कुछ कहना है?'

जज की बात सुनकर नेताजी चौंकते हुए बोले, 'घोटाला? यह क्या होता है? आप कौन''मैं कौन'' ? मैं कहाँ हूँ?'

इतना बोलकर वह पागलों सी हरकतें करने लगा। ऐसे भुलक्कड़ों पर मुकदमा चले भी तो कैसे?

भ्रष्टाचार करो और भूल जाओ।

उधारी लो और देना भूल जाओ।

अहसान लो और उसे याद रखना भूल जाओ।

बड़ा मिल जाए, तो छोटे को भूल जाओ।

तलवार मिले, तो सुई को भूल जाओ।

जिस किसी मनुष्य में इस किस्म की भुलक्कड़ी प्रतिभा विकसित हो जाती है, वह केडी जैसा संपादक कहलाता है। ये लोग अपनों को भूल जाते हैं। जिसने अहसान किया, उसे भूल जाते हैं। अपनी परंपरा को भूल जाते हैं। अपनी संस्कृति को भूल जाते हैं और जीवन भर बड़े शान से भोलेभंडारी बनकर हिट रहते हैं।

□

: चौदह :

केडी का दैनिक अखबार 'देशवार्त्ता' का विकासपुर, रौशनपुर, दुर्गनगर में भी 'लांच' हो गया।

लोगों को समझ नहीं आ रहा था कि केडी के पास इतनी दौलत कहाँ से टपक रही है कि संस्करण-पर-संस्करण शुरू किए जा रहा है। हकीकत यह थी कि हर संस्करण में केडी ने वहाँ के नेताओं और बड़े-बड़े उद्योगपतियों से भागीदारी कर ली थी। सेठ हाथीमल, सेठ लक्खूराम, सेठ धनराज, सेठ संपत-चंपत आदि-आदि ने जी खोलकर मदद की। मंत्री राजाबाबू, भूतेश्वर सिंह, भैयाजी, मस्तीमल आदि कई नाम थे, जिनके पैसे केडी के संस्करणों में लगे थे।

केडी सबको वश में रखने के लिए लिली को साथ रखता था। पचास की दहलीज को छूनेवाली लिली ऐसे मौकों के लिए विशेष किस्म के सेंट लगे परिधानों पर ध्यान देती थी। सिल्की कुरता, वो भी बगैर चुन्नी के। ऐसा व्यवहार करने से 'आउटडेटेड' औरतों की 'मार्केटवैल्यू' भी थोड़ी-बहुत बढ़ जाती है। वैसे लिली की सुंदरता ने अभी मार्केटवैल्यू की सीमा रेखा पार नहीं की थी। वह लोगों को आकर्षित करने में सफल हो जाती थी। मादकता बढ़ानेवाली औरतों को देखकर कुछ मनुष्यों की लार टपकने लगती है और वे फिसल जाते हैं। दीन से भी जाते हैं और ईमान से भी। लिली ऐसे मरदों को उनके ईमान से डिगाकर टेढ़ा उल्लू सीधा कर लिया करती थी।

केडी की चालाकी को समाज में 'टोपी पहनाना' भी कहते हैं। जब लोग पहनने को राजी हैं, तो उन्हें टोपी क्यों न पहनाई जाए?

मालिक-संपादक होने के बाद केडी टोपी पहनाने की कला में माहिर हो चुका था। केवल अखबार का मालिक ही ऐसा कर सकता है, और उसका पलटू भी, यानी संपादक। मालिक भी संपादक को पूरी छूट देकर रखता है, क्योंकि वही तो एक ऐसा एजेंट है जो अपने प्रयत्नों से मालिक को सेंट-परसेंट मालामाल करता है और अपना भी कुछ परसेंट निकाल लेता है।

कमाई की काया जब बेडौल होने लगती है, तो हर धनपशु अपनी बढ़ती चरबी को घटाने का उपक्रम करता है।

केडी के शरीर और कमाई की चरबी बढ़ने लगी थी, इसलिए उसने इधर-उधर पैसे लगाने शुरू कर दिए। वह 'इंद्रधनुष रीयल एस्टेट' में पार्टनर हो गया, 'जॉनमैरी इंटरनेशनल स्कूल' में भी पैसे लगा दिए। उसने फोर कलर की छपाई करनेवाली अत्याधुनिक मशीन भी लगा ली।

केडी की कोई आल-औलाद नहीं थी, केवल एक निजी पत्नी और पाँच प्रेयसियों के सहारे उसका जीवन ऐश-ओ-आराम से कट रहा था। पाँच-पाँच प्रेयसियों को मेंटेन करना केडी के लिए कठिन काम नहीं था। गोलपुर, विकासपुर, दुर्गपुर, दिल्ली और मुंबई में उसकी विधवा या तलाकशुदा प्रेयसियाँ उसका इंतजार करती थीं कि कब केडी आए और 'ऐश-भत्ता' दे। ये प्रेयसियाँ केवल केडी को ही समर्पित नहीं थीं। ये भी केडी की परंपरा को आगे बढ़ानेवाली थीं। इनको सबसे पैसे मिलते रहते थे, इन्हीं के सहारे उनका जीवन शान से चल रहा था।

केडी बारी-बारी से इन शहरों के कार्यक्रम बनाता और एक-दो दिन वहाँ बिताकर यानी मूड फ्रेश करके वापस लौट आता। पत्नी तूलिका केडी के चरित्तर को जानती थी, मगर वह कुछ कर नहीं सकती थी। बस घुट-घुटकर जीती रही। इसी तनाव में बेचारी समय से पहले बूढ़ी हो गई। और केडी की बुलंद तकदीर देखो कि एक दिन तूलिका केंसर का शिकार होकर चल बसी। उसके बाद तो केडी की जैसे लॉटरी निकल पड़ी। वह सदा-सदा के लिए छुट्टा साँड़ हो गया। हालाँकि इस साँड़ में अब किसी भी तरह की ताकत-फाकत बची नहीं थी, फिर भी वह बूढ़े बंदर की तरह गुलाटी मारने से बाज नहीं आता था।

तूलिका के मरने के बाद लिली केडी के घर आकर रहने लगी।

लोग कानाफूसी करने लगे, लेकिन कोई कुछ कर नहीं सका। मियाँ-बीवी राजी तो क्या करेगा काजी?

केडी को अपनी इज्जत का खयाल था, इसलिए उसने प्रचारित करना शुरू कर दिया कि 'लिली बेचारी विधवा है न। दुनिया में इसका कोई नहीं है। यह मेरी मुँहबोली बहन है, इसलिए इसकी जिम्मेदारी मैंने उठा ली है, भाई। समाजवादी हूँ, राष्ट्रवादी हूँ। प्रगतिशील हूँ। ऐसे काम करने में बड़ा संतोष होता है। अब दुनिया जो चाहे समझे। मैं जो हूँ, सो हूँ।'

लोग केडी की बातें सुनकर हँसते और एक ही बात कहते, 'लंपट आदमी कितना नीचे गिर सकता है, इसका उदाहरण देना हो तो केडी को देख लो। रखैल को अपनी बहन बताता है, हद है। इसी का नाम कलजुग है भैया।'

दुनिया क्या कहती है, क्या सोचती है, इससे केडी को कोई फर्क नहीं पड़ता था। वह अपने अनुसार 'शर्मप्रूफ' जीवन जीने की कला में सिद्ध हो चुका था और किसम-किसम के गोरखधंधे करते हुए अपनी छवि चमकाने के लिए दिमाग भी दौड़ाता रहता था। इस बार उसने दूर की सोची और पत्नी की स्मृति में 'तूलिका विमेन डेवलेपमेंट फाउंडेशन' बना दिया।

केडी के चरित्र से अनजान एक व्यक्ति ने कहा, 'अपनी स्वर्गीय पत्नी के लिए इसके मन में कितना प्रेम है। देखो, उसके नाम से फाउंडेशन बना दिया!'

दूसरे जानकार व्यक्ति ने वाक्य में आंशिक संशोधन किया—'हाँ, पत्नी के लिए भी इसके मन में प्रेम है, यह कहना ठीक होगा।'

तीसरा जानकार भी मुसकराकर बोला, 'अब ससुरा इस फाउंडेशन के नाम से भी सरकार से वसूली करेगा।'

गोलपुर में लोग केडी की इस जुगाड़ू-प्रतिभा को देखकर चमत्कृत रहते थे और आपस में बतियाते थे कि 'कोई आदमी धन कमाने के लिए कैसे-कैसे प्रोजेक्ट सोच सकता है, यह कोई इन मीडियावालों से सीखे। खासकर केडी जैसे लोगों से।' ऐसे लोगों के दिमागों की जाँच होनी चाहिए कि आखिर वे कौन से रसायन हैं, वे कौन सी चीजें हैं, जो इनके दिमागों को इतना खुराफाती बना देती हैं।

'तूलिका फाउंडेशन' के माध्यम से केडी ने ग्रामीण महिलाओं में गांधीवादी सोच बढ़ाने के लिए ट्रेनिंग प्रोग्राम शुरू किया। ट्रेनिंग के तहत ग्रामीण औरतों को पापड़, बड़ी, अचार, जेली, मुरब्बा से लेकर सिलाई-कढ़ाई आदि का काम सिखाया जाने लगा। सिलाई का काम भी होने लगा। तूलिका फाउंडेशन के लिए केडी ने मुख्यमंत्री से मिलकर जमीन भी हथिया ली। सांसद दयाशंकर से बीस लाख का अनुदान झटककर एक भवन भी बनवा लिया। भवन में दस-पंद्रह महिलाएँ रहती थीं, मगर रजिस्टर में सौ नाम दर्ज होते, यानी फर्जीवाड़ा जिंदाबाद। फाउंडेशन की ओर से तरह-तरह के कार्यक्रम बनते, जिनकी तसवीरें 'देशवार्त्ता' में छपतीं। दूसरे अखबारों में भी कभी-कभी समाचार छप जाते थे। सबकी सुंदर फाइल बन जाती थी। उसे वह अमरीका के 'यॉकसेलर फाउंडेशन' को भेज देता था और लाखों डॉलर जीम लेता था। यानी उसकी चारों उँगलियाँ घी में थीं और सिर कमाई की कढ़ाही में था।

तरह-तरह के गलत-सलत काम करने के बावजूद कुछ लोग अपनी चमकदार किस्मत का पट्टा लिखाकर लाते हैं, और जीवन भर दूसरों का भट्ठा बिठाते रहते हैं। केडी ऐसे ही लोगों में शुमार था। एक दिन पं. माधवराव सप्रे पत्रकारिता महाविद्यालय में उसे 'पत्रकारिता और बदले समाजिक मूल्य' विषय पर भाषण देने के लिए बुलाया गया। वहाँ केडी की मुलाकात नूरी रंगीली से हो गई। नूरी पत्रकारिता की छात्रा थी। उसे

कविता लिखने का बड़ा शौक था। वह 'लाइटमूड' की कविताएँ लिखती थी। शृंगार उसका प्रिय रस था, इसलिए उसने अपना तखल्लुख (उपनाम) 'रंगीली' रख लिया था। जैसा नाम था उसका, वैसा ही काम था। बिलकुल रंगीली, दिलफेंक। उसका तकिया कलाम था 'फंडा'। बात-बात में फंडा बोलती थी। 'अपना तो यही फंडा है' बोल-बोलकर वह लोगों को ठंडा कर देती थी।

नूरी की एक सहेली थी अस्मिता। वह अपने नाम के अनुरूप ही थी। नए जमाने की हवा उसे नहीं लग पाई थी। सोच से वह आधुनिक थी, यानी जाति-धर्म को नहीं मानती थी। छुआछूत से भी उसे नफरत थी। अहिंसा से उसे प्रेम था। किसी भी किस्म की हिंसा को वह पसंद नहीं करती थी। पत्रकारिता में होनेवाले बदलाव को देखकर अस्मिता दुःखी रहती थी। नूरी रंगीली और उसमें अकसर इसी मुद्दे पर बहस होती थी। रंगीली नए बदलाव को पसंद करती थी, मगर अस्मिता पुरानी परंपरा को बनाए रखना चाहती थी।

नूरी गोलपुर में दुर्गावती हॉस्टल में रहती थी। माता-पिता भैरमपुर में रहते थे। वे चाहते थे कि उनकी लड़की भी पत्रकार बने, इसलिए पढ़ने गोलपुर भेज दिया, लेकिन गोलपुर में अकेले रहते हुए उसका भूगोल ऐसा बिगड़ा कि माता-पिता सिर पीटकर रह गए। वे लोग उस दिन को कोसने लगे, जब उन्होंने नूरी को गोलपुर भेजने का निर्णय लिया था। नूरी का घर से संबंध टूट चुका था, वह पूरी तरह से मुक्त होकर अपनी रंगीली दुनिया रच रही थी। लड़कों के साथ मॉल में घूमना, फिल्में देखना, बीयर पीना, सिगरेट के कश लगाना, इन सब कामों में उसे मजा आता। ऐसा करके वह अपने को बोल्ड और मॉडर्न समझने लगी थी। नारी-मुक्ति संबंधी कहानियों, लेखों और विचारों को पढ़-पढ़कर वह समझने लगी थी कि यही आधुनिकता है। मॉडर्न होने की यह बड़ी सस्ती परिभाषा विकसित हो गई थी कि हम सारे अनैतिक काम करें और वर्जना-मुक्त होकर शान से जीएँ।

बिंदास और मॉडर्न नूरी का चरम यह था कि वह अपने पर्स में हमेशा गर्भनिरोधक गोलियाँ लेकर चलती थी, अपनी सहेलियों को भी समझाया करती थी कि एंज्वॉय करो, मगर सेफ्टी के साथ।

यह उस समय की बात है, जब सरकारें 'एड्स' नामक खतरनाक बीमारी से बचने के लिए खुल्लमखुल्ला विज्ञापन बनाकर मीडिया के माध्यम से ही प्रचारित कर रही थी, 'एड्स से बचो'। नूरी खुश थी कि वह सरकार के अभियान का साथ दे रही है। उसके पर्स में गर्भनिरोधी गोलियाँ चॉकलेट की तरह पड़ी रहती थीं, इसलिए वह 'एड्स' होने की चिंता से मुक्त थी, वह अपने को बहुत समझदार लड़की मानती थी। वह गर्व से कहती थी कि 'अपना तो फंडा है बॉस कि राष्ट्रीय कार्य में सरकार का सहयोग करो'।

अपने सारे कुकर्मों को वह सुकर्म ही कहती थी। सरकार का एक और नारा था, 'संडे हो या मंडे, रोज खाओ अंडे'। नूरी इस सरकारी विज्ञापन को भी लाइक करती थी। उसे अंडे भी प्रिय लगने लगे। लेकिन खाली अंडे कैसे खाए, इसलिए वह उसके साथ में बीयर-शीयर भी पीने लगी। कभी-कभार लड़कों को अपनी आधुनिकता और 'मर्दानगी' दिखानी होती थी, तो वह शराब भी पी लेती थी। वह कहती थी, 'हम लड़कियाँ लड़कों से किसी भी मामले में कम नहीं हो सकतीं।'

नूरी ने अस्मिता से एक दिन कहा था, 'अरी, अपने जीवन का यही ध्येय वाक्य है कि जब तक जीयो, शान से जीयो। आखिर एक दिन सबको मर जाना है। कहते हैं कि मनुष्य योनि मुश्किल से मिलती है, चौरासी लाख योनियों को पार करो, तब मनुष्य का जन्म होता है, इसलिए इसको जी भरकर जी लेना चाहिए। पता नहीं फिर मनुष्य बनें न बनें। वर्जनाओं में जीकर जिंदगी को नर्क बनाने से क्या फायदा? क्या पता, कब मर जाएँ, इसलिए ऐश करो।'

'लेकिन मुझे लगता है कि हर स्त्री को अपनी मान-मर्यादा की चिंता जरूर करनी चाहिए।' अस्मिता बोली, 'मर्द लोग औरतों को लूटने-खसोटने की कोशिश करते हैं। उनके जाल में फँसना ही नहीं चाहिए। दुनिया गड्ढे में गिर रही है, तो क्या हम भी गिर पड़ें? यह बुद्धिमानी नहीं है। मेरी मान तो यह मनचली हरकतें छोड़ दे और गंभीरतापूर्वक लिखना-पढ़ना कर, वरना तू जिस रास्ते जा रही है, उसे देखकर यही लगता है कि इसका अंत बिलकुल बुरा होगा। एक दिन पछताना न पड़ जाए।'

अस्मिता की बात सुनकर नूरी रंगीली हँस पड़ी और बोली, 'तू बड़ी नादान है। तुझ जैसी लड़कियों को तो दो सौ साल पहले पैदा होना था। मॉडर्न स्त्री कहाँ-से-कहाँ पहुँच रही है, और तू है कि नैतिकता के खूँटे से बँधी है, देसी गाय की तरह। अरे, तू पत्रकार बनना चाहती है, तो पत्रकारों के रंग-ढंग भी तो सीख। महानगरों की अनेक महिला पत्रकारों को देखेगी, तो तुझे समझ में आएगा कि दुनिया कहाँ-से-कहाँ जा पहुँची है। महानगरों की बहुत सी लड़कियाँ, जर्नलिस्ट सकल करम करती हैं। किसी-का-किसी मंत्री से टाँका भिड़ा है, किसी-का-किसी उद्योगपति से। ब्वॉय फ्रेंडों की तो भरमार है। जैसे फसल ही लहलहा रही हो। कोई वर्जना नहीं। जिससे जिस वक्त मूड बना, निपट लेती हैं। इट इज कॉल्ड मॉडर्निज्म। मैं तो जर्नलिज्म करने के बाद सीधे दिल्ली चली जाऊँगी। इलेक्ट्रॉनिक मीडिया में मेरी दिलचस्पी ज्यादा है। खैर, अभी तू इस दुनिया में आकर तो देख, मौजा-ही-मौजा है यहाँ। जैसा चाहो, वैसा मौजा। आज औरत अंतरिक्ष तक पहुँच रही है और तू है कि··?'

'अरे, लेकिन तू तो गटर में समाए जा रही है।' अस्मिता ने नूरी को गुस्से में टोकते हुए कहा, 'तू भी अगर अंतरिक्ष तक पहुँचती, तो मुझे अच्छा लगता, लेकिन तू रसातल में

समाती जा रही है। यह प्रगति नहीं, पतन है। इसे समझने की कोशिश कर। ट्राई टू अंडरस्टैंड।'

'अब तुम ज्यादा नैतिक बनने की कोशिश मत करो। अपने उपदेश अपने पास रखो।' नूरी चिढ़कर बोली, 'बहुत दिन से तुम्हारे उपदेशों को झेल रही हूँ। बहुत हो गई अपनी दोस्ती। तुम्हारे जैसी पिछड़ी, गँवार और मूर्ख लड़कियों से दोस्ती तो जी का जंजाल है। अब तुम अपने रास्ते और मैं अपने रास्ते पर चलूँगी।'

उस दिन के बाद से नूरी और अस्मिता के रास्ते अलग हो गए। दोस्ती टूट गई। दोनों साथ-साथ पढ़ती थीं, मगर बातचीत बंद थी। नूरी अस्मिता को देखकर मुँह बिचका देती थी। अस्मिता उसकी इस हरकत पर हँस देती थी।

केडी जब कॉलेज पहुँचा तो नूरी और अस्मिता को एक साथ ही बैठना पड़ा। नूरी ने कार्यक्रम का 'हिंग्लिश' में संचालन किया। उसने फटी-चिथड़ी फैशनेबुल जींस फुलपैंट के ऊपर टॉप पहन रखा था। टॉप से बाहर निकलने को आमादा नजर आनेवाली नूरी की दैहिक प्रतिभा देखकर केडी पगला रहा था और सोच रहा था कि काश, यह लिली की जगह ले ले, तो मजा आ जाए। जीवन में रस-परिवर्तन बहुत जरूरी है। इस कन्या को 'ग्रिप' में लेकर थाईलैंड का एक 'मसाजी-ट्रिप' मारना ही पड़ेगा।

नूरी ने केडी को आकाश में चढ़ाते हुए कहा, 'आपके सामने हैं मिस्टर केडी। मॉडर्न जनर्लिज्म के डैडी। इनका न्यूज पेपर 'देशवार्त्ता' अच्छों-अच्छों को फ्यूज कर रहा है। इस पेपर को हम डेली पढ़ते हैं। इस क्रांतिकारी पेपर से हम बहुत कुछ सीख रहे हैं। यह पेपर भारत में उभरते प्रोग्रेसिव इंडिया को रिप्रजेंट करता है। आइ थिंक दैट दिस न्यूजपेपर हैज गिवेन ए न्यू विजन टू अस। सर, क्या आप हमें अपने अखबार में काम करने का मौका देंगे, प्लीज?'

नूरी की लच्छेदार बातों पर तालियाँ बज उठीं।

अब बारी थी केडी की। उसने भाषण शुरू किया, 'आप लोगों ने मुझे जो विषय दिया है, उस पर बोलते हुए बड़ी खुशी हो रही है, क्योंकि मैं राष्ट्रवादी संपादक हूँ। पत्रकार हूँ। राष्ट्र के विकास में मेरा जो कंट्रीब्यूशन है, वह मैं बिना बोले ही करता हूँ। नए कॉन्सेप्ट को फॉलो करके मैं भी राष्ट्र को, अपने नेशन को आगे ले जाना चाहता हूँ। हमारा भारत इंडिया बन रहा है, तो हमें इस बदलाव को समझना होगा। वैल्यूज बदल रहे हैं, मगर हमें अपने पुराने मूल्यों को भी साथ लेकर चलना है। नैतिक पतन तेजी से हो रहा है। इसे रोकने का उपाय करना है। नूरी जैसी बोल्ड लड़कियाँ आगे आएँ और समाज में जागृति लाएँ।'

केडी ने लंबा-चौड़ा भाषण दिया, जिसे सुनकर अस्मिता मुँह दबाकर हँस रही थी। अपने जीवन में केडी जो नहीं था, छात्रों को वही सब बताने-जताने की कोशिश कर रहा

था। लड़के-लड़कियाँ समझ रहे थे कि उनके सामने महान् किस्म का संपादक बैठा है। छात्रों ने तिलक, गांधी, पराडकर, गणेशशंकर विद्यार्थी, पं. माखनलाल चतुर्वेदी, पदुमलाल पुन्नालाल बख्शी और माधवराव सप्रे आदि के बारे में पढ़-सुन रखा था। केडी के भाषण में वही तेवर नजर आ रहे थे, तो सबने सोचा, यह भी सचमुच कोई क्रांतिकारी पत्रकार है। केवल अस्मिता केडी की सच्चाई जानती थी, बहुत-कुछ सुन चुकी थी केडी के बारे में। नूरी को भी वह अच्छे से जानती ही थी, इसलिए समझ गई कि अब नूरी और केडी की जोड़ी जम जाएगी। कुछ पल के लिए अस्मिता को नूरी के भविष्य को लेकर चिंता तो हुई, फिर सोचने लगी कि जहन्नुम में जाएँ ये लोग। उसका काम था नूरी को समझाना, सो समझा दिया। आगाह कर दिया, मगर वह नासमझ बनी रहे तो बनी रहे। नासमझी को ही समझदारी समझ ले तो कोई भला क्या कर सकता है।

कार्यक्रम खत्म होने के बाद केडी नूरी की ओर लपका—

जैसे कोई बाज किसी चिड़िया की ओर लपकता है।

जैसे एक भूखा कुत्ता हड्डी की ओर लपकता है।

जैसे रेलवे के अनारक्षित कूपे में सीट पाने के लिए परेशान यात्री लपकता है।

जैसे गरमी से परेशान होकर सूअर कीचड़ की ओर लपकता है।

जैसे आदत से लाचार रिश्वतखोर रुपए की ओर लपकता है।

जैसे भेड़िया दबे पाँव अपने शिकार की ओर लपकता है।

'कल तुम मेरे ऑफिस आओ। तुमसे कुछ बात करनी है। तुम्हारे टेलेंट का मल्टीपरपज उपयोग करना है। तुममें एक संभावना देख रहा हूँ। तुम्हारे जैसी ब्यूटीफुल और बोल्ड लड़की को मैं हैंडसम पैकेज दे सकता हूँ।'

केडी की बात सुनकर नूरी बोली, 'व्हाई नॉट सर, मैं कुछ करना चाहती हूँ। आइ वांट टू डू सम यूनिक। यह मेरा लॉस्ट ईयर है। अगले महीने एग्जाम खत्म हो जाएँगे। मैं सोच ही रही थी कि कहीं कोई जॉब मिल जाए। मैं अपने पैरों पर खड़ी होना चाहती हूँ।'

इतना बोलकर नूरी ने अस्मिता की ओर देखा। अस्मिता के चेहरे पर खीझ भरी मुसकान थी।

नूरी ने हमेशा की तरह मुँह बिचका दिया।

एक महीने बाद नूरी केडी से मिली। इस बीच केडी-नूरी के बीच 'एसएमएस' का आदान-प्रदान होता रहा। बातें भी होती रहीं। केडी का हर बार एक ही संदेश कि 'भूल मत जाना, आना है, वादा निभाना है'। नूरी समझ गई कि इस चालू आदमी को वह सेट कर लेगी और यहीं सेटल हो जाएगी। अनेक ब्वॉय फ्रेंडों के बीच अगर एकाध ब्वॉयफ्रेंड अगर 'सीनियर सिटीजन किस्म का' भी रहे, तो क्या बुराई है?

दफ्तर में एक सुंदर-मादक नए चेहरे को देखकर लिली सकपकाई, कहीं यह मेरी

सौतन तो नहीं? नूरी को आता देख लिली ने पूछा, 'ये नया आइटम कौन है?'

'अरे ये··· ? एक नई लड़की है। पिछले महीने कॉलेज में मिली थी। पीछे ही पड़ गई कि मैं 'देशवार्त्ता' में काम करना चाहती हूँ। लाख समझाया पर मानी ही नहीं, तो मैंने इसका दिल रखने के लिए कह दिया कि ठीक है, एक महीने बाद कभी आ जाना। देखो, ससुरी टपक ही पड़ी। क्या करें इसका?'

केडी की बात सुनकर लिली जोर से हँस पड़ी, 'तुम गंगाजल में खड़े होकर भी बोलोगे, तो मैं यकीन नहीं कर सकती कि तुम जो कह रहे हो, सच है। मैं जानती हूँ कि तुमने ही कहा होगा कि आ जाओ। खैर, मुझे क्या, तुम्हारे खेल तुम्हीं समझो। बस मेरी छुट्टी मत कर देना। तुम्हारे जैसे दिलफेंकुओं से कभी-कभी बड़ा डर लगता है।'

'तुम चिता क्यों करती हो डार्लिंग? ऐसी लड़कियाँ मेरे लिए होटल के लंच-डिनर जैसी हैं। उससे ज्यादा कुछ नहीं। तुम तो घर का स्थायी भोजन हो डार्लिंग। माँ कसम, मैं इस नूरी का दूसरा इस्तेमाल करने के मूड में हूँ। देखना, तुम्हारे सामने ही सारी बातें होंगी।'

केडी की बात सुनकर लिली की जान-में-जान आई, मगर हताश स्वर में बोली, 'देखती हूँ।'

नूरी रंगीली भीतर आ गई। भीतर क्या आई, लिली के बाहर होने की पृष्ठभूमि ही तैयार हो गई। केडी हर घड़ी नूरी से ही चिपका रहने लगा। लिली के लिए उसके पास टाइम ही नहीं था।

कभी इस मंत्री के पास तो कभी उस अफसर के पास। कभी दिल्ली जाना है तो कभी मुंबई। जहाँ-जहाँ केडी, वहाँ-वहाँ नूरी। कल तक लिली साथ रहती थी, अब नूरी रहने लगी।

एक दिन केडी ने लिली से कहा, 'डार्लिंग, अब यह प्रेस तुम्हारे हवाले है। तुम अपने आपको मालकिन समझो। मुझे बाहर अधिक रहना पड़ रहा है। मैं चाहता हूँ कि 'देशवार्त्ता' को मुंबई, दिल्ली से भी लांच कर दूँ। दिल्ली का एक मंत्री पैसे लगाने के लिए तैयार है। कॉरपोरेट सेक्टर के कुछ लोगों से बात चल रही है। टाटा-अंबानी से भी मिलने का जुगाड़ जमा रहा हूँ। क्या है कि नूरी सबसे ठीक-ठाक बात कर लेती है, इसलिए उसको ले जाना पड़ रहा है। मैं तुम्हारा था, तुम्हारा हूँ और तुम्हारा ही रहूँगा। वो एक 'ओल्ड इज गोल्ड' फिल्मी गाना है न, 'जनम-जनम का साथ है निभाने को, सौ-सौ बार मैंने जनम लिये'। एकाध बार तुमको भी ले जाऊँगा।'

'आजकल तुम जिस तरह का व्यवहार मेरे साथ कर रहे हो न, दैट इज नॉट फेयर। मत भूलो कि मेरे कारण तुम इस पोजीशन तक पहुँचे हो, अब मुझे ही अपोजीशनवाला बना रहे हो। धीरे-धीरे मुझे साइड कर रहे हो। मैं सब समझ रही हूँ।'

'तुम गलत समझ रही हो।' केडी हँस पड़ा, 'तुम तो जानती ही हो कि कॉम्पिटीशन कितना बढ़ गया है। 'रेवेन्यू जेनरेट' करने के लिए नूरी जैसी मल्टीपरपज सुदर्शन बालाएँ सेठों की मजबूरी हैं। इनके बिना गुजारा नहीं हो सकता। अब लोग पिटा हुआ नहीं, बिलकुल फ्रेश चेहरा देखना चाहते हैं। तभी सारे काम होते हैं। हर फाइल तभी स्माइल करती है जब कोई ब्यूटीफुल लड़की लटके-झटके दिखाकर अपनी ओर खींचती है।'

'व्हॉट डू यू मीन? तो क्या मैं पिटा हुआ चेहरा हूँ?' लिली भड़क गई।

'ओफ्फो, मेरे कहने का गलत अर्थ मत लगाओ।' केडी नाराज होते हुए बोला, 'तुम भी सुंदर हो, मगर नूरी एकदम से न्यू लुकवाली है। उसको ले जाने से बिजनेस ज्यादा मिलता है। तुमको तो सब पता है। मार्केट के ढीले करेक्टर के बारे में तुमसे बेहतर कौन जान सकता है? इसलिए टेंशन मत लो और 'देशवार्त्ता' की मालकिन की तरह काम करो।'

'ठीक है, मैं समझ गई कि अब तुम्हें मेरी जरूरत नहीं।' लिली उदास होकर बोली, 'शायर सतीश मनेंद्रगढ़ी ने ठीक ही कहा है—

'हरे पत्ते उगे हैं अब तो पीले टूट जाएँगे
नए साथी के मिलते ही पुराने छूट जाएँगे
जिन्हें हम रहबर समझे भरोसा था बहुत ज्यादा
अरे मालूम क्या था वे हमें ही लूट जाएँगे?'

केडी खिसियानी हँसी हँसता हुआ बाहर निकल गया।

□

: पंद्रह :

लिली ने भी फैसला कर लिया कि कोई अच्छा अवसर देखकर वह केडी को 'नमस्ते' कर देगी। उसने 'सूर्योदय' के सेठ डोरेलाल के बारे में सुन रखा था। उसकी पत्नी का निधन हो चुका था। लिली उससे मिलने का अवसर तलाश करने लगी।

केडी ने नूरी रंगीली को बिलकुल नए काम पर लगा दिया था, जिसकी गोलपुर के लोगों ने कल्पना भी नहीं की थी। केडी ने नूरी को 'लॉइजनिंग' का काम सौंपा था। उसे एक पद दे दिया। 'चीफ मीडिया कोऑर्डिनेटर' (सी.एम.सी.)। फरेरा कॉलोनी में नूरी रंगीली के लिए केडी ने एक दफ्तर शुरू कर दिया। बाहर बोर्ड लगा दिया 'न्यू मिलेनियम सोशल नेटवर्किंग' का। केडी इसे अपना मार्केटिंग ऑफिस बताने लगा, लेकिन यह दफ्तर था मीडिया और कॉरपोरेट लॉबी के बीच रिलेशन बनाए रखने के नए खेल का। नूरी यह काम बखूबी सँभाल रही थी। जिसको 'जिस चीज से' संतुष्टि मिलती, नूरी उसके लिए वह चीज उपलब्ध करा देती थी। सुरा-सुंदरी और दौलत, इन तीनों की बदौलत नूरी सफेदपोश लोगों के बीच खासी चर्चित हो चुकी थी।

नूरी ने अपने इस काम के लिए और दो-तीन लड़कियों को बड़ी चालाकी से अपने साथ जोड़ लिया था। ये लड़कियाँ कंप्यूटर चलाने में उस्ताद थीं। इंटरनेट जानती थीं। सबके पास अपने-अपने लेपटॉप थे। सब-की-सब टिपटॉप और हाइटेक थीं। ये लड़कियाँ अपने लुक के सहारे इधर-उधर बुक रहती थीं। केडी इसे स्त्री-देह का रचनात्मक इस्तेमाल कहता था। उसके लिए तो यह भी राष्ट्र का ही काम था। बेचारी लड़कियों को रोजगार तो मिल गया। कितने खर्चे बढ़ गए हैं इनके। महँगे मोबाइल सेट रखती हैं। वे भी दो-दो 'सिम' वाले। महँगी गाड़ियों में घूमती हैं, ब्रांडेड कपड़े पहनती हैं। ब्यूटी पार्लर हैं, शॉपिंग मॉल हैं। इन सबके लिए पैसे कहाँ से आएँगे? ये लड़कियाँ केवल एक बात ही सोचती थीं कि 'बेचारी-अबला' नहीं, लड़कियों को अब सबला बनना जरूरी है, तभी जीवन का तबला ठीक-ठीक बजेगा, ता धिन धिन्ना, ता धिन धिन्ना…'।

नूरी से जुड़ी सारी लड़कियाँ 'एमआर' थीं, यानी 'मीडिया रिप्रेजेंटेटिव्ह'। काम करती थीं 'देशवार्त्ता' की मार्केटिंग का, मगर असली काम था, कॉरपोरेट जगत् के रंगीले और मीडिया के कामपीड़ित मालिकों, संपादकों या रिपोर्टरों की किस्म-किस्म की इच्छा पूर्ति करना और मनचाही खबरें प्लांट करवाना।

'देशवार्त्ता' की देखादेखी दूसरे अखबार भी कॉरपोरेट-संस्कृति की ओर मुड़ते चले जा रहे थे।

नूरी और उसकी सहायक लड़कियाँ दिन भर इसी एकसूत्री काम में लगी रहतीं। काम के लोगों से रिलेशन मेंटेन करना। ये कन्याएँ पुराने जमाने की विषकन्याओं की तरह थीं। उस दौर में विषकन्याएँ बड़ी निर्मम हुआ करती थीं। किसी भी तरह अपना काम निकालना ही उनका लक्ष्य होता था। वे किसी से कोई भावनात्मक संबंध नहीं रखती थीं। वक्त आने पर किसी का 'काम तमाम' भी करना पड़े, तो उन्हें बहुत अधिक सोचने-विचारने की जरूरत नहीं पड़ती थी। ये नई विषकन्याएँ भी उसी परंपरा की कड़ी थीं। इनमें से कुछ लड़कियों को लोग 'टैटूगर्ल' के रूप में भी जानते थे। ये आधुनिकाएँ अपने शरीर के खास 'दर्शनीय स्थानों' के इर्द-गिर्द टैटू (गोदना) गुदवा लेती थीं। कोई बाँह में, कोई नाभि के ऊपर-नीचे, कोई गरदन पर, तो कोई पीठ पर। फिर उनके कपड़े कुछ ऐसे कटाववाले होते थे कि उनका टैटू साफ नजर आता था। नूरी ने भी टैटू गुदवा लिये थे। पीठ पर ड्रैगन, तो बाह पर खजुराहो की मूर्तियों की आकृतियाँ।

लोग टैटू-बालाओं को गौर से देखते और तारीफ करते, 'वाह, क्या टैटू है ? जरा जी भरकर देखने तो दीजिए?'

टैटू-बालाएँ बिंदास होकर बोलतीं, 'आराम से देख लीजिएगा, अभी काम की बात हो जाए।'

ये टैटू-गर्ल रास्ते की रुकावट बननेवाले किसी भी शख्स को 'सुपारी' देकर 'खल्लास' करवा देती थीं, इसलिए इन्हें खल्लास गर्ल भी कहा जाता था।

नूरी ने लड़कियों को अच्छे से ट्रेंड कर दिया था। ये लड़कियाँ कॉरपोरेट जगत् के लोगों से मिलतीं। नेता, अफसरों एवं सारे संपादकों के पास भी जाकर बैठतीं। बातों-बातों में अपने काम करवा लेती थीं। कॉरपोरेट जगत् की खबरें भी अखबारों में प्रमुखता के साथ छप जाती थीं। 'सी.एम.सी.' के रूप में नूरी और 'एमआर' के रूप में नूरी की सहायिकाएँ तहलका मचाए हुई थीं। इस कारण 'देशवार्त्ता' को चौतरफा लाभ हो रहा था। बड़ी चतुराई के साथ ये मीडिया और कॉरपोरेट जगत् के बीच तालमेल बनाने का काम करतीं। 'देशवार्त्ता' से बिलकुल हटकर यह नए तरीके का काम। इस काम के एवज में केडी की अतिरिक्त कमाई जिंदाबाद थी।

नूरी केडी से महीने के पचास हजार रुपए लेती थी। कॉरपोरेट हाउसों से भी उसका कमीशन बँधा था। महीने में वह एक लाख रुपए से ज्यादा कमाई कर लेती थी।

'देशवार्त्ता' में कॉरपोरेट जगत् की खबरें प्रमुखता से छपती थीं। कभी किसी कारखाने में कोई दुर्घटना हो जाए, तो नूरी की कोशिश यही रहती थी कि खबर ही न छपे। और अगर छपे भी तो 'अंडरप्ले' हो जाए, यानी छोटी सी खबर छपे। नूरी उद्योगपतियों को मंत्रियों से मिलवाने का भी काम करती थी। 'देशवार्त्ता' से जुड़ी होने के कारण वह कहीं भी आ-जा सकती थी।

उद्योगपतियों की गिद्ध नजरें गोलपुर के आसपास गाँवों की ओर थीं। वहाँ वे अपने कारखाने लगाना चाहते थे। इस सिलसिले में मंत्रियों से मिलना बड़ा जरूरी था। नूरी गाँवों के दौरे भी करती थी। वहाँ जाकर सरपंचों को भी पटाने का काम कर रही थी। अनेक गाँव के पंच-सरपंच दिखने में तो सीधे-सादे होते हैं, मगर राजनीति करते-करते वे सारे शहरी गोरखधंधों को भी समझने लगते हैं। नूरी जैसी ब्रोकरों से पैसे ऐंठना और कभी-कभी उसकी सहायिकाओं के साथ जिंदा 'मांसाहार' भी करना। इतनी 'काम' पूर्ति हो जाए, तो 'स्त्रीवादी' सरपंच पूरी स्फूर्ति के साथ अपना गाँव ही उद्योगपतियों के हवाले कर दें। और यह सब हो रहा था। गोलपुर के आसपास के अनेक गाँव उद्योगपतियों ने हज्म कर लिये, डकार भी नहीं ली। बड़े-बड़े भवन निर्माता गोलपुर के आसपास चीलों की तरह मँडरा रहे थे। उनकी नजर में गाँव में मुरदे रहते थे और उनको नोंचना ही उनका लक्ष्य था।

गोलपुर में हर कोई अपने-अपने स्तर पर लाभ अर्जित करने की कोशिश में था। नूरी का लाभ 'देशवार्त्ता' के साथ-साथ मीडिया और कॉरपोरेट जगत् को मिल रहा था।

टैटूगर्ल नूरी की पहुँच मंत्रियों तक थी। अधिकतर मंत्री नूरी को देखकर खड़े हो जाते थे। अपना काम-काज छोड़कर उससे बतियाने लग जाते थे। आइ.ए.एस. अफसरों की भी वह प्रिय थी। नूरी कभी भी, कहीं भी देखी जा सकती थी। जैसे तितली होती है, कभी इस डाल पर तो कभी उस डाल पर। नूरी रंगीली चंचल तितली की तरह रसपान करती इधर-उधर मँडराती रहती।

नूरी अपनी लंबी काली कार में घूमती-फिरती और अपने काले कारनामों पर गर्व करती हुई बिंदास रहती, लेकिन लिली को देखकर नूरी भयंकर टेंशन में आ जाती थी। यही हाल लिली का भी था। इसे ही कहते हैं सौतिया डाह। नूरी को देखकर लिली भी भुनभनाने लगती थी। केडी के घर में लिली का रहना उसे बिलकुल भी अच्छा नहीं लगता था।

एक दिन बातों-बातों में ऐसी बात बिगड़ी कि दोनों में बालखींचू लड़ाई भी हो गई।

महिलाओं की पारंपरिक लड़ाई बाल खींचने के साथ खत्म होती है। दोनों के बीच 'सात्त्विक किस्म' की पुरातन गालियों का आदान-प्रदान भी हुआ—

दोनों एक-दूसरे को समुचित प्रमाणपत्र बाँटते हुए आपस में पिल पड़ी थीं। केडी को बीच-बचाव करना पड़ा। इस चक्कर में दो पाटन के बीच पिसना भी पड़ा।

कुछ दिन ऐसे ही बीत गए। एक दिन नूरी ने केडी से दो टूक कह दिया—

'लिली को घर से निकालो, वरना अब मैं आपका साथ छोड़कर कहीं और चली जाऊँगी। मैं जहाँ भी जाती हूँ, तो लोग तरह-तरह की बातें करते हैं।'

'अरे, रुक तो जाओ डार्लिंग, मौके की तलाश में हूँ। किक मारकर भगा दूँगा साली को। मैं भी परेशान हो गया हूँ इससे। काम-धाम कुछ करती नहीं, बस टाँग अड़ाती रहती है। काम की न काज की, दुश्मन अनाज की। तुम्हारे आने के बाद तो और बदतमीज हो गई है। जलती है तुम्हारे टेलेंट से।'

'हाँ, मुझसे जलनेवाले लोगों की कमी नहीं है।' नूरी बोली, 'कॉलेज में अस्मिता भी मुझसे जला करती थी। हर घड़ी आदर्श का ढोल पीटती थी। खैर, मैं इन सबको जूती की नोंक पर रखती हूँ। लेकिन तुम लिली का जल्दी ही कुछ बंदोबस्त करो, ताकि मैं टेंशनफ्री होकर काम करूँ।'

'डार्लिंग, बहुत जल्दी उसका वन टू का फोर करता हूँ। तुम चिंता मत करो और अपने को ही 'देशवार्त्ता' का बॉस समझो। मौका पड़ने पर लिली को भी चमका दिया करो। बाद में मैं निपट लिया करूँगा उससे।'

पुरानी कहावत है कि दीवारों के भी कान होते हैं। केडी की बातें लिली तक पहुँच गईं। आए दिन केडी नूरी का पक्ष लेकर लिली को फटकारने लगा, तो लिली पूरी तरह से समझ गई कि 'अब ये बंदा नूरी के प्यार में अंधा हो चुका है। इसका कुछ नहीं हो सकता। अब तो मुझे ही समझदार पंछी की तरह उड़ जाना चाहिए, क्योंकि यह देश हुआ बेगाना।'

और एक दिन लिली ने 'दैनिक सूर्योदय' ज्वॉइन कर लिया।

सूर्योदय का विधुर मालिक डोरेलाल जीवनसाथी की तलाश में था। लिली की जवानी अभी 'गुजरा हुआ वक्त' नहीं हुई थी।

लिली डोरेलाल से मिली और छूटते ही बोली, 'मैं 'सूर्योदय' में काम करना चाहती हूँ।'

डोरेलाल ने मंद-मंद मुसकान बिखरते हुए कहा, 'मगर तुम तो केडी के साथ थी न?'

'हाँ, थी तो, मगर अब आपके साथ काम करना चाहती हूँ। वैसे तो मेरे पास और

एक-दो जगह से ऑफर हैं, लेकिन पता नहीं क्यों, मुझे लगा कि पहले आपसे मिलकर चर्चा कर लूँ, फिर सोचूँगी कि क्या करना है।'

सेठजी गद्गदाकर बोले, 'अरे वाह, यह तो मेरी किस्मत है कि तुम सीधे यहाँ चली आईं। मैं भी बहुत दिनों से कोई अनुभवी साथी की तलाश में था। तुम तो जानती ही हो कि मैं रंडुआ होकर जीवन जी रहा हूँ। अकेला जीवन काट खाने को दौड़ता है। तुम्हें देखकर मेरे दिमाग में एक आइडिया आया है। अगर तुम इजाजत दो तो कहूँ?'

'हाँ-हाँ, खुशी से बोलिए।' लिली ने सेठ के मन को पढ़ लिया था इसलिए मुसकराते हुए उत्तर दिया, 'आपका हर आदेश सिर आँखों पर।'

'मैं...मैं तुम्हें दोहरी जिम्मेदारी देना चाहता हूँ। क्या तुम कर सकती हो?'

सेठजी ने खुलकर बात नहीं की, तो लिली ने कहा, 'संकोच मत कीजिए। बोलिए, मुझे क्या करना होगा? मैं हर काम के लिए राजी हूँ। जो चाहें करवा लें।'

'तुमको मेरा घर और दफ्तर दोनों सँभालना होगा।'

'एक साथ दो-दो काम? मैं कुछ समझी नहीं?'

'देखो, मेरी एक छोटी सी बच्ची है। मैं चाहता हूँ कि उसे माँ जैसा प्यार मिले।'

'अभी उसे कौन देखता है?'

'एक आया रखी है। लेकिन सच बात तो यह है कि बच्ची को माँ का सच्चा प्यार नहीं मिल पा रहा। बच्ची को माँ का साया चाहिए, आया नहीं। तुम समझदार महिला लगती हो। तुम्हारे कारण मेरी बच्ची को अच्छा माहौल मिल सकता है। मुझे तो लगता है कि उसे उसकी माँ ही मिल जाएगी।'

सेठजी के चापलूसी भरे अल्फाज सुनकर लिली मुसकराने लगी, फिर बोली, 'जैसा आप चाहें। मगर आपके रिश्तेदार... ?'

'अरे, सब राजी हैं। कहते रहते हैं कि दूसरी शादी कर लो। मैं ही संकोच कर रहा था कि पचास पार करने के बाद शादी-वादी का कोई मतलब नहीं रहता। फिर सोचा, बच्ची के लिए यह जरूरी है। अभी वह चार साल की है। एक तो लेट मैरिज, उसपर दस साल बाद बच्ची हुई। कुछ दिन बाद बेचारी चंपा चल बसी। मजबूरी में आया रखनी पड़ी, मगर वो बुढ़िया भी किसी काम की नहीं है। बच्ची के हिस्से का दूध बिल्ली बनकर खुद पी जाती है। डोरेलाल पर डोरे डालने की कोशिश भी करती रहती है। रंग-रूप कुछ है नहीं, शरीर में मांस भी नहीं बचा और चली है महलों के ख्वाब देखने। तुम आ जाओगी तो वह राइट हो जाएगी। तुम्हारी जैसी पढ़ी-लिखी औरत मिल जाएगी, तो मैं निश्चिंत हो जाऊँगा। बच्ची को भी माँ का प्यार मिलने लगेगा और आया भी समझ जाएगी अपनी औकात। और...'

इतना बोलकर सेठजी रुक गए और मंद-मंद मुसकाने लगे। लिली समझ गई कि सेठ उसके बारे में ज्यादा नहीं जानते, इसलिए ऐसी बात कर रहे हैं। अच्छा ही है। ऐसे ही 'आँख के अंधे नाम नयनसुख' किस्म के लोगों के भरोसे तो दुनिया में धूर्त लोगों का कारोबार चलता है।

'मैं तुम्हारे बारे में थोड़ा-बहुत जानता हूँ।' सेठजी की आवाज सुनकर लिली का ध्यान भंग हुआ, 'केडी और तुम्हारे संबंधों के बारे में मैंने कुछ सुना था, लेकिन लगता है, वह अफवाह थी, वरना तुम मेरे पास क्यों आतीं? अच्छा हुआ, तुम आ गई। लगता है, जीवनसाथी की मेरी तलाश पूरी हो गई है।'

लिली फिर सोचने लगी कि अच्छा हुआ केडी की कैद से आजाद हो गई। वहाँ तो एक तरह से नौकरी ही कर रही थी, मगर यहाँ तो मालकिन बन रही हूँ।

लिली बोली, 'सेठजी, मेरी भी एक शर्त है। 'सूर्योदय' में मेरी पार्टनरशिप भी रहेगी।'

सेठजी ने हँसते हुए अपना सिर पीटा और कहा, 'अरे, मैं तुमको पूरी कार देना चाहता हूँ और तुम हो कि एक चक्के की माँग कर रही हो। मैं तुमको अपना 'लाइफ पार्टनर' बनाना चाहता हूँ, लेकिन तुम केवल अखबार के पार्टनर बनने की बात कर रही हो। हद है। अरे, वो सब तो हो ही जाएगा, पहले यह बताओ, मेरी शर्त मंजूर है कि नहीं?'

'मंजूर है।' लिली ने मुसकराते हुए मादक अंदाज में जवाब दिया तो सेठजी उठे और लिली को बाँहों में भर लिया।

वर्षों की अनुभवी लिली ने भी सेठजी का पूरा साथ दिया।

अब 'सूर्योदय' की मालकिन थी लिली।

केडी को जैसे ही इस बात की जानकारी हुई, उसने लिली को फोन मिलाया, लेकिन लिली ने फोन काट दिया। एक नहीं, कई बार। लिली के इस रवैए पर केडी हँसा। उसे किसी बात की कोई कमी थी नहीं। और वह नूरी रंगीली के कारण वैसे भी लिली से छुटकारा चाहता था।

'अच्छा हुआ चली गई। मुझे तो फूटी आँख नहीं सुहाती थी। आपने आखिर भगा दिया।' नूरी बोली।

'हाँ, मैंने दो दिन पहले ही साफ-साफ कह दिया था।' केडी ने बात बनाई, 'एक म्यान में दो तलवारें नहीं रह सकतीं। फिर जहाँ नूरी का नूर चमक रहा हो, वहाँ लिली जैसी सिली महिला का क्या काम? लेकिन जानेमन, तुमको लिली की तरह ही इस अखबार को सँभालना होगा।' केडी की आवाज में कुछ-कुछ दहशत थी।

नूरी बोली, 'डू नॉट फिकर केडी, मैं रेडी हूँ। सब देख लूँगी।'

लेकिन अखबार को नूरी देख नहीं पाई। अखबार के कामकाज की उसे बहुत जानकारी नहीं थी। कॉलेज में थोड़ा-बहुत जो नॉलेज प्राप्त किया था, वह निपट किताबी था। वह काम नहीं आ रहा था। मन लगाकर कुछ पढ़ा भी तो नहीं था, उसका पूरा समय मटरगश्ती में ही निकल गया था। संपादक भस्मांकुर के जिम्मे सारे काम सौंपकर नूरी निश्चिंत थी। केडी ने भस्मांकुर को पटाए रखने के लिए उसका घटा वेतन बढ़ा दिया था। पूरे बीस हजार। अखबार में कहाँ, क्या जाएगा, कैसे जाएगा, इस मामले में वह शून्य थी, मगर मार्केटिंग, लाइजनिंग जैसे काम मस्ती और सफलता के साथ कर रही थी। इसमें कोई ज्यादा दिमाग तो लगाना नहीं पड़ता। लोगों से मिलो, मुसकराकर बात को, जो जैसी अभिरुचि का है, उसे उस तरह खुश करो। दैट इज लॉइजनिंग। नूरी ने तो अपनी इस कला को अपने शरीर की तरह ही विकसित कर लिया था। हालत यह हो गई कि पत्रकारिता और कॉरपोरेट जगत् के अंडरवर्ल्ड में नूरी जरूरी और मजबूरी हो गई थी। नूरी की पूरी टीम थी, जो केडी के इशारे पर काम करती थी।

केडी को नूरी के साथ काम करने में मजा आ रहा था। मनोरंजन, तनरंजन और धनरंजन भी।

लिली के जाने के बाद केडी की दूसरी गतिविधियाँ ठप पड़ गई थीं, लेकिन 'तूलिका फाउंडेशन' का काम ठीक चल रहा था। नूरी और उसकी टीम फाउंडेशन के लिए भी समय निकाल लेती थी। 'लोकमंगल प्रकाशन' का काम भस्मांकुर देखने लगा। पत्रिका 'नूतन विमर्श' उसका साला सँभालने लगा। 'लोकमंगल साहित्य मंच' कुछ दिन के लिए ठंडे बस्ते में चला गया। उसका कोई आयोजन नहीं हो पा रहा था क्योंकि केडी बड़े-बड़े प्रोजेक्टों पर ध्यान दे रहा था। 'लक्ष्मी' की आराधना करनेवाले अकसर 'सरस्वती' की ओर निहारना भूल जाते हैं।

किसी ने ठीक कहा है, जो छेद करने में विश्वास करते हैं, वे पहाड़ नहीं बना सकते। केडी पैसे कमाने के लिए इधर-उधर छेद करने पर तुला रहता था कि कहाँ से धन रूपी जल बाहर निकले। कई बार वह खुद पर हँसता कि इतने पैसों का वह करेगा क्या, मगर फिर सोचता—'अरे, जितना कमा लो, कम है, क्योंकि पैसा खुदा तो नहीं, मगर खुदा कसम, खुदा से कम भी नहीं है'।

एक दिन केडी के पास दौलतपुर से फोन आया—

'केडी साहब, आई एम जेके। अमरीका में ही सेटल हो गया हूँ। मैं चाहता हूँ कि दौलतपुर से भी आपका अखबार निकले।...आई कैन इन्वेस्ट मनी इन योर न्यूज पेपर। बट...फिफ्टी-फिफ्टी की पार्टनरशिप रहेगी। इफ यू आर एग्री, दैन कम टू मी। आज ही

कुछ डिस्कस कर लेते हैं, क्योंकि कल मेरी फ्लाइट है।'

'व्हाइ नॉट, व्हाई नॉट? मैं अभी आता हूँ साहब, सारे काम छोड़कर।'

दौलतपुर और गोलपुर के बीच कार से तीन घंटे की दूरी है। केडी ने सोचा, बेहतर मौका हाथ लगा है। चला जाए। वह अकेले ही निकल पड़ा। खुद ही कार ड्राइव कर रहा था। बेहद उत्साह में था कि आज की तारीख वह कहाँ-से-कहाँ पहुँच गया है कि एक 'एनआरआई' (अप्रवासी भारतीय) भी उसके साथ डील करना चाहता है। मुझे तो अपने और संस्करण शुरू करने ही थे, दौलतपुर भी उभरता हुआ शहर है...यहाँ अच्छा बिजनेस मिल जाएगा, अब तो बहुत जल्दी अपना हेलीकॉप्टर भी हो जाएगा...एक अखबार अँगरेजी में भी निकालूँगा...साउथ से भी एक एडीशन करना है...अमरीका से भी कभी लांच करूँगा एक दिन।'

दिमाग में तरह-तरह की कल्पनाएँ उमड़-घुमड़ रही थीं। इस बीच नूरी का फोन आ गया। केडी गद्गद होकर नूरी को जेके के बारे में बताने लगा। नूरी नाराज हो गई,

'अकेले जा रहे हो? मुझे भी साथ ले लेते?'

'अरे डार्लिंग, तुमको तो आज भैयाजी के साथ सिटिंग करनी थी न, इसलिए मैंने डिस्टर्ब नहीं किया। रात तक लौटता हूँ, तब डिटेल चर्चा होगी।'

इतना बोलकर केडी ने मोबाइल बंद ही किया था कि सामने से कीचड़-स्नान करके लौट रही एक भैंस ने रास्ता पार किया। कार भैंस से भिड़ने ही वाली थी कि केडी ने कार को तेजी से काटा, मगर सामने से एक आदमखोर ट्रक चला आ रहा था। केडी की कार उससे भिड़ गई।

धड़ाम...भयंकर आवाज हुई।

आसपास के लोग दौड़कर कार तक पहुँचे। कार बुरी तरह नष्ट हो चुकी थी। कार के भीतर फँसा केडी बुरी तरह जख्मी हो गया था। वह मरते-मरते बचा, मगर उसकी हडड्डी-पसली टूट गई थीं। उसे किसी तरह गोलपुर लाया गया। वह महीनों बिस्तर पर पड़ा रहा। लिली को केडी की दुर्घटना की जानकारी मिली, मगर वह उसे देखने नहीं आई। इस बीच नूरी अखबार का काम देखती रही और बेमन से केडी की सेवा करती रही। एक सुंदर नर्स रूजी केडी की देखभाल करने लगी। रूजी की मुसकान, उसके कोमल स्पर्श के कारण केडी को बिस्तरवाला अपना जीवन भी आनंददायी लगने लगा। रूजी भी समझ गई थी कि यह मोटा आसामी दिलफेंक है। इसके दिल का इलाज करके इसे फौरन मुट्ठी में कर लो। केडी को मजे की आभासी दुनिया में ले जाकर रूजी रोज उससे पाँच सौ-हजार रुपए झटक ले जाती थी। उधर नूरी निश्चिंत होकर कॉरपोरेट लॉबी और मीडिया के साथ डीलिंग में व्यस्त-मस्त रहती।

छह महीने केडी बिस्तर पर पड़ा रहा।

इस बीच 'देशवार्त्ता' के आसपास के सारे संस्करण घाटे के कारण बंद कर दिए गए। केवल गोलपुर ठीक-ठाक चल रहा था। धीरे-धीरे केडी चलने-फिरने लगा। लेकिन स्वाभाविक चाल वापस नहीं लौटी। अब वह कुछ-कुछ लँगड़ाकर चलता था। उसकी चाल देखकर नूरी सोचने लगी—इस लँगड़े के साथ जीवन बिताना ठीक नहीं। कोई और सेठ देखना होगा। इस बीच 'गोलपुर टाइम्स' को अलविदा कहकर लवली दिल्ली लौट गई। केडी को फिर लवली और लिली जैसी मॉडर्न लड़कियों की तलाश थी। उसने 'देशवार्त्ता' में विज्ञापन दे दिया—'तलाश है एक मॉडर्न सोचवाली युवा महिला पत्रकार की। जो कुछ करके दिखाने की ख्वाहिश रखती हो। अँगरेजी और इंटरनेट का ज्ञान जरूरी। वेतन योग्यता के अनुसार।'

विज्ञापन देखकर लिली मुसकराई। उसके मुँह से अनायास ही निकल पड़ा—'ये प्रगतिशील समाजवादी, देशप्रेमी संपादक कभी नहीं सुधरेगा।'

□□□